笑傲江湖

金庸

THE SMILING, PROUD WANDERER

2

傳琴療傷

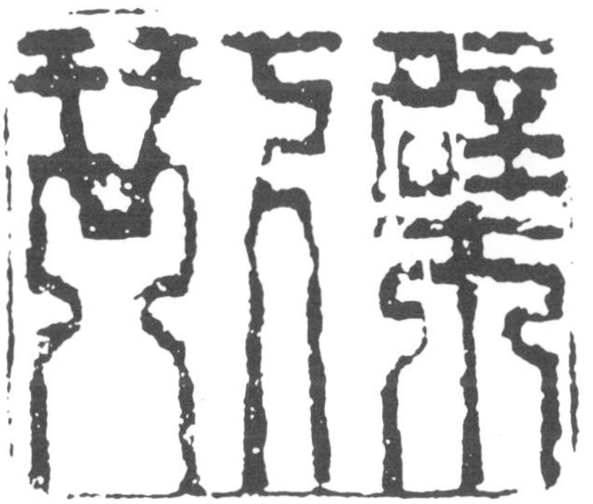

高鳳翰「檗下琴」

高鳳翰（1683-1743），山東濟寧人，乾隆初因病右臂失去知覺，以左手治印，風格古樸。

檗，音柏，性寒味苦可作藥，「檗下琴」意為苦中作樂。

右頁圖／傅山「山水」：傅山（1607-1684），山西陽曲人，字青主，為人有俠氣，世稱義士。入清後號朱衣道人，穿道裝，不肯薙髮，行醫為業，康熙帝強徵至入京，傅山佯病，堅不仕清。其書畫磊落有奇氣，以風骨勝。

上圖／黃慎「人琴圖」：黃慎（1687-1766?），「揚州八怪」之一，好酒任性，研學懷素草書後豁然貫通，將狂草的筆法融入繪畫，寥寥數筆而盤旋飛動。圖中老人凝視瑤琴，深有所思（題字為「能移人情」），有點像本書中的魔教曲長老，盈盈的師姪綠竹翁或無如此風致。

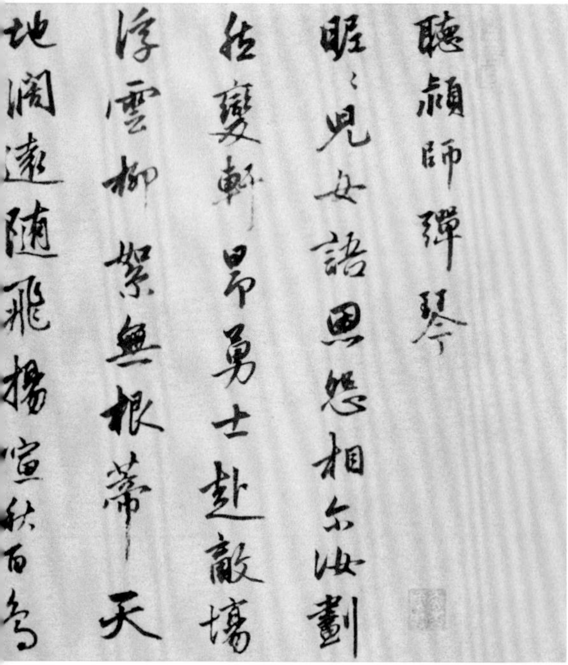
聽穎師彈琴
昵昵兒女語恩怨相尔汝劃
然變軒昂勇士赴敵場
浮雲柳絮無根蒂天
地闊遠隨飛揚喧啾百鳥

「聽穎師彈琴」圖卷：明金琮書，杜堇繪。金琮，南京人，杜堇，江蘇鎮江人。此圖卷包括了中國詩歌、音樂、書法、繪畫四種藝術。詩歌描寫琴音之忽柔忽剛，忽高忽低，以及聽者之感動，是韓愈的著名作品。

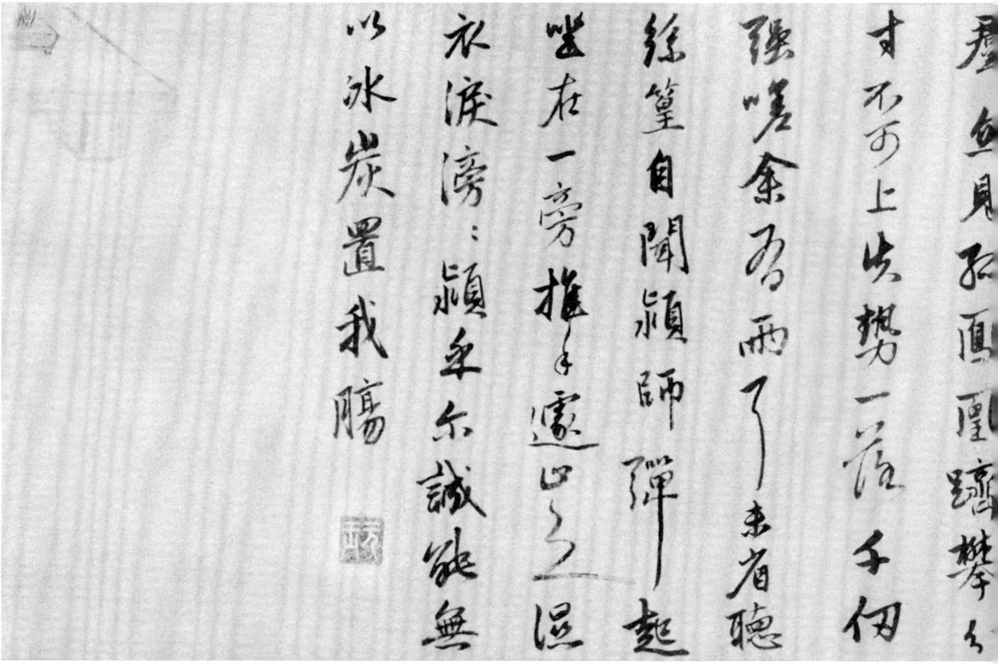
無見孤鳳凰躋攀
寸不可上失勢一落千仞
強嗟余有兩耳未省聽
絲篁自聞穎師彈起
坐在一旁推手遽止之濕
衣淚滂滂穎乎爾誠能無
以冰炭置我腸

商代青銅酒器。

右圖／水晶兕觥：兕，音似，傳說中似牛獨角獸，兕觥為大酒杯。

左圖／犀角酒杯：明代名家所刻。

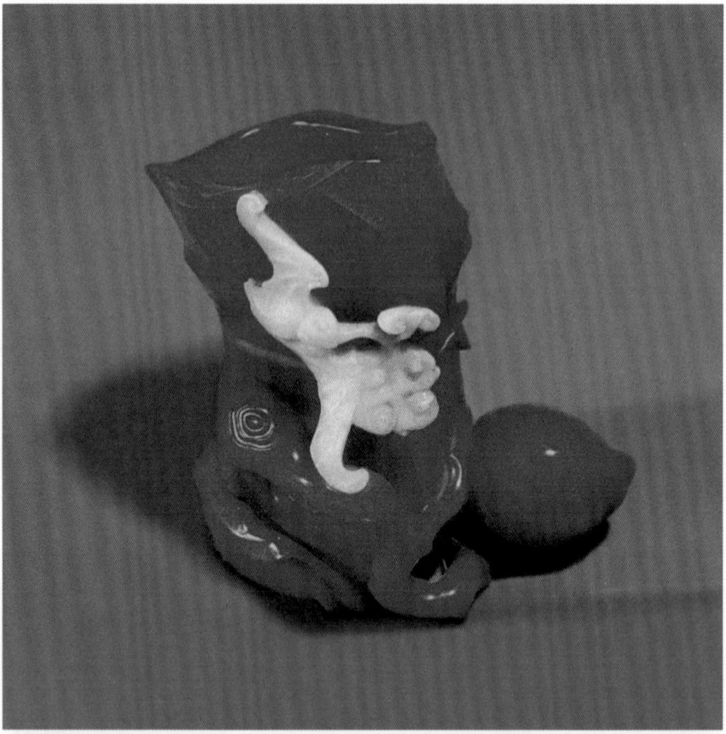

紅瑪瑙蟠桃洗：形狀是筆洗，但如為祖千秋所得，勢必用作酒杯，而桃谷六仙見其作桃形，諒來不敢損毀，以免犯忌。

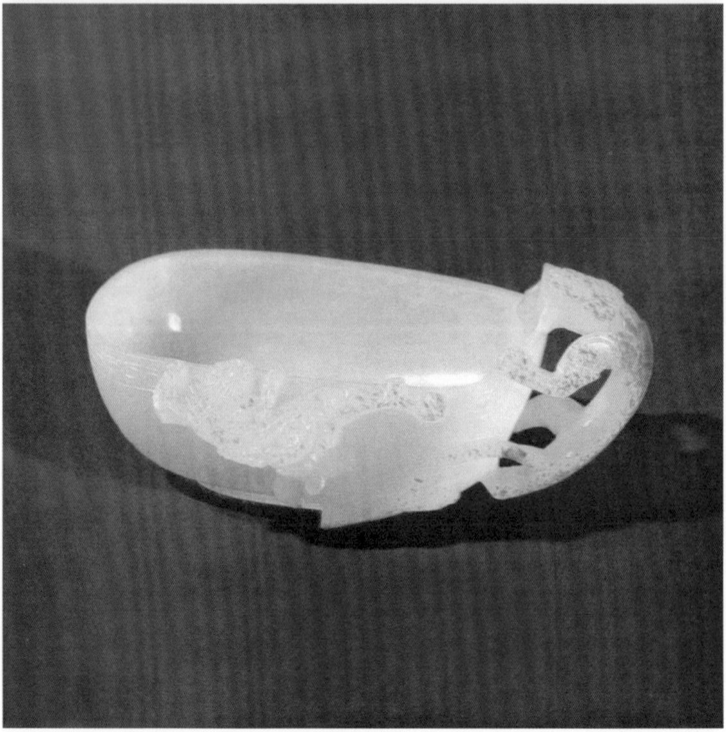

螭耳玉杯。

苗族女子之織繡：藍鳳凰及她手下苗女的衣褲上，當有類似的美麗花紋。

唐寅「吹簫仕女圖」。

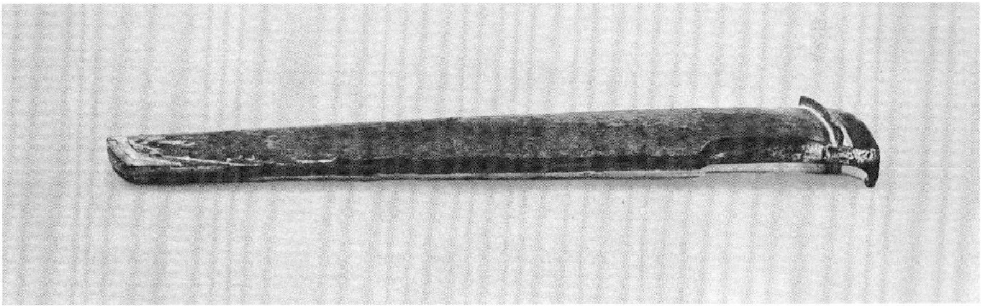

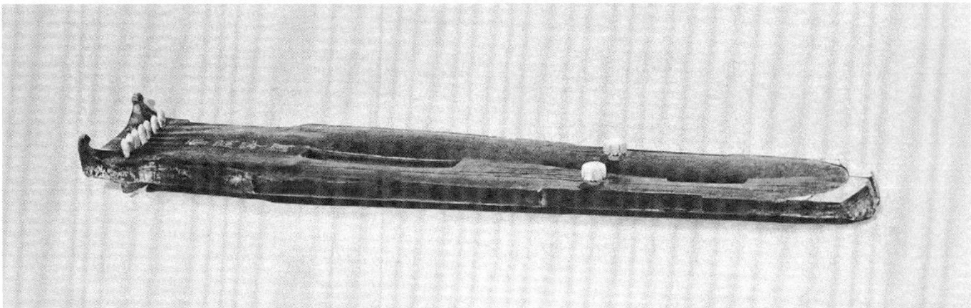

上圖／杜陵內史「撫琴仕女圖」：杜陵內史是大畫家仇英的女兒，閨名不詳，可能名「珠」，善畫人物。

下圖／宋代古琴：名「天風海濤琴」，形容此琴音色雄壯，有天風海濤之聲。

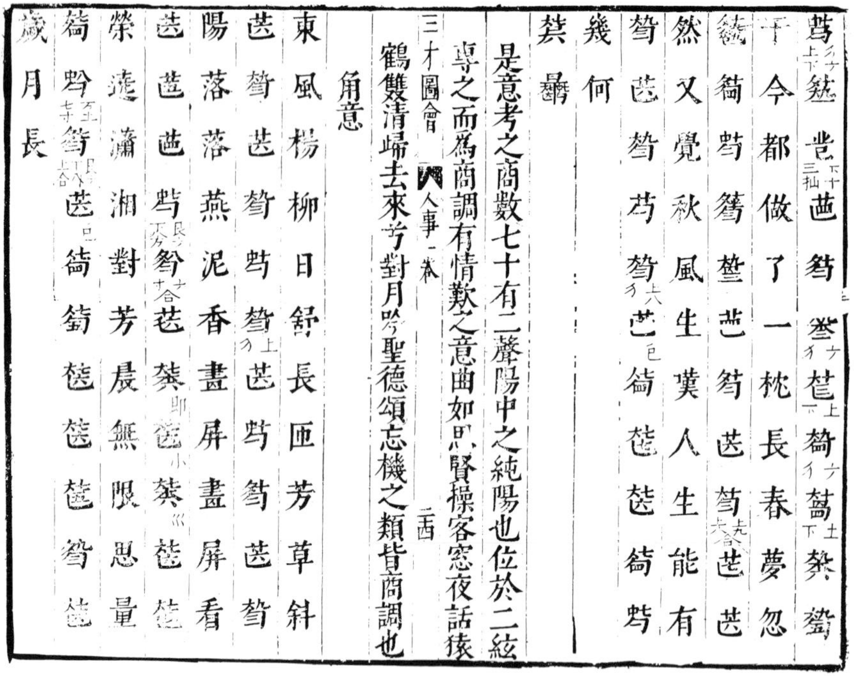
千古今都做了一枕長春夢忽
然又覺秋風生漢人生能有
幾何
是意考之商數七十有二聲陽中之純陽也位於二絃
尊之而爲商調有情歎之意曲如昭賢操客窻夜話猿
三才圖會　人事一卷　二十四
鶴雙清歸去來兮對月吟聖德頌忘機之類皆商調也
角意
東風楊柳日舒長匝芳草斜
陽落落燕泥香畫屏畫屏看
榮遶瀟湘對芳晨無限思量
歲月長

角意數有六十四聲陰中之少陽清濁之間也位於三
絃尊之而爲角調有清寂之妙曲有列子御風凌虛吟
之類皆角意也
商角意
渭水漫秋風落日征鴻問從
來幾箇英雄南陽東海總成
三才圖會　人事一卷　二十五
功臥龍不滅飛熊霸業也却
成空烏江遺恨無窮至今無
面江東
是意有半商半角之声嘆英雄之遺恨嗟世事之浮漚
慨古傷今之情
徵意

琴譜：古琴譜以簡筆記錄指法，每一個均是怪字。此兩頁琴譜錄自「三才圖會」，譜旁錄有曲詞。「笑傲江湖」曲譜中並無通常文字，洛陽金刀王家祖孫粗鄙武人，因而懷疑係辟邪劍法之劍譜。

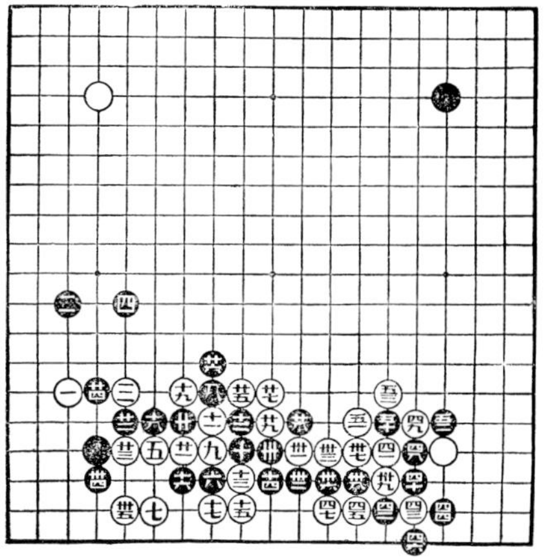

圖一

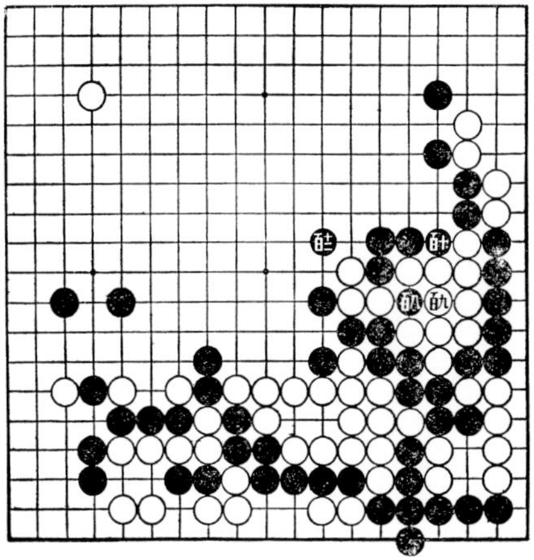

圖三

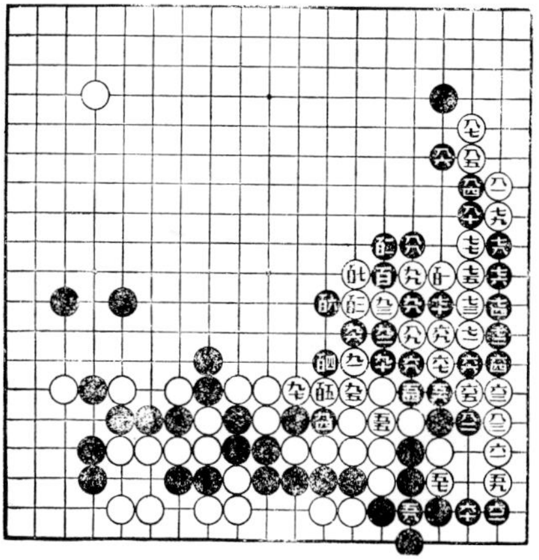

圖二

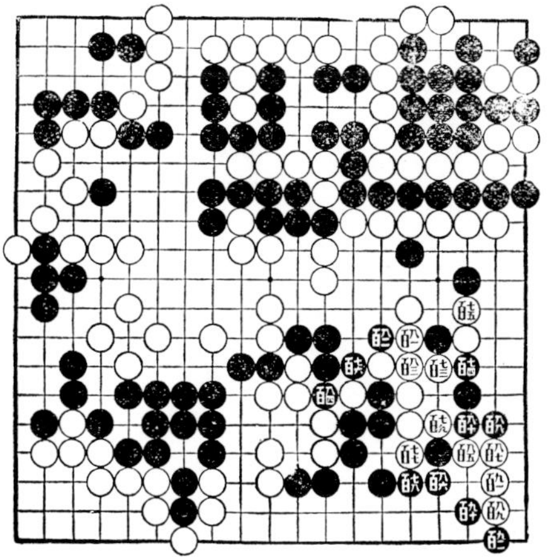

圖四

圖一、二、三／「嘔血譜」：相傳宋圍棋國手劉仲甫於驪山下遇老嫗，弈棋一百一十二著，劉全軍覆沒。中國古時白棋先行，劉持白棋。本譜著著緊湊，無怪黑白子為之著迷。圖一為第一至五十三著，圖二為第五十四至一百零七著，圖三為一百零八至一百一十二著。

圖四／「爛柯譜」：相傳晉王質入衢州爛柯山採樵，遇神仙弈棋，王質觀至終局，斧柄已爛。此譜號稱為王質所記而傳世，料係後世好事者所撰，共二百九十著，白先，黑勝一路。本圖為其中第一百七十三著至一百九十二著。

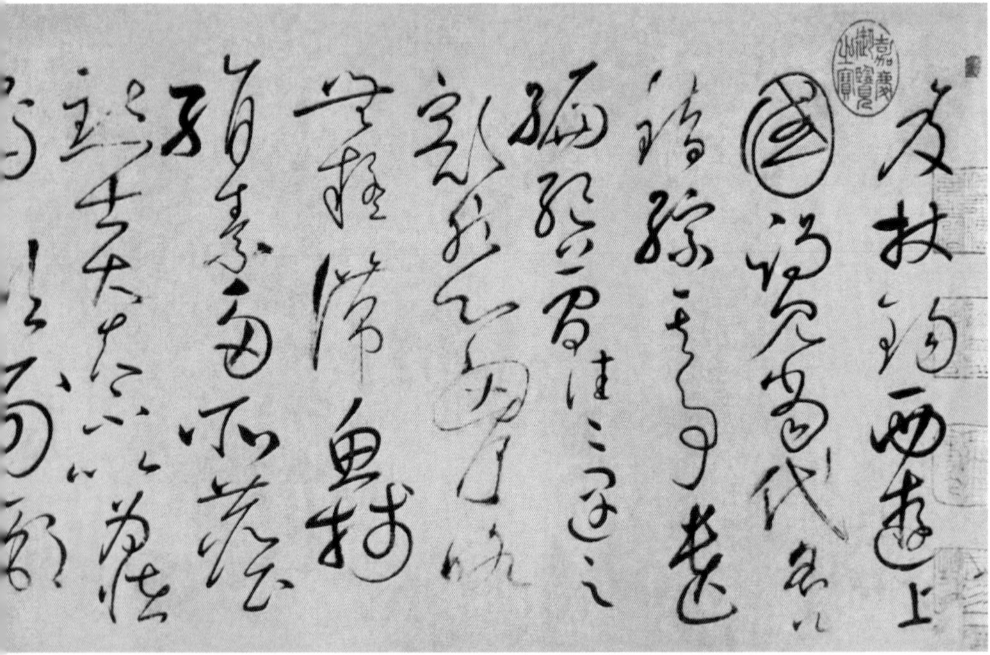

懷素「自敍帖」：懷素，唐代大書法家，以草書著名。

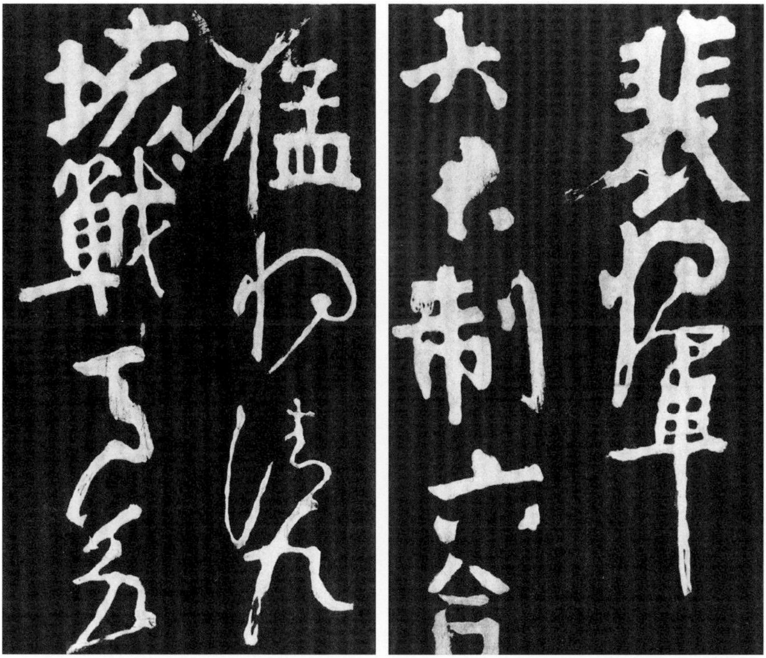

顏真卿「送裴將軍詩」（部分）：
裴將軍名旻（音珉），善舞劍，
當時號稱李白詩歌、裴旻劍舞、
張旭草書為唐代「三絕」。

范寬「谿山行旅圖」：范寬，字中立，華原人，北宋山水畫家中最重要者之一。為人風儀峭古，舉止疏野，嗜酒落魄，卜居華山以對景造意。評者稱其畫氣象蕭索，煙林清曠，峯巒渾厚，勢狀雄強，溪出深虛，水若有聲，洵為一代大家。

笑傲江湖

2

傳琴療傷

金庸

著

目錄

十一 聚氣

迷迷糊糊之中，但覺胸口煩惡，全身氣血倒轉，說不出的難受，過了良久，神智漸復，只覺身子似乎在一隻火爐中燒烤，忍不住呻吟出聲，聽得有人喝道：「別作聲。」

令狐冲向廳內瞧去，只見賓位上首坐著一個身材高大的瘦削老者，右手執著五嶽劍派令旗，正是嵩山派的仙鶴手陸柏。他下首坐著一個中年道人，一個五十來歲的老者，從服色瞧來，分別屬於泰山、衡山兩派，更下首又坐著三人，都是五六十歲年紀，腰間所佩長劍均是華山派的兵刃，第一人滿臉戾氣，一張黃焦焦的面皮，想必是陸大有所說的那個封不平。師父和師娘坐在主位相陪。桌上擺了清茶和點心。

只聽那衡山派的老者說道：「岳兄，貴派門戶之事，我們外人本來不便插嘴。只是我五嶽劍派結盟聯手，共榮共辱，要是有一派處事不當，為江湖同道所笑，其餘四派共蒙其羞。適才岳夫人說道，我嵩山、泰山、衡山三派不該多管閒事，這句話未免不對了。」這老者一雙眼睛黃澄澄地，倒似生了黃膽病一般。

令狐冲心下稍寬：「原來他們仍在爭執這件事，師父並未屈服讓位。」

岳夫人道：「魯師兄這麼說，那是咬定我華山派處事不當，連累貴派的聲名了？」

衡山派這姓魯的老者微微冷笑，說道：「素聞華山派寧女俠是太上掌門，往日在下也還不信，今日一見，才知果然名不虛傳。」岳夫人怒道：「魯師兄來到華山是客，今日我可不便得罪。只不過衡山派一位成名的英雄，想不到卻會這般胡言亂語，下次見到莫大先生，倒要向他請教。」那姓魯老者冷笑道：「只因在下是客，岳夫人才不能得罪，倘若這裏不是華山，岳夫人便要揮劍斬我的人頭了，是也不是？」岳夫人道：「這卻不敢，我華山派怎敢來理會貴派門戶之事？貴派中人和魔教勾結，自有嵩山派左盟主清理，不用敝派插手。」

衡山派劉正風和魔教長老曲洋雙雙死於衡山城外，江湖上皆知是嵩山派所殺。她提及此事，一來揭衡山派的瘡疤，二來譏刺這姓魯老者不念本門師兄弟被殺之仇，反和嵩山派的人物同來跟自己夫婦為難。那姓魯老者臉色大變，厲聲道：「古往今來，那一派中沒有不肖弟子？我們今日來到華山，正是為了主持公道，相助封大哥清理門戶中的奸邪之輩。」

岳夫人手按劍柄，森然道：「誰是奸邪之輩？拙夫岳不羣外號人稱『君子劍』，閣下的外號叫作甚麼？」

那姓魯老者臉上一紅，一雙黃澄澄的眼睛對著岳夫人怒目而視，卻不答話。

這老者雖是衡山派中的第一代人物，在江湖上卻無多大名氣，令狐冲不知他來歷，回頭問勞德諾道：「這人是誰？匪號叫作甚麼？」他知勞德諾帶藝投師，拜入華山派之前在江湖上歷練已久，多知武林中的掌故軼事。勞德諾果然知道，低聲道：「這老兒叫魯連榮，正式外號叫作『金眼鵰』。但他多嘴多舌，惹人討厭，武林中人背後都管他叫『金眼烏鴉』。」令狐冲微微一笑，心想：「這不雅的外號雖然沒人敢當面相稱，但日子久了，總會傳入他耳裏。師娘問他外號，他自然明白指的決不會是『金眼鵰』而是『金眼烏鴉』。」

只聽得魯連榮大聲道：「哼，甚麼『君子劍』？『君子』二字之上，只怕得再加上一個『偽』字。」令狐冲聽他如此當面侮辱師父，再也忍耐不住，大聲叫道：「瞎眼烏鴉，有種的給我滾了出來！」

岳不羣早聽得門外令狐冲和勞德諾的對答，心道：「怎地冲兒下峯來了？」當即斥道：「冲兒，不得無禮。魯師伯遠來是客，你怎可沒上沒下的亂說？」

魯連榮氣得眼中如要噴出火來，華山大弟子令狐冲在衡山城中胡鬧的事，他是聽人說過的，當即罵道：「我道是誰，原來是這在衡山城中嫖妓宿娼的小子！華山派門下果然是人才濟濟。」令狐冲笑道：「不錯，我在衡山城中嫖妓宿娼，結識的婊子姓魯！」

岳不羣怒喝：「你……你還在胡說八道！」令狐冲聽得師父動怒，不敢再說，但廳上陸柏和封不平等已忍不住臉露微笑。

魯連榮倏地轉身，左足一抬，砰的一聲，將一扇長窗踢得飛了出去。他不認得令狐冲，指著華山派羣弟子喝道：「剛才說話的是那一隻畜生？」華山羣弟子默然不語。魯連榮又罵：「他媽的，剛才說話的是那一隻畜生？」令狐冲笑道：「剛才是你自己在說話，我怎知是甚麼畜生？」魯連榮怒不可遏，大吼一聲，便向令狐冲撲去。

令狐冲見他來勢兇猛，向後躍開，突然間人影一閃，廳堂中飄出一個人來，銀光閃爍，錚錚有聲，已和魯連榮鬥在一起，正是岳夫人。她出廳，拔劍，擋架，還擊，一氣呵成，姿式又復美妙之極，雖是極快，旁人瞧在眼中卻不見其快，但見其美。

岳不羣道：「大家是自己人，有話不妨慢慢的說，何必動手？」緩步走到廳外，順手從勞德諾腰邊抽出長劍，一遞一翻，將魯連榮和岳夫人兩柄長劍壓住。魯連榮運勁於臂，向上力抬，不料竟然紋絲不動，臉上一紅，又再運氣。

岳不羣笑道：「我五嶽劍派同氣連枝，便如自家人一般，魯師兄不必和小孩子們一般見識。」回過頭來，向令狐冲斥道：「你胡說八道，還不快向魯師伯陪禮？」

令狐冲聽了師父吩咐，只得上前躬身行禮，說道：「魯師伯，弟子瞎了眼，不知輕重，便如臭烏鴉般啞啞亂叫，污衊了武林高人的聲譽，當真連畜生也不如。你老人家別生氣，我可不是罵你。臭烏鴉亂叫亂噪，咱們只當他是放屁！」他臭烏鴉長、臭烏鴉短的說個不休，誰都知他又是在罵魯連榮，旁人還可忍住，岳靈珊已咭的一聲，笑了出來。

岳不羣感到魯連榮接連運了三次勁，微微一笑，收起長劍，交還給勞德諾。魯連榮劍上壓力陡然消失，手臂向上急舉，只聽得噹噹兩聲響，兩截斷劍掉在地下，他和岳夫人手中都只賸下了半截斷劍。他正在出力和岳不羣相拚，這時運勁正猛，半截斷劍向上疾挑，險些劈中了自己額角，幸好他膂力甚強，這才及時收住，但已鬧得手忙腳亂，面紅耳赤。

他嘶聲怒喝：「你……你……兩個打一個！」但隨即想到，岳夫人的長劍也被岳不羣以內力壓斷，眼見陸柏、封不平等人都已出廳觀鬥，人人都看得出來，岳不羣只是勸架，請二人罷手，卻無偏袒。但妻子的長劍被丈夫壓斷並無干係，魯連榮這一下卻無論如何受不了。他又叫：「你……你……」右足重重一頓，握著半截斷劍，頭也不回的急衝下山。

岳不羣壓斷二人長劍之時，便已見到站在令狐冲身後的桃谷六仙，只覺得這六人形相非常，甚感詫異，拱手道：「六位光臨華山，未曾遠迎，還望恕罪。」桃谷六仙瞪眼瞧著他，既不還禮，也不說話。令狐冲道：「這位是我師父，華山派掌門岳先生……」

他一句話沒說完，封不平插口道：「是你師父，那是不錯，是不是華山派掌門，卻要走著瞧了。岳師兄，你露的這手紫霞神功可帥的很啊，可是單憑這手氣功，卻未必便能執掌華山門戶。誰不知道華山派是五嶽劍派之一，劍派劍派，自然是以劍為主。你一味練氣，那是走入魔道，修習的可不是本門正宗心法了。」

岳不羣道：「封兄此言未免太過。五嶽劍派都使劍，那固然不錯，可是不論那一門、那一派，都講究『以氣御劍』之道。劍術是外學，氣功是內學，須得內外兼修，武功方克得有小成。以封兄所言，倘若只是勤練劍術，遇上了內家高手，那便相形見絀了。」

封不平冷笑道：「那也不見得。天下最佳之事，莫如九流三教、醫卜星相、四書五經、十八般武藝件件皆能，事事皆精，刀法也好，槍法也好，無一不是出人頭地。可是世人壽命有限，那能容得你每一門都去練上一練？一個人專練劍法，尚且難精，又怎能分心去練別的功夫？我不是說練氣不好，只不過咱們華山派的正宗武學乃是劍術。你要涉獵旁門左道的功夫，有何不可，去練魔教的『吸星大法』，旁人也還管你不著，何況練氣？但尋常人貪多務得，練壞了門道，不過是自作自受，你眼下執掌華山一派，這般走上了歪路，那可是貽禍子弟，流毒無窮。」

令狐冲心中猛地閃過一個念頭：「風太師叔只教我練劍，他……他多半是劍宗的。我跟他老人家學劍，這……這可錯了嗎？」霎時間毛骨悚然，背上滿是冷汗。

岳不羣微笑道：「『貽禍子弟，流毒無窮』，卻也不見得。」

封不平身旁那個矮子突然大聲道：「為甚麼不見得？你教了這麼一大批沒個屁用的弟子出來，還不是『貽禍子弟，流毒無窮』？封師兄說你所練的功夫是旁門左道，不配做華山派的掌門，這話一點不錯。你到底是自動退位呢，還是吃硬不吃軟，要叫人拉下位來？」

這時陸大有已趕到廳外，見大師哥瞧著那矮子，臉有疑問之色，便低聲道：「先前聽他們跟師父對答，這矮子名叫成不憂。」

岳不羣道：「成兄，你們『劍宗』一支，二十五年前早已離開本門，自認不再是華山派弟子，何以今日又來生事？倘若你們自認功夫了得，不妨自立門戶，在武林中揚眉吐氣，將華山派壓了下來，岳某自也佩服。今日這等嚕唆不清，除了徒傷和氣，更有何益？」

成不憂大聲道：「岳師兄，在下和你無怨無仇，原本不必傷這和氣。只是你霸佔華山派掌門之位，卻教眾弟子練氣不練劍，以致我華山派聲名日衰，你終究卸不了罪責。成某既是華山弟子，終不能袖手旁觀，置之不理。再說，當年『氣宗』排擠『劍宗』，所使的手段實在不明不白，殊不光明正大，我『劍宗』弟子沒一個服氣。我們已隱忍了二十五年，今日該得好好算一算這筆帳了。」

岳不羣道：「本門氣宗劍宗之爭，由來已久。當日兩宗玉女峯上比劍，勝敗既決，是非亦分。事隔二十五年，三位再來舊事重提，復有何益？」

成不憂道：「當日比劍勝敗如何，又有誰見來？我們三個都是『劍宗』弟子，就一個也沒見。總而言之，你這掌門之位得來不清不楚，否則左盟主身為五嶽劍派的首領，怎麼他老人家也會頒下令旗，要你讓位？」岳不羣搖頭道：「我想其中必有蹊蹺。左盟主向來見事極明，依情依理，決不會突然頒下令旗，要華山派更易掌門。」成不憂指著五嶽劍派的令旗道：「難道這令旗是假的？」岳不羣道：「令旗是不假，只不過令旗是啞巴，不會說話。」

陸柏一直旁觀不語，這時終於插口：「岳師兄說五嶽令旗是啞巴，難道陸某也是啞巴不成？」岳不羣道：「不敢，茲事體大，在下當面謁左盟主後，再定行止。」陸柏陰森森的道：「如此說來，岳師兄畢竟是信不過陸某的言語了？」岳不羣道：「不敢！就算左盟主真有此意，他老人家也不能單憑一面之辭，便傳下號令，總也得聽聽在下的言語才是。再說，左盟主為五嶽劍派盟主，管的是五派所共的大事。至於泰山、恆山、衡山、華山四派自身的門戶之事，自有本派掌門人作主。」

成不憂道：「那有這麼許多嚕唆的？說來說去，你這掌門人之位是不肯讓的了，是也不是？」他說了「不肯讓的了」這五個字後，刷的一聲，已然拔劍在手，待說那「是」字時便刺出一劍，說「也」字時刺出一劍，說「不」字時刺出一劍，說到最後一個「是」字時又刺出一劍，「是也不是」四個字一口氣說出，便已連刺了四劍。

這四劍出招固然捷迅無倫，四劍連刺更是四下凌厲之極的不同招式，極盡變幻之能事。第一劍穿過岳不羣左肩上衣衫，第二劍穿過他右肩衣衫，第三劍刺他左臂之旁的衣衫，第四劍刺他右脅旁衣衫。四劍均是前後一通而過，在他衣衫上刺了八個窟窿，劍刃都是從岳不羣身旁貼肉掠過，相去不過半寸，卻沒傷到他絲毫肌膚，這四劍招式之妙，出手之快，拿捏之準，勢道之烈，無一不是第一流高手的風範。華山羣弟子除令狐冲外盡皆失色，均想：「這四劍都是本派劍法，卻從來沒見師父使過。『劍宗』高手，果然不凡。」

但陸柏、封不平等卻對岳不羣更是佩服。眼見成不憂連刺四劍，每一劍都是狠招殺著，劍劍能致岳不羣的死命，但岳不羣始終臉露微笑，坦然而受，這養氣功夫卻尤非常人所能。成不憂等人來到華山，擺明了要奪掌門之位，岳不羣人再厚道，也不能不防對方暴起傷人，可是他不避不讓，漫不在乎的受了四劍，自是胸有成竹，只須成不憂一有加害之意，他便有剋制之道。在這間不容髮的瞬息之間，他竟能隨時出手護身克敵，則武功遠比成不憂為高，自可想而知。他雖未出手，但懾人之威，與出手致勝已殊無二致。

令狐冲眼見成不憂所刺的這四劍，正是後洞石壁所刻華山派劍法中的一招招式，他將之一化為四，略加變化，似乎四招截然不同，其實只是一招，心想：「劍宗的招數再奇，終究越不出石壁上所刻的範圍。」

岳夫人道：「成兄，拙夫總是瞧著各位遠來是客，一再容讓。你已在他衣上刺了四劍，再不知趣，華山派再尊敬客人，總也有止境。」

成不憂道：「甚麼遠來是客，一再容讓？岳夫人，你只須破得我這四招劍法，成某立即乖乖的下山，再也不敢上玉女峯一步。」他雖然自負劍法了得，然見岳不羣如此不動聲色，倒也不敢向他挑戰，心想岳夫人在華山派中雖也名聲不小，終究是女流之輩，適才見到自己這四劍便頗有駭然色變之態，只須激得她出手，定能將她制住，那時岳不羣或者心有所忌，就此屈服，或者章法大亂，便易為封不平所乘了，說著長劍一立，大聲道：「岳夫人請。寧女俠乃華山氣宗高手，天下知聞。劍宗成不憂今日領教寧女俠的氣功。」他這麼說，竟揭明了要重作華山劍氣二宗的比拚。

岳夫人雖見成不憂這四劍招式精妙，自己並無必勝把握，但他這等咄咄逼人，如何能就此忍讓？刷的一聲，抽出了長劍。

令狐冲搶著道：「師娘，劍宗練功的法門誤入歧途，豈是本門正宗武學之可比？先讓弟子和他鬥鬥，倘若弟子的氣功沒練得到家，再請師娘來打發他不遲。」他不等岳夫人允可，已縱身攔在她身前，手中卻握著一柄順手在牆邊撿起來的破掃帚。他將掃帚一晃一晃，向成不憂道：「成師傅，你已不是本門中人，甚麼師伯師叔的稱呼，只好免了。你如迷途知返，要重投本門，也不知我師父肯不肯收你。就算我師父肯收，本門規矩，先入師門為大，你也得叫我一聲師兄了，請請！」倒轉了掃帚柄，向他一指。

成不憂大怒，喝道：「臭小子，胡說八道！你只須擋得住我適才這四劍，成不憂拜你為師。」令狐冲搖頭道：「我可不收你這個徒弟……」一句話沒說完，成不憂已叫道：「拔劍領死！」令狐冲道：「真氣所至，草木皆是利劍。對付成兄這幾招不成氣候的招數，又何必用劍？」成不憂道：「好，是你狂妄自大，可不能怨我出手狠辣！」

岳不羣和岳夫人知道這人武功比令狐冲可高得太多，一柄掃帚管得甚用？以空手擋他利劍，凶險殊甚，當下齊聲喝道：「冲兒退開！」

但見白光閃處，成不憂已挺劍向令狐冲刺出，果然便是適才曾向岳不羣刺過的那一招。他不變招式，一來這幾招正是他生平絕學，二來有言在先，三來自己舊招重使，顯得是讓對方有所準備，雙方各有所利，扯了個直，並非單是自己在兵刃上佔了便宜。

令狐冲向他挑戰之時，早已成竹在胸，想好了拆招之法，後洞石壁上所刻圖形，均是以奇門兵刃破劍，自己倘若使劍，此刻獨孤九劍尚未練成，並無必勝之方，這柄破掃帚卻正好當作雷震擋，眼見成不憂長劍刺來，破掃帚便往他臉上掃了過去。

令狐冲這一下卻也干冒極大凶險，雷震擋乃精鋼所鑄，掃上了不死也必受傷，如果他手中所持真是雷震擋，這一掃妙到毫巔，對方自須迴劍自救，但這把破掃帚卻又有甚麼脅敵之力？他內力平常，甚麼「真氣所至，草木即是利劍」云云，全是信口胡吹，這一掃帚便掃在成不憂臉上，最多也不過劃出幾條血絲，有甚大礙？可是成不憂這一劍，卻在他身上穿膛而過了。只是他料想對手乃前輩名宿，決不願自己這柄沾滿了鷄糞泥塵的破掃帚在他臉上掃上一下，縱然一劍將自己殺了，也難雪破帚掃臉之恥。

果然眾人驚呼聲中，成不憂偏臉閃開，迴劍去斬掃帚。

令狐冲將破帚一捺，避開了這劍。成不憂被他一招之間即逼得迴劍自救，不由得臉上一熱，他可不知令狐冲破掃帚這一掃，其實是魔教十餘位高手長老，不知花了多少時光，共同苦思琢磨，才創出來剋制他這一招的妙著，實是嘔心瀝血、千錘百鍊的力作，還道令狐冲亂打誤撞，竟然破解了自己這一招。他惱怒之下，第二劍又已刺出，這一劍可並非按著原來次序，卻是本來刺向岳不羣腋下的第四劍。

令狐冲一側身，帚交左手，似是閃避他這一劍，那破帚卻如閃電般疾穿而出，指向成不憂前胸。帚長劍短，帚雖後發，卻是先至，成不憂的長劍尚未圈轉，掃帚上的幾根竹絲已然戳到了他胸口。令狐冲叫道：「著！」嗤的一聲響，長劍已將破帚的帚頭斬落。但旁觀眾高手人人看得明白，這一招成不憂已然輸了，如果令狐冲所使的不是一柄竹帚，而是鋼鐵所鑄的雷震擋、九齒釘耙、月牙鏟之類武器，成不憂胸口已受重傷。

對方若是一流高手，成不憂只好撒劍認輸，不能再行纏鬥，但令狐冲明明只是個二代弟子，自己敗在他一柄破掃帚下，顏面何存？當下刷刷刷連刺三劍，盡是華山派的絕招，三招之中，倒有兩招是後洞石壁上所刻。另一招令狐冲雖未見過，但他自從學了獨孤九劍的「破劍式」後，於天下諸種劍招的破法，心中都已有了些頭緒，閃身避開對方一劍之後，跟著便以石壁上棍棒破劍之法，以掃帚柄當作棍棒，一棍將成不憂的長劍擊歪，跟著挺棍向他劍尖撞了過去。

假若他手中所持是鐵棍鐵棒，則棍堅劍柔，長劍為雙方勁力所撞，立時折斷，使劍者更無解救之道。不料他在危急中順手使出，沒想到自己所持的只是一根竹棍，以竹棍遇利劍，並非勢如破竹，而是勢乃破竹，擦的一聲響，長劍插進了竹棍之中，直沒至劍柄。

令狐冲念頭轉得奇快，右手順勢一掌橫擊帚柄，那掃帚挾著長劍，斜刺裏飛了出去。成不憂又羞又怒，左掌疾翻，喀的一聲，正擊在令狐冲胸口。他是數十年的修為，令狐冲不過熟悉劍招變化，拳腳功夫如何是他對手，身子一仰，立即翻倒，口中鮮血狂噴。

突然間人影閃動，成不憂雙手雙腳被人提了起來，只聽他一聲慘呼，滿地鮮血內臟，一個人竟被拉成了四塊，兩隻手兩隻腳分持在四個形貌奇醜的怪人手裏，正是桃谷四仙將他活生生的分屍四爿。

這一下變起俄頃，眾人都嚇得呆了。岳靈珊見到這血肉模糊的慘狀，眼前一黑，登時暈倒。饒是岳不羣、陸柏等皆是武林中見多識廣的大高手，卻也都駭然失措。

便在桃谷四仙撕裂成不憂的同時，桃花仙與桃實仙已搶起躺在地下的令狐冲，迅捷異常的向山下奔去。岳不羣和封不平雙劍齊出，向桃幹仙和桃葉仙二人背心刺去。桃根仙和桃枝仙各自抽出一根短鐵棒，錚錚兩響，同時格開。桃谷四仙展開輕功，頭也不回的去了。

瞬息之間，六怪和令狐冲均已不見蹤影。

陸柏和岳不羣、封不平等人面面相覷，眼見這六個怪人去得如此快速，再也追趕不上，各人瞧著滿地鮮血和成不憂分成四塊的肢體，又是驚懼，又是慚愧。

隔了良久，陸柏搖了搖頭，封不平也搖了搖頭。

令狐冲被成不憂一掌打得重傷，隨即被桃谷二仙抬著下山，過不多時，便已昏暈過去，醒轉來時，眼前只見兩張馬臉、兩對眼睛凝視著自己，臉上充滿著關切之情。

桃花仙見令狐冲睜開眼睛，喜道：「醒啦，醒啦，這小子死不了啦。」桃實仙道：「當然死不了，給人輕輕的打上一掌，怎麼會死？」桃花仙道：「你倒說得稀鬆平常，這一掌打在你身上，自然傷不了你，但打在這小子身上，或許便打死了他。」桃實仙道：「他明明沒死，你怎麼說打死了他？」桃花仙道：「我不是說一定死，我是說：或許會死。」桃實仙道：「他既然活轉，就不能再說『或許會死』。」桃花仙道：「我說都說了，你待怎樣？」桃實仙道：「那就證明你眼光不對，也可說你根本沒有眼光。」桃花仙道：「你既有眼光，知道他決計死不了，剛才又為甚麼唉聲嘆氣，滿臉愁容？」桃實仙道：「第一，我剛才唉聲嘆氣，不是擔心他死，是擔心小尼姑見了他這等模樣之後，為他擔心。第二，咱們打賭贏了小尼姑，說好要到華山來請令狐冲去見她，現下請了這麼一個半死不活的令狐冲去，只怕小尼姑不答應。」桃花仙道：「你既然知他一定不會死，就可以告訴小尼姑不用擔心，小尼姑既然不擔心，你又擔心些甚麼？」桃實仙道：「第一，我叫小尼姑不擔心，她未必就聽我話，就算她聽了我話，假裝不擔心，其實還是在擔心。第二，這小子雖然死不了，這傷勢著實不輕，說不定難好，那麼我自然也有點擔心。」

令狐冲聽他兄弟二人辯個不休，雖是聽著可笑，但顯然他二人對自己的生死實深關切，不禁感激，又聽他二人口口聲聲說到「小尼姑為自己擔心」，想必那「小尼姑」便是恆山派的儀琳小師妹了，當下微笑道：「兩位放心，令狐冲死不了。」

桃實仙大喜，對桃花仙道：「你聽，他自己說死不了，你剛才還說或許會死。」桃花仙道：「我說那句話之時，他還沒開口說話。」桃實仙道：「他既然睜開了眼睛，當然就會開口說話，誰都料想得到。」

令狐冲心想二人這麼爭辯下去，不知幾時方休，笑道：「我本來是要死的，不過聽見兩位盼望我不死，我想桃谷六仙何等的聲威，江湖上何等……何等的……咳咳……名望，你們要我不死，我怎敢再死？」

桃花仙、桃實仙二人一聽，心花怒放，齊聲道：「對，對！這人的話十分有理！咱們跟大哥他們說去。」二人奔了出去。

令狐冲這時只覺自己是睡在一張板床之上，頭頂帳子陳舊破爛，也不知是在甚麼地方，輕輕轉頭，便覺胸口劇痛難當，只得躺著不動。

過不多時，桃根仙等四人也都走進房來。六人你一言，我一語，說個不休，有的自誇功勞，有的稱讚令狐冲不死的好，更有人說當時救人要緊，無暇去跟嵩山派那老狗算帳，否則將他也是拉成四塊，瞧他身子變成四塊之後，還能不能將桃谷六仙像捏螞蟻般捏死。

令狐冲為湊桃谷六仙之興，強提精神，和他們談笑了幾句，隨即又暈了過去。

迷迷糊糊之中，但覺胸口煩惡，全身氣血倒轉，說不出的難受，過了良久，神智漸復，只覺身子似乎在一隻大火爐中燒烤，忍不住呻吟出聲，聽得有人喝道：「別作聲。」

令狐冲睜開眼來，但見桌上一燈如豆，自己全身赤裸，躺在地下，雙手雙腳分別被桃谷四仙抓住，另有二人，一個伸掌按住他小腹，一個伸掌按在他腦門的「百會穴」上。令狐冲駭異之下，但覺有一股熱氣從左足足心向上游去，經左腿、小腹、胸口、右臂，而至右手掌心，另有一股熱氣則從左手掌心向下游去，經左臂、胸口、心腹、右腿，而至右足足心。兩股熱氣交互盤旋，只蒸得他大汗淋漓，炙熱難當。

他知道桃谷六仙正在以上乘內功給自己療傷，心中好生感激，暗暗運起師父所授的華山派內功心法，以便加上一份力道，不料一股內息剛從丹田中升起，小腹間便突然劇痛，恰如一柄利刃插進了肚中，登時哇的一聲，鮮血狂噴。

桃谷六仙齊聲驚呼：「不好了！」桃葉仙反手一掌，擊在令狐冲頭上，立時將他打暈。

此後令狐冲一直在昏迷之中，身子一時冷，一時熱，那兩股熱氣也不斷在四肢百骸間來回游走，有時更有數股熱氣相互衝突激盪，越發的難當難熬。

也不知過了多少時候，終於頭腦間突然清涼了一陣，只聽得桃谷六仙正在激辯，他睜開眼來，聽桃幹仙說道：「你們瞧，他大汗停了，眼睛也睜開了，是不是我的法子才是真行？我這股真氣，從中瀆而至風市、環跳，在他淵腋之間來回，必能治好他的內傷。」桃根仙道：「你還在胡吹大氣呢，前日倘若不用我的法子，以真氣游走他足厥陰肝經諸經脈，這小子早已死定了，那裏還輪得你今日在他淵腋之間來回？」桃枝仙道：「不錯，不過大哥的法子縱然將他內傷治好了，他雙足不能行走，總是美中不足，還是我的法子好。這小子的內傷，是屬於心包絡，須得以真氣通他腎絡三焦。」桃根仙怒道：「你又沒鑽進過他身子，怎知他的內傷一定屬於心包絡？當真胡說八道！」三人你一言，我一語，爭執不休。

桃葉仙忽道：「這般以真氣在他淵腋間來回，我看不大妥當，還是先治他的足少陰腎經為是。」也不等旁人是否同意，立即伸手按住令狐冲左膝的陰谷穴，一股熱氣從穴道中透了進去。桃幹仙大怒，喝道：「嘿！你又來跟我搗蛋啦。咱們便試一試，到底誰說得對。」當即催動內力，加強真氣。

令狐冲又想作嘔，又想吐血，心裏連珠價只是叫苦：「糟了，糟了！這六人一片好心，要救我性命，但六兄弟意見不同，各憑己法為我醫治，我令狐冲這次可倒足大霉了。」他想出聲抗辯，叫六仙住手，苦在開口不得。

只聽桃根仙道：「他胸口中掌，受了內傷，自然當以治他手太陰肺經為主。我用真氣貫注他中府、尺澤、孔最、列缺、太淵、少商諸穴，最是對症。」桃幹仙道：「大哥，別的事情我佩服你，這以真氣療傷的本領，卻是你不及我了。這小子全身發高燒，乃是陽氣太旺的實症，須得從他手陽明大腸經入手。我決意通他商陽、合谷、手三里、曲池、迎香諸處穴道。」桃枝仙搖頭道：「錯了，錯了，錯之極矣。」桃幹仙怒道：「你知道甚麼？為甚麼說我錯之極矣？」桃根仙卻十分高興，笑道：「究竟三弟醫理明白，知道是我對，二弟錯了。」桃葉仙道：「二哥固然錯了，大哥卻也沒對。你們瞧，這小子雙眼發直，口唇顫動，偏偏不想說話……」（令狐冲心中暗罵：「我怎地不想說話？給你們用真氣內力在我身上亂通亂鑽，我怎麼還說得出話來？」）桃葉仙續道：「……那自然是頭腦發昏，心智胡塗，須得治他足陽明胃經。」（令狐冲暗罵：「你才頭腦發昏，心智胡塗！」）桃葉仙一聲甫畢，令狐冲便覺眼眶下凹陷處的四白穴上一痛，口角旁的地倉穴上一酸，跟著臉頰上大迎、頰車，以及頭上頭維、下關諸穴一陣劇痛，又是一陣酸癢，只攪得他臉上肌肉不住跳動。

桃實仙道：「你整來整去，他還是不會說話，我看倒不是他腦子有病，只怕乃是舌頭發強，這是裏寒上虛的病症，我用內力來治他的隱白、太白、公孫、商丘、地機諸處穴道，只不過……只不過……倘若治不好，你們可不要怪我。」桃幹仙道：「治不好，人家性命也給你送了，怎可不怪你？」桃實仙道：「但如果不治，你明知他是舌頭發強，不治他足太陰脾經，豈不是見死不救？」桃枝仙道：「倘若治錯了，可糟糕得很了。」

桃花仙道：「治錯了糟糕，治不好也糟糕。咱們治了這許多時候始終治不好，我料得他定是害了心病，須得從手少陰心經著手。可見少海、通里、神門、少沖四個穴道，乃是關竅之所在。」桃實仙道：「昨天你說當治他足少陽膽經，今天卻又說手少陰心經了。少陽是陽氣初盛，少陰是陰氣甫生，一陰一陽，二者截然相反，到底是那一種說法對？」桃花仙道：「由陰生陽，此乃一物之兩面，乃是一分為二之意。太極生兩儀，兩儀復合而為太極，可見有時一分為二，有時合二為一，少陽少陰，互為表裏，不能一概而論者也。」

令狐冲暗暗叫苦：「你在這裏強辭奪理，胡說八道，卻是在將我的性命來當兒戲。」

桃根仙道：「試來試去，總是不行，我是決心一意孤行的了。」桃幹仙、桃枝仙等五人齊聲道：「怎麼一意孤行？」桃根仙道：「這顯然是一門奇症，既是奇症，便須從經外奇穴入手。我要以凌虛點穴之法，點他印堂、金律、玉液、魚腰、百勞和十二井穴。」桃幹仙等齊道：「大哥，這個使不得，那可太過凶險。」

只聽得桃根仙大喝：「甚麼使不得？再不動手，這小子性命不保。」令狐沖便覺印堂、金律等諸處穴道之中，便似有一把把利刀戳了進去，痛不可當，到後來已全然分辨不出是何處穴道中劇痛。他張嘴大叫，卻呼喚不出半點聲音。便在此時，一道熱氣從足太陰脾經諸處穴道中急劇流轉，跟著手少陰心經的諸處穴道中也出現熱氣，兩股真氣相互激盪。過不多時，又有三道熱氣分從不同經絡的各穴道中透入。

令狐沖心內氣苦，身上更是難熬無比，以往桃谷六仙在他身上胡亂醫治，他昏迷之中懵然不知，那也罷了，此刻苦在神智清醒，於六人的胡鬧卻是全然無能為力。只覺得這六道真氣在自己體內亂衝亂撞，肝、膽、腎、肺、心、脾、胃、大腸、小腸、膀胱、心包、三焦、五臟六腑，到處成了六兄弟真力激盪之所，內功比拚之場。令狐沖怒極，心中大喝：「我此次若得不死，日後定將你這六個狗賊碎屍萬段。」他內心深處自知桃谷六仙純是一片好意，而且這般以真氣助他療傷，實是大耗內力，若不是有與眾不同的交情，輕易不肯施為，可是此刻經歷如湯如沸、如煎如烤的折磨，痛楚難當，倘若他能張口作聲，天下最惡毒的言語也都罵將出來了。

桃谷六仙一面各運真氣、各憑己意替令狐沖療傷，一面兀自爭執不休，卻不知這些日子之中，早已將令狐沖體內經脈攪得亂七八糟，全然不成模樣。令狐沖自幼研習華山派上乘內功，雖然修為並不深湛，但所學卻是名門正宗的內家功夫，根基紮得極厚，幸虧尚有這一點兒底子，才得苟延殘喘，不給桃谷六仙的胡攪立時送了性命。

桃谷六仙運氣多時，眼見令狐沖心跳微弱，呼吸越來越沉，轉眼便要氣絕身亡，都不禁擔心，桃實仙道：「我不幹啦，再幹下去，弄死了他，這小子變成冤鬼，老是纏著我，可不嚇死了我？」手掌便從令狐冲的穴道上移開。桃根仙怒道：「要是這小子死了，第一個就怪你。他變成冤鬼，陰魂不散，總之是纏住了你。」桃實仙大叫一聲，越窗而走。

桃幹仙、桃枝仙諸人次第縮手，有的皺眉，有的搖頭，均不知如何是好。

桃葉仙道：「看來這小子不行啦，那怎麼辦？」桃幹仙道：「你們去對小尼姑說，他給那個矮傢伙拍了一掌，抵受不住，因此死了。咱們為他報仇，已將那矮傢伙撕成了四塊。」桃根仙道：「說不說咱們以真氣替他醫傷之事？」桃幹仙道：「這個萬萬說不得！」桃根仙道：「但如小尼姑又問，咱們為甚麼不設法給他治傷，那便如何？」桃幹仙道：「那咱們只好說，醫是醫過了，只不過醫不好。」桃根仙道：「小尼姑豈不要怪桃谷六仙全無屁用，還不如六條狗子。」桃幹仙大怒，喝道：「小尼姑罵咱們是六條狗子，太也無理！」桃根仙道：「小尼姑又沒罵，是我說的。」桃幹仙怒道：「她既沒有罵，你怎麼知道？」桃根仙道：「她說不定會罵的。」桃幹仙道：「也說不定會不罵。你這不是胡說八道麼？」桃根仙道：「這小子一死，小尼姑大大生氣，多半要罵。」桃幹仙道：「我說小尼姑一定放聲大哭，卻不會罵。」桃根仙道：「我寧可她罵咱們是六條狗子，不願見她放聲大哭。」

桃幹仙道：「她也未必會罵咱們是六條狗子。」桃根仙問：「那罵甚麼？」桃幹仙道：「咱們六兄弟像狗子麼？我看一點也不像。說不定罵咱們是六條貓兒。」桃葉仙插嘴：「為甚麼？難道咱們像貓兒麼？」桃花仙加入戰團：「罵人的話，又不必像。咱們六兄弟是人，小尼姑要是說咱們六個是人，就不是罵了。」桃枝仙道：「她如罵我們六個都是蠢人、壞人，那還是罵。」桃花仙道：「這總比六條狗子好。」桃枝仙道：「如果那六條狗子是聰明狗、能幹狗、威風狗、英雄好狗、武林中的六大高狗呢？到底是人好還是狗好？」

令狐冲奄奄一息的躺在床上，聽得他們如此爭執不休，忍不住好笑，不知如何，一股真氣上沖，忽然竟能出聲：「六條狗子也比你們好得多！」

桃谷五仙盡皆一愕，還未說話，卻聽得桃實仙在窗外問道：「為甚麼六條狗子也比咱們好？」桃谷五仙齊聲問道：「是啊，為甚麼六條狗子也比咱們好？」

令狐冲只想破口大罵，卻實在半點力氣也無，斷斷續續的道：「你……你們送我回華山去，只……只有我師父能救……救我性命……」桃根仙道：「甚麼？只有你師父能救你性命？桃谷六仙便救你不得？」令狐冲點了點頭，張大了口，再也說不出話來。

桃葉仙怒道：「豈有此理？你師父有甚麼了不起？難道比我們桃谷六仙還要厲害？」桃花仙道：「哼，叫他師父來跟我們比拚比拚！」桃幹仙道：「咱們四人抓住他師父的兩隻手，兩隻腳，喀的一聲，撕成他四塊。」

桃實仙跳進房來，說道：「連華山上所有男男女女，一個個都撕成了四塊。」桃花仙道：「連華山上的狗子貓兒、豬羊鷄鴨、烏龜魚蝦，一隻隻都抓住四肢，撕成四塊。」

桃枝仙道：「魚蝦有甚麼四肢？怎麼抓住四肢？」桃花仙一愕，道：「抓其頭尾，上下魚鰭，不就成了？」桃枝仙道：「魚頭就不是魚的四肢。」桃花仙道：「那有甚麼干係？不是四肢就不是四肢。」桃枝仙道：「當然大有干係，既然不是四肢，那就證明你第一句話說錯了。」桃花仙明知給他抓住了痛腳，兀自強辯：「甚麼我第一句話說錯了。」桃枝仙道：

「你說，『連華山上的狗子貓兒、豬羊雞鴨、烏龜魚蝦，一隻隻都抓住四肢，撕成四塊。』你沒說過嗎？」桃花仙道：「我說過的。可是這句話，卻不是我的第一句話。今天我已說過幾千幾百句話，怎麼你說我這句話是第一句話？如果從我出娘胎算起，我不知說過幾萬萬句了，這更加不是第一句話。」桃枝仙張口結舌，說不出話來。

桃幹仙道：「你說烏龜？」桃花仙道：「不錯，烏龜有前腿後腿，自然有四肢。」桃幹仙道：「但咱們分抓烏龜的前腿後腿，四下一拉，怎麼能將之撕成四塊？」桃花仙道：「為甚麼不能？烏龜有甚麼本事，能擋得住咱們四兄弟的一撕？」桃幹仙道：「將烏龜的身子撕成四塊，那是容易，可是牠那張硬殼呢？你怎麼能抓住烏龜的四肢，連牠硬殼也撕成四塊？倘若不撕硬殼，那就成為五塊，不是四塊。」桃花仙道：「硬殼是一張，不是一塊，你說五塊，那就錯了。」桃根仙道：「烏龜殼背上共有十三塊格子，說四塊是錯，說五塊也錯。」

桃幹仙道：「我說的是撕成五塊，又不是說烏龜背上的格子共有五塊。你怎地如此纏夾不清？」桃根仙道：「你只將烏龜的身子撕成四塊，卻沒撕及烏龜的硬殼，只能說『撕成四塊，再加一張撕不開的硬殼』，所以你說『撕成五塊』云云，大有語病。不但大有語病，而且根本錯了。」桃葉仙道：「大哥，你這可又不對了。大有語病，就不是根本錯了。根本錯了，就不是大有語病。這兩者截然不同，豈可混為一談？」

令狐冲聽他們刺刺不休的爭辯，若不是自己生死懸於一線，當真要大笑一場，這些人言行可笑已極，自己卻越聽越是煩惱。但轉念一想，這一下居然與這六個天地間從所未有的怪人相遇，也算是難得之奇，造化弄人，竟有這等滑稽之作，而自己躬逢其盛，人生於世，也算不枉了，真當浮一大白。言念及此，不禁豪興大發，叫道：「我……我要喝酒！」

桃谷六仙一聽，立時臉現喜色，都道：「好極，好極！他要喝酒，那就死不了。」

令狐冲呻吟道：「死得了也……也好……死……死不了也好。總之先……先喝……喝個痛快再說。」

桃枝仙道：「是，是！我去打酒來。」過不多時，便提了一大壺進房。

令狐冲聞到酒香，精神大振，道：「你餵我喝。」桃枝仙將酒壺嘴插在他口中，慢慢將酒倒入。令狐冲將一壺酒喝得乾乾淨淨，腦子更加機靈了，說道：「我師父……平時常說：天下……大英雄，最厲害的是桃……桃……桃……桃……」桃谷六仙心癢難搔，齊問：「天下大英雄最厲害的是桃甚麼？」令狐冲道：「是……是桃……桃……」六仙齊聲道：「桃谷六仙！」令狐冲道：「正是。我師父又說，他恨不得和桃谷六仙一同喝幾杯酒，交個朋友，再請他六位……六位大……大……」桃谷六仙齊聲道：「六位大英雄！」令狐冲道：「是啊，再請他六位大英雄在眾弟子之前大獻身手，施展……施展絕技……」

桃谷六仙你一言，我一語：「那便如何？」「你師父怎知我們本事高強？」「華山派掌門是個大大的好人哪，咱們可不能動華山的一草一木。」「那個自然，誰要動了華山的一草一木，決計不能和他干休。」「我們很願意跟你師父交個朋友，這就上華山去罷！」

令狐冲當即接口：「對，這就上華山去罷！」

桃谷六仙立即抬起令狐冲動身。走了半天，桃根仙突然叫道：「啊喲，不對！小尼姑要咱們帶這小子去見她，怎麼帶他去華山？不帶這小子去見小尼姑，咱們豈不是又……又……

又那個贏了一場？連贏兩場，不大好意思罷？」桃幹仙道：「這一次大哥說對了，咱們還是帶他先見了小尼姑，再上華山，免得又多贏一場。」六人轉過身來，又向南行。

令狐冲大急，問道：「小尼姑要見的是活人呢，還是死人？」

桃根仙道：「當然要見活小子，不要見死小子。」令狐冲道：「你們不送我上華山，我立即自絕經脈，再也不活了。」桃實仙喜道：「好啊，自絕經脈的高深內功如何練法，正要請教。」桃幹仙道：「你一練成這功夫，自己登時就死了，那有甚麼練頭？」令狐冲氣喘吁吁的道：「那也是有用的，若是為人……為人脅迫，生不如死，苦惱不堪，還不如自絕經脈來得……來得痛快。」

桃谷六仙一齊臉色大變，道：「小尼姑要見你，決無惡意。咱們也不是脅迫於你。」令狐冲嘆道：「六位雖是一片好心，但我不稟明師父，得到他老人家的允可，那是寧死也不從命。再說，我師父、師娘一直想見見六位……六位……當世……當世……無敵的……大……大……大……」桃谷六仙齊聲道：「大英雄！」令狐冲點了點頭。

桃根仙道：「好！咱們送你回華山一趟便是。」

幾個時辰之後，一行七人又上了華山。

華山弟子見到七人，飛奔回去報知岳不羣。岳氏夫婦聽說這六個怪人擄了令狐冲後去而復回，不禁一驚，當即率領羣弟子迎了出來。桃谷六仙來得好快，岳氏夫婦剛出正氣堂，便見這六人已從青石路上走來。其中二人抬著一個擔架，令狐冲躺在架上。

岳夫人忙搶過去察看，只見令狐冲雙頰深陷，臉色蠟黃，伸手一搭他脈搏，更覺脈象散亂，性命便在呼吸之間，驚叫：「冲兒，冲兒！」令狐冲睜開眼來，低聲道：「師……師……師娘！」岳夫人眼淚盈眶，道：「冲兒，師娘與你報仇。」刷的一聲，長劍出鞘，便欲向抬著擔架的桃花仙刺去。

岳不羣叫道：「且慢。」拱手向桃谷六仙說道：「六位大駕光臨華山，不曾遠迎，還乞恕罪。不知六位尊姓大名，是何門派。」

桃谷六仙一聽，登時大為氣惱，又是大為失望。他們聽了令狐冲的言語，只道岳不羣真的對他六兄弟十分仰慕，那知他一出口便詢問姓名，顯然對桃谷六仙一無所知。桃根仙道：「聽說你對我們六兄弟十分欽仰，難道並無其事？如此孤陋寡聞，太也豈有此理。」桃幹仙道：「你曾說天下大英雄中，最厲害的便是桃谷六仙。啊哈，是了！定是你久仰桃谷六仙大名，如雷貫耳，卻不知我們便是桃谷六仙，倒也怪不得。」桃枝仙道：「二哥，他說恨不得和桃谷六仙一同喝幾杯酒，交個朋友。此刻咱六兄弟上得山來，他卻既不顯得歡天喜地，又不像想請咱們喝酒，原來是徒聞六仙之名，卻不識六仙之面。哈哈！好笑啊好笑。」

岳不羣只聽得莫名其妙，冷冷的道：「各位自稱桃谷六仙，岳某凡夫俗子，沒敢和六位仙人結交。」

桃谷六仙登時臉現喜色。桃枝仙道：「那也無所謂。我們六仙和你徒弟是朋友，和你交個朋友那也不妨。」桃實仙道：「你武功雖然低微，我們也不會看你不起，你放心好啦。」桃花仙道：「你武藝上有甚麼不明白的，儘管問好了，我們自會點撥於你。」

岳不羣淡淡一笑，說道：「這個多謝了。」

桃幹仙道：「多謝是不必的。我們桃谷六仙既然當你是朋友，自然是知無不言，言無不盡。」桃實仙道：「我這就施展幾手，讓你們華山派上下，大家一齊大開眼界如何？」

岳夫人自不知這六人天真爛漫，不明世務，這些話純是一片好意，但聽他們言語放肆，早就憤怒之極，這時再也忍耐不住，長劍一起，劍尖指向桃實仙胸口，叱道：「好，我來領教你兵刃上的功夫。」桃實仙笑道：「桃谷六仙跟人動手，極少使用兵刃，你既說仰慕我們的武功，此節如何不知？」

岳夫人只道他這句話又是辱人之言，道：「我便是不知！」長劍陡地刺出。

這一劍出手既快，劍上氣勢亦是淩厲無比。桃實仙對她沒半分敵意，全沒料到她說刺便刺，劍尖在瞬息之間已刺到了他胸口，他如要抵禦，以他武功，原也來得及，只是他膽子實在太小，霎時間目瞪口呆，只嚇得動彈不得，噗的一聲，長劍透胸而入。

桃枝仙急搶而上，一掌擊在岳夫人肩頭。岳夫人身子一晃，退後兩步，脫手鬆劍，那長劍插在桃實仙胸中，兀自搖晃。桃根仙等五人齊聲大呼。桃枝仙抱起桃實仙，急忙退開。餘下四仙倏地搶上，迅速無倫的抓住了岳夫人雙手雙足，提了起來。

岳不羣知道這四人跟著便是往四下一分，將岳夫人的身子撕成四塊，饒是他臨事鎮定，當此情景之下，長劍向桃根仙和桃葉仙分刺之時，手腕竟也發顫。

令狐冲身在擔架，眼見師娘處境凶險無比，急躍而起，大叫：「不得傷我師娘，否則我便自絕經脈。」這兩句話一叫出，口中鮮血狂噴，立時暈去。

桃根仙避開了岳不羣的一劍，叫道：「小子要自絕經脈，這可使不得，饒了婆娘！」四仙放下岳夫人，牽掛著桃實仙的性命，追趕桃枝仙和桃實仙而去。

岳不羣和岳靈珊同時趕到岳夫人身邊，待要伸手相扶，岳夫人已一躍而起，驚怒交集之下，臉上更沒半點血色，身子不住發顫。岳不羣低聲道：「師妹不須惱怒，咱們定當報仇。這六人大是勁敵，幸好你已殺了其中一人。」

岳夫人想起當日成不憂被這桃谷六仙分屍的情景，一顆心反而跳得更加厲害了，顫聲道：「這……這……這……」身子發抖，竟爾再也說不出話來。

岳不羣知道妻子受驚著實不小，對女兒道：「珊兒，你陪媽媽進房去休息休息。」再去看令狐冲時，只見他臉上胸前全是鮮血，呼吸低微，已是出氣多、入氣少，眼見難活了。

岳不羣伸手按住他後心靈台穴，欲以深厚內力為他續命，甫一運氣，突覺他體內幾股詭奇之極的內力反擊出來，險些將自己手掌震開，不禁大為駭異，隨又發覺，這幾股古怪內力在令狐冲體內竟也自行互相撞擊，衝突不休。

再伸掌按到令狐冲胸口的膻中穴上，掌心又是劇烈的一震，竟帶得胸口也隱隱生疼，這一下岳不羣驚駭更甚，但覺令狐冲體內這幾股真氣逆衝斜行，顯是旁門中十分高明的內功。每一股真氣雖較自己的紫霞神功略遜，但只須兩股合而為一，或是分進合擊，自己便抵擋不住，再仔細辨認，察覺他體內真氣共分六道，每一道都甚是怪誕。岳不羣不敢多按，撤掌尋思：「這真氣共分六道，自是那六個怪人注入冲兒體內的了。這六怪用心險惡，竟將各人內力分注六道經脈，要冲兒吃盡苦頭，求生不得，求死不能。」皺眉搖了搖頭，命高根明和陸大有將令狐冲抬入內室，自去探視妻子。

岳夫人受驚不小，坐在床沿握住女兒之手，兀自臉色慘白，怔忡不安，一見岳不羣，便問：「冲兒怎樣?傷勢有礙嗎？」岳不羣將他體內有六道旁門真氣互鬥的情形說了。岳夫人道：「須得將這六道旁門真氣一一化去才是，只不知還來得及嗎？」岳不羣抬頭沉吟，過了良久，道：「師妹，你說這六怪如此折磨冲兒，是甚麼用意?」

岳夫人道：「想是他們要冲兒屈膝認輸，又或是逼問我派的甚麼機密。冲兒當然寧死不屈，這六個醜八怪便以酷刑相加。」岳不羣點頭道：「照說該是如此。可是我派並沒甚麼機密，這六怪和咱夫婦並不相識，並無仇怨。他們擒了冲兒而去，又再回來，那為了甚麼？」岳夫人道：「只怕是……」隨即覺得自己的想法難以自圓其說，搖頭道：「不對的。」

夫婦倆相視不語，各自皺起眉頭思索。

岳靈珊插嘴道：「我派雖沒隱秘，但華山武功，天下知名。這六個怪人擒住了大師哥，或許是逼問我派氣功和劍法的精要。」岳不羣道：「此節我也曾想過，但冲兒內力修為，並不高明，這六怪內功甚深，一試便知。至於外功，六怪武功的路子和華山劍法沒絲毫共通之處，更不會由此而大費周章的來加逼問。再說，若要逼問，就該遠離華山，慢慢施刑相迫，為甚麼又帶他回山?」岳夫人聽他語氣越來越是肯定，和他多年夫婦，知他已解開疑團，便問：「那到底是甚麼緣故?」

岳不羣臉色鄭重，緩緩的道：「借冲兒之傷，耗我內力。」

岳夫人跳起身來，說道：「不錯！你為了要救冲兒之命，勢必以內力替他化去這六道真氣，待得大功將成之際，這六個醜八怪突然現身，以逸待勞，便能制咱們的死命。」頓了一頓，又道：「幸好現在只賸五怪了。師哥，適才他們明明已將我擒住，何以聽得冲兒一喝，便又放了我？」想到先前的險事，兀自心有餘悸，不由得語音發顫。

岳不羣道：「我便是由這件事而想到的。你殺了他們一人，那是何等的深仇大恨？但他們竟怕冲兒自絕經脈，便即放你。你想，若不是其中含有重大圖謀，這六怪又何愛於冲兒的一條性命？」

岳夫人喃喃的道：「陰險之極！毒辣之極！」尋思：「這四個怪物撕裂成不憂，下手之狠，武林中罕見罕聞，這兩天想起來便心中怦怦亂跳。他們這麼一攪，封不平要奪掌門之位的事是擱下了，隨同陸柏等掃興下山，這六怪倒為華山派暫時擋去了一樁麻煩，那想到他們又上華山來生事挑釁。師哥所料，必是如此。」說道：「你不能以內力給冲兒療傷。我內力雖遠不如你，但盼能暫且助他保住性命。」說著便走向房門。

岳不羣叫道：「師妹！」岳夫人回過頭來。岳不羣搖頭道：「不行的，沒用。這六怪的旁門真氣甚是了得。」岳夫人道：「只有你的紫霞功才能消解，是不是？那怎麼辦？」岳不羣道：「眼下只有見一步，行一步，先給冲兒吊住一口氣再說，那也不用耗費多少內力。」

三人走進令狐冲躺臥的房中。岳夫人見他氣若遊絲，忍不住掉下眼淚來，伸手欲去搭他脈搏。岳不羣伸出手去，握住了岳夫人的手掌，搖了搖頭，再放了她手，以雙掌抵住令狐冲雙掌的掌心，將內力緩緩送將過去。內力與令狐冲體內的真氣一碰，岳不羣全身一震，臉上紫氣大盛，退開了一步。

令狐冲忽然開口說話：「林……林師弟呢？」岳靈珊奇道：「你找小林子幹麼？」令狐冲雙目仍然緊閉，道：「他父親……臨死之時，有句話要我轉……轉告他。我……我一直沒時候跟他說……我是不成的了，快……快找他來。」岳靈珊眼中淚水滾來滾去，掩面奔出。

華山派羣弟子都守在門外。林平之一聽岳靈珊傳言，當即進房走到令狐冲榻前，說道：「大師哥，你保重身子。」令狐冲道：「是……是林師弟麼？」林平之道：「正是小弟。」令狐冲道：「令……令尊逝世之時，我在他……他身邊，要我跟……跟你說……說……」說到這裏，聲息漸微。各人屏住呼吸，房中更無半點聲音。過了好一會，令狐冲緩過一口氣來，說道：「他說向陽……向陽巷……老宅……老宅中的物事，要……要你好好照看。不過……不過千萬不可翻……翻看，否則……否則禍患無窮……」

林平之奇道：「向陽巷老宅？那邊早就沒人住了，沒甚麼要緊物事的。爹叫我不可翻看甚麼東西？」

令狐冲道：「我不知道。你爹爹……就是這麼兩句話……這麼兩句話……要我轉告你，別的話沒有了……他們就……就死了……」聲音又低了下去。

四人等了半晌，令狐冲始終不再說話。岳不羣嘆了口氣，向林平之和岳靈珊道：「你們陪著大師哥，他傷勢倘若有變，立即來跟我說。」林岳二人答應了。

岳不羣夫婦回入自己房中，想起令狐冲傷重難治，都是心下黯然。過了一會，岳夫人兩道淚水，從臉頰上緩緩流下。

岳不羣道：「你不用難過。冲兒之仇，咱們非報不可。」岳夫人道：「這六怪既伏下了這條毒計，定然去而復來，咱們若和他們硬拚，雖然未必便輸，但如有個失閃……」岳不羣搖頭道：「『未必便輸』四字，談何容易？以我夫婦敵他三人，不過打個平手，敵他四人，多半要輸。他五人齊上……。」說著緩緩搖頭。

岳夫人本來也知自己夫婦並非這五怪的敵手，但知道丈夫近年來練成紫霞神功後功力大進，總還存著個僥倖之心，這時聽他如此說，登時大為焦急，道：「那……那怎麼辦？難道咱們便束手待斃不成？」岳不羣道：「你可別喪氣，大丈夫能屈能伸，勝負之數，並非決於一時，君子報仇，十年未晚。」岳夫人道：「你說咱們逃走？」

岳不羣道：「不是逃走，是暫時避上一避。敵眾我寡，咱夫婦只有二人，如何敵得過他們五人聯手？何況你已殺了一怪，咱們其實已經大佔上風，暫且避開，並不墮了華山派的威名。再說，只要咱們誰也不說，外人也未必知道此事。」

岳夫人哽咽道：「我雖殺了一怪，但冲兒性命難保，也只……也只扯了個直。冲兒……冲兒……」頓了一頓，說道：「就依你的話，咱們帶了冲兒一同走，慢慢設法替他治傷。」

岳不羣沉吟不語。岳夫人急道：「你說不能帶了冲兒一起走？」岳不羣道：「冲兒傷勢極重，帶了他趲程急行，不到半個時辰便送了他性命。」岳夫人道：「那……那怎麼辦？當真沒法子救他性命了麼？」岳不羣嘆道：「唉，那日我已決意傳他紫霞神功，豈知他竟會胡思亂想，誤入劍宗的魔道。當時他如習了這部秘笈，就算只練得一二頁，此刻也已能自行調氣療傷，不致為這六道旁門真氣所困了。」

岳夫人立即站起，道：「事不宜遲，你立即去將紫霞神功傳他，就算他在重傷之下，無法全然領悟，總也勝於不練。要不然，將紫霞秘笈留給他，讓他照書修習。」

岳不羣拉住她手，柔聲道：「師妹，我愛惜冲兒，和你毫無分別。可是你想，他此刻傷得這般厲害，又怎能聽我口授口訣和練功的法門？我如將紫霞秘笈交了給他，讓他神智稍清時照書自練，這五個怪物轉眼便找上山來，冲兒無力自衛，咱華山派這部鎮山之寶的內功秘笈，豈不是一轉手便落入五怪手中？這些旁門左道之徒，得了我派的正宗內功心法，如虎添翼，為禍天下，再也不可復制，我岳不羣可真成為千古罪人了。」

岳夫人心想丈夫之言甚是有理，不禁怔怔的又流下淚來。

岳不羣道：「這五個怪物行事飄忽，人所難測，事不宜遲，咱們立即動身。」

岳夫人道：「咱們難道將冲兒留在這裏，任由這五個怪人折磨？我留下保護他。」此言一出，立即知道那是一時衝動的尋常婦人之見，與自己「華山女俠」的身分殊不相稱，自己留下，徒然多送一人性命，又怎保護得了令狐冲？何況自己倘若留下，丈夫與女兒又怎肯自行下山？又是著急，又是傷心，不禁淚如泉湧。

岳不羣搖了搖頭，長嘆一聲，翻開枕頭，取出一隻扁扁的鐵盒，打開鐵盒蓋，取出一本錦面冊子，將冊子往懷中一揣，推門而出。

只見岳靈珊便就在門外，說道：「爹爹，大師哥似乎……似乎不成了。」岳不羣驚道：「怎麼？」岳靈珊道：「他口中胡言亂語，神智越來越不清了。」岳不羣問道：「他胡言亂語些甚麼？」岳靈珊臉上一紅，說道：「我也不明白他胡言亂語些甚麼？」

原來令狐冲體內受桃谷六仙六道真氣的交攻煎逼，迷迷糊糊中見岳靈珊站在眼前，衝口而出的便道：「小師妹，我……我想得你好苦！你是不是愛上了林師弟，再也不理我了？」岳靈珊萬不料他竟會當著林平之的面問出這句話來，不由得雙頰飛紅，忸怩之極，只聽令狐冲又道：「小師妹，我和你自幼一塊兒長大，一同遊玩，一同練劍，我……我實在不知甚麼地方得罪了你，你惱了我，要打我罵我，便是……便是用劍在我身上刺幾個窟窿，我也沒半句怨言。只是你對我別這麼冷淡，不理睬我……」這一番話，幾個月來在他心中不知已翻來覆去的想了多少遍，若在神智清醒之時，縱然只和岳靈珊一人獨處，也決計不敢說出口來。此時全無自制之力，盡數吐露了心底言語。

林平之甚是尷尬，低聲道：「我出去一會兒。」

岳靈珊道：「不，不！你在這裏瞧著大師哥。」奪門而出，奔到父母房外，正聽到父母談論以「紫霞神功」療傷之事，不敢衝進去打斷了父母話頭，便候在門外。

岳不羣道：「你傳我號令，大家在正氣堂上聚集。」岳靈珊應道：「是，大師哥呢？誰照料他？」岳不羣道：「你叫大有照料。」岳靈珊應了，即去傳令。

片刻之間，華山羣弟子都已在正氣堂上按序站立。

岳不羣在居中的交椅上坐下，岳夫人坐在側位。岳不羣一瞥之間，見羣弟子除令狐冲、陸大有二人外，均已到齊，便道：「我派上代前輩之中，有些人練功時誤入歧途，一味勤練劍法，忽略了氣功。殊不知天下上乘武功，無不以氣功為根基，倘若氣功練不到家，劍法再精，終究不能登峯造極。可嘆這些前輩們執迷不悟，自行其是，居然自成一宗，稱為華山劍宗，而指我正宗功夫為華山氣宗。氣宗和劍宗之爭，遷延數十年，大大阻撓了我派的發揚光大，實堪浩嘆。」他說到這裏，長長嘆了口氣。

岳夫人心道：「那五個怪人轉眼便到，你卻還在這裏慢條斯理的述說舊事。」向丈夫橫了一眼，卻不敢插嘴，順眼又向廳上「正氣堂」三字匾額瞧了一眼，心想：「我當年初入華山派練劍，這堂上的匾額是『劍氣冲霄』四個大字。現下改作了『正氣堂』，原來那塊匾可不知給丟到那裏去了。唉，那時我還是個十三歲的小丫頭，如今……如今……」

岳不羣道：「但正邪是非，最終必然分明。二十五年前，劍宗一敗塗地，退出了華山一派，由為師執掌門戶，直至今日。不料前數日竟有本派的棄徒封不平、成不憂等人，不知使了甚麼手段，竟騙信了五嶽劍派的盟主左盟主，手持令旗，來奪華山掌門之位。為師接任我派掌門多年，俗務紛紜，五派聚會，更是口舌甚多，早想退位讓賢，以便靜下心來，精研我派上乘氣功心法，有人肯代我之勞，原是求之不得之事。」說到這裏，頓了一頓。

高根明道：「師父，劍宗封不平這些棄徒，早都已入了魔道，跟魔教教徒不相上下。他們便要再入我門，也是萬萬不許，怎能任由他們癡心妄想的來接掌本派門戶？」勞德諾、梁發、施戴子等都道：「決不容這些大膽狂徒的陰謀得逞。」

岳不羣見眾弟子羣情激昂，微微一笑，道：「我自己做不做掌門，實是小事一件。只是劍宗的左道之士倘若統率了我派，華山一派數百年來博大精純的武學毀於一旦，咱們死後，有何面目去見本派的列代先輩？而華山派的名頭，從此也將在江湖上為人所不齒了。」

勞德諾等齊道：「是啊，是啊！那怎麼成？」

岳不羣道：「單是封不平等這幾個劍宗棄徒，那也殊不足慮，但他們既請到了五嶽劍派的令旗，又勾結了嵩山、泰山、衡山各派的人物，倒也不可小覷了。因此上……」他目光向眾弟子一掃，說道：「咱們即日動身，上嵩山去見左盟主，和他評一評這個道理。」

眾弟子都是一凜。嵩山派乃五嶽劍派之首，嵩山掌門左冷禪更是當今武林中了不起的人物，武功固然出神入化，為人尤富智謀，機變百出，江湖上一聽到「左盟主」三字，無不惕然。武林中說到評理，可並非單是「評」一「評」就算了事，一言不合，往往繼之以動武。眾弟子均想：「師父武功雖高，未必是左盟主的對手，何況嵩山派左盟主的師弟共有十餘人之多，武林中號稱『嵩山十三太保』，大嵩陽手費彬雖然逝世，也還剩下一十二人。這一十二人，無一不是武功卓絕的高手，決非華山派的第二代弟子所能對敵。咱們貿然上嵩山去生事，豈非太也鹵莽？」羣弟子雖這麼想，但誰也不敢開口說話。

岳夫人一聽丈夫之言，立時暗暗叫好，心想：「師哥此計大妙，咱們為了逃避桃谷五怪，捨卻華山根本之地而遠走他方，江湖上日後必知此事，咱華山派顏面何存？但若上嵩山評理，旁人得知，反而欽佩咱們的膽識了。左盟主並非蠻不講理之人，上得嵩山，未必便須拚死，儘有迴旋餘地。」當即說道：「正是，封不平他們持了五嶽劍派的令旗，上華山來囉唣，焉知這令旗不是偷來的盜來的？就算令旗真是左盟主所頒，咱們華山派自身門戶之事，他嵩山派也管不著。嵩山派雖然人多勢眾，左盟主武功蓋世，咱們華山派卻也是寧死不屈。

那一個膽小怕死，就留在這裏好了。」

羣弟子那一個肯自承膽小怕死，都道：「師父師娘有命，弟子赴湯蹈火，在所不辭。」

岳夫人道：「如此甚好，事不宜遲，大夥兒收拾收拾，半個時辰之內，立即下山。」

當下她又去探視令狐冲，見他氣息奄奄，命在頃刻，心下甚是悲痛，但桃谷五怪隨時都會重來，決不能為了令狐冲一人而令華山一派盡數覆滅，當即命陸大有將令狐冲移入後進小舍之中，好生照料，說道：「大有，我們為了本派百年大計，要上嵩山去向左盟主評理，此行大是凶險，只盼在你師父主持之下，得以伸張正義，平安而歸，冲兒傷勢甚重，你好生照看。倘若有外敵來侵，你們儘量忍辱避讓，不必枉自送了性命。」陸大有含淚答應。

陸大有在山口送了師父、師娘和一眾師兄弟下山，悽悽遑遑的回到令狐冲躺臥的小舍，偌大一個華山絕頂，此刻只賸下一個昏昏沉沉的大師哥，孤孤另另的一個自己，眼見暮色漸深，不由得心生驚懼。

他到廚下去煮了一鍋粥，盛了一碗，扶起令狐冲來喝了兩口。喝到第三口時，令狐冲將粥噴了出來，白粥變成了粉紅之色，卻是連腹中鮮血也噴出來了。陸大有甚是惶恐，扶著他重行睡倒，放下粥碗，望著窗外黑沉沉的一片只是發呆，也不知過了多少時候，但聽得遠處傳來幾下貓頭鷹的夜啼，心想：「夜貓子啼叫是在數病人的眉毛，要是眉毛的根數給牠數清了，病人便死。」當即用手指蘸些唾沫，塗在令狐冲的雙眉之上，好教貓頭鷹難以數清。

忽聽得上山的路上，傳來一陣輕輕的腳步聲，陸大有忙吹熄燈火，拔出長劍，守在令狐沖床頭。但聽腳步聲漸近，竟是直奔這小舍而來，陸大有嚇得一顆心幾乎要從脖子中跳將出來，暗道：「敵人竟知大師哥在此養傷，那可糟糕之極，我怎生護得大師哥周全？」忽聽得一個女子聲音低聲叫道：「六猴兒，你在屋裏嗎？」竟是岳靈珊的口音。

陸大有大喜，忙道：「是小師妹麼？我……我在這裏。」忙晃火摺點亮了油燈，興奮之下，竟將燈盞中的燈油潑了一手。

岳靈珊推門進來，道：「大師哥怎麼了？」陸大有道：「又吐了好多血。」

岳靈珊走到床邊，伸手摸了摸令狐沖的額頭，只覺著手火燙，皺眉問道：「怎麼又吐血了？」令狐沖突然說道：「小……小師妹，是你？」岳靈珊道：「是，大師哥，你身上覺得怎樣？」令狐沖道：「也……也沒……怎麼樣。」

岳靈珊從懷內取出一個布包，低聲道：「大師哥，這是『紫霞秘笈』，爹爹說道……」令狐沖道：「紫霞秘笈？」岳靈珊道：「正是，爹爹說，你身上中了旁門高手的內力，須得以本派至高無上的內功心法來予以化解。六猴兒，你一個字一個字的讀給大師哥聽，你自己可不許練，否則給爹爹知道了，哼哼，你自己知道會有甚麼後果。」

陸大有大喜，忙道：「我是甚麼胚子，怎敢偷練本門至高無上的內功心法？小師妹儘管放心好啦。恩師為了救大師哥之命，不惜破例以秘笈相授，大師哥這可有救了。」岳靈珊低聲道：「這事你對誰也不許說。這部秘笈，我是從爹爹枕頭底下偷出來的。」陸大有驚道：「你偷師父……師父的內功秘笈？他老人家發覺了那怎麼辦？」岳靈珊道：「甚麼怎麼辦？難道還能將我殺了？至多不過罵我幾場，打我一頓。倘若由此救了大師哥，爹爹媽媽一定喜歡，甚麼也不計較了。」陸大有道：「是，是！眼前是救命要緊。」

令狐冲忽道：「小師妹，你帶回去，還……還給師父。」

岳靈珊奇道：「為甚麼？我好不容易偷到秘笈，黑夜裏幾十里山道趕了回來，你為甚麼不要？這又不是偷學功夫，這是救命啊。」陸大有也道：「是啊，大師哥，你也不用練全，練到把六怪的邪氣化除了，便將秘笈繳還給師父，那時師父多半便會將秘笈傳你。你是我派掌門大弟子，這部紫霞秘笈不傳你，又傳誰了？只不過是遲早之分，打甚麼緊？」

令狐冲道：「我……我寧死不違師命。師父說過的，我不能……不能學練這紫霞神功。小……小師妹，小……小師妹……」他叫了兩聲，一口氣接不上來，又暈了過去。

岳靈珊探他鼻下，雖然呼吸微弱，仍有氣息，嘆了口氣，向陸大有道：「我趕著回去，要是天光時回不到廟裏，爹爹媽媽可要急死了。你勸勸大師哥，要他無論如何得聽我的話，修習這部紫霞秘笈。別……別辜負了我……」說到這裏，臉上一紅，道：「我這一夜奔波的辛苦。」

陸大有道：「我一定勸他。小師妹，師父他們住在那裏？」岳靈珊道：「我們今晚在白馬廟住。」陸大有道：「嗯，白馬廟離這兒是三十里的山道，小師妹，這來回六十里的黑夜奔波，大師哥永遠不會忘記。」岳靈珊眼眶一紅，哽咽道：「我只盼他能復元，那就好了。這件事他記不記得，有甚麼相干？」說著雙手捧了「紫霞秘笈」，放在令狐冲床頭，向他凝視片刻，奔了出去。

又隔了一個多時辰，令狐冲這才醒轉，眼沒睜開，便叫：「小……師妹，小師妹。」陸大有道：「小師妹已經走了。」令狐冲大叫：「走了？」突然坐起，一把抓住了陸大有胸口。陸大有嚇了一跳，道：「是，小師妹下山去了，她說，要是不能在天光之前回去，怕師父師娘擔心，大師哥，你躺下歇歇。」令狐冲對他的話聽而不聞，說道：「她……她走了，她和林師弟一起去了？」陸大有道：「她是和師父師娘在一起。」

令狐冲雙眼發直，臉上肌肉抽搐。陸大有低聲道：「大師哥，小師妹對你關心得很，半夜三更從白馬廟回山來，她一個小姑娘家，來回奔波六十里，對你這番情義可重得緊哪。她臨去時千叮萬囑，要你無論如何，須得修習這部紫霞秘笈，別辜負了她……她對你的一番心意。」令狐冲道：「她這樣說了？」陸大有道：「是啊，難道我還敢向你說謊？」

令狐冲再也支持不住，仰後便倒，砰的一聲，後腦重重撞在炕上，卻也不覺疼痛。

陸大有又嚇了一跳，道：「大師哥，我讀給你聽。」拿起那部「紫霞秘笈」，翻開第一頁來，讀道：「天下武功，以練氣為正。浩然正氣，原為天授，惟常人不善養之，反以性伐氣。武夫之患，在性暴、性驕、性酷、性賊。暴則神擾而氣亂，驕則真離而氣浮，酷則喪仁而氣失，賊則心狠而氣促。此四事者，皆是截氣之刀鋸……」

令狐冲道：「你在讀些甚麼？」陸大有道：「那是紫霞秘笈的第一章。下面寫著……」他繼續讀道：「舍爾四性，返諸柔善，制汝暴酷，養汝正氣，鳴天鼓，飲玉漿，蕩華池，叩金梁，據而行之，當有小成。」

令狐冲怒道：「這是我派不傳之秘，你胡亂誦讀，大犯門規，快快收起。」陸大有道：

「大師哥，大丈夫事急之際，須當從權，豈可拘泥小節？眼前咱們是救命要緊。我再讀給你聽。」他接著讀下去，便是上乘氣功練法的詳情，如何「鳴天鼓，飲玉漿」，又如何「蕩華池，叩金梁」。令狐冲大聲喝道：「住口！」

陸大有一呆，抬起頭來，道：「大師哥，你……你怎麼了？甚麼地方不舒服？」令狐冲怒道：「我聽著你讀師父的……內功秘笈，周身都不舒服。你要叫我成為一個……不忠不義之徒，是不是？」陸大有愕然道：「不，不，那怎麼會不忠不義？」令狐冲道：「這部紫霞秘笈，當日師父曾攜到思過崖上，想要傳我，但發覺我練功的路子固然不合，資質……資質也不對，這才改變了主意……主意……」說到這裏，氣喘吁吁，很是辛苦。陸大有道：「這一次卻是為了救命，又不是偷練武功，那……那是全然不同的。」令狐冲道：「咱們做弟子的，是自己性命要緊，還是師父的旨意要緊？」陸大有道：「師父師娘要你活著，那是最最要緊的事了，何況……何況，小師妹黑夜奔波，這一番情意，你如何可以辜負了？」

令狐冲胸口一酸，淚水便欲奪眶而出，說道：「正因為是她……是她拿來給我的……我令狐冲堂堂丈夫，豈受人憐？」他這一句話一出口，不由得全身一震，心道：「我令狐冲向來不是拘泥不化之人，為了救命，練一練師門內功又打甚麼緊？原來我不肯練這紫霞神功，是為了跟小師妹賭氣，原來我內心深處，是在怨恨小師妹和林師弟好，對我冷淡。令狐冲啊令狐冲，你如何這等小氣？」但想到岳靈珊一到天明，便和林平之會合，遠去嵩山，一路上並肩而行，途中不知將說多少言語，不知將唱多少山歌，胸中酸楚，眼淚終於流了下來。

陸大有道：「大師哥，你這可是想左了，小師妹和你自幼一起長大，你們……你們便如是親兄妹一般。」令狐冲心道：「我便不要和她如親兄妹一般。」只是這句話難以出口，卻聽陸大有續道：「我再讀下去，你慢慢聽著，一時記不住，我便多讀幾遍。天下武功，以練氣為正。浩然正氣，原為天授……」令狐冲厲聲道：「不許讀！」

陸大有道：「是，是，大師哥，為了盼你迅速痊愈，今日小弟只好不聽你的話了。違背師命的罪責，全由我一人承當。你說甚麼也不肯聽，我陸大有卻偏偏說甚麼也要讀。這部紫霞秘笈，你一根手指頭都未碰過，秘笈上所錄的心法，你一個字也沒瞧過，你有甚麼罪過？你是臥病在床，這叫做身不由主，是我陸大有強迫你練的。天下武功，以練氣為正。浩然正氣，原為天授……」跟著便滔滔不絕的讀了下去。

令狐冲待要不聽，可是一個字一個字鑽入耳來。他突然大聲呻吟。陸大有驚問：「大師哥，覺得怎樣？」令狐冲道：「你將我……我枕頭……枕頭墊一墊高。」

陸大有道：「是。」伸出雙手去墊他枕頭。令狐冲一指倏出，凝聚力氣，正戳在他胸口的膻中穴上。陸大有哼也沒哼一聲，便軟軟的垂在炕上了。

令狐冲苦笑道：「六師弟，這可對不住你了。你且在炕上躺幾個時辰，穴……穴道自解。」他慢慢掙扎著起床，向那部「紫霞秘笈」凝神瞧了半晌，嘆了一口氣，走到門邊，提起倚在門角的門閂，當作拐杖，支撐著走了出去。

陸大有大急，叫道：「大……大……到……到……到……那……那……去……去……」本來膻中穴當真給人點中了，說一個字也是不能，但令狐冲氣力微弱，這一點只能令陸大有手足麻軟，並沒教他全身癱瘓。

令狐冲回過頭來，說道：「六師弟，令狐冲要離開這部『紫霞秘笈』越遠越好，別讓旁人見到我的屍身橫在秘笈之旁，說我偷練神功，未成而死……別讓林師弟瞧我不起……」說到這裏，哇的一聲，一口鮮血噴出。

他不敢再稍有躭擱，只怕從此氣力衰敗，再也無法離去，當下撐著門閂，喘幾口氣，再向前行，憑著一股強悍之氣，終於慢慢遠去。

十二 圍攻

那一十五名蒙面客半步半步的慢慢逼近，
三十隻眼睛在面幕洞孔中炯炯生光，
便如是猛獸的一對對眼睛，
充滿了兇惡殘忍之意。

令狐冲挨得十餘丈，便拄門喘息一會，奮力挨了小半個時辰，已行了半里有餘，只覺眼前金星亂冒，天旋地轉，便欲摔倒，忽聽得前面草叢中有人大聲呻吟。令狐冲一凜，問道：「誰？」那人大聲道：「是令狐兄麼？我是田伯光。哎唷！哎唷！」顯是身有劇烈疼痛。令狐冲驚道：「田……田兄，你……怎麼了？」田伯光道：「我快死啦！令狐兄，請你做做好事，哎唷……哎唷……快將我殺了。」他說話時夾雜著大聲呼痛，但語音仍十分洪亮。

令狐冲道：「你……你……受了傷麼？」雙膝一軟，便即摔倒，滾在路旁。

田伯光驚道：「你也受了傷麼？哎唷，哎唷，是誰害你的？」令狐冲道：「一言難盡。田……兄，卻又是誰傷了你？」田伯光道：「唉，不知道！」令狐冲道：「怎麼不知道？」田伯光道：「我正在道上行走，忽然之間，兩隻手兩隻腳被人抓住，凌空提了起來，我也瞧不見是誰有這樣的神通……」令狐冲笑道：「原來又是桃谷六仙……啊喲，田兄，你不是跟他們作一路麼？」田伯光道：「甚麼作一路？」令狐冲道：「你來邀我去見儀……儀琳小師妹，他……他們也來邀我去見……她……」說著喘氣不已。

田伯光從草叢中爬了出來，搖頭罵道：「他媽的，當然不是一路。他們上華山來找一個人，問我這人在那裏。我問他們找誰。他們說，他們已抓住了我，該他們問我，不應該我問他們。如果是我抓住了他們，那就該我問他們，不是他們問我。他們……哎唷……他們說，我倘若有本事，不妨將他們抓了起來，那……那就可以問他們了。」

令狐冲哈哈大笑，笑得兩聲，氣息不暢，便笑不下去了。田伯光道：「我身子凌空，臉朝地下，便有天大本事，也不能將他們抓起啊，真他奶奶的胡說八道。」令狐冲問道：「後來怎樣？」田伯光道：「我說：『我又不想問你們，是你們自己在問我。快放我下來。』其中一人說：『既將你抓了起來，如不將你撕成四塊，豈不損了我六位大英雄的威名？』另一人道：『撕成四塊之後，他還會說話不會？』」他罵了幾句，喘了一會氣。

令狐冲道：「這六人強辭奪理，纏夾不清，田兄也不必……不必再說了。」

田伯光道：「哼，他奶奶的。一人道：『變成了四塊之人，當然不會說話。咱六兄弟撕成四塊之人，沒有一千，也有八百。幾時聽到撕開之後，又會說話？』又一人道：『撕成了四塊之人所以不說話，因為我們不去問他。倘若有事問他，諒他也不敢不答。』另一人道：『他既已成為四塊，還怕甚麼？還有甚麼敢不敢的？難道還怕咱們將他撕成八塊？』先前一人道：『撕成八塊，這門功夫非同小可，咱們以前是會的，後來大家都忘了。』」田伯光斷斷續續說來，虧他重傷之下，居然還能將這些胡說八道的話記得清清楚楚。

令狐冲嘆道：「這六位仁兄，當真世間罕見，我……我也是被他們害苦了。」田伯光驚道：「原來令狐兄也是傷在他們手下？」令狐冲嘆道：「誰說不是呢！」

田伯光道：「我身子淩空吊著，不瞞你說，可真是害怕。我大聲道：『要是將我撕成四塊，我是一定不會說話的了，就算口中會說，我心裏氣惱，也決計不說。』一人道：『將你撕成四塊之後，你的嘴巴在一塊上，心又在另一塊上，心中所想和口中所說，又怎能聯在一起？』我當下也給他們來個亂七八糟，叫道：『有事快問，再拉住我不放，我可要大放毒氣了。』一人問道：『甚麼大放毒氣？』我說：『我的屁臭不可當，聞到之後，三天三晚吃不下飯，還得將三天之前吃的飯盡數嘔將出來。警告在先，莫謂言之不預也。』」

令狐冲笑道：「這幾句話，只怕有些道理。」

田伯光道：「是啊，那四人一聽，不約而同的大叫一聲，將我重重往地下一摔，跳了開去。我躍將起來，只見六個古怪之極的老人各自伸手掩鼻，顯是怕了我的屁臭不可當。令狐兄，你說這六個人叫甚麼桃谷六仙？」

令狐冲道：「正是，唉，可惜我沒田兄聰明，當時沒施這臭屁……之計，將他們嚇退。田兄此計，不輸於當年……當年諸葛亮嚇退司馬懿的空城計。」

田伯光乾笑兩聲，罵了兩句「他奶奶的」，說道：「我知道這六個傢伙不好惹，偏生兵刃又丟在你那思過崖上了，當下腳底抹油，便想溜開，不料這六人手掩鼻子，像一堵牆似的排成一排，擋在我面前，嘿嘿，可誰也不敢站在我身後。我一見衝不過去，立即轉身，那知這六人猶似鬼魅，也不知怎的，竟已轉將過來，擋在我面前。我連轉幾次，閃避不開，當即一步一步後退，終於碰到了山壁。這六個怪物高興得緊，呵呵大笑，又問：『他在那裏？這人在那裏？』

「我問：『你們要找誰？』六個人齊聲道：『我們圍住了你，你無路逃走，必須回答我們的話。』其中一人道：『若是你圍住了我們，教我們無路逃走，那就由你來問我們，我們只好乖乖的回答了。』另一人道：『他只有一個人，怎能圍得住我們六人？』先前那人道：『假如他本領高強，以一勝六呢？』另一人道：『那也只是勝過我們，而不是圍住我們。』先一人道：『但如將我們堵在一個山洞之中，守住洞門，不讓我們出來，那不是圍住了我們嗎？』另一人道：『那是堵住，不是圍住。』先一人道：『但如他張開雙臂，將我們一齊抱住，豈不是圍了？』另一人道：『第一，世上無如此長臂之人；第二，就算世上真有，至少眼前此人就無如此長臂；第三，就算他將我們六人一把抱住，那也是抱住，不是圍住。』先一人愁眉苦臉，無可辯駁，卻偏又不肯認輸，呆了半晌，突然大笑，說道：『有了，他如大放臭屁，教我們不敢奔逃，以屁圍之，難道不是圍？』其餘四人一齊拍手，笑道：『對啦，這小子有法子將我們圍住。』

「我靈機一動，撒腿便奔，叫道：『我……我要圍你們啦。』料想他們怕我臭屁，不會再追，那知這六個怪物出手快極，我沒奔得兩步，已給他們揪住，立即將我按著坐在一塊大石之上，牢牢按住，令我就算真的放屁，臭屁也不致外洩。」

令狐冲哈哈大笑，但笑得幾聲，便覺胸口熱血翻湧，再也笑不下去了。

田伯光續道：「這六怪按住我後，一人問道：『屁從何出？』另一人道：『屁從腸出，自然屬於手陽明大腸經，點他商陽、合谷、曲池、迎香諸穴。』他說了這話，隨手便點了我這四處穴道，出手之快，認穴之準，田某生平少見，當真令人好生佩服。他點穴之後，六個怪物都吁了口長氣，如釋重負，都道：『這臭……臭……臭屁蟲再也放不出臭屁了。』那點穴之人又問：『喂，那人究竟在那裏？你如不說，我永遠不給你解穴，叫你有屁難放，脹不可當。』我心裏想，這六個怪物武功如此高強，來到華山，自不會是找尋泛泛之輩。令狐兄，尊師岳先生夫婦其時不在山上，就算已經回山，自是在正氣堂中居住，一找便著。我思來想去，六怪所要找尋的，定是你太師叔風老前輩了。」

令狐冲心中一震，忙問：「你說了沒有？」田伯光大是不懌，悻然道：「呸，你當我是甚麼人了？田某既已答應過你，決不洩漏風老前輩的行蹤，難道我堂堂男兒，說話如同放屁嗎？」令狐冲道：「是，是，小弟失言，田兄莫怪。」田伯光道：「你如再瞧我不起，咱們一刀兩斷，從今而後，誰也別當誰是朋友。」令狐冲默然，心想：「你是武林中眾所不齒的採花淫賊，誰又將你當朋友了？只是你數次可以殺我而沒下手，總算我欠了你的情。」

黑暗之中，田伯光瞧不見他臉色，只道他已然默諾，續道：「那六怪不住問我，我大聲道：『我知道這人的所在，可是偏偏不說；這華山山嶺連綿，峯巒洞谷，不計其數，我倘若不說，你們一輩子也休想找得到他。』那六怪大怒，對我痛加折磨，我從此就給他們來個不理不睬。令狐兄，這六怪的武功怪異非常，你快去稟告風老前輩，他老人家劍法雖高，卻也須得提防才是。」

田伯光輕描淡寫的說一句「六怪對我痛加折磨」，令狐冲卻知道這「痛加折磨」四字之中，不知包括了多少毒辣苦刑，多少難以形容的煎熬。六怪對自己是一番好意的治傷，自己此刻尚在身受其酷，他們逼迫田伯光說話，則手段之厲害，可想而知，心下好生過意不去，說道：「你寧死不洩漏我風太師叔的行藏，真乃天下信人。不過……不過這桃谷六仙要找的是我，不是我風太師叔。」田伯光全身一震，道：「要找你？他們找你幹甚麼？」

令狐冲道：「他們和你一般，也是受了儀琳小師妹之託，來找我去見……見她。」

田伯光張大了口，說不出話來，不絕發出「荷荷」之聲。

過了好一會，田伯光才道：「早知這六個怪人找的是你，我實該立即說與他們知曉，這六怪將你請了去，我跟隨其後，也不致劇毒發作，葬身於華山了。咦，你既落入六怪手中，他們怎地沒將你抬了去見那小師太？」令狐冲嘆了口氣，道：「總之一言難盡。田兄，你說是劇毒發作，葬身於華山？」田伯光道：「我早就跟你說過，我給人點了死穴，下了劇毒，命我一月之內將你請去，和那小師太相會，便給我解穴解毒。眼下我請你請不動，打又打不過，還給六個怪物整治得遍體鱗傷，屈指算來，離毒發之期也不過十天了。」

令狐冲問道：「儀琳小師妹在那裏？從此處去，不知有幾日之程？」田伯光道：「你肯去了？」令狐冲道：「你曾數次饒我不殺，雖然你行為不端，令狐冲卻也不能眼睜睜的瞧著你為我毒發而死。當日你恃強相逼，我自是寧折不屈，但此刻情勢，卻又大不相同了。」田伯光道：「小師太在山西，唉……倘若咱二人身子安健，騎上快馬，六七天功夫也趕到了。這時候兩個都傷成這等模樣，那還有甚麼好說？」

令狐冲道：「反正我在山上也是等死，便陪你走一遭。也說不定老天爺保祐，咱們在山下僱到輕車快馬，十天之間便抵達山西呢。」田伯光笑道：「田某生平作孽多端，不知已害死了多少好人，老天爺為甚麼要保祐我？除非老天爺當真瞎了眼睛。」令狐冲道：「老天爺瞎眼之事……嘿嘿，那……那也是有的。反正左右是死，試試那也不妨。」

田伯光拍手道：「不錯，我死在道上和死在華山之上，又有甚麼分別？下山去找些吃的，最是要緊，我給乾擱在這裏，每日只揀生栗子吃，嘴裏可真是淡出鳥來了。你能不能起身？我來扶你。」

他口說「我來扶你」，自己卻掙扎不起。令狐冲要伸手相扶，臂上又那有半點力氣？二人掙扎了好半天，始終無用，突然之間，不約而同的哈哈大笑。

田伯光道：「田某縱橫江湖，生平無一知己，與令狐兄一齊死在這裏，倒也開心。」

令狐冲笑道：「日後我師父見到我二人屍身，定道我二人一番惡鬥，同歸於盡。誰也料想不到，我二人臨死之前，居然還曾稱兄道弟一番。」

田伯光伸出手去，說道：「令狐兄，咱們握一握手再死。」

令狐冲不禁遲疑，田伯光此言，明是要與自己結成生死之交，但他是個聲名狼藉的採花大盜，自己是名門高徒，如何可以和他結交？當日在思過崖上數次勝他而不殺，還可說是報他數度不殺之德，到今日再和他一起廝混，未免太也說不過去，言念及此，一隻右手伸了一半，便伸不過去。

田伯光還道他受傷實在太重，連手臂也難以動彈，大聲道：「令狐兄，田伯光交上了你這個朋友。你倘若傷重先死，田某決不獨活。」

令狐冲聽他說得誠摯，心中一凜，尋思：「這人倒很夠朋友。」當即伸出手去，握住他右手，笑道：「田兄，你我二人相伴，死得倒不寂寞。」

他這句話剛出口，忽聽得身後陰惻惻的一聲冷笑，跟著有人說道：「華山派氣宗首徒，竟墮落成這步田地，居然去和江湖下三濫的淫賊結交。」

田伯光喝問：「是誰？」令狐冲心中暗暗叫苦：「我傷重難治，死了也不打緊，卻連累師父的清譽，當真糟糕之極了。」

黑暗之中，只見朦朦朧朧的一個人影，站在身前，那人手執長劍，光芒微閃，只聽他冷笑道：「令狐冲，你此刻尚可反悔，拿這把劍去，將這姓田的淫賊殺了，便無人能責你和他結交。」噗的一聲，將長劍插入地下。

令狐冲見這劍劍身闊大，是嵩山派的用劍，問道：「尊駕是嵩山派那一位？」那人道：「你眼力倒好，我是嵩山派狄修。」令狐冲道：「原來是狄師兄，一向少會。不知尊駕來到敝山，有何貴幹？」狄修道：「掌門師伯命我到華山巡查，要看華山派的弟子們，是否果如外間傳言這般不堪，嘿嘿，想不到一上華山，便聽到你和這淫賊相交的肺腑之言。」

田伯光罵道：「狗賊，你嵩山派有甚麼好東西了？自己不加檢點，卻來多管閒事。」狄修提起足來，砰的一聲，在田伯光頭上重重踢了一腳，喝道：「你死到臨頭，嘴裏還在不乾不淨！」田伯光卻兀自「狗賊、臭賊、直娘賊」的罵個不休。

狄修若要取他性命，自是易如探囊取物，只是他要先行折辱令狐冲一番，冷笑道：「令狐冲，你和他臭味相投，是決計不殺他的了？」令狐冲大怒，朗聲道：「我殺不殺他，管你甚麼事？你有種便一劍把令狐冲殺了，要是沒種，給我乖乖的挾著尾巴，滾下華山去罷。」狄修道：「你決計不肯殺他，決計當這淫賊是朋友了？」令狐冲道：「不管我跟誰交朋友，總之是好過跟你交朋友。」

田伯光大聲喝采：「說得好，說得妙！」

狄修道：「你想激怒了我，讓我一劍把你二人殺了，天下可沒這般便宜事。我要將你二人剝得赤條條地綁在一起，然後點了你二人啞穴，拿到江湖上示眾，說道一個大鬍子，一個小白臉，正在行那茍且之事，被我手到擒來。哈哈，你華山派岳不羣假仁假義，裝出一副道學先生的模樣來唬人，從今而後，他還敢自稱『君子劍』麼？」

令狐冲一聽，登時氣得暈了過去。田伯光罵道：「直娘賊……」狄修一腳踢中他腰間穴道。狄修嘿嘿一笑，伸手便去解令狐冲的衣衫。

忽然身後一個嬌嫩清脆的女子聲音說道：「喂，這位大哥，你在這裏幹甚麼？」狄修一驚，回過頭來，微光朦朧中只見一個女子身影，便道：「你又在這裏幹甚麼？」

田伯光聽到那女子聲音正是儀琳，大喜叫道：「小……小師父，你來了，這可好啦。這直娘賊要……要害你的令狐大哥。」他本來想說：「直娘賊要害我」，但隨即轉念，這一個「我」，在儀琳心中毫無份量，當即改成了「你的令狐大哥」。

儀琳聽得躺在地下的那人竟然是令狐冲，如何不急，忙縱身上前，叫道：「令狐大哥，是你嗎？」

狄修見她全神貫注，對自己半點也不防備，左臂一屈，食指便往她脅下點去。手指正要碰到她衣衫，突然間後頸一緊，身子已被人提起，離地數尺，狄修大駭，右肘向後撞去，卻撞了個空，跟著左足後踢，又踢了個空。他更是驚駭，雙手反過去擒拿，便在此時，咽喉中已被一隻大手扼住，登時呼吸為艱，全身再沒半點力氣。

令狐冲悠悠醒轉，只聽得一個女子聲音在焦急地呼喚：「令狐大哥，令狐大哥！」依稀似是儀琳的聲音。他睜開眼來，星光朦朧之下，眼前是一張雪白秀麗的瓜子臉，卻不是儀琳是誰？

只聽得一個洪亮的聲音說道：「琳兒，這病鬼便是令狐冲麼？」令狐冲循聲向上瞧去，不由得嚇了一跳，只見一個極肥胖，極高大的和尚，鐵塔也似的站在當地。這和尚身高少說也有七尺，左手平伸，將狄修凌空提起。狄修四肢軟垂，一動不動，也不知是死是活。

儀琳道：「爹，他……他便是令狐大哥，可不是病夫。」她說話之時，雙目仍是凝視著令狐冲，眼光中流露出愛憐橫溢的神情，似欲伸手去撫摸他的面頰，卻又不敢。

令狐冲大奇，心道：「你是個小尼姑，怎地叫這大和尚做爹？和尚有女兒，已是駭人聽聞，女兒是個小尼姑，更是奇上加奇了。」

那胖大和尚呵呵笑道：「你日思夜想，掛念著這個令狐冲，我只道是個怎生高大了得的英雄好漢，卻原來是躺在地下裝死、受人欺侮不能還手的小膿包。這病夫，我可不要他做女婿。咱們別理他，這就走罷。」

儀琳又羞又急，嗔道：「誰日思夜想了？你……你就是胡說八道。你要走，你自己走好了。你不要……不要……」下面這「不要他做女婿」這幾字，終究出不了口。

令狐冲聽他既罵自己是「病夫」，又罵「膿包」，大是惱怒，說道：「你走就走，誰要你理了？」田伯光急叫：「走不得，走不得！」令狐冲道：「為甚麼走不得！」田伯光道：「我的死穴要他來解，劇毒的解藥也在他身上，他如一走，我豈不嗚呼哀哉？」令狐冲道：「怕甚麼？我說過陪你一起死，你毒發身亡，我立即自刎便是。」

那胖大和尚哈哈大笑，聲震山谷，說道：「很好，很好，很好！原來這小子倒是個有骨氣的漢子。琳兒，他很對我胃口。不過，有一件事咱們還得問個明白，他喝酒不喝？」

儀琳還未回答，令狐冲已大聲道：「當然喝，為甚麼不喝？老子朝也喝，晚也喝，睡夢中也喝。你見了我喝酒的德性，包管氣死了你這戒葷、戒酒、戒殺、戒撒謊的大和尚！」

那胖大和尚呵呵大笑，說道：「琳兒，你跟他說，爹爹的法名叫作甚麼。」

儀琳微笑道：「令狐大哥，我爹爹法名『不戒』。他老人家雖然身在佛門，但佛門種種清規戒律，一概不守，因此法名叫作『不戒』。你別見笑，他老人家喝酒吃葷，殺人偷錢，甚麼事都幹，而且還……還生了……生了個我。」說到這裏，忍不住噗哧一聲，笑了出來。

令狐冲哈哈大笑，朗聲道：「這樣的和尚，才教人……才教人瞧著痛快。」說著想掙扎站起，總是力有未逮。儀琳忙伸手扶他起身。

令狐冲笑道：「老伯，你既然甚麼都幹，何不索性還俗，還穿這和尚袍幹甚麼？」不戒道：「這個你就不知道了。我正因為甚麼都幹，這才做和尚的。我就像你這樣，愛上了一個美貌尼姑……」儀琳插口道：「爹，你又來隨口亂說了。」說這句話時，滿臉通紅，幸好黑夜之中，旁人瞧不清楚。不戒道：「大丈夫做事光明磊落，做就做了，人家笑話也好，責罵也好，我不戒和尚堂堂男子，又怕得誰來？」

令狐冲和田伯光齊聲喝采，道：「正是！」

不戒聽得二人稱讚，大是高興，繼續說：「我愛上的那個美貌尼姑，便是她媽媽了。」

令狐冲心道：「原來儀琳小師妹的爹爹是和尚，媽媽是尼姑。」

不戒繼續道：「那時候我是個殺豬屠夫，愛上了她媽媽，她媽媽睬也不睬我，我無計可施，只好去做和尚。當時我心裏想，尼姑和尚是一家人，尼姑不愛屠夫，多半會愛和尚。」

儀琳啐道：「爹爹，你一張嘴便是沒遮攔，年紀這樣大了，說話卻還是像孩子一般。」

不戒道：「難道我的話不對？不過我當時沒想到，做了和尚，可不能跟女人相好啦，連尼姑也不行，要跟她媽媽相好，反而更加難了，於是就不想做和尚啦。不料我師父偏說我有甚麼慧根，是真正的佛門子弟，不許我還俗。她媽媽也胡裏胡塗的被我真情感動，就這麼生了個小尼姑出來。冲兒，你今日方便啦，要同我女兒小尼姑相好，不必做和尚。」

令狐冲大是尷尬，心想：「儀琳師妹其時為田伯光所困，我路見不平，拔劍相助。她是恆山派清修的女尼，如何能和俗人有甚情緣瓜葛？她遭了田伯光和桃谷六仙來邀我相見，只怕是少年女子初次和男子相處，動了凡心。我務須儘快避開，倘若損及華山、恆山兩派的清譽，我雖死了，師父師娘也仍會怪責，靈珊小師妹會瞧我不起。」

儀琳大是忸怩不安，說道：「爹爹，令狐大哥早就……早就有了意中人，如何會將旁人放在眼裏，你……你……今後再也別提這事，沒的教人笑話。」

不戒怒道：「這小子另有意中人？氣死我也，氣死我也！」右臂一探，一隻蒲扇般的大手往令狐冲胸口抓去。令狐冲站也站不穩，如何能避，被他一把抓住，提了起來。不戒和尚左手抓住狄修後頸，右手抓住令狐冲胸口，雙臂平伸，便如挑擔般挑著兩人。

令狐冲本就動彈不得，給他提在半空，便如是一隻破布袋般，軟軟垂下。

儀琳急叫：「爹爹，快放令狐大哥下來，你不放，我可要生氣啦。」

不戒一聽女兒說到「生氣」兩字，登時怕得甚麼似的，立即放下令狐冲，口中兀自喃喃：「他又中意那一個美貌小尼姑了？真正豈有此理！」他自己愛上了美貌尼姑，便道世間除了美貌尼姑之外，別無可愛之人。

儀琳道：「令狐大哥的意中人，是他的師妹岳小姐。」

不戒大吼一聲，震得人人耳中嗡嗡作響，喝道：「甚麼姓岳的姑娘？他媽的，不是美貌小尼姑嗎？那有甚麼可愛了？下次給我見到，一把捏死了這臭丫頭。」

令狐冲心道：「這不戒和尚是個魯莽匹夫，和那桃谷六仙倒有異曲同工之妙。只怕他說得出，做得到，真要傷害小師妹，那便如何是好？」

儀琳心中焦急，說道：「爹爹，令狐大哥受了重傷，你快設法給他治好了。另外的事，慢慢再說不遲。」

不戒對女兒之言奉命唯謹，道：「治傷就治傷，那有甚麼難處？」隨手將狄修向後一拋，大聲問令狐冲：「你受了甚麼傷？」只聽得狄修「啊喲」連聲，從山坡上滾了下去。

令狐冲道：「我給人胸口打了一掌，那倒不要緊……」不戒道：「胸口中掌，定是震傷了任脈……」令狐冲道：「我給桃谷……」不戒道：「任脈之中，並沒甚麼桃谷。你華山派內功不精，不明其理。人身諸穴中雖有合谷穴，但那屬於手陽明大腸經，在拇指與食指的交界處，跟任脈全無干係。好，我給你治任脈之傷。」令狐冲道：「不，不，那桃谷六……」不戒道：「甚麼桃谷六、桃谷七？全身諸穴，只有手三里、足三里、陰陵泉、絲空竹，那裏有桃谷六、桃谷七了？你不可胡言亂語。」隨手點了他的啞穴，說道：「我以精純內功，通你任脈的承漿、天突、膻中、鳩尾、巨闕、中脘、氣海、石門、關元、中極諸穴，包你力到傷愈，休息七八日，立時變成個鮮龍活跳的小夥子。」

伸出兩隻蒲扇般的大手，右手按在他下頦承漿穴上，左手按在他小腹中極穴上，兩股真氣，從兩處穴道中透了進去，突然之間，這兩股真氣和桃谷六仙所留下的六道真氣一碰，雙手險被震開。不戒大吃一驚，大聲叫了出來。儀琳忙問：「爹，怎麼樣？」不戒道：「他身體內有幾道古怪真氣，一、二、三、四，共有四道，不對，又有一道，一共是五道，這五道真氣……啊哈，又多了一道。他媽的，居然有六道之多！我這兩道真氣，就跟你他媽的六道真氣鬥上一鬥！看看到底是誰厲害。只怕還有，哈哈，這可熱鬧之極了！好玩，好玩！再來好了，哼，沒有了，是不是？只有六道，我不戒和尚他奶奶的又怕你這狗賊的何來？」

他雙手緊緊按住令狐冲的兩處穴道，自己頭上慢慢冒出白氣，初時還大呼小叫，到後來內勁越運越足，一句話也說不出來了。其時天色漸明，但見他頭頂白氣愈來愈濃，直如一團濃霧，將他一個大腦袋圍在其中。

過了良久良久，不戒雙手一起，哈哈大笑，突然間大笑中絕，咕咚一聲，栽倒在地。

儀琳大驚，叫道：「爹爹，爹爹。」忙搶過去將他扶起，但不戒身子實在太重，只扶起一半，兩人又一起坐倒。不戒全身衣褲都已被大汗濕透，口中不住喘氣，顫聲道：「我……我……他媽的……我……我……他媽的……」

儀琳聽他罵出聲來，這才稍稍放心，問道：「爹，怎麼啦？你累得很麼？」不戒罵道：「他奶奶的，這小子之身體內有六道厲害的真氣，想跟老子……老子鬥法。他奶奶的，老子催動真氣，將這六道邪門怪氣都給壓了下去，嘿嘿，你放心，這小子死不了。」儀琳芳心大慰，回過臉去，果見令狐冲慢慢站起身來。

田伯光笑道：「大和尚的真氣當真厲害，便這麼片刻之間，就治愈了令狐兄的重傷。」

不戒聽他一讚，甚是喜歡，道：「你這小子作惡多端，本想一把揑死了你，總算你找到了令狐冲這小子，有點兒功勞，饒你一命，乖乖的給我滾罷。」

田伯光大怒，罵道：「甚麼叫做乖乖的給我滾？他媽的大和尚，你說的是人話不是？你說一個月之內給你找到令狐冲，便給我解開死穴，再給解藥解毒，這時候卻又來賴了。你不給解穴解毒，便是豬狗不如的下三濫臭和尚。」

田伯光如此狠罵，不戒倒也並不惱怒，笑道：「瞧你這臭小子，怕死怕成這等模樣，生怕我不戒大師說話不算數，不給解藥。他媽的混小子，解藥給你。」說著伸手入懷，去取解藥，但適才使力過度，一隻手不住顫抖，將瓷瓶拿在手中，幾次又掉在身上。儀琳伸手過去拿起，拔去瓶塞。不戒道：「給他三粒，服一粒後隔三天再服一粒，再隔六天後服第三粒，這九天中倘若給人殺了，可不干大和尚的事。」

田伯光從儀琳手中取過解藥，說道：「大和尚，你逼我服毒，現下又給解藥，我不罵你已算客氣了，謝是不謝的。我身上的死穴呢？」不戒哈哈大笑，說道：「我點你的穴道，七天之後，早就自行解開了。大和尚倘若當真點了你死穴，你這小子還能活到今日？」

田伯光早就察知身上穴道已解，聽了不戒這幾句話登時大為寬慰，又笑又罵：「他奶奶的，老和尚騙人。」一轉頭向令狐冲道：「令狐兄，你和小師太一定有些言語要說，我去了，咱們後會有期。」說著一拱手，轉身走向下山的大路。

令狐冲道：「田兄且慢。」田伯光道：「怎麼？」令狐冲道：「田兄，令狐冲數次承你手下留情，交了你這朋友。有一件事我可要良言相勸。你若不改，咱們這朋友可做不長。」

田伯光笑道：「你不說我也知道，你勸我從此不可再幹奸淫良家婦女的勾當。好，田某聽你的話，天下蕩婦淫娃，所在多有，田某貪花好色，也不必定要去逼迫良家婦女，傷人性命。哈哈，令狐兄，衡山羣玉院中的風光，不是妙得緊麼？」

令狐冲和儀琳聽他提到衡山羣玉院，都不禁臉上一紅。田伯光哈哈大笑，邁步又行，腳下一軟，一個觔斗，骨碌碌的滾出老遠。他掙扎著坐起，取出一粒解藥吞入腹中，霎時間腹痛如絞，坐在地下，一時動彈不得。他知這是解治劇毒的應有之象，倒也並不驚恐。

適才不戒和尚將兩道強勁之極的真氣注入令狐冲體內，壓制了桃谷六仙的六道真氣，令狐冲只覺胸口煩惡盡去，腳下勁力暗生，甚是歡喜，走向前去，向不戒恭恭敬敬的一揖，說道：「多謝大師，救了晚輩一命。」

不戒笑嘻嘻的道：「謝倒不用，以後咱們是一家人了，你是我女婿，我是你丈人老頭，又謝甚麼？」

儀琳滿臉通紅，道：「爹，你……你又來胡說了。」不戒奇道：「咦！為甚麼胡說？你日思夜想的記掛著他，難道不是想嫁給他做老婆？就算嫁不成，難道不想跟他生個美貌的小尼姑？」儀琳啐道：「老沒正經，誰又……誰又……」

便在此時，只聽得山道上腳步聲響，兩人並肩上山，正是岳不羣和岳靈珊父女。令狐冲一見又驚又喜，忙迎將上去，叫道：「師父，小師妹，你們又回來啦！師娘呢？」

岳不羣突見令狐冲精神健旺，渾不似昨日奄奄一息的模樣，甚是歡喜，一時無暇詢問，向不戒和尚一拱手，問道：「這位大師上下如何稱呼？光臨敝處，有何見教？」

不戒道：「我叫做不戒和尚，光降敝處，是找我女婿來啦。」說著向令狐冲一指。他是屠夫出身，不懂文謅謅的客套，岳不羣謙稱「光降敝處」，他也照樣說「光降敝處」。

岳不羣不明他底細，又聽他說甚麼「找女婿來啦」，只道有意戲侮自己，心下惱怒，臉上卻不動聲色，淡淡的道：「大師說笑了。」見儀琳上來行禮，說道：「儀琳師姪，不須多禮。你來華山，是奉了師尊之命麼？」儀琳臉上微微一紅，道：「不是。我……我……」

岳不羣不再理她，向田伯光道：「田伯光，哼！你好大膽子！」田伯光道：「我跟你徒弟令狐冲很說得來，挑了兩擔酒上山，跟他喝個痛快，那也用不著多大膽子。」岳不羣臉色愈益嚴峻，道：「酒呢？」田伯光道：「早在思過崖上跟他喝得乾乾淨淨了。」

岳不羣轉向令狐冲，問道：「此言不虛？」令狐冲道：「師父，此中原委，說來話長，待徒兒慢慢稟告。」岳不羣道：「田伯光來到華山，已有幾日？」令狐冲道：「約莫有半個月。」岳不羣道：「這半個月中，他一直便在華山之上？」令狐冲道：「是。」岳不羣厲聲道：「何以不向我稟明？」令狐冲道：「那時師父師娘不在山上。」岳不羣道：「我和師娘到那裏去了？」令狐冲道：「到長安附近，去追殺田君。」

岳不羣哼了一聲，說道：「田君，哼，田君！你既知此人積惡如山，怎地不拔劍殺他？就算鬥他不過，也當給他殺了，何以貪生怕死，反而和他結交？」

田伯光坐在地下，始終無法掙扎起身，插嘴道：「是我不想殺他，他又有甚麼法子？難道他鬥我不過，便在我面前拔劍自殺？」

岳不羣道：「在我面前，也有你說話的餘地？」向令狐冲道：「去將他殺了！」

岳靈珊忍不住插口道：「爹，大師哥身受重傷，怎能與人爭鬥？」

岳不羣道：「難道人家便沒有傷？你擔甚麼心，明擺著我在這裏，豈能容這惡賊傷我門下弟子？」他素知令狐冲狡譎多智，生平嫉惡如仇，不久之前又曾在田伯光刀下受傷，若說竟去和這大淫賊結交為友，那是決計不會，料想他是鬥力不勝，便欲鬥智，眼見田伯光身受重傷，多半便是這個大弟子下的手，因此雖聽說令狐冲和這淫賊結交，倒也並不真怒，只是命他過去將之殺了，既為江湖上除一大害，也成孺子之名，料得田伯光重傷之餘，縱然能與令狐冲相抗，卻抵擋不住自己輕輕的一下彈指。

不料令狐冲卻道：「師父，這位田兄已答應弟子，從此痛改前非，再也不做污辱良家婦女的勾當。弟子知他言而有信，不如……」

岳不羣厲聲道：「你……你怎知他言而有信？跟這等罪該萬死的惡賊，也講甚麼言而有信，言而無信？他這把刀下，曾傷過多少無辜人命？這種人不殺，我輩學武，所為何來？珊兒，將佩劍交給大師哥。」岳靈珊應道：「是！」拔出長劍，將劍柄向令狐冲遞去。

令狐冲好生為難，他從來不敢違背師命，但先前臨死時和田伯光這麼一握手，已是結交為友，何況他確已答應改過遷善，這人過去為非作歹，說過了的話卻必定算數，此時殺他，未免不義。他從岳靈珊手中接過劍來，轉身搖搖晃晃的向田伯光走去，走出十幾步，假裝重傷之餘突然間兩腿無力，左膝一曲，身子向前直撲出去，撲的一聲，長劍插入了自己左邊的小腿。

這一下誰也意料不到，都是驚呼出來。儀琳和岳靈珊同時向他奔去。儀琳只跨出一步，便即停住，心想自己是佛門弟子，如何可以當眾向一個青年男子這等情切關心？岳靈珊卻奔到了令狐冲身旁，叫道：「大師哥，你怎麼了？」令狐冲閉目不答。岳靈珊握住劍柄，拔起長劍，創口中鮮血直噴。她隨手從懷中取出本門金創藥，敷在令狐冲腿上創口，一抬頭，猛見儀琳俏臉全無血色，滿臉是關注已極的神氣。岳靈珊心頭一震：「這小尼姑對大師哥竟這等關懷！」她提劍站起，道：「爹，讓女兒去殺了這惡賊。」

岳不羣道：「你殺此惡賊，沒的壞了自己名頭。將劍給我！」田伯光淫賊之名，天下皆知，將來江湖傳言，都說田伯光死於岳家小姐之手，定有不肖之徒加油添醬，說甚麼強姦不遂之類的言語。岳靈珊聽父親這般說，當即將劍柄遞了過去。

岳不羣卻不接劍，右手袖子一拂，裹住了長劍。不戒和尚見狀，叫道：「使不得！」除下兩隻鞋子在手。但見岳不羣袖力揮出，一柄長劍向著十餘丈外的田伯光激飛過去。不戒已然料到，雙手力擲，兩隻鞋子分從左右也是激飛而出。

劍重鞋輕，長劍又先揮出，但說也奇怪，不戒的兩隻僧鞋竟後發先至，更兜了轉來，搶在頭裏，分從左右勾住了劍柄，硬生生拖轉長劍，又飛出數丈，這才力盡，插在地下。兩隻僧鞋兀自掛在劍柄之上，隨著劍身搖晃不已。

不戒叫道：「糟糕！糟糕！琳兒，爹爹今日為你女婿治傷，大耗內力，這把長劍竟飛了一半便掉將下來。本來該當飛到你女婿的師父面前兩尺之處落下，嚇他一大跳，唉！你和尚爹爹這一回丟臉之極，難為情死了。」

儀琳見岳不羣臉色極是不善，低聲道：「爹，別說啦。」快步過去，在劍柄上取下兩隻僧鞋，拔起長劍，心下躊躇，知道令狐冲之意是不欲刺殺田伯光，倘若將劍交還給岳靈珊，她又去向田伯光下手，豈不是傷了令狐冲之心？

岳不羣以袖功揮出長劍，滿擬將田伯光一劍穿心而過，萬不料不戒和尚這兩隻僧鞋上竟有如許力道，而勁力又巧妙異常。這和尚大叫大嚷，對小尼姑自稱爹爹，叫令狐冲為女婿，胡言亂語，顯是個瘋僧，但武功可當真了得，他還說適才給令狐冲治傷，大耗內力，若非如此，豈不是更加厲害？雖然自己適才衣袖這一拂之中未用上紫霞神功，若是使上了，未必便輸於和尚，但名家高手，一擊不中，怎能再試？他雙手一拱，說道：「佩服，佩服。大師既一意迴護著這個惡賊，在下今日倒不便下手了。大師意欲如何？」

儀琳聽他說今日不會再殺田伯光，當即雙手橫捧長劍，走到岳靈珊身前，微微躬身，道：「姊姊，你……」岳靈珊哼的一聲，抓住劍柄，眼睛瞧也不瞧，順手擦的一聲，便即還劍入鞘，手法乾淨利落之極。

不戒和尚呵呵大笑，道：「好姑娘，這一下手法可帥得很哪。」轉頭向令狐冲道：「小女婿兒，這就走罷。你師妹俊得很，你跟她在一塊兒，我可不大放心。」

令狐冲道：「大師愛開玩笑，只是這等言語有損恆山、華山兩派令譽，還請住口。」不戒愕然道：「甚麼？好容易找到你，救活了你性命，你又不肯娶我女兒了？」令狐冲正色道：「大師相救之德，令狐冲終身不敢或忘。儀琳師妹恆山派門規精嚴，大師再說這等無聊笑話，定閒、定逸兩位師太臉上須不好看。」不戒搔頭道：「琳兒，你……你……你這個女婿兒到底是怎麼搞的？這……這不是莫名其妙麼？」

儀琳雙手掩面，叫道：「爹，別說啦，別說啦！他自是他，我自是我，有……有……有甚麼干係了？」哇的一聲，哭了出來，向山下疾奔而去。

不戒和尚更是摸不著頭腦，呆了一會，道：「奇怪，奇怪！見不到他時，拚命要見。見到他時，卻又不要見了。就跟她媽媽一模一樣，小尼姑的心事，真是猜想不透。」眼見女兒越奔越遠，當即追了下去。

田伯光支撐著站起，向令狐冲道：「青山不改，綠水長流！」轉過身來，踉蹌下山。

岳不羣待田伯光去遠，才道：「冲兒，你對這惡賊，倒挺有義氣啊，寧可自刺一劍，也不肯殺他。」令狐冲臉有慚色，知道師父目光銳利，適才自己這番做作瞞不過他，只得低頭說道：「師父，此人行止雖然十分不端，但一來他已答應改過遷善，二來他數次曾將弟子制住，卻始終留情不殺。」岳不羣冷笑道：「跟這種狼心狗肺的賊子也講道義，你一生之中，苦頭有得吃了。」

他對這個大弟子一向鍾愛，見他居然重傷不死，心下早已十分歡喜，剛才他假裝跌倒，自刺其腿，明知是詐，只是此人從小便十分狡獪，岳不羣知之已稔，也不十分深究，再加令狐冲對不戒和尚這番言語應對得體，頗洽己意，田伯光這樁公案，暫且便擱下了，伸手說道：「書呢？」

令狐冲見師父和師妹去而復返，便知盜書事發，師父回山追索，此事正是求之不得，說道：「在六師弟處。小師妹為救弟子性命，一番好意，師父請勿怪責。但未奉師父之命，弟子便有天大的膽子，也不敢伸手碰那秘笈一碰，秘笈上所錄神功，更是隻字不敢入眼。」

岳不羣臉色登和，微笑道：「原當如此。我也不是不肯傳你，只是本門面臨大事，時機緊迫，無暇從容指點，但若任你自習，只怕誤入歧途，反有不測之禍。」頓了一頓，續道：「那不戒和尚瘋瘋顛顛，內功倒甚是高明，是他給你化解了身體內的六道邪氣麼？現下覺得怎樣？」令狐冲道：「弟子體內煩惡盡消，種種炙熱冰冷之苦也已除去，不過周身沒半點力氣。」岳不羣道：「重傷初愈，自是乏力。不戒大師的救命之恩，咱們該當圖報才是。」令狐冲應道：「是。」

岳不羣回上華山，一直擔心遇上桃谷六仙，此刻不見他們蹤跡，心下稍定，但也不願多所逗留，道：「咱們會同大有，一齊去嵩山罷。冲兒，你能不能長途跋涉？」令狐冲大喜，連聲道：「能，能，能！」

師徒三人來到正氣堂旁的小舍外。岳靈珊快步在前，推門進內，突然間「啊」的一聲，尖叫出來，聲音中充滿了驚怖。

岳不羣和令狐冲同時搶上，向內望時，只見陸大有直挺挺的躺在地下不動。令狐冲笑道：「師妹勿驚，是我點倒他的。」岳靈珊道：「倒嚇了我一跳，幹麼點倒了六猴兒？」令狐冲道：「他也是一番好意，見我不肯觀看秘笈，便唸誦秘笈上的經文給我聽，我阻止不住，只好點倒了他，他怎麼……」

突然之間，岳不羣「咦」的一聲，俯身一探陸大有的鼻息，又搭了搭他的脈搏，驚道：「他怎麼……怎麼會死了？冲兒，你點了他甚麼穴道？」

令狐冲聽說陸大有竟然死了，這一下嚇得魂飛天外，身子晃了幾晃，險些暈去，顫聲道：「我……我……」伸手去摸陸大有的臉頰，觸手冰冷，死去已然多時，忍不住哭出聲來，叫道：「六……六師弟，你當真死了？」岳不羣道：「書呢？」令狐冲淚眼模糊的瞧出來，不見了那部「紫霞秘笈」，也道：「書呢？」忙伸手到陸大有屍身的懷裏一搜，並無影蹤，說道：「弟子點倒他時，記得見到那秘笈翻開了攤在桌上，怎麼會不見了？」

岳靈珊在炕上、桌旁、門角、椅底，到處找尋，卻那裏有紫霞秘笈的蹤跡？

這是華山派內功的無上典籍，突然失蹤，岳不羣如何不急？他細查陸大有的屍身，並無一處致命的傷痕，再在小舍前後與屋頂踏勘一遍，也無外人到過的絲毫蹤跡，尋思：「既無外人來過，那決不是桃谷六仙或不戒和尚取去的了。」厲聲問道：「冲兒，你到底點的是甚麼穴道？」

令狐冲雙膝一曲，跪在師父面前，道：「弟子生怕重傷之餘，手上無力，是以點的是膻中要穴，沒想到……沒想到竟然失手害死了六師弟。」一探手，拔出陸大有腰間的長劍，便往自己頸中刎去。

岳不羣伸手一彈，長劍遠遠飛開，說道：「便是要死，也得先找到了紫霞秘笈。你到底把秘笈藏到那裏去了？」

令狐冲心下一片冰涼，心想：「師父竟然疑心我藏起了紫霞秘笈。」呆了一呆，說道：

「師父，這秘笈定是為人盜去，弟子說甚麼也要追尋回來，一頁不缺，歸還師父。」

岳不羣心亂如麻，說道：「要是給人抄錄了，或是背熟了，縱然一頁不缺的得回原書，本門的上乘武功，也從此不再是獨得之秘了。」他頓了一頓，溫言說道：「冲兒，倘若是你取去的，你交了出來，師父不責備你便是。」

令狐冲呆呆的瞧著陸大有的屍身，大聲道：「師父，弟子今日立下重誓，世上若有人偷窺了師父的紫霞秘笈，有十個弟子便殺他十個，有一百個便殺他一百個。師父倘若仍然疑心是弟子偷了，請師父舉掌擊斃便是。」

岳不羣搖頭道：「你起來！你既說不是，自然不是了。你和大有向來交好，當然不是故意殺他。那麼這部秘笈，到底是誰偷了去呢？」眼望窗外，呆呆的出神。

岳靈珊垂淚道：「爹，都是女兒不好，我……我自作聰明，偷了爹爹的秘笈，那知道大師哥決意不看，反而害了六師哥的性命。女兒……女兒說甚麼也要去找回秘笈。」

岳不羣道：「咱們四下再找一遍。」這一次三人將小舍中每一處都細細找過了，秘笈固然不見，也沒發現半點可疑的線索。岳不羣對女兒道：「此事不可聲張，除了我跟你娘說明之外，向誰也不能提及。咱們葬了大有，這就下山去罷。」

令狐冲見到陸大有屍體的臉孔，忍不住又悲從中來，尋思：「同門諸師弟之中，六師弟對我情誼最深，那知道我一個失手，竟會將他點斃。這件事實在萬萬料想不到，就算我毫沒受傷，這樣一指也決計不會送了他性命，莫非因為我體內有了桃谷六仙的邪門真氣，因而指力便異乎尋常麼？就算如此，那紫霞秘笈卻何以又會不翼而飛？這中間的蹊蹺，當真猜想不透。師父對我起疑，辯白也是無用，說甚麼也要將這件事查個水落石出，那時再行自刎以謝六師弟便了。」他拭了眼淚，找把鋤頭，挖坑埋葬陸大有的屍體，直累得全身大汗，氣喘不已，還是岳靈珊在旁相助，這才安葬完畢。

三人來到白馬廟，岳夫人見令狐冲性命無礙，隨伴前來，自是不勝之喜。岳不羣悄悄告知陸大有身亡、紫霞秘笈失蹤的訊息，岳夫人又淒然下淚。紫霞秘笈失蹤雖是大事，但在她想來，丈夫早已熟習，是否保有秘笈，已不大相干。可是陸大有在華山派門下已久，為人隨和，一旦慘亡，自是傷心難過。眾弟子不明緣由，只是見師父、師娘、大師哥和小師妹四人都神色鬱鬱，誰也不敢大聲談笑。

當下岳不羣命勞德諾僱了兩輛大車，一輛由岳夫人和岳靈珊乘坐，另一輛由令狐冲躺臥其中養傷，一行向東，朝嵩山進發。

這日行至韋林鎮，天已將黑，鎮上只有一家客店，已住了不少客人，華山派一行人有女眷，借宿不便。岳不羣道：「咱們再趕一程路，到前面鎮上再說。」那知行不到三里路，岳夫人所乘的大車脫了車軸，無法再走。岳夫人和岳靈珊只得從車中出來步行。

施戴子指著東北角道：「師父，那邊樹林中有座廟宇，咱們過去借宿可好？」岳夫人道：「就是女眷不便。」岳不羣道：「戴子，你過去問一聲，倘若廟中和尚不肯，那就罷了，不必強求。」施戴子應了，飛奔而去。不多時便奔了回來，遠遠叫道：「師父，是座破廟，沒有和尚。」眾人大喜。陶鈞、英白羅、舒奇等年幼弟子當先奔去。

岳不羣、岳夫人等到得廟外時，只見東方天邊烏雲一層層的堆將上來，霎時間天色便已昏黑。岳夫人道：「幸好這裏有一座破廟，要不然途中非遇大雨不可。」走進大殿，只見殿上供的是一座青面神像，身披樹葉，手持枯草，是嘗百草的神農氏藥王菩薩。

岳不羣率領眾弟子向神像行了禮，還沒打開鋪蓋，電光連閃，半空中忽喇喇的打了個霹靂，跟著黃豆大的雨點灑將下來，只打得瓦上刷刷直響。

那破廟到處漏水，眾人鋪蓋也不打開了，各尋乾燥之地而坐。高根明、梁發和三名女弟子自去做飯。岳夫人道：「今年春雷響得好早，只怕年成不好。」

令狐冲在殿角中倚著鐘架而坐，望著簷頭雨水傾倒下來，宛似一張水簾，心想：「倘若六師弟健在，大家有說有笑，那便開心得多了。」

這一路上他極少和岳靈珊說話，有時見她和林平之在一起，更加避得遠遠的，心中常想：「小師妹拚著給師父責罵，盜了紫霞秘笈來給我治傷，足見對我情義深厚。我只盼她一生快樂。我決意找到秘笈之後，便自刎以謝六師弟，豈可再去招惹於她？她和林師弟正是一對璧人，但願她將我忘得乾乾淨淨，我死之後，她眼淚也不流一滴。」心中雖這麼想，可是每當見她和林平之並肩同行、娓娓而談之際，胸中總是酸楚難當。

這時藥王廟外大雨傾盆，眼見岳靈珊在殿上走來走去，幫著燒水做飯，她目光每次和林平之相對，兩人臉上都露出一絲微笑。這情景他二人只道旁人全沒注意，可是每一次微笑，從沒逃過令狐冲的眼去。他二人相對一笑，令狐冲心中便是一陣難受，想要轉過了頭不看，但每逢岳靈珊走過，他總是情不自禁的要向她瞥上一眼。

用過晚飯後，各人分別睡臥。那雨一陣大，一陣小，始終不止，令狐冲心下煩亂，一時難以入睡，聽得大殿上鼻息聲此起彼落，各人均已沉沉睡去。

突然東南方傳來一片馬蹄聲，約有十餘騎，沿著大道馳來。令狐冲一凜：「黑夜之中，怎地有人冒雨奔馳？難道是衝著我們來麼？」他坐起身來，只聽岳不羣低聲喝道：「大家別作聲。」過不多時，那十餘騎在廟外奔了過去。這時華山派諸人已全都醒轉，各人手按劍柄防敵，聽得馬蹄聲越過廟外，漸漸遠去，各人鬆了口氣，正欲重行臥倒，卻聽得馬蹄聲又兜了轉來。十餘騎馬來到廟外，一齊停住。

只聽得一個清亮的聲音叫道：「華山派岳先生在廟裏麼？咱們有一事請教。」

令狐冲是本門大弟子，向來由他出面應付外人，當即走到門邊，拔閂開門，說道：「黌夜之際，是那一路朋友過訪？」望眼過去，但見廟外一字排開十五騎人馬，有六七人手中提著孔明燈，齊往令狐冲臉上照來。

黑暗之中六七盞燈同時迎面照來，不免耀眼生花，此舉極是無禮，只這麼一照，已顯得來人充滿了敵意。令狐冲睜大了眼，卻見來人個個頭上戴了個黑布罩子，只露出一對眼睛，心中一動：「這些人若不是跟我們相識，便是怕給我們記得了相貌。」只聽左首一人說道：「請岳不羣岳先生出見。」

令狐冲道：「閣下何人？請示知尊姓大名，以便向敝派師長稟報。」那人道：「我們是何人，你也不必多問。你去跟你師父說，聽說華山派得到了福威鏢局的辟邪劍譜，要想借來一觀。」令狐冲氣往上衝，說道：「華山派自有本門武功，要別人的辟邪劍譜何用？別說我們沒有得到，就算得到了，閣下如此無禮強索，還將華山派放在眼裏麼？」

那人哈哈大笑，其餘十四人也都跟著大笑，笑聲從曠野中遠遠傳了開去，聲音洪亮，顯然每一個人都是內功不弱。令狐冲暗暗吃驚：「今晚又遇上了勁敵，這一十五個人看來人人都是好手，卻不知是甚麼來頭？」

眾人大笑聲中，一人朗聲說道：「聽說福威鏢局姓林的那小子，已投入了華山派門下。素仰華山派君子劍岳先生劍術神通，獨步武林，對那辟邪劍譜自是不值一顧。我們是江湖上無名小卒，斗膽請岳先生賜借一觀。」那十四人的笑聲呵呵不絕，但這一人的說話仍然清晰洪亮，未為嘈雜之聲所掩，足見此人內功比之餘人又勝了一籌。

令狐冲道：「閣下到底是誰？你……」這幾個字卻連自己也無法聽見，心中一驚，隨即住口，暗忖：「難道我十多年來所練內功，居然一點也沒賸下？」他自下華山之後，曾數度按照本門心法修習內功，但稍一運氣，體內便雜息奔騰，無法調御，越想控制，越是氣悶難當，若不立停內息，登時便會暈了過去。練了數次，均是如此，當下便向師父請教，但岳不羣只是冷冷的瞧了他一眼，並不置答。令狐冲當時即想：「師父定是疑心我吞沒紫霞秘笈，私自修習。那也不必辯白。反正我已命不久長，又去練這內功作甚？」此後便不再練。不料此刻提氣說話，竟被對方的笑聲壓住了，一點聲音也傳不出去。

卻聽得岳不羣清亮的聲音從廟中傳了出來：「各位均是武林中的成名人物，怎地自謙是無名小卒？岳某素來不打誑語，林家辟邪劍譜，並不在我們這裏。」他說這幾句話時運上了紫霞神功，夾在廟外十餘人的大笑聲中，廟裏廟外，仍然無人不聽得清清楚楚，他說得輕描淡寫，和平時談話殊無分別，比之那人力運中氣的大聲說話，顯然遠為自然。

只聽得另一人粗聲說道：「你自稱不在你這裏，卻到那裏去了？」岳不羣道：「閣下憑甚麼問這句話？」那人道：「天下之事，天下人管得。」岳不羣冷笑一聲，並不答話。那人大聲道：「姓岳的，你到底交不交出來？可莫要敬酒不吃吃罰酒。你不交出來，咱們只好動粗，要進來搜了。」

岳夫人低聲道：「女弟子們站在一塊，背靠著背，男弟子們，拔劍！」刷刷刷刷聲響，眾人都拔出了長劍。

令狐冲站在門口，手按劍柄，還未拔劍，已有兩人一躍下馬，向他衝了過來。令狐冲身子一側，待要拔劍，只聽一人喝道：「滾開！」抬腿將他踢了個觔斗，遠遠摔了出去。

令狐冲直飛出數丈之外，跌在灌木叢中。他頭腦中一片混亂，心道：「他這一踢力道也不如何厲害，怎地我下盤竟然輕飄飄的沒半點力氣？」掙扎著待要坐起，突然胸腹間熱血翻湧，七八道真氣盤旋來去，在體內相互衝突碰撞，教他便要移動一根手指也是不能。

令狐冲大驚，張嘴大叫，卻叫不出半點聲息，這情景便如著了魔魘，腦子甚是清醒，可就絲毫動彈不得。耳聽得兵器撞碰之聲錚錚不絕，師父、師娘、二師弟等人已衝到廟外，和七八個蒙面人鬥在一起，另有幾個蒙面人卻已闖進了廟內，一陣陣叱喝之聲，從廟門中傳出來，還夾著幾下女子的呼叱聲音。

這時雨勢又已轉大，幾盞孔明燈拋在地下，發出淡淡黃光，映得劍光閃爍，人影亂晃。過不多時，只聽得廟中傳出一聲女子的慘呼，令狐冲更是焦急，敵人都是男子，這聲女子慘呼，自是師妹之中有人受了傷，眼見師父舞動長劍，以一敵四，師娘則在和兩個敵人纏鬥。他知師父師娘劍術極精，雖以少敵多，諒必不會落敗。二師弟勞德諾大聲吆喝，也是以一擋二，他兩個敵人均使單刀，從兵器撞碰聲中聽來，顯是膂力沉雄，時候一長，勞德諾勢難抵擋。

眼見己方三人對抗八名敵人，形勢已甚險惡，廟內情景只怕更是凶險。師弟師妹人數雖眾，卻無一高手，耳聽得慘呼之聲連連，多半已有幾人遭了毒手。他越焦急，越是使不出半分力氣，不住暗暗禱祝：「老天爺保祐，讓我有半個時辰恢復力道，令狐冲只須進得廟中，自當力護小師妹周全，我便給敵人碎屍萬段，身遭無比酷刑，也是心甘情願。」

他強自掙扎，又運內息，陡然間六道真氣一齊衝向胸口，跟著又有兩道真氣自上而下，將六道真氣壓了下去，登時全身空盪盪地，似乎五臟六腑全都不知去向，肌膚血液也都消失得無影無蹤。他心頭登時一片冰冷，暗叫：「罷了，罷了！原來如此。」

這時他方才明白，桃谷六仙競以真氣替他療傷，六道真氣分從不同經脈中注入，內傷固然並未治好，而這六道真氣卻停留在他體內，鬱積難宣。偏生遇上了內功甚高而性子極躁的不戒和尚，強行以兩道真氣將桃谷六仙的真氣壓了下去，一時之間，似乎他內傷已愈，實則是他體內更多了兩道真氣，相互均衡抵制，使得他舊習內功半點也不留存，竟然成了廢人。他胸口一酸，心想：「我遭此不測，等於是廢去了我全身武功，今日師門有難，我竟然出不了半分力氣。令狐冲身為華山派大弟子，眼睜睜的躺在地下，聽憑師父、師娘受人欺辱，師弟、師妹為人宰割，當真是枉自為人了。好，我去和小師妹死在一塊。」

他知道只消稍一運氣，牽動體內八道真氣，全身便無法動彈，當下氣沉丹田，絲毫不運內息，果然便能移動四肢，當下慢慢站起身來，緩緩抽出長劍，一步一步走進廟中。

一進廟門，撲鼻便聞到一陣血腥氣，神壇上亮著兩盞孔明燈，但見梁發、施戴子、高根明諸師弟正自和敵人浴血苦戰，幾名師弟、師妹躺在地下，不知死活。岳靈珊和林平之正並肩和一個蒙面敵人相鬥。

岳靈珊長髮披散，林平之左手持劍，顯然右手已為敵人所傷。那蒙面人手持一根短槍，槍法矯夭靈活，林平之連使三招「蒼松迎客」，才擋住了他攻勢，苦在所學劍法有限，只見敵人短槍一起，槍上紅纓抖開，耀眼生花，噗的一聲，林平之右肩中槍。岳靈珊急刺兩劍，逼得敵人退開一步，叫道：「小林子，快去裹傷。」林平之道：「不要緊！」刺出一劍，腳步已然踉蹌。那蒙面人一聲長笑，橫過槍柄，拍的一聲響，打在岳靈珊腰間。岳靈珊右手撒劍，痛得蹲下身去。

令狐冲大驚，當即持劍搶上，提氣挺劍刺出，劍尖只遞出一尺，內息上湧，右臂登時軟軟的垂了下來。那蒙面人眼見劍到，本待側身閃躲，然後還他一槍，那知他這一劍刺不到一尺，手臂便垂了下來。那蒙面人微感詫異，一時不加細想，左腿橫掃，將令狐冲從廟門中踢了出去。

砰的一聲，令狐冲摔入了廟外的水潭。大雨兀自滂沱，他口中、眼中、鼻中、耳中全是泥漿，一時無法動彈，但見勞德諾已被人點倒，本來和他對戰的兩敵已分別去圍攻岳不羣夫婦。過不多時，廟中又擁出兩個敵人，變成岳不羣獨鬥七人，岳夫人力抗三敵的局面。

只聽得岳夫人和一個敵人齊聲呼叱，兩人腿上同時受傷。那敵人退了下去，岳夫人眼前雖少了一敵，但腿上被重重砍了一刀，受傷著實不輕，又拆得幾招，肩頭被敵人刀背擊中，委頓在地。兩個蒙面人哈哈大笑，在她背心上點了幾處穴道。

這時廟中羣弟子相繼受傷，一一被人制服。來攻之敵顯是另有圖謀，只將華山羣弟子打倒擒獲，或點其穴道，卻不傷性命。

十五人團團圍在岳不羣四周，八名好手分站八方，與岳不羣對戰，餘下七人手中各執孔明燈，將燈火射向岳不羣雙眼。華山派掌門內功雖深，劍術雖精，但對戰的八人盡屬好手，七道燈光迎面直射，更令他難以睜眼。他知道今日華山派已然一敗塗地，勢將在這藥王廟中全軍覆沒，但仍揮劍守住門戶，氣力悠長，劍法精嚴，燈火射到之時，他便垂目向下，八個敵人一時倒也奈何他不得。

一名蒙面人高聲叫道：「岳不羣，你投不投降？」岳不羣朗聲道：「岳某寧死不辱，要殺便殺。」那人道：「你不投降，我先斬下你夫人的右臂！」說著提起一柄厚背薄刃的鬼頭刀，在孔明燈照射之下，刀刃上發出幽幽藍光，刀鋒對住了岳夫人的肩頭。

岳不羣微一遲疑：「難道聽憑師妹斷去一臂？」但隨即心想：「倘若棄劍投降，一般的受他們欺凌虐辱，我華山派數百年的令名，豈可在我手中葬送？」突然間吸一口氣，臉上紫氣大盛，揮劍向左首的漢子劈去。那漢子舉刀擋格，豈知岳不羣這一劍伴附著紫霞神功，力道強勁，那刀竟然被長劍逼回，一刀一劍，同時砍上他右臂，將他右臂砍下了兩截，鮮血四濺。那人大叫一聲，摔倒在地。

岳不羣一招得手，嗤的一劍，又插入了另一名敵人左腿，那人破口大罵，退了下去。和他對戰的少了二人，但情勢並不稍緩，驀地裏噗的一聲，背心中了一記鏈子錘，連攻三劍，才驅開敵人，忍不住一口鮮血噴出。眾敵齊聲歡呼：「岳老兒受了傷，累也累死了他！」和他對戰的六人眼見勝算在握，放開了圈子，這一來，岳不羣更無可乘之機。

蒙面敵人一共一十五人，其中三人為岳不羣夫婦所傷，只一個被斬斷手臂的傷得極重，其餘二人傷腿，並無大礙，手中提著孔明燈，不住口的向岳不羣嘲罵。

岳不羣聽他們口音南北皆有，武功更雜，顯然並非一個門派，但趨退之際，相互間又默契甚深，並非臨時聚在一起，到底是甚麼來歷，實是猜想不透，最奇的是，這一十五人無一是弱者，以自己在江湖上見聞之博，不該一十五名武功好手竟然連一個也認不出來，但偏偏便摸不著半點頭腦。他拿得定這些人從未和自己交過手，絕無仇冤，難道真是為了「辟邪劍譜」，才如此大舉來和華山派為難麼？

他心中思忖，手上卻絲毫不懈，紫霞神功施展出來，劍尖末端隱隱發出光芒，十餘招後又有一名敵人肩頭中劍，手中鋼鞭跌落在地。圈外另一名蒙面人搶了過來，替了他出去，這人手持鋸齒刀，兵刃沉重，刀頭有一彎鉤，不住去鎖拿岳不羣手中長劍。岳不羣內力充沛，精神愈戰愈長，突然間左手反掌，打中一人胸口，喀喇一聲響，打斷了他兩根肋骨，那人雙手所持的鑌鐵懷杖登時震落在地。

不料這人勇悍絕倫，肋骨一斷，奇痛澈心，反而激起了狂怒，著地滾進，張開雙臂便抱住了岳不羣的左腿。岳不羣吃了一驚，揮劍往他背心劈落，旁邊兩柄單刀同時伸過來格開。

岳不羣長劍未能砍落，右腳便往他頭上踢去。那人是個擒拿好手，左臂長出，連他右腿也抱住了，跟著一滾。岳不羣武功再強，也已無法站定，登時摔倒。頃刻之間，單刀、短槍、鏈子錘、長劍，諸般兵刃同時對準了他頭臉喉胸諸處要害。

岳不羣一聲嘆息，鬆手撒劍，閉目待死，只覺腰間、脅下、喉頭、左乳各處，被人以重手點了穴道，跟著兩個蒙面人拉著他站起。

一個蒼老的聲音說道：「君子劍岳先生武功卓絕，果然名不虛傳，我們合十五人之力對付你一人，還鬧得四五人受傷，這才將你擒住，嘿嘿，佩服，佩服！老朽跟你單打獨鬥，那是鬥不過你的了。不過話得說回來，我們有十五人，你們卻有二十餘人，比較起來，還是你華山派人多勢眾。我們今晚以少勝多，打垮了華山派，這一仗也算勝得不易，是不是？」其餘蒙面人都道：「是啊，勝來著實不易。」那老者道：「岳先生，我們和你無冤無仇，今晚冒昧得罪，只不過想借那辟邪劍譜一觀。這劍譜嗎，本來也不是你華山派的，你千方百計的將福威鏢局的林家少年收入門下，自然是在圖謀這部劍譜了。這件事太也不夠光明正大，武林同道聽了，人人十分憤怒。老朽好言相勸，你還是獻了出來罷！」

岳不羣大怒，說道：「岳某既然落入你手，要殺便殺，說這些廢話作甚？岳不羣為人如何，江湖上眾皆知聞，你殺岳某容易，想要壞我名譽，卻是作夢！」

一名蒙面人哈哈大笑，大聲道：「壞你名譽不容易麼？你的夫人、女兒和幾個女弟子都相貌不錯，我們不如大夥兒分了，娶了作小老婆！哈哈，這一下，你岳先生在武林中可就大名鼎鼎了。」其餘蒙面人都跟著大笑，笑聲中充滿了淫猥之意。

岳不羣只氣得全身發抖。只見幾名蒙面人將一眾男女弟子從廟中推了出來。眾弟子都給點中了穴道，有的滿臉鮮血，有的一到廟外便即跌倒，顯是腿腳受傷。

那蒙面老者說道：「岳先生，我們的來歷，或許你已經猜到了三分，我們並不是武林中甚麼白道上的英雄好漢，沒甚麼事做不出來。眾兄弟有的好色成性，倘若得罪了尊夫人和令愛，於你面上可不大光采。」

岳不羣叫道：「罷了，罷了！閣下既然不信，儘管在我們身上搜索便是，且看有甚麼辟邪劍譜！」

一名蒙面人笑道：「我勸你還是自己獻出來的好。一個個搜將起來，搜到你老婆、閨女身上，未必有甚麼好看。」

林平之大聲叫道：「一切禍事，都是由我林平之身上而起。我跟你們說，我福建林家，壓根兒便沒甚麼辟邪劍譜，信與不信，全由你們了。」說著從地下拾起一根被震落的鑌鐵懷杖，猛力往自己額頭擊落。只是他雙臂已被點了穴道，出手無力，嗒的一聲，懷杖雖然擊在頭上，只擦損了一些油皮，連鮮血也無。但他此舉的用意，旁人都十分明白，他意欲犧牲一己性命，表明並無甚麼劍譜落在華山派手中。

那蒙面老者笑道：「林公子，你倒挺夠義氣。我們跟你死了的爹爹有交情，岳不羣害死你爹爹，呑沒你家傳的辟邪劍譜，我們今天是打抱不平來啦。你師父徒有君子之名，卻無君子之實。不如你改投在我門下，包你學成一身縱橫江湖的好功夫。」

林平之叫道：「我爹娘是給青城派余滄海與木高峯害死的，跟我師父有甚麼相干？我是堂堂華山派門徒，豈能臨到危難，便貪生怕死？」

梁發叫道：「說得好！我華山派……」一個蒙面人喝道：「你華山派便怎樣？」橫揮一刀，將梁發的腦袋砍了下來，鮮血直噴。華山羣弟子中，八九個人齊聲驚呼。

岳不羣腦海中種種念頭此起彼落，卻始終想不出這些人是甚麼來頭，聽那老者的話，多半是黑道上的強人，或是甚麼為非作歹的幫會匪首，可是秦晉川豫一帶白道黑道上的成名人物，自己就算不識，也必早有所聞，絕無那一個幫會、山寨擁有如此眾多的好手。那人一刀便砍了梁發的腦袋，下手之狠，實是罕見。江湖上動武爭鬥，殺傷人命原是常事，但既已將對方擒住，絕少這般隨手一刀，便斬人首級。

那人一刀砍死梁發後，縱聲狂笑，走到岳夫人身前，將那柄染滿鮮血的鋼刀在半空中虛劈幾刀，在岳夫人頭頂掠過，相距不到半尺。岳靈珊尖聲叫喚：「別……別傷我媽！」便暈了過去。岳夫人卻是女中豪傑，毫不畏懼，心想他若將我一刀殺了，免受其辱，正是求之不得之事，昂首罵道：「膿包賊，有種便將我殺了。」

便在此時，東北角上馬蹄聲響，數十騎馬奔馳而來。蒙面老者叫道：「甚麼人？過去瞧瞧！」兩名蒙面人應道：「是！」一躍上馬，迎了上去。卻聽得蹄聲漸近，跟著乒乒乓乓幾下兵刃碰撞，有人叫道：「啊喲！」顯是來人和那兩名蒙面人交上了手，有人受傷。

岳不羣夫婦和華山羣弟子知是來了救星，無不大喜，模模糊糊的燈光之下，只見三四十騎馬沿著大道，濺水衝泥，急奔而至，頃刻間在廟外勒馬，團團站定。馬上一人叫道：「是華山派的朋友。咦！這不是岳兄麼？」

岳不羣往那說話之人臉上瞧去，不由得大是尷尬，原來此人便是數日前持了五嶽令旗、來到華山絕頂的嵩山派第三太保仙鶴手陸柏。他右首一人高大魁偉，認得是嵩山派第二太保托塔手丁勉。站在他左首的，赫然是華山派棄徒劍宗的封不平。那日來到華山的泰山派和衡山派的好手也均在內，只是比之其時上山的更多了不少人。孔明燈的黯淡光芒之下，影影綽綽，一時也認不得那許多。只聽陸柏道：「岳兄，那天你不接左盟主的令旗，左盟主甚是不快，特令我丁師哥、湯師弟奉了令旗，再上華山奉訪。不料深夜之中，竟會在這裏相見，可真是料不到了。」岳不羣默然不答。

那蒙面老者抱拳說道：「原來是嵩山派丁二俠、陸三俠、湯七俠三位到了。當真幸會，幸會。」嵩山派第七太保湯英鶚道：「不敢，閣下尊姓大名，如何不肯以真面目相示？」蒙面老者道：「我們眾兄弟都是黑道上的無名小卒，幾個難聽之極的匪號說將出來，沒的汚了各位武林高人的耳朵。衝著各位的金面，大夥兒對岳夫人和岳小姐是不敢無禮的了，只是有一件事，卻要請各位主持武林公道。」

湯英鶚道：「是甚麼事，不妨說出來大家聽聽。」

那老者道：「這位岳不羣先生，有個外號叫作君子劍，聽說平日說話，向來滿口仁義道德，最講究武林規矩，可是最近的行為卻有點兒大大的不對頭了。福州福威鏢局給人挑了，總鏢頭林震南夫婦給人害了，各位想必早已知聞。」

湯英鶚道：「是啊，聽說那是四川青城派幹的。」那老者連連搖頭，道：「江湖上雖這般傳言，實情卻未必如此。咱們打開天窗說亮話，人人都知道，福威鏢局林家有一部祖傳的辟邪劍譜，載有精微奧妙的劍法，練得之後，可以天下無敵。林震南夫婦所以被害，便因於有人對這部辟邪劍譜眼紅之故。」湯英鶚道：「那又怎樣？」

那老者道：「林震南夫婦到底是給誰害死的，外人不知詳情。咱們只聽說，這位君子劍暗使詭計，騙得林震南的兒子死心塌地的投入了華山派門下，那部劍譜，自然也帶入了華山派門中。大夥兒一推敲，都說岳不羣工於心計，強奪不成，便使巧取之計。想那姓林的小子有多大的年紀？能有多大見識？投入華山派門中之後，還不是讓那老狐狸玩弄於掌股之上，乖乖的將辟邪劍譜雙手獻上。」

湯英鶚道：「那恐怕不見得罷。華山派劍法精妙，岳先生的紫霞神功更是獨步武林，乃是最神奇的一門內功，如何會去貪圖別派的劍法？」

那老者仰天打了個哈哈，說道：「湯老英雄這是以君子之心，去度小人之腹了。岳不羣有甚麼精妙劍法？他華山派氣劍兩宗分家之後，氣宗霸佔華山，只講究練氣，劍法平庸幼稚之極。江湖上震於『華山派』三字的虛名，還道他們真有本領，其實呢，嘿嘿，嘿嘿……」他冷笑了幾聲，繼道：「按理說，岳不羣既是華山派掌門，劍術自必不差，可是眾位親眼目睹，眼下他是為我們幾個無名小卒所擒。我們一不使毒藥，二不用暗器，三不是以多勝少，乃是憑著真實本領，硬打硬拚，將華山派眾師徒收拾了下來。華山派氣宗的武功如何，那也可想而知了。岳不羣當然有自知之明，他是急欲得到辟邪劍譜之後，精研劍法，以免徒負虛名，一到要緊關頭，就此出醜露乖。」

湯英鶚點頭道：「這幾句話倒也在理。」

那老者又道：「我們這些黑道上的無名小卒，說到功夫，在眾位名家眼中看來，原是不值一笑，對那辟邪劍譜，也不敢起甚麼貪心。不過以往十幾年中，承蒙福威鏢局的林總鏢頭瞧得起，每年都贈送厚禮，他的鏢車經過我們山下，眾兄弟衝著他的面子，誰也不去動他一動。這次聽說林總鏢頭為了這部劍譜，鬧得家破人亡，大夥兒不由得動了公憤，因此上要和岳不羣算一算這個帳。」他說到這裏，頓了一頓，環顧馬上的眾人，說道：「今晚駕到的，個個都是武林中大名鼎鼎的英雄好漢，更有與華山結盟的五嶽劍派高手在內，這件事到底如何處置，聽憑眾位吩咐，在下無有不遵。」

湯英鶚道：「這位兄台很夠朋友，我們領了這個交情。丁師哥、陸師哥，你們瞧這件事怎麼辦？」

丁勉道：「華山派掌門人之位，依左盟主說，該當由封先生執掌，岳不羣今日又做出這等無恥卑鄙的事來，便由封先生自行清理門戶罷！」

馬上眾人齊聲說道：「丁二俠斷得再明白也沒有了。華山派之事，該由華山派掌門人自行處理，也免得江湖上朋友說咱們多管閒事。」

封不平一躍下馬，向眾人團團一揖，說道：「眾位給在下這個面子，當真感激不盡。敝派給岳不羣竊居掌門之位，搞得天怒人怨，江湖上聲名掃地，今日竟做出殺人之父、奪人劍譜、勒逼收徒，種種無法無天的事來。在下無德無能，本來不配居華山派掌門之位，只是念著敝派列祖列宗創業艱難，實不忍華山一派在岳不羣這不肖門徒手中灰飛煙滅，只得勉為其難，還盼眾位朋友今後時時指點督促。」說著又是抱拳作個四方揖。

這時馬上乘客中已有七八人點燃了火把，雨尚未全歇，但已成為絲絲小雨。火把上光芒射到封不平臉上，顯得神色得意非凡。只聽他繼續說道：「岳不羣罪大惡極，無可寬赦，須當執行門規，立即處死！叢師弟，你為本派清理門戶，將叛徒岳不羣夫婦殺了。」

一名五十來歲的漢子應道：「是！」拔出長劍，走到岳不羣身前，獰笑道：「姓岳的，你敗壞本派，今日當有此報。」

岳不羣嘆了口氣，道：「好，好！你劍宗為了爭奪掌門之位，居然設下這條毒計。叢不棄，你今日殺我，日後在陰世有何面目去見華山派的列祖列宗？」

叢不棄哈哈一笑，道：「多行不義必自斃，你自己幹下了這許多罪行，我若不殺你，你勢必死於外人之手，那反而不美了。」封不平喝道：「叢師弟，多說無益，行刑！」

叢不棄道：「是！」提起長劍，手肘一縮，火把上紅光照到劍刃之上，忽紅忽碧。

岳夫人叫道：「且慢！那辟邪劍譜到底是在何處？捉賊捉贓，你們如此含血噴人，如何能令人心服？」

叢不棄道：「好一個捉賊捉贓！」向岳夫人走上兩步，笑嘻嘻的道：「那部辟邪劍譜，多半便藏在你身上，我可要搜上一搜了，也免得你說我們含血噴人。」說著伸出左手，便要往岳夫人懷中摸去。

岳夫人腿上受傷，又被點中了兩處穴道，眼看叢不棄一隻骨節稜稜的大手往自己身上摸來，若給他手指碰到了肌膚，實是奇恥大辱，大叫一聲：「嵩山派丁師兄！」

丁勉沒料到她突然會呼叫自己，問道：「怎樣？」岳夫人道：「令師兄左盟主是五嶽劍派盟主，為武林表率，我華山派也托庇於左盟主旗下，你卻任由這等無恥小人來辱我婦道人家，那是甚麼規矩？」丁勉道：「這個？」沉吟不語。

岳夫人又道：「那惡賊一派胡言，說甚麼並非以多勝少。這兩個華山派的叛徒，倘若單打獨鬥能勝得我丈夫，咱們將掌門之位雙手奉讓，死而無怨，否則須難塞武林中千萬英雄好漢的悠悠之口。」說到這裏，突然呸的一聲，一口唾沫向叢不棄臉上吐了過去。

叢不棄和她相距甚近，這一下又是來得突然，竟不及避讓，正中在雙目之間，大罵：「你奶奶的！」

岳夫人怒道：「你劍宗叛徒，武功低劣之極，不用我丈夫出手，便是我一個女流之輩，若不是給人暗算點了穴道，要殺你也易如反掌。」

丁勉道：「好！」雙腿一挾，胯下黑馬向前邁步，繞到岳夫人身後。倒轉馬鞭，向前俯身戳出，鞭柄戳中了岳夫人背上三處穴道。她只覺全身一震，被點的兩處穴道登時解了。

岳夫人四肢一得自由，知道丁勉是要自己與叢不棄比武，眼前這一戰不但有關一家三口的生死，也將決定華山一派的盛衰興亡，自己如能將叢不棄打敗，雖然未必化險為夷，至少是個轉機，倘若自己落敗，那就連話也沒得說了，當即從地下拾起自己先前被擊落的長劍，橫劍當胸，立個門戶，便在此時，左腿一軟，險些跪倒。她腿上受傷著實不輕，稍一用力，便難以支持。

叢不棄哈哈大笑，叫道：「你又說是婦道人家，又假裝腿上受傷，那還比甚麼劍？就算贏了你，也沒甚麼光采！」岳夫人不願跟他多說一句，叱道：「看劍！」刷刷刷三劍，疾刺而出，劍刃上帶著內力，嗤嗤有聲，這三劍一劍快似一劍，全是指向對方的要害。叢不棄退了兩步，叫道：「好！」岳夫人本可乘勢逼近，但她不敢移動腿腳，站著不動。叢不棄提劍又上，反擊過去，錚錚錚三聲，火光飛迸，這三劍攻得甚是狠辣。岳夫人一一擋開，第三劍隨即轉守為攻，疾刺敵人小腹。

岳不羣站在一旁，眼見妻子腿傷之餘，力抗強敵，叢不棄劍招精妙，靈動變化，顯是遠在妻子之上。二人拆到十餘招後，岳夫人下盤呆滯，華山氣宗本來擅於內力克敵，但她受傷後氣息不勻，劍法上漸漸為叢不棄所制。岳不羣心中大急，見妻子劍招越使越快，更是擔憂：「他劍宗所長者在劍法，你卻以劍招與他相拆，以己之短，抗敵之長，非輸不可。」

這中間的關竅，岳夫人又何嘗不知，只是她腿上傷勢著實不輕，而且中刀之後，不久便被點中穴道，始終沒能緩出手來裹傷，此刻兀自流血不止，如何能運氣克敵？這時全仗著一股精神支持，劍招上雖然絲毫不懈，勁力卻已迅速減弱。十餘招一過，叢不棄已覺察到對方弱點，心中大喜，當下並不急切求勝，只是嚴密守住門戶。

令狐冲眼睜睜瞧著二人相鬥，但見叢不棄劍路縱橫，純是使招不使力的打法，與師父所授全然不同，心道：「怪不得本門分為氣宗、劍宗，兩宗武功所尚，果然完全相反。」他慢慢支撐著站起身來，伸手摸到地下一柄長劍，心想：「今日我派一敗塗地，但師娘和師妹清白的名聲決不能為奸人所污，看來師娘非此人之敵，待會我先殺了師娘、師妹，然後自刎，以全華山派的聲名。」

只見岳夫人劍法漸亂，突然之間長劍急轉，呼的一聲刺出，正是她那招「無雙無對，寧氏一劍」。這一劍勢道凌厲，雖然在重傷之餘，刺出時仍然虎虎有威。

叢不棄吃了一驚，向後急縱，僥倖躲開。岳夫人倘若雙腿完好，乘勢追擊，敵人必難倖免，此刻卻是臉上全無血色，以劍拄地，喘息不已。

叢不棄笑道：「怎麼？岳夫人，你力氣打完啦，可肯給我搜一搜麼？」說著左掌箕張，一步步的逼近，岳夫人待要提劍而刺，但右臂便似有千斤之重，說甚麼也提不起來。

令狐冲叫道：「且慢！」邁步走到岳夫人身前，叫道：「師娘！」便欲出劍將她刺死，以保她的清白。

岳夫人目光中露出喜色，點頭道：「好孩子！」再也站立不住，一交坐倒在泥濘之中。

叢不棄喝道：「滾開！」挺劍向令狐冲咽喉挑去。

令狐冲眼見劍到，自知手上無半分力氣，倘若伸劍相格，立時會給他將長劍擊飛，當下更不思索，提劍也向他喉頭刺去，那是個同歸於盡的打法，這一劍出招並不迅捷，但部位卻妙到毫巔，正是「獨孤九劍」中「破劍式」的絕招。

叢不棄大吃一驚，萬不料這個滿身泥污的少年突然會使出這一招來，情急之下，著地打了個滾，直滾出丈許之外，才得避過，但已驚險萬分。

旁觀眾人見他狼狽不堪，躍起身來時，頭上、臉上、手上、身上，全是泥水淋漓，有的人忍不住笑出聲來，但稍加思索，都覺除了這麼一滾之外，實無其他妙法可以拆解此招。

叢不棄聽到笑聲，羞怒更甚，連人帶劍，向令狐冲直撲過去。

令狐冲已打定了主意：「我不可運動絲毫內息，只以太師叔所授的劍法與他拆招。」那「獨孤九劍」他本未練熟，原不敢貿然以之抗禦強敵，但當此生死繫於一線之際，腦筋突然清明異常，「破劍式」中種種繁複神奇的拆法，霎時間盡皆清清楚楚的湧現，眼見叢不棄勢如瘋虎的拚撲而前，早已看出他招式中的破綻，劍尖斜挑，指向他小腹。

叢不棄這般撲將過去，對方如不趨避，便須以兵刃擋架，因此自己小腹雖是空門，卻不必守禦。豈知令狐冲不避不格，只是劍尖斜指，候他自己將小腹撞到劍上去。叢不棄身子躍起，雙足尚未著地，已然看到自己陷入險境，忙揮劍往令狐冲的長劍上斬去。令狐冲早料到此著，右臂輕提，長劍提起了兩尺，劍尖一抬，指向叢不棄胸前。

叢不棄這一劍斬出，原盼與令狐冲長劍相交，便能借勢躍避，萬不料對方突然會在這緊關頭轉劍上指，他一劍斬空，身子在半空中無可迴旋，口中哇哇大叫，便向令狐冲劍尖上直撞過去。封不平縱身而起，伸手往叢不棄背心抓去，終於遲了一步，但聽得撲的一聲響，劍尖從叢不棄肩胛一穿而過。

封不平一抓不中，拔劍已斬向令狐冲後頸。按照劍理，令狐冲須得向後急躍，再乘機還招，但他體內真氣雜沓，內息混亂，半分內勁也沒法運使，絕難後躍相避，無可奈何之中，長劍從叢不棄肩頭抽出，便又使出「獨孤九劍」中的招式，反劍刺出，指向封不平的肚臍。這一招似乎又是同歸於盡的拚命打法，但他的反手劍部位奇特，這一劍先刺入敵人肚臍，敵人的兵器才刺到他身上，相距雖不過瞬息之間，這中間畢竟有了先後之差。

封不平眼見自己這一劍敵人已絕難擋架，那知這少年隨手反劍，竟會刺向自己小腹，委實凶險之極，立即後退，吸一口氣，登時連環七劍，一劍快似一劍，如風如雷般攻上。

令狐冲早將生死置之度外，心中所想，只是風清揚所指點的種種劍法，有時腦中一閃，想到了後洞石壁上的劍招，也即順手使出，揮灑如意，與封不平片刻間便拆了七十餘招，兩人長劍始終沒有相碰，攻擊守禦，全是精微奧妙之極的劍法。旁觀眾人瞧得目為之眩，無不暗暗喝采，各人都聽到令狐冲喘息沉重，顯然力氣不支，但劍上的神妙招數始終層出不窮，變幻無方。封不平每逢招數上無法抵擋，便以長劍硬砍硬劈，知道對方不會與自己鬥力而以劍擋劍，這麼一來，便得解脫窘境。

旁觀諸人中眼見封不平的打法跡近無賴，有的忍不住心中不滿。泰山派的一個道士說道：「氣宗的徒兒劍法高，劍宗的師叔內力強，這到底怎麼搞的？華山派的氣宗、劍宗，這可不是顛倒來玩了麼？」

封不平臉上一紅，一柄長劍更使得猶如疾風驟雨一般。他是當今華山派劍宗第一高手，劍術確是了得。令狐冲無力移動身子，勉強支撐，方能站立，失卻了許多可勝的良機，而初使「獨孤九劍」，便即遭逢大敵，不免心有怯意，劍法又不純熟，是以兩人酣鬥良久，一時仍勝敗難分。

再拆三十餘招後，令狐冲發覺自己倘若隨手亂使一劍，對方往往難以抵擋，手忙腳亂；但如在劍招中用上了本門華山派劍法，或是後洞石壁上所刻的嵩山、衡山、泰山等派劍法，封不平卻乘勢反擊，將自己劍招破去。有一次封不平長劍連劃三個弧形，險些將自己右臂齊肩斬落，實在凶險之極。危急之中，風清揚的一句話突然在腦海中響起：「你劍上無招，敵人便無法可破，無招勝有招，乃劍法之極詣。」

其時他與封不平拚鬥已逾二百招，對「獨孤九劍」中的精妙招式領悟越來越多，不論封不平以如何凌厲狠辣的劍法攻來，總是一眼便看到他招式中的破綻所在，隨手出劍，便迫得他非迴劍自保不可，再鬥一會，信心漸增，待得突然間想到風清揚所說「以無招破有招」的要訣，輕吁一口長氣，斜斜刺出一劍，這一劍不屬於任何招式，甚至也不是獨孤九劍中「破劍式」的劍法，出劍全然無力，但劍尖歪斜，連自己也不知指向何方。

封不平一呆，心想：「這是甚麼招式？」一時不知如何拆解才好，只得舞劍護住了上盤。令狐冲出劍原無定法，見對方護住上盤，劍尖輕顫，便刺向他腰間。封不平料不到他變招如此奇特，大驚之下，向後躍開三步。令狐冲無力跟他縱躍，適才鬥了良久，雖然不動用半分真氣內息，但提劍劈刺，畢竟頗耗力氣，不由得左手撫胸，喘息不已。

封不平見他並不追擊，如何肯就此罷手？隨即縱上，刷刷刷刷四劍，向令狐冲胸、腹、腰、肩四處連刺。令狐冲手腕一抖，挺劍向他左眼刺去。封不平驚叫一聲，又向後躍開了三步。

泰山派那道人又道：「奇怪，奇怪！這人的劍法，當真令人好生佩服。」旁觀眾人均有同感，都知他所佩服的「這人的劍法」，自不是封不平的劍法，必是令狐冲的劍法。

封不平聽在耳裏，心道：「我以劍宗之長，圖入掌華山一派，倘若在劍法上竟輸了給氣宗的一個徒兒，做華山派掌門的雄圖固然從此成為泡影，勢必又將入山隱居，再也沒臉在江湖上行走了。」言念及此，暗叫：「到這地步，我再能隱藏甚麼？」仰天一聲清嘯，斜行而前，長劍橫削直擊，迅捷無比，未到五六招，劍勢中已發出隱隱風聲。他出劍越來越快，風聲也是漸響。這套「狂風快劍」，是封不平在中條山隱居十五年而創製出來的得意劍法，劍招一劍快似一劍，所激起的風聲也越來越強。他胸懷大志，不但要執掌華山一派，還想成了華山派掌門人之後，更進而為五嶽劍派盟主，所憑恃的便是這套一百零八式「狂風快劍」。這項看家本領本不願貿然顯露，一顯之後，便露了底，此後再和一流高手相鬥，對方先已有備，便難收出奇制勝之效。但此刻勢成騎虎，若不將令狐冲打敗，當時便即顏面無存，實逼處此，也只好施展了。

這套「狂風快劍」果然威力奇大，劍鋒上所發出的一股勁氣漸漸擴展，旁觀眾人只覺寒氣逼人，臉上、手上被疾風刮得隱隱生疼，不由自主的後退，圍在相鬥兩人身周的圈子漸漸擴大，竟有四五丈方圓。

此刻縱是嵩山、泰山、衡山諸派高手，以及岳不羣夫婦，對封不平也已不敢再稍存輕視之心，均覺他劍法不但招數精奇，而且劍上氣勢凌厲，並非徒以劍招取勝，此人在江湖上無籍籍之名，不料劍法竟然這等了得。

馬上眾人所持火把的火頭被劍氣逼得向外飄揚，劍上所發的風聲尚有漸漸增大之勢。

在旁觀眾人的眼中看來，令狐冲便似是百丈洪濤中的一葉小舟，狂風怒號，駭浪如山，一個又一個的滔天白浪向小舟撲去，小舟隨波上下，卻始終未為波濤所吞沒。

封不平攻得越急，令狐冲越領略到風清揚所指點的劍學精義，每鬥一刻，便多了幾分體會。他於劍法上種種招數明白得越透澈，自信越強，當下並不急於求勝，只是凝神觀看對方劍招中的種種變化。

「狂風快劍」委實快極，一百零八招片刻間便已使完，封不平見始終奈何對方不得，心下焦躁，連聲怒喝，長劍斜劈直斫，猛攻過去，非要對方出劍擋架不可。令狐冲眼見他勢如拚命，倒也有些膽怯，不敢再鬥下去，長劍抖動，嗤嗤嗤嗤四聲輕響，封不平左臂、右臂、左腿、右腿上各已中劍，噹的一聲，長劍落地。令狐冲手上無力，這四劍刺得甚輕。

封不平霎時間臉色蒼白，說道：「罷了，罷了！」回身向丁勉、陸柏、湯英鶚三人拱手道：「嵩山派三位師兄，請你們拜上左盟主，說在下對他老人家的盛意感激不盡。只是……只是技不如人，無顏……無顏……」又是一拱手，向外疾走，奔出十餘步後，突然站定，叫道：「那位少年，你劍法好生了得，在下拜服。但這等劍法，諒來岳不羣也不如你。請教閣下尊姓大名，劍法是那一位高人所授？也好叫封不平輸得心服。」

令狐冲道：「在下令狐冲，是恩師岳先生座下大弟子。承蒙前輩相讓，僥倖勝得一招半式，何足道哉！」

封不平一聲長嘆，聲音中充滿了淒涼落魄的況味，緩步走入了黑暗之中。

丁勉、陸柏和湯英鶚三人對望了一眼，均想：「以劍法而論，自己多半及不上封不平，當然更非令狐冲之敵，倘若一擁而上，亂劍分屍，自是立即可以將他殺了。但此刻各派好手在場，說甚麼也不能幹這等事。」三人心意相同，都點了點頭。丁勉朗聲道：「令狐賢姪，閣下劍法高明，教人大開眼界，後會有期！」

湯英鶚道：「大夥兒這就走罷！」左手一揮，勒轉了馬頭，雙腿一挾，縱馬直馳而去，其餘各人也都跟隨其後，片刻間均已奔入黑暗之中，但聽得蹄聲漸遠漸輕。藥王廟外除了華山派眾人，便是那些蒙面客了。

那蒙面老者乾笑了兩聲，說道：「令狐少俠，你劍術高明，大家都是很佩服的。岳不羣的功夫和你差得太遠，照理說，早就該由你來當華山派掌門人才是。」他頓了一頓，續道：「今晚見識了閣下的精妙劍法，原當知難而退，只是我們得罪了貴派，日後禍患無窮，今日須得斬草除根，欺侮你身上有傷，只好以多為勝了。」說著一聲呼嘯，其餘十四名蒙面人團團圍了上來。

當丁勉等一行人離去時，火把隨手拋在地下，一時未熄，但只照得各人下盤明亮，腰圍以上便瞧不清楚，十五個蒙面客的兵刃閃閃生光，一步步向令狐冲逼近。

令狐冲適才酣鬥封不平，雖未耗內力，亦已全身大汗淋漓。他所以得能勝過這華山派劍宗高手，全仗學過獨孤九劍，在招數上著著佔了先機。但這十五個蒙面客所持的是諸般不同兵刃，所使的是諸般不同招數，同時攻來，如何能一一拆解？他內力全無，便想直縱三尺，橫躍半丈，也是無能為力，怎能在這十五名好手的分進合擊之下突圍而出？

他長嘆一聲，眼光向岳靈珊望去，知道這是臨死時最後一眼，只盼能從岳靈珊的神色中得到一些慰藉，果見她一雙妙目正凝視著自己，眼光中流露出十分焦慮關切之情。令狐冲心中一喜，火光中卻見她一隻纖纖素手垂在身邊，竟是和一隻男子的手相握，一瞥眼間，那男子正是林平之。令狐冲胸口一酸，更無鬥志，當下便想拋下長劍，聽由宰割。

那一十五名蒙面客憚於他適才惡鬥封不平的威勢，誰也不敢搶先發難，半步半步的慢慢逼近。

令狐冲緩緩轉身，只見這一十五人三十隻眼睛在面幕洞孔中炯炯生光，便如是一對對猛獸的眼睛，充滿了兇惡殘忍之意。突然之間，他心中如電光石火般閃過了一個念頭：「獨孤九劍第七劍『破箭式』專破暗器。任憑敵人千箭萬弩射將過來，或是數十人以各種各樣暗器同時攢射，只須使出這一招，便能將千百件暗器同時擊落。」

只聽得那蒙面老者喝道：「大夥齊上，亂刀分屍！」

令狐冲更無餘暇再想，長劍倏出，使出「獨孤九劍」的「破箭式」，劍尖顫動，向十五人的眼睛點去。

只聽得「啊！」「哎唷！」「啊喲！」慘呼聲不絕，跟著叮噹、嗆啷、乒乓，諸般兵刃紛紛墮地。十五名蒙面客的三十隻眼睛，在一瞬之間被令狐冲以迅捷無倫的手法盡數刺中。

獨孤九劍「破箭式」那一招擊打千百件暗器，千點萬點，本有先後之別，但出劍實在太快，便如同時發出一般。這路劍招須得每刺皆中，只消疏漏了一刺，敵人的暗器便射中了自己。令狐冲這一式本未練熟，但刺人緩緩移近的眼珠，畢竟遠較擊打紛紛攢射的暗器為易，刺出三十劍，三十劍便刺中了三十隻眼睛。

他一刺之後，立即從人叢中衝出，左手扶住了門框，臉色慘白，身子搖晃，跟著「噹」的一聲響，手中長劍落地。

但見那十五名蒙面客各以雙手按住眼睛，手指縫中不住滲出鮮血。有的蹲在地下，有的大聲號叫，更有的在泥濘中滾來滾去。

十五名蒙面客眼前突然漆黑，又覺疼痛難當，驚駭之下，只知按住眼睛，大聲呼號，若能稍一鎮定，繼續羣起而攻，令狐冲非給十五人的兵刃斬成肉醬不可。但任他武功再高，驀然間雙目被人刺瞎，又如何鎮定得下來？又怎能繼續向敵人進攻？這一十五人便似沒頭蒼蠅一般，亂闖亂走，不知如何是好。

令狐冲在千鈞一髮之際，居然一擊成功，大喜過望，但看到這十五人的慘狀，卻不禁又是害怕，又是惻然生憫。

岳不羣驚喜交集，大聲喝道：「冲兒，將他們挑斷了腳筋，慢慢拷問。」

令狐冲應道：「是……是……」俯身撿拾長劍，那知適才使這一招時牽動了內力，全身只是發戰，說甚麼也無法抓起長劍，雙腿一軟，坐倒在地。

那蒙面老者叫道：「大夥兒右手拾起兵刃，左手拉住同伴腰帶，跟著我去！」

十四名蒙面客正自手足無措，聽得那老者的呼喝，一齊俯身在地下摸索，不論碰到甚麼兵刃，便隨手拾起，也有人摸到兩件而有人一件也摸不到的，各人左手牽住同伴的腰帶，連成一串，跟著那老者，七高八低，在大雨中踐踏泥濘而去。

華山派眾人除岳夫人和令狐冲外，個個被點中了穴道，動彈不得。岳夫人雙腿受傷，難以移步。令狐冲又是全身脫力，軟癱在地。眾人眼睜睜瞧著這一十五名蒙面客明明已全無還手之力，卻無法將之留住。

十三 學琴

令狐沖試奏「碧霄吟」，雖有數音不準，指法生澀，但琴韻中洋洋然有青天一碧、萬里無雲的空闊氣象。

一片寂靜中，惟聞眾男女弟子粗重的喘息之聲。岳不羣忽然冷冷的道：「令狐冲令狐大俠，你還不解開我的穴道，當真要大夥兒向你哀求不成？」

令狐冲大吃一驚，顫聲道：「師父，你……你怎地跟弟子說笑？我……我立即給師父解穴。」掙扎著爬起，搖搖晃晃的走到岳不羣身前，問道：「師……師父，解甚麼穴？」

岳不羣惱怒之極，想起先前令狐冲在華山上裝腔作勢的自刺一劍，說甚麼也不肯殺田伯光，眼下自然又是老戲重演，既放走那十五名蒙面客，又故意拖延，不即替自己解穴，怕自己去追殺那些蒙面惡徒，怒道：「不用你費心了！」繼續暗運紫霞神功，衝盪被封的諸處穴道。他自被敵人點了穴道後，一直以強勁內力衝擊不休，只是點他穴道之人所使勁力著實厲害，而被點的又是「玉枕」、「膻中」、「巨椎」、「肩貞」、「志堂」等幾處要緊大穴，經脈運行在這幾處要穴中被阻，紫霞神功威力大減，一時竟衝解不開。

令狐冲只想儘快替師父解穴，卻半點力道也使不出來，數次勉力想提起手臂，總是眼前金星亂舞，耳中嗡嗡作響，差一點便即暈去，只得躺在岳不羣身畔，靜候他自解穴道。

岳夫人伏在地下，適才氣惱中岔了真氣，全身脫力，竟抬不起手來按住腿上傷口。

眼見天色微明，雨也漸漸住了，各人面目慢慢由朦朧變為清楚。岳不羣頭頂白霧瀰漫，臉上紫氣大盛，忽然間一聲長嘯，全身穴道盡解。他一躍而起，雙手或拍或打，或點或揑，頃刻間將各人被封的穴道重解開了，然後以內力輸入岳夫人體內，助她順氣。岳靈珊忙給母親包紮腿傷。

眾弟子回思昨晚死裏逃生的情景，當真恍如隔世。高根明、施戴子等看到梁發身首異處的慘狀，都潸然落淚，幾名女弟子更放聲大哭。眾人均道：「幸虧大師哥擊敗了這批惡徒，否則委實不堪設想。」高根明見令狐冲兀自躺在泥濘之中，過去將他扶起。

岳不羣淡淡的道：「冲兒，那一十五個蒙面人是甚麼來歷？」令狐冲道：「弟子……弟子不知。」岳不羣道：「你識得他們嗎？交情如何？」令狐冲駭然道：「弟子在此以前，從未見過其中任何一人。」岳不羣道：「既然如此，那為甚麼我命你留他們下來仔細查問，你卻聽而不聞，置之不理？」令狐冲道：「弟子……弟子……實在全身乏力，半點力氣也沒有了，此刻……此刻……」說著身子搖晃，顯然單是站立也頗為艱難。

岳不羣哼的一聲，道：「你做的好戲！」令狐冲額頭汗水涔涔而下，雙膝一曲，跪倒在地，說道：「弟子自幼孤苦，承蒙師父師娘大恩大德，收留撫養，看待弟子便如親生兒子一般。弟子雖然不肖，卻也決不敢違背師父意旨，有意欺騙師父師娘。」岳不羣道：「你不敢欺騙我和你師娘？那你這些劍法，哼哼，是從那裏學來的？難道真是夢中神人所授，突然間從天上掉下來不成？」令狐冲叩頭道：「請師父恕罪，傳授劍法這位前輩曾要弟子答應，無論如何不可向人吐露劍法的來歷，即是對師父、師娘，也不得稟告。」

岳不羣冷笑道：「這個自然，你武功到了這地步，怎麼還會將師父、師娘瞧在眼裏？我們華山派這點點兒微末功力，如何能當你神劍之一擊？那個蒙面老者不說過麼？華山派掌門一席，早該由你接掌才是。」

令狐冲不敢答話，只是磕頭，心中思潮起伏：「我若不吐露風太師叔傳授劍法的經過，師父師娘終究不能見諒。但男兒漢須當言而有信，田伯光一個採花淫賊，在身受桃谷六仙種種折磨之時，尚自決不洩漏風太師叔的行蹤。令狐冲受人大恩，決不能有負於他。我對師父師娘之心，天日可表，暫受一時委屈，又算得甚麼？」說道：「師父、師娘，不是弟子膽敢違抗師命，實是有難言的苦衷。日後弟子去求懇這位前輩，請他准許弟子向師父、師娘稟明經過，那時自然不敢有絲毫隱瞞。」

岳不羣道：「好，你起來罷！」令狐冲又叩兩個頭，待要站起，雙膝一軟，又即跪倒。林平之正在他的身畔，一伸手，將他拉了起來。

岳不羣冷笑道：「你劍法高明，做戲的本事更加高明。」令狐冲不敢回答，心想：「師父待我恩重如山，今日錯怪了我，日後終究會水落石出。此事太也蹊蹺，那也難怪他老人家心中生疑。」他雖受委屈，倒無絲毫怨懟之意。

岳夫人溫言道：「昨晚若不是憑了冲兒的神妙劍法，華山派全軍覆沒，固然不用說了，我們娘兒們只怕還難免慘受凌辱。不管傳授冲兒劍法那位前輩是誰，咱們所受恩德，總之是實在不淺。至於那一十五個惡徒的來歷嗎，日後總能打聽得出。冲兒怎麼跟他們會有交情？他們不是要將冲兒亂刀分屍、冲兒又都刺瞎了他們的眼睛？」

岳不羣抬起了頭呆呆出神，於岳夫人這番話似乎一句也沒聽進耳去。

眾弟子有的生火做飯，有的就地掘坑，將梁發的屍首掩埋了。用過早飯後，各人從行李中取出乾衣，換了身上濕衣。大家眼望岳不羣，聽他示下，均想：「是不是還要到嵩山去跟左盟主評理？封不平既然敗於大師哥劍底，再也沒臉來爭這華山派掌門人之位了。」

岳不羣向岳夫人道：「師妹，你說咱們到那裏去？」岳夫人道：「嵩山是不必去了。但既然出來了，也不必急急的就回華山。」她害怕桃谷六仙，不敢便即回山。岳不羣道：「左右無事，四下走走那也不錯，也好讓弟子們增長些閱歷見聞。」

岳靈珊大喜，拍手道：「好極，爹爹……」但隨即想到梁發師哥剛死，登時便如此歡喜，實是不合，只拍了一下手，便即停住。岳不羣微笑道：「提到遊山玩水，你最高興了。爹爹索性順你的性，珊兒，你說咱們到那裏去玩的好？」一面說，一面瞧向林平之。

岳靈珊道：「爹爹，既然說玩，那就得玩個痛快，走得越遠越好，別要走出幾百里路，又回家了。咱們到小林子家裏玩兒去。我跟二師哥去過福州，只可惜那次扮了個醜丫頭，不想在外面多走動，甚麼也沒見到。福建龍眼又大又甜，又有福橘、榕樹、水仙花……」

岳夫人搖搖頭，說道：「從這裏到福建，萬里迢迢，咱們那有這許多盤纏？莫不成華山派變了丐幫，一路乞食而去。」

林平之道：「師父、師娘，咱們沒幾天便入河南省境，弟子外婆家是在洛陽。」岳夫人道：「嗯，你外祖父金刀無敵王元霸是洛陽人。」林平之道：「弟子父母雙亡，很想去拜見外公、外婆，稟告詳情。師父、師娘和眾位師哥、師姊如肯賞光，到弟子外祖家盤桓數日，我外公、外婆必定大感榮寵。然後咱們再慢慢遊山玩水，到福建舍下去走走。弟子在長沙分局中，從青城派手裏奪回了不少金銀珠寶，盤纏一節……倒不必掛懷。」

岳夫人自刺了桃實仙一劍之後，每日裏只是擔心被桃谷四仙抓住四肢，登時全身麻木，無法動彈，更想到成不憂被撕成四塊、遍地都是臟腑的慘狀，當真心膽俱裂，已不知做了多少惡夢。這次下山雖以上嵩山評理為名，實則是逃難避禍。她見丈夫注目林平之後，林平之便邀請眾人赴閩，心想逃難自然逃得越遠越好，自己和丈夫生平從未去過南方，到福建一帶走走倒也不錯，便笑道：「師哥，小林子管吃管住，咱們去不去吃他的白食啊？」

岳不羣微笑道：「平之的外公金刀無敵威震中原，我一直好生相敬，只是緣慳一面。福建莆田是南少林所在之地，自來便多武林高手。咱們便到洛陽、福建走一遭，如能結交到幾位說得來的朋友，也就不虛此行了。」

眾弟子聽得師父答應去福建遊玩，無不興高采烈。林平之和岳靈珊相視而笑，都是心花怒放。

這中間只令狐冲一人黯然神傷，尋思：「師父、師娘甚麼地方都不去，偏偏先要去洛陽會見林師弟的外祖父，再萬里迢迢的去福建作客，不言而喻，自是要將小師妹許配給他了。到洛陽是去見他家長輩，說定親事；到了福建，多半便在他林家完婚。我是個沒爹沒娘、無親無戚的孤兒，怎能和他分局遍天下的福威鏢局相比？林師弟去洛陽叩見外公、外婆，我跟了去卻又算甚麼？」眼見眾師弟、師妹個個笑逐顏開，將梁發慘死一事丟到了九霄雲外，更是不愉，尋思：「今晚投宿之後，我不如黑夜裏一個人悄悄走了。難道我竟能隨著大家，吃林師弟的飯，使林師弟的錢？再強顏歡笑，恭賀他和小師妹舉案齊眉，白頭偕老？」

眾人啟程後，令狐冲跟隨在後，神困力乏，越走越慢，和眾人相距也越來越遠。行到中午時分，他坐在路邊一塊石上喘氣，卻見勞德諾快步回來，道：「大師哥，你身子怎樣？走得很累罷？我等等你。」令狐冲道：「好，有勞你了。」勞德諾道：「師娘已在前邊鎮上僱了一輛大車，這就來接你。」令狐冲心中感到一陣暖意：「師父雖然對我起疑，師母仍然待我極好。」過不多時，一輛大車由騾子拉著馳來。令狐冲上了大車，勞德諾在一旁相陪。

這日晚上，投店住宿，勞德諾便和他同房。如此一連兩日，勞德諾竟和他寸步不離。令狐冲見他顧念同門義氣，照料自己有病之身，頗為感激，心想：「勞師弟是帶藝投師，年紀比我大得多，平時跟我話也不多說幾句，想不到我此番遭難，他竟如此盡心待我，當真是路遙知馬力，日久見人心。別的師弟們見師父對我神色不善，便不敢來跟我多說話。」

第三日晚上，他正在炕上合眼養神，忽聽得小師弟舒奇在房門口輕聲說話：「二師哥，師父問你，今日大師哥有甚麼異動？」勞德諾噓的一聲，低聲道：「別作聲，出去！」只聽了這兩句話，令狐冲心下已是一片冰涼，才知師父對自己的疑忌實已非同小可，竟然派了勞德諾在暗中監視自己。

只聽得舒奇躡手躡腳的走了開去。勞德諾來到炕前，察看他是否真的睡著。令狐冲心下大怒，登時便欲跳起身來，直斥其非，但轉念一想：「此事跟他又有甚麼相干？他是奉了師命辦事，怎能違抗？」當下強忍怒氣，假裝睡熟。勞德諾輕步走出房去。

令狐冲知他必是去向師父稟報自己的動靜，暗自冷笑：「我又沒做絲毫虧心之事，你們就有十個、一百個對我日夜監視，令狐冲光明磊落，又有何懼？」胸中憤激，牽動了內息，只感氣血翻湧，極是難受，伏在枕上只大聲喘息，隔了好半天，這才漸漸平靜。坐起身來，披衣穿鞋，心道：「師父既已不當我弟子看待，便似防賊一般提防，我留在華山派中還有甚麼意味，不如一走了之。將來師父明白我也罷，不明白也罷，一切由他去了。」

便在此時，只聽得窗外有人低聲說道：「伏著別動！」另一人低聲道：「好像大師哥起身下地。」這二人說話聲音極低，但這時夜闌人靜，令狐冲耳音又好，竟聽得清清楚楚，認出是兩名年輕師弟，顯是伏在院子之中，防備自己逃走。令狐冲雙手抓拳，只捏得骨節格格直響，心道：「我此刻倘若一走，反而顯得作賊心虛，好，好！我偏不走，任憑你們如何對付我便了。」突然大叫：「店小二，店小二，拿酒來。」

叫了好一會，店小二才答應了送上酒來。令狐冲喝了個酩酊大醉，不省人事。次日早晨由勞德諾扶入大車，還兀自叫道：「拿酒來，我還要喝！」

數日後，華山派眾人到了洛陽，在一家大客店投宿了。林平之單身到外祖父家去。岳不羣等眾人都換了乾淨衣衫。

令狐冲自那日藥王廟外夜戰後，穿的那件泥濘長衫始終沒換，這日仍是滿身汚穢，醉眼乜斜。岳靈珊拿了一件長袍，走到他身前，道：「大師哥，你換上這件袍子，好不好？」令狐冲道：「師父的袍子，幹麼給我穿？」岳靈珊道：「待會小林子請咱們到他家去，你換上爹爹的袍子罷。」令狐冲道：「到他家去，就非穿漂亮衣服不可？」說著向她上下打量。只見她上身穿一件翠綢緞子薄棉襖，下面是淺綠緞裙，臉上薄施脂粉，一頭青絲梳得油光烏亮，鬢邊插著一朵珠花，令狐冲記得往日只過年之時，她才如此刻意打扮，心中一酸，待要說幾句負氣之言，轉念一想：「男子漢大丈夫，何以如此小氣？」當下忍住不說。

岳靈珊給他銳利的目光看得忸怩不安，說道：「你不愛著，那也不用換了。」令狐冲道：「我不慣穿新衣，還是別換了罷！」岳靈珊不再跟他多說，拿著長袍出房。

只聽得門外一個洪亮的聲音說道：「岳大掌門遠道光臨，在下未曾遠迎，可當真失禮之極哪！」

岳不羣知是金刀無敵王元霸親自來客店相會，和夫人對視一笑，心下甚喜，當即雙雙迎了出去。

只見那王元霸已有七十來歲，滿面紅光，顎下一叢長長的白鬚飄在胸前，精神矍鑠，左手嗆啷啷的玩著兩枚鵝蛋大小的金膽。武林中人手玩鐵膽，甚是尋常，但均是鑌鐵或純鋼所鑄，王元霸手中所握的卻是兩枚黃澄澄的金膽，比之鐵膽固重了一倍有餘，而且大顯華貴之氣。他一見岳不羣，便哈哈大笑，說道：「幸會，幸會！岳大掌門名滿武林，小老兒二十年來無日不在思念，今日來到洛陽，當真是中州武林的大喜事。」說著握住了岳不羣的右手連連搖晃，喜歡之情，甚是真誠。

岳不羣笑道：「在下夫婦帶了徒兒出外遊歷訪友，以增見聞，第一位要拜訪的，便是中州大俠、金刀無敵王老爺子。咱們這幾十個不速之客，可來得鹵莽了。」

王元霸大聲道：「『金刀無敵』這四個字，在岳大掌門面前誰也不許提。誰要提到了，那不是捧我，而是損我王元霸來著。岳先生，你收容我的外孫，恩同再造，咱們華山派和金刀門從此便是一家，哥兒倆再也休分彼此。來來來，大家到我家去，不住他一年半載的，誰也不許離開洛陽一步。岳大掌門，我老兒親自給你背行李去。」

岳不羣忙道：「這個可不敢當。」

王元霸回頭向身後兩個兒子道：「伯奮、仲強，快向岳師叔、岳師母叩頭。」王伯奮、王仲強齊聲答應，屈膝下拜。岳不羣夫婦忙跪下還禮，說道：「咱們平輩相稱，『師叔』二字，如何克當？就從平之身上算來，咱們也是平輩。」王伯奮、王仲強二人在鄂豫一帶武林中名頭甚響，對岳不羣雖然素來佩服，但向他叩頭終究不願，只是父命不可違，勉強跪倒，見岳不羣夫婦叩頭還禮，心下甚喜。當下四人交拜了站起。

岳不羣看二人時，見兄弟倆都身材甚高，只王仲強要肥胖得多。兩人太陽穴高高鼓起，手上筋骨突出，顯然內外功造詣都甚了得。岳不羣向眾弟子道：「大家過來拜見王老爺子和二位師叔。金刀門武功威震中原，咱們華山派的上代祖師，向來對金刀門便十分推崇。今後大家得王老爺子和二位師叔指點，一定大有進益。」

眾弟子齊聲應道：「是！」登時在客店的大堂中跪滿了一地。

王元霸笑道：「不敢當，不敢當！」王伯奮、王仲強各還了半禮。

林平之站在一旁，將華山羣弟子一一向外公通名。王元霸手面豪闊，早就備下每人一份四十兩銀子的見面禮，由王氏兄弟逐一分派。

林平之引見到岳靈珊時，王元霸笑嘻嘻的向岳不羣道：「岳老弟，你這位令愛真是一表人才，可對了婆家沒有啊？」岳不羣笑道：「女孩兒年紀還小，再說，咱們學武功的人家，大姑娘家整日價也是動刀掄劍，甚麼女紅烹飪可都不會，又有誰家要她這樣的野丫頭？」

王元霸笑道：「老弟說得太謙了，將門虎女，尋常人家的子弟自是不敢高攀的了。不過女孩兒家，學些閨門之事也是好的。」說到這裏，聲音放低了，頗為喟然。岳不羣知他是想起了在湖南逝世的女兒，當即收起了笑容，應道：「是！」

王元霸為人爽朗，喪女之痛，隨即克制，哈哈一笑，說道：「令愛這麼才貌雙全，要找一位少年英雄來配對兒，可還真不容易。」

勞德諾到店房中扶了令狐冲出來。令狐冲腳步踉蹌，見了王元霸與王氏兄弟也不叩頭，只是深深作揖，說道：「弟子令狐冲，拜見王老爺子、兩位師叔。」

岳不羣皺眉道：「怎麼不磕頭？」王元霸早聽得外孫稟告，知道令狐冲身上有傷，笑道：「令狐賢姪身子不適，不用多禮了。岳老弟，你華山派內功向稱五嶽劍派中第一，酒量必定驚人，我和你喝十大碗去。」說著挽了他手，走出客店。

岳夫人、王伯奮、王仲強以及華山眾弟子在後相隨。

一出店門，外邊車輛坐騎早已預備妥當。女眷坐車，男客乘馬，每一匹牲口都是鞍轡鮮明。自林平之去報訊到王元霸客店迎賓，還不到一個時辰，倉促之間，車馬便已齊備，單此一節，便知金刀王家在洛陽的聲勢。

到得王家，但見房舍高大，朱紅漆的大門，門上兩個大銅環，擦得晶光雪亮，八名壯漢垂手在大門外侍候。一進大門，只見樑上懸著一塊黑漆大匾，寫著「見義勇為」四個金字，下面落款是河南省的巡撫某人。

這一晚王元霸大排筵席，宴請岳不羣師徒，不但廣請洛陽武林中知名之士相陪，賓客之中還有不少的士紳名流，富商大賈。

令狐冲是華山派大弟子，遠來男賓之中，除岳不羣外便以他居長。眾人見他衣衫襤褸，神情萎靡，均是暗暗納罕。但武林中獨特異行之士甚多，丐幫中的俠士高手便都個個穿得破破爛爛，眾賓客心想此人既是華山派首徒，自非尋常，誰也不敢瞧他不起。

令狐冲坐在第二席上，由王伯奮作主人相陪。酒過三巡，王伯奮見他神情冷漠，問他三句，往往只回答一句，顯是對自己老大瞧不在眼裏，又想起先前在客店之中，這人對自己父子連頭也不曾磕一個，四十兩銀子的見面禮倒是老實不客氣的收了，不由得暗暗生氣，當下談到武功上頭，旁敲側擊，提了幾個疑難請教。

令狐冲唯唯否否，全不置答。他倒不是對王伯奮有何惡感，只是眼見王家如此豪奢，自己一個窮小子和之相比，當真是一個天上，一個地下。林平之一到外公家，便即換上蜀錦長袍，他本來相貌十分俊美，這一穿戴，越發顯得富貴都雅，丰神如玉。令狐冲一見之下，更不由得自慚形穢，尋思：「莫說小師妹在山上時便已和他相好，就算她始終對我如昔，跟了我這窮光蛋又有甚麼出息？」他一顆心來來回回，盡是在岳靈珊身上纏繞，不論王伯奮跟他說甚麼話，自然都是聽而不聞了。

王伯奮在中州一帶武林之中，人人對他趨奉唯恐不及，這一晚卻連碰了令狐冲這個年輕人的幾個釘子，依著他平時心性，早就要發作，只是一來念著死去了的姊姊，二來見父親對華山派甚是尊重，當下強抑怒氣，連連向令狐冲敬酒。令狐冲酒到杯乾，不知不覺已喝了四十來杯。他本來酒量甚宏，便是百杯以上也不會醉，但此時內力已失，大大打了個折扣，兼之酒入愁腸，加倍易醉，喝到四十餘杯時已大有醺醺之意。王伯奮心想：「你這小子太也不通人情世故，我外甥是你師弟，你就該當稱我一聲師叔或是世叔。你一聲不叫，那也罷了，對我竟然不理不睬。好，今日灌醉了你，叫你在眾人之前大大出個醜。」眼見令狐冲醉眼惺忪，酒意已有八分了，王伯奮笑道：「令狐老弟華山首徒，果然是英雄出在少年，武功高，酒量也高。來人哪，換上大碗，給令狐少爺倒酒。」

王家家人轟聲答應，上來倒酒。令狐冲一生之中，人家給他斟酒，那可從未拒卻過，當下酒到碗乾，又喝了五六大碗，酒氣湧將上來，將身前的杯筷都拂到了地下。

同席的人都道：「令狐少俠醉了。喝杯熱茶醒醒酒。」王伯奮笑道：「人家華山派掌門弟子，那有這麼容易醉的？令狐老弟，乾了！」又跟他斟滿了一碗酒。

令狐冲道：「那……那裏醉了？乾了！」舉起酒碗，骨嘟骨嘟的喝下，倒有半碗酒倒在衣襟之上，突然間身子一晃，張嘴大嘔，腹中酒菜淋淋漓漓的吐滿了一桌。同席之人一齊驚避，王伯奮卻不住冷笑。令狐冲這麼一嘔，大廳上數百對眼光都向他射來。

岳不羣夫婦皺起了眉頭，心想：「這孩子便是上不得枱盤，在這許多貴賓之前出醜。」

勞德諾和林平之同時搶過來扶住令狐冲。林平之道：「大師哥，我扶你歇歇去！」令狐冲道：「我……我沒醉，我還要喝酒，拿酒來。」林平之道：「是，是，快拿酒來。」令狐冲醉眼斜睨，道：「你……你……小林子，怎地不去陪小師妹？拉著我幹麼？」勞德諾低聲道：「大師哥，咱們歇歇去，這裏人多，別亂說話！」令狐冲怒道：「我亂說甚麼了？師父派你來監視我，你……你找到了甚麼憑據？」勞德諾生怕他醉後更加口不擇言，和林平之二人左右扶持，硬生生將他架入後進廂房中休息。

岳不羣聽到他說「師父派你來監視我，你找到了甚麼憑據」這句話，饒是他修養極好，卻也忍不住變色。王元霸笑道：「岳老弟，後生家酒醉後胡言亂語，理他作甚？來來來，喝酒！」岳不羣強笑道：「鄉下孩子沒見過世面，倒教王老爺子見笑了。」

筵席散後，岳不羣囑咐勞德諾此後不可跟隨令狐冲，只暗中留神便是。

令狐冲這一醉，直到次日午後才醒，當時自己說過些甚麼，卻一句話也不記得了。只覺頭痛欲裂，見自己獨睡一房，臥具甚是精潔。他踱出房來，眾師弟一個也不見，一問下人，原來是在後面講武廳上，和金刀門王家的子姪、弟子切磋武藝。令狐冲心道：「我跟他們混在一塊幹甚麼？不如到外面逛逛去。」當即揚長出門。

洛陽是歷代皇帝之都，規模宏偉，市肆卻不甚繁華。令狐冲識字不多，於古代史事所知有限，見到洛陽城內種種名勝古跡，茫然不明來歷，看得毫無興味。信步走進一條小巷，只見七八名無賴正在一家小酒店中賭骰子。他擠身進去，摸出王元霸昨日所給的見面禮封包，取出銀子，便和他們呼么喝六的賭了起來。到得傍晚，在這家小酒店中喝得醺醺而歸。

一連數日，他便和這羣無賴賭錢喝酒，頭幾日手氣不錯，贏了幾兩，第四日上卻一敗塗地，四十幾兩銀子輸得乾乾淨淨。那些無賴便不許他再賭。令狐冲怒火上衝，只管叫酒喝，喝得幾壺，店小二道：「小夥子，你輸光了錢，這酒帳怎麼還？」令狐冲道：「欠一欠，明日來還。」店小二搖頭道：「小店本小利薄，至親好友，概不賒欠！」令狐冲大怒，喝道：「你欺侮小爺沒錢麼？」店小二笑道：「不管你是小爺、老爺，有錢便賣，無錢不賒。」

令狐冲回顧自身，衣衫襤褸，原不似是個有錢人模樣，除了腰間一口長劍，更無他物，當即解下劍來，往桌上一拋，說道：「給我去當鋪裏當了。」

一名無賴還想贏他的錢，忙道：「好！我給你去當。」捧劍而去。

店小二便又端了兩壺酒上來。令狐冲喝乾了一壺，那無賴已拿了幾塊碎銀子回來，道：「一共當了三兩四錢銀子。」將銀子和當票都塞了給他。令狐冲一掂銀子，連三兩也不到，當下也不多說，又和眾無賴賭了起來。賭到傍晚，連喝酒帶輸，三兩銀子又是不知去向。

令狐冲向身旁一名無賴陳歪嘴道：「借三兩銀子來，贏了加倍還你。」陳歪嘴笑道：「輸了呢？」令狐冲道：「輸了？明天還你。」陳歪嘴道：「諒你這小子家裏也沒銀子，輸了拿甚麼來還？賣老婆麼？賣妹子麼？」令狐冲大怒，反手便是一記耳光，這時酒意早已有了八九分，順手便將他身前的幾兩銀子都搶了過來。陳歪嘴叫道：「反了，反了！這小子是強盜。」眾無賴本是一夥，一擁而上，七八個拳頭齊往令狐冲身上招呼。

令狐冲手中無劍，又是力氣全失，給幾名無賴按在地下，拳打足踢，片刻間便給打得鼻青目腫。忽聽得馬蹄聲響，有幾乘馬經過身旁，馬上有人喝道：「閃開，閃開！」揮起馬鞭，將眾無賴趕散。令狐冲俯伏在地，再也爬不起來。

一個女子聲音突然叫道：「咦，這不是大師哥麼？」正是岳靈珊。另一人道：「我瞧瞧去！」卻是林平之。他翻身下馬，扳過令狐冲的身子，驚道：「大師哥，你怎麼啦？」令狐冲搖了搖頭，苦笑道：「喝醉啦！賭輸啦！」林平之忙將他抱起，扶上馬背。

除了林平之、岳靈珊二人外，另有四乘馬，馬上騎的是王伯奮的兩個女兒和王仲強的兩個兒子，是林平之的表兄姊妹。他六人一早便出來在洛陽各處寺觀中遊玩，直到此刻才盡興而歸，那料到竟在這小巷之中見令狐冲給人打得如此狼狽。那四人都大為訝異：「他華山派位列五嶽劍派，爺爺平日提起，好生讚揚，前數日和他們眾弟子切磋武功，也確是各有不凡功夫。這令狐冲是華山派首徒，怎地連幾個流氓地痞也打不過？」眼見他給打得鼻孔流血，又不是假的，這可真奇了？

令狐冲回到王元霸府中，將養了數日，這才漸漸康復。岳不羣夫婦聽說他和無賴賭博，輸了錢打架，甚是氣惱，也不來看他。

到第五日上，王仲強的小兒子王家駒興冲冲的走進房來，說道：「令狐大哥，我今日給你出了一口惡氣。那日打你的七個無賴，我都已找了來，狠狠的給抽了一頓鞭子。」

令狐冲對這件事其實並不介懷，淡淡的道：「那也不必了。那日是我喝醉了酒，本來是我的不是。」

王家駒道：「那怎麼成？你是我家的客人，不看僧面看佛面，我金刀王家的客人，怎能在洛陽城中教人打了不找回場子？這口氣倘若不出，人家還能把我金刀王家瞧在眼裏麼？」

令狐冲內心深處，對「金刀王家」本就頗有反感，又聽他左一個「金刀王家」，右一個「金刀王家」，倒似「金刀王家」乃是武林權勢薰天的大豪門一般，忍不住脫口而出：「對付幾個流氓混混，原是用得著金刀王家。」他話一出口，已然後悔，正想致歉，王家駒臉色已沉了下來，道：「令狐兄，你這是甚麼話？那日若不是我和哥哥趕散了這七個流氓混混，你今日的性命還在麼？」令狐冲淡淡一笑，道：「原要多謝兩位的救命之恩。」

王家駒聽他語氣，知他說的乃是反話，更加有氣，大聲道：「你是華山派掌門大弟子，連洛陽城中幾個流氓混混也對付不了，嘿嘿，旁人不知，豈不是要說你浪得虛名？」

令狐冲百無聊賴，甚麼事都不放在心上，說道：「我本就連虛名也沒有，『浪得虛名』四字，卻也談不上了。」

便在這時，房門外有人說道：「兄弟，你跟令狐兄在說甚麼？」門帷一掀，走進一個人來，卻是王仲強的長子王家駿。

王家駒氣憤憤的道：「哥哥，我好意替他出氣，將那七個痞子找齊了，每個人都狠狠給抽了一頓鞭子，不料這位令狐大俠卻怪我多事呢。」王家駿道：「兄弟，你有所不知，適才我聽得岳師妹說道，這位令狐兄真人不露相，那日在陝西藥王廟前，以一柄長劍，只一招便刺瞎了一十五位一流高手的雙眼，當真是劍術如神，天下罕有，哈哈！」他這一笑神氣間頗為輕浮，顯然對岳靈珊之言全然不信。王家駒跟著也哈哈一笑，說道：「想來那一十五位一流高手，比之咱們洛陽城中的流氓，武藝卻還差了這麼老大一截，哈哈，哈哈！」

令狐冲也不動怒，嘻嘻一笑，坐在椅上抱住了右膝，輕輕搖晃。

王家駿這一次奉了伯父和父親之命，前來盤問令狐冲。王伯奮、仲強兄弟本來叫他善言套問，不可得罪了客人，但他見令狐冲神情傲慢，全不將自己兄弟瞧在眼裏，漸漸的氣往上衝，說道：「令狐兄，小弟有一事請教。」聲音說得甚響。令狐冲道：「不敢。」王家駿道：「聽平之表弟言道，我姑丈姑母逝世之時，就只令狐兄一人在他二位身畔送終。」令狐冲道：「正是。」王家駿道：「我姑丈姑母的遺言，是令狐兄帶給了我平之表弟？」令狐冲道：

「不錯。」王家駿道：「那麼我姑丈的辟邪劍譜呢？」

令狐冲一聽，霍地站起，大聲道：「你說甚麼？」

王家駿防他暴起動手，退了一步，道：「我姑丈有一部辟邪劍譜，託你交給平之表弟，怎地你至今仍未交出？」令狐冲聽他信口誣衊，只氣得全身發抖，顫聲道：「誰……誰說有一部辟……辟邪劍譜，託……託……託我交給林師弟？」王家駿笑道：「倘若並無其事，你又何必作賊心虛，說起話來也是膽戰心驚？」令狐冲強抑怒氣，說道：「兩位王兄，令狐冲在府上是客，你說這等話，是令祖、令尊之意，還是兩位自己的意思？」

王家駿道：「我不過隨口問問，又有甚麼大不了的事？跟我爺爺、爹爹可全不相干。不過福州林家的辟邪劍法威震天下，武林中眾所知聞，林姑丈突然之間逝世，他隨身珍藏的辟邪劍譜又不知去向，我們既是至親，自不免要查問查問。」

令狐冲道：「是小林子叫你問的，是不是？他自己為甚麼不來問我？」

王家駒嘿嘿嘿的笑了三聲，說道：「平之表弟是你師弟，他又怎敢開口問你？」令狐冲冷笑道：「既有你洛陽金刀王家撐腰，嘿嘿，你們現下可以一起逼問我啦。那麼去叫林平之來罷。」王家駿道：「閣下是我家客人，『逼問』二字，那可擔當不起。我兄弟只是心懷好奇，這麼問上一句，令狐兄肯答固然甚好，不肯答呢，我們也是無法可施。」

令狐冲點頭道：「我不肯答！你們無法可施，這就請罷！」

王氏兄弟面面相覷，沒料到他乾淨爽快，一句話就將門封住了。

王家駿咳嗽一聲，另找話頭，說道：「令狐兄，你一劍刺瞎了一十五位高手的雙眼，這手劍招如此神奇，多半是從辟邪劍譜中學來的罷？」

令狐冲大吃一驚，全身出了一陣冷汗，雙手忍不住發顫，登時心下一片雪亮：「師父、師娘和眾師弟、師妹不感激我救了他們性命，反而人人大有疑忌之意，我始終不明白是甚麼緣故。原來如此，原來如此！原來他們都認定我吞沒了林震南的辟邪劍譜。他們既從來沒見過獨孤九劍，我又不肯洩露風太師叔傳劍的秘密，眼見我在思過崖上住了數月，突然之間，劍術大進，連劍宗封不平那樣的高手都敵我不過，若不是從辟邪劍譜中學到了奇妙高招，這劍法又從何處學來？風太師叔傳劍之事太過突兀，無人能料想得到，而林震南夫婦逝世之時又只我一人在側，人人自然都會猜想，那部武林高手大生覬覦之心的辟邪劍譜，必定是落入了我的手中。旁人這般猜想，並不希奇。但師父師母撫養我長大，師妹和我情若兄妹，我令狐冲是何等樣人，居然也信我不過？嘿嘿，可真將人瞧得小了！」思念及此，臉上自然而然露出了憤慨不平之意。

王家駿甚為得意，微笑道：「我這句話猜對了，是不是？那辟邪劍譜呢？我們也不想瞧你的，只是物歸原主，你將劍譜還了給林家表弟，也就是啦。」令狐冲搖頭道：「我從來沒見過甚麼辟邪劍譜。林總鏢頭夫婦曾先後為青城派和塞北明駝木高峯所擒，他身上倘若有甚麼劍譜，旁人早已搜了出來。」王家駿道：「照啊，那辟邪劍譜何等寶貴，我姑丈姑母怎會隨身攜帶？自然是藏在一個萬分隱秘的所在。他們臨死之時，這才請你轉告平之表弟，那知道……那知道……嘿嘿！」王家駒道：「那知道你悄悄去找了出來，就此吞沒！」

令狐冲越聽越怒，本來不願多辯，但此事關連太過重大，不能蒙此污名，說道：「林總鏢頭要是真有這麼一部神妙劍譜，他自己該當無敵於世了，怎麼連幾個青城派的弟子也敵不過，竟然為他們所擒？」

王家駒道：「這個……這個……」一時張口結舌，無言以對。王家駿卻能言善辯，說道：「天下之事，無獨有偶。令狐兄學會了辟邪劍法，劍術通神，可是連幾個流氓地痞也敵不過，竟然為他們所擒，那是甚麼緣故？哈哈，這叫做真人不露相。可惜哪，令狐兄，你做得未免也太過份了些，堂堂華山派掌門大弟子，給洛陽城幾個流氓打得毫無招架之力。這番做作，任誰也難以相信。既是絕不可信，其中自然有詐。令狐兄，我勸你還是認了罷！」

按著令狐冲平日的性子，早就反唇相稽，只是此事太也湊巧，自己身處嫌疑之地，甚麼「金刀王家」，甚麼王氏兄弟，他半點也沒放在心上，卻不能讓師父、師娘、師妹三人對自己起了疑忌之心，當即莊容說道：「令狐冲生平從未見過甚麼辟邪劍譜。福州林總鏢頭的遺言，我也已一字不漏的傳給了林師弟知曉。令狐冲若有欺騙隱瞞之事，罪該萬死，不容於天地之間。」說著叉手而立，神色凜然。

王家駿微笑道：「這等關涉武林秘笈的大事，假使隨口發了一個誓，便能混蒙了過去，令狐兄未免把天下人都當作傻子啦。」令狐冲強忍怒氣，道：「依你說該當如何？」王家駒道：「我兄弟斗膽，要在令狐兄身邊搜上一搜。」他頓了一頓，笑嘻嘻的道：「就算那日令狐兄給那七個流氓擒住了，動彈不得，他們也會在你身上裏裏外外的大搜一陣。」令狐冲冷笑道：「你們要在我身上搜檢，哼，當我令狐冲是小賊麼？」王家駿道：「不敢！令狐兄既說未取辟邪劍譜，又何必怕人搜檢？搜上一搜，倘若身上並無劍譜，從此洗脫了嫌疑，豈不是好？」令狐冲點頭道：「好！你去叫林師弟和岳師妹來，好讓他二人作個證人。」

王家駿生怕自己一走開，兄弟落了單，立刻便被令狐冲所乘，若二人同去，他自然會將辟邪劍譜收了起來，再也搜檢不到，說道：「要搜便搜，令狐兄若不是心虛，又何必這般諸多推搪？」

令狐冲心想：「我容你們搜查身子，只不過要在師父、師娘、師妹三人面前證明自己清白，你二人信得過我也好，信不過也好，令狐冲理會作甚？小師妹若不在場，豈容你二人的獸爪子碰一碰我身子？」當下緩緩搖頭，說道：「憑你二位，只怕還不配搜我！」

王氏兄弟越是見他不讓搜檢，越認定他身上藏了辟邪劍譜，一來要在伯父與父親面前領功，二來素聞辟邪劍法好生厲害，這劍譜既是自己兄弟搜查出來，林表弟不能不借給自己兄弟閱看。王家駿日前眼見他給幾個無賴按在地下毆打，無力抗拒，料想他只不過劍法了得，拳腳功夫卻甚平常，此刻他手中無劍，正好乘機動手，當下向兄弟使個眼色，說道：「令狐兄，你可別敬酒不吃吃罰酒，大家破了臉，卻沒甚麼好看。」兩兄弟說著便逼將過來。

王家駒挺起胸膛，直撞過去。令狐冲伸手一擋。王家駒大聲道：「啊喲，你打人麼？」刁住他手腕，往下便是一壓。他想令狐冲是華山派首徒，終究不可小覷了，這一刁一壓，使上了家傳的擒拿手法，更運上了十成力道。

令狐冲臨敵應變經驗極是豐富，眼見他挺胸上前，便知他不懷好意，右手這一擋，原是藏了不少後著，給對方刁住了手腕，本當轉臂斜切，轉守為攻，豈知自己內力全失之後，雖然照式轉臂，卻發不出半點力道，只聽得喀喇一聲響，右臂關節一麻，手肘已然被他壓斷，這才覺得徹骨之痛。

王家駒下手極是狠辣，一壓斷令狐冲右臂，跟著一抓一扭，將他左臂齊肩的關節扭脫了臼，說道：「哥哥，快搜！」王家駿伸出左腿，攔在令狐冲雙腿之前，防他飛腿傷人，伸手到他懷中，將各種零星物事一件件掏了出來，突然摸到一本薄薄的書冊，當即取出。二人同聲歡叫：「在這裏啦，在這裏啦，搜到了林姑丈的辟邪劍譜！」

王氏兄弟忙不迭的揭開那本冊子，只見第一頁上寫著「笑傲江湖之曲」六個篆字。王氏兄弟只粗通文墨，這六個字如是楷書，倒也認得，既作篆體，那便一個也不識得了。再翻過一頁，但見一個個均是奇文怪字，他二人不知這是琴簫曲譜，心中既已認定是辟邪劍譜，自是更無懷疑，齊聲大叫：「辟邪劍譜，辟邪劍譜！」

王家駿道：「給爹爹瞧去。」拿了那部琴簫曲譜，急奔出房。王家駒在令狐冲腰裏重重踢了一腳，罵道：「不要臉的小賊！」又在他臉上吐了一口唾沫。

令狐冲初時氣得幾乎胸膛也要炸了，但轉念一想：「這兩個小子無知無識，他祖父和父親卻不致如此粗鄙，待會得知這是琴譜簫譜，非來向我陪罪不可。」只是雙臂脫臼，一陣陣疼痛難當，又想：「我內功全失，遇到街上的流氓無賴也毫無抵抗之力，已成廢人一個，活在世上，更有何用？」他躺在床上，額頭不住冒汗，傷心之際，忍不住眼淚撲簌簌的流下，但想王氏兄弟定然轉眼便回，不可示弱於人，當即拭乾了眼淚。

過了好一會，只聽得腳步聲響，王氏兄弟快步回來。王家駿冷笑道：「去見我爺爺。」令狐冲怒道：「不去！你爺爺不來向我陪罪，我去見他幹麼？」王氏兄弟哈哈大笑。王家駒道：「我爺爺向你這小賊陪罪？發你的春秋大夢了！去，去！」兩人抓住令狐冲腰間衣服，將他從床上提了起來，走出房外。令狐冲罵道：「金刀王家還自誇俠義道呢，卻如此狂妄欺人，當真卑鄙之極。」王家駿反手一掌，打得他滿口是血。

令狐冲仍是罵聲不絕，給王氏兄弟提到後面花廳之中。

只見岳不羣夫婦和王元霸分賓主而坐，王伯奮、仲強二人坐在王元霸下首。令狐冲兀自大罵：「金刀王家，卑鄙無恥，武林中從未見過這等污穢骯髒的人家！」

岳不羣臉一沉，喝道：「冲兒，住口！」

令狐冲聽到師父喝斥，這才止聲不罵，向著王元霸怒目而視。

王元霸手中拿著那部琴簫曲譜，淡淡的道：「令狐賢姪，這部辟邪劍譜，你是從何處得來的？」

令狐冲仰天大笑，笑聲半晌不止。岳不羣斥道：「冲兒，尊長問你，便當據實稟告，何以膽敢如此無禮？甚麼規矩？」令狐冲道：「師父，弟子重傷之後，全身無力，你瞧這兩個小子怎生對付我，嘿嘿，這是江湖上待客的規矩嗎？」

王仲強道：「倘若是朋友佳客，我們王家說甚麼也不敢得罪。但你負人所託，將這部辟邪劍譜據為己有，這是盜賊之行，我洛陽金刀王家是清白人家，豈能再當他是朋友？」令狐冲道：「你祖孫三代，口口聲聲的說這是辟邪劍譜。你們見過辟邪劍譜沒有？怎知這便是辟邪劍譜？」王仲強一怔，道：「這部冊子從你身上搜了出來，岳師兄又說這不是華山派的武功書譜，卻不是辟邪劍譜是甚麼？」

令狐冲氣極反笑，說道：「你既說是辟邪劍譜，便算是辟邪劍譜好了。但願你金刀王家依樣照式，練成天下無敵的劍法，從此洛陽王家在武林中號稱刀劍雙絕，哈哈，哈哈！」

王元霸道：「令狐賢姪，小孫一時得罪，你也不必介意。人孰無過，知過能改，善莫大焉。你既把劍譜交了出來，衝著你師父的面子，咱們還能追究麼？這件事，大家此後誰也別提。我先給你接上了手膀再說。」說著下座走向令狐冲，伸手去抓他左掌。

令狐冲退後兩步，厲聲道：「且慢！令狐冲可不受你買好。」

王元霸愕然道：「我向你買甚麼好？」

令狐冲怒道：「我令狐冲又不是木頭人，我的手臂你們愛折便折，愛接便接！」向左兩步，走到岳夫人面前，叫道：「師娘！」

岳夫人嘆了口氣，將他雙臂被扭脫的關節都給接上了。

令狐冲道：「師娘，這明明是一本七絃琴的琴譜，洞簫的簫譜，他王家目不識丁，硬說是辟邪劍譜，天下居然有這等大笑話。」

岳夫人道：「王老爺子，這本譜兒，給我瞧瞧成不成？」王元霸道：「岳夫人請看。」將曲譜遞了過去。岳夫人翻了幾頁，也是不明所以，說道：「琴譜簫譜我是不懂，劍譜卻曾見過一些，這部冊子卻不像是劍譜。王老爺子，府上可有甚麼人會奏琴吹簫？不妨請他來看看，便知端的。」

王元霸心下猶豫，只怕這真是琴譜簫譜，這個人可丟得夠瞧的，一時沉吟不答。王家駒卻是個草包，大聲道：「爺爺，咱們帳房裏的易師爺會吹簫，去叫他來瞧瞧便是。這明明是辟邪劍譜，怎麼會是甚麼琴譜簫譜？」王元霸道：「武學秘笈的種類極多，有人為了守秘，怕人偷窺，故意將武功圖譜寫成曲譜模樣，那也是有的。這並不足為奇。」

岳夫人道：「府上既有一位師爺會得吹簫，那麼這到底是劍譜，還是簫譜，請他來一看便知。」王元霸無奈，只得命王家駒去請易師爺來。

那易師爺是個瘦瘦小小、五十來歲的漢子，頦下留著一部稀稀疏疏的鬍子，衣履甚是整潔。王元霸道：「易師爺，請你瞧瞧，這是不是尋常的琴譜簫譜？」

易師爺打開琴譜，看了幾頁，搖頭道：「這個，晚生可不大懂了。」再看到後面的簫譜時，雙目登時一亮，口中低聲哼了起來，左手兩根手指不住在桌上輕打節拍。哼了一會，卻又搖頭，道：「不對，不對！」跟著又哼了下去，突然之間，聲音拔高，忽又變啞，皺起了眉頭，道：「世上決無此事，這個……這個……晚生實在難以明白。」

王元霸臉有喜色，問道：「這部書中是否大有可疑之處？是否與尋常簫譜大不相同？」

易師爺指著簫譜，說道：「東翁請看，此處宮調，突轉變徵，實在大違樂理，而且簫中也吹不出來。這裏忽然又轉為角調，再轉羽調，那也是從所未見的曲調。洞簫之中，無論如何是奏不出這等曲子的。」

令狐冲冷笑道：「是你不會吹，未見得別人也不會吹奏！」

易師爺點頭道：「那也說得是，不過世上如果當真有人能吹奏這樣的調子，晚生佩服得五體投地，佩服得五體投地！除非是……除非是東城……」

王元霸打斷他話頭，問道：「你說這不是尋常的簫譜？其中有些調子，壓根兒無法在簫中吹奏出來？」

易師爺點頭道：「是啊，大非尋常，大非尋常，晚生是決計吹不出。除非是東城……」

岳夫人問道：「東城有那一位名師高手，能夠吹這曲譜？」

易師爺道：「這個……晚生可也不能擔保，只是……只是東城的綠竹翁，他既會撫琴，又會吹簫，或許能吹得出也不一定。他吹奏的洞簫，可比晚生要高明得多，實在是高明得太多，不可同日而語，不可同日而語。」

王元霸道：「既然不是尋常簫譜，這中間當然大有文章了。」

王伯奮在旁一直靜聽不語，忽然插口道：「爹，鄭州八卦刀的那套四門六合刀法，不也是記在一部曲譜之中麼？」

王元霸一怔，隨即會意，知道兒子是在信口開河，鄭州八卦刀的掌門人莫星與洛陽金刀王家是數代姻親，他八卦刀門中可並沒甚麼四門六合刀法，但料想華山派只是專研劍法，別派中有沒有這樣一種刀法，岳不羣縱然淵博，也未必盡曉，當即點頭道：「不錯，不錯，幾年前莫親家還提起過這件事。曲譜中記以刀法劍法，那是常有之事，一點也不足為奇。」

令狐冲冷笑道：「既然不足為奇，那麼請教王老爺子，這兩部曲譜中所記的劍法，卻是怎麼一副樣子。」

王元霸長嘆一聲，說道：「這個……唉，我女婿既已逝世，這曲譜中的秘奧，世上除了老弟一人之外，只怕再也沒第二人明白了。」

令狐冲若要辯白，原可說明「笑傲江湖」一曲的來歷，但這一來可牽涉重大，不得不說到衡山派莫大先生如何殺死大嵩陽手費彬，師父知道此曲與魔教長老曲洋有關，勢必將之毀去，那麼自己受人所託，便不能忠人之事了，當下強忍怒氣，說道：「這位易師爺說道，東城有一位綠竹翁精於音律，何不拿這曲譜去請他品評一番。」

王元霸搖頭道：「這綠竹翁為人古怪之極，瘋瘋顛顛的，這種人的話，怎能信得？」

岳夫人道：「此事終須問個水落石出，冲兒是我們弟子，平之也是我們弟子，我們不能有所偏袒，到底誰是誰非，不妨去請那綠竹翁評評這個道理。」她不便說這是令狐冲和金刀王家的爭執，而將爭端的一造換作了林平之，又道：「易師爺，煩你派人用轎子去接了這位綠竹翁來如何？」

易師爺道：「這老人家脾氣古怪得緊，別人有事求他，倘若他不願過問的，便是上門磕頭，也休想他理睬，但如他要插手，便推也推不開。」

岳夫人點頭道：「這倒是我輩中人，想來這位綠竹翁是武林中的前輩了。師哥，咱們可孤陋寡聞得緊。」

王元霸笑道：「那綠竹翁是個篾匠，只會編竹籃，打篾席，那裏是武林中人了？只是他彈得好琴，吹得好簫，又會畫竹，很多人出錢來買他的畫兒，算是個附庸風雅的老匠人，因此地方上對他倒也有幾分看重。」

岳夫人道：「如此人物，來到洛陽可不能不見。王老爺子，便請勞動你的大駕，咱們同去拜訪一下這位風雅的篾匠如何？」

眼見岳夫人之意甚堅，王元霸不能不允，只得帶同兒孫，和岳不羣夫婦、令狐冲、林平之、岳靈珊等人同赴東城。

易師爺在前領路，經過幾條小街，來到一條窄窄的巷子之中。巷子盡頭，好大一片綠竹叢，迎風搖曳，雅致天然。

眾人剛踏進巷子，便聽得琴韻丁冬，有人正在撫琴，小巷中一片清涼寧靜，和外面的洛陽城宛然是兩個世界。岳夫人低聲道：「這位綠竹翁好會享清福啊！」

便在此時，錚的一聲，一根琴絃忽爾斷絕，琴聲也便止歇。一個蒼老的聲音說道：「貴客枉顧蝸居，不知有何見教。」易師爺道：「竹翁，有一本奇怪的琴譜簫譜，要請你老人家的法眼鑒定鑒定。」綠竹翁道：「有琴譜簫譜要我鑒定？嘿嘿，可太瞧得起老篾匠啦。」

易師爺還未答話，王家駒搶著朗聲說道：「金刀王家王老爺子過訪。」他抬了爺爺的招牌出來，料想爺爺是洛陽城中響噹噹的腳色，一個老篾匠非立即出來迎接不可。那知綠竹翁冷笑道：「哼，金刀銀刀，不如我老篾匠的爛鐵刀有用。老篾匠不去拜訪王老爺，王老爺也不用來拜訪老篾匠。」王家駒大怒，大聲道：「爺爺，這老篾匠是個不明事理的渾人，見他作甚？咱們不如回去罷！」

岳夫人道：「既然來了，請綠竹翁瞧瞧這部琴譜簫譜，卻也不妨。」

王元霸「嘿」了一聲，將曲譜遞給易師爺。易師爺接過，走入了綠竹叢中。

只聽綠竹翁道：「好，你放下罷！」易師爺道：「請問竹翁，這真的是曲譜，還是甚麼武功秘訣，故意寫成了曲譜模樣？」綠竹翁道：「武功秘訣？虧你想得出！這當然是琴譜了！嗯。」接著只聽得琴聲響起，幽雅動聽。

令狐冲聽了片刻，記得這正是當日劉正風所奏的曲子，人亡曲在，不禁淒然。

彈不多久，突然間琴音高了上去，越響越高，聲音尖銳之極，錚的一聲響，斷了一根琴絃，再高了幾個音，錚的一聲，琴絃又斷了一根。綠竹翁「咦」的一聲，道：「這琴譜好生古怪，令人難以明白。」

王元霸祖孫五人你瞧瞧我，我瞧瞧你，臉上均有得色。

只聽綠竹翁道：「我試試這簫譜。」跟著簫聲便從綠竹叢中傳了出來，初時悠揚動聽，情致纏綿，但後來簫聲愈轉愈低，幾不可聞，再吹得幾個音，簫聲便即啞了，波波波的十分難聽。綠竹翁嘆了口氣，說道：「易老弟，你是會吹簫的，這樣的低音如何能吹奏出來？這琴譜、簫譜未必是假，但撰曲之人卻在故弄玄虛，跟人開玩笑。你且回去，讓我仔細推敲推敲。」易師爺道：「是。」從綠竹叢中退了出來。

王仲強道：「那劍譜呢？」易師爺道：「劍譜？啊！綠竹翁要留著，說是要仔細推敲推敲。」王仲強急道：「快去拿回來，這是珍貴無比的劍譜，武林中不知有多少人想要搶奪，如何能留在不相干之人手中？」易師爺應道：「是！」正要轉身再入竹叢，忽聽得綠竹翁叫道：「姑姑，怎麼你出來了？」

王元霸低聲問道：「綠竹翁多大年紀？」易師爺道：「七十幾歲，快八十了罷！」眾人心想：「一個八十老翁居然還有姑姑，這位老婆婆怕沒一百多歲？」

只聽得一個女子低低應了一聲。綠竹翁道：「姑姑請看，這部琴譜可有些古怪。」那女子又嗯了一聲，琴音響起，調了調絃，停了一會，似是在將斷了的琴絃換去，又調了調絃，便奏了起來。初時所奏和綠竹翁相同，到後來越轉越高，那琴韻竟然履險如夷，舉重若輕，毫不費力的便轉了上去。

令狐冲又驚又喜，依稀記得便是那天晚上所聽到曲洋所奏的琴韻。

這一曲時而慷慨激昂，時而溫柔雅致，令狐冲雖不明樂理，但覺這位婆婆所奏，和曲洋所奏的曲調雖同，意趣卻大有差別。這婆婆所奏的曲調平和中正，令人聽著只覺音樂之美，卻無曲洋所奏熱血如沸的激奮。奏了良久，琴韻漸緩，似乎樂音在不住遠去，倒像奏琴之人走出了數十丈之遙，又走到數里之外，細微幾不可再聞。

琴音似止未止之際，卻有一二下極低極細的簫聲在琴音旁響了起來。迴旋婉轉，簫聲漸響，恰似吹簫人一面吹，一面慢慢走近，簫聲清麗，忽高忽低，忽輕忽響，低到極處之際，幾個盤旋之後，又再低沉下去，雖極低極細，每個音節仍清晰可聞。漸漸低音中偶有珠玉跳躍，清脆短促，此伏彼起，繁音漸增，先如鳴泉飛濺，繼而如羣卉爭艷，花團錦簇，更夾著間關鳥語，彼鳴我和，漸漸的百鳥離去，春殘花落，但聞雨聲蕭蕭，一片淒涼肅殺之象，細雨綿綿，若有若無，終於萬籟俱寂。

簫聲停頓良久，眾人這才如夢初醒。王元霸、岳不羣等雖都不懂音律，卻也不禁心馳神醉。易師爺更是猶如喪魂落魄一般。

岳夫人嘆了一口氣，衷心讚佩，道：「佩服，佩服！冲兒，這是甚麼曲子？」令狐冲道：「這叫做『笑傲江湖之曲』，這位婆婆當真神乎其技，難得是琴簫盡皆精通。」岳夫人道：「這曲子譜得固然奇妙，但也須有這位婆婆那樣的琴簫絕技，才奏得出來。如此美妙的音樂，想來你也是生平首次聽見。」令狐冲道：「不！弟子當日所聞，卻比今日更為精采。」岳夫人奇道：「那怎麼會？難道世上更有比這位婆婆撫琴吹簫還要高明之人？」令狐冲道：「比這位婆婆更加高明，倒不見得。只不過弟子聽到的是兩個人琴簫合奏，一人撫琴，一人吹簫，奏的便是這『笑傲江湖之曲』……」

他這句話未說完，綠竹叢中傳出錚錚錚三響琴音，那婆婆的語音極低極低，隱隱約約的似乎聽得她說：「琴簫合奏，世上那裏去找這一個人去？」

只聽綠竹翁朗聲道：「易師爺，這確是琴譜簫譜，我姑姑適才奏過了，你拿回去罷！」易師爺應道：「是！」走入竹叢，雙手捧著曲譜出來。綠竹翁又道：「這曲譜中所記樂曲之妙，世上罕有，此乃神物，不可落入俗人手中。你不會吹奏，千萬不得癡心妄想的硬學，否則於你無益有損。」易師爺道：「是，是！在下萬萬不敢！」將曲譜交給王元霸。

王元霸親耳聽了琴韻簫聲，知道更無虛假，當即將曲譜還給令狐冲，訕訕的道：「令狐賢姪，這可得罪了！」

令狐冲冷笑一聲接過，待要說幾句譏刺的言語，岳夫人向他搖了搖頭，令狐冲便忍住不說。王元霸祖孫五人面目無光，首先離去。岳不羣等跟著也去。

令狐冲卻捧著曲譜，呆呆的站著不動。

岳夫人道：「冲兒，你不回去嗎？」令狐冲道：「弟子多躭一會便回去。」岳夫人道：

「早些回去休息。你手臂剛脫過臼，不可使力。」令狐冲應道：「是。」

一行人去後，小巷中靜悄悄地一無聲息，偶然間風動竹葉，發出沙沙之聲。令狐冲看著手中那部曲譜，想起那日深夜劉正風和曲洋琴簫合奏，他二人得遇知音，創了這部神妙的曲譜出來。綠竹叢中這位婆婆雖能撫琴吹簫，曲盡其妙，可惜她只能分別吹奏，那綠竹翁便不能和她合奏，只怕這琴簫合奏的「笑傲江湖之曲」從此便音斷響絕，更無第二次得聞了。又想：「劉正風師叔和曲長老，一是正派高手，一是魔教長老，兩人一正一邪，勢如水火，但論到音韻，卻心意相通，結成知交，合創了這曲神妙絕倫的『笑傲江湖』出來。他二人攜手同死之時，顯是心中絕無遺憾，遠勝於我孤另另的在這世上，為師父所疑，為師妹所棄，而一個敬我愛我的師弟，卻又為我親手所殺。」不由得悲從中來，眼淚一滴滴的落在曲譜之上，忍不住哽咽出聲。

綠竹翁的聲音又從竹叢中傳了出來：「這位朋友，為何哭泣？」令狐冲道：「晚輩自傷身世，又想起撰作此曲的兩位前輩之死，不禁失態，打擾老先生了。」說著轉身便行。綠竹翁道：「小朋友，我有幾句話請教，請進來談談如何？」

令狐冲適才聽他對王元霸說話時傲慢無禮，不料對自己一個無名小卒卻這等客氣，倒大出意料之外，便道：「不敢，前輩有何垂詢，晚輩自當奉告。」緩步走進竹林。

只見前面有五間小舍，左二右三，均以粗竹子架成。一個老翁從右邊小舍中走出來，笑道：「小朋友，請進來喝茶。」

令狐冲見這綠竹翁身子略形佝僂，頭頂稀稀疏疏的已無多少頭髮，大手大腳，精神卻十分矍鑠，當即躬身行禮，道：「晚輩令狐冲，拜見前輩。」

綠竹翁呵呵笑道：「老朽不過癡長幾歲，不用多禮，請進來，請進來！」

令狐冲隨著他走進小舍，見桌椅几榻，無一而非竹製，牆上懸著一幅墨竹，筆勢縱橫，墨跡淋漓，頗有森森之意。桌上放著一具瑤琴，一管洞簫。

綠竹翁從一把陶茶壺中倒出一碗碧綠清茶，說道：「請用茶。」令狐冲雙手接過，躬身謝了。綠竹翁道：「小朋友，這部曲譜，不知你從何處得來，是否可以見告？」

令狐冲一怔，心想這部曲譜的來歷之中包含著許多隱秘，是以連師父、師娘也未稟告。但當日劉正風和曲洋將曲譜交給自己，用意是要使此曲傳之後世，不致湮沒，這綠竹翁和他姑姑妙解音律，他姑姑更將這一曲奏得如此神韻俱顯，他二人年紀雖老，可是除了他二人之外，世上又那裏再找得到第三個人來傳授此曲？就算世上另有精通音律的解人，自己命不久長，未必能有機緣遇到。他微一沉吟，便道：「撰寫此曲的兩位前輩，一位精於撫琴，一位善於吹簫，這二人結成知交，共撰此曲，可惜遭逢大難，同時逝世。二位前輩臨死之時，將此曲交於弟子，命弟子訪覓傳人，免使此曲湮沒無聞。」頓了一頓，又道：「適才弟子得聆前輩這位姑姑的琴簫妙技，深慶此曲已逢真主，便請前輩將此曲譜收下，奉交婆婆，弟子得以不負撰作此曲者的付託，完償了一番心願。」說著雙手恭恭敬敬的將曲譜呈上。

綠竹翁卻不便接，說道：「我得先行請示姑姑，不知她肯不肯收。」

只聽得左邊小舍中傳來那位婆婆的聲音道：「令狐先生高義，慨以妙曲見惠，咱們卻之不恭，受之有愧。只不知那兩位撰曲前輩的大名，可能見告否？」聲音卻也並不如何蒼老。

令狐冲道：「前輩垂詢，自當稟告。撰曲的兩位前輩，一位是劉正風劉師叔，一位是曲洋曲長老。」那婆婆「啊」的一聲，顯得十分驚異，說道：「原來是他二人。」

令狐冲道：「前輩認得劉曲二位麼？」那婆婆並不逕答，沉吟半晌，說道：「劉正風是衡山派中高手，曲洋卻是魔教長老，雙方乃是世仇，如何會合撰此曲？此中原因，令人好生難以索解。」

令狐冲雖未見過那婆婆之面，但聽了她彈琴吹簫之後，只覺她是個又清雅又慈和的前輩高人，決計不會欺騙出賣了自己，聽她言及劉曲來歷，顯是武林同道，當即源源本本的將劉正風如何金盆洗手，嵩山派左盟主如何下旗令阻止，劉曲二人如何中了嵩山派高手的掌力，如何荒郊合奏，二人臨死時如何委託自己尋覓知音傳曲等情，一一照實說了，只略去了莫大先生殺死費彬一節。那婆婆一言不發的傾聽。

令狐冲說完，那婆婆問道：「這明明是曲譜，那金刀王元霸卻何以說是武功秘笈？」令狐冲當下又將林震南夫婦如何為青城派及木高峯所傷，如何請其轉囑林平之，王氏兄弟如何起疑等情說了。

那婆婆道：「原來如此。」她頓了一頓，說道：「此中情由，你只消跟你師父、師娘說了，豈不免去許多無謂的疑忌？我是個素不相識的陌生人，何以你反而對我直言無隱？」

令狐冲道：「弟子自己也不明白其中原因。想是聽了前輩雅奏之後，對前輩高風大為傾慕，更無絲毫猜疑之意。」那婆婆道：「那麼你對你師父師娘，反而有猜疑之意麼？」令狐冲心中一驚，道：「弟子萬萬不敢。只是……恩師心中，對弟子卻大有疑意，唉，這也怪恩師不得。」那婆婆道：「我聽你說話，中氣大是不足，少年人不該如此，卻是何故？最近是生了大病呢，還是曾受重傷？」令狐冲道：「是受了極重的內傷。」

那婆婆道：「竹賢姪，你帶這位少年到我窗下，待我搭一搭脈。」綠竹翁道：「是。」引令狐冲走到左邊小舍窗邊，命他將左手從細竹窗簾下伸將進去。那竹簾之內，又障了一層輕紗，令狐冲只隱隱約約的見到有個人影，五官面貌卻一點也無法見到，只覺有三根冷冰冰的手指搭上了自己腕脈。

那婆婆只搭得片刻，便驚「噫」了一聲，道：「奇怪之極！」過了半晌，才道：「請換右手。」她搭完兩手脈搏後，良久無語。

令狐冲微微一笑，說道：「前輩不必為弟子生死擔憂。弟子自知命不久長，一切早已置之度外。」那婆婆道：「你何以自知命不久長？」令狐冲道：「弟子誤殺師弟，遺失了師門的紫霞秘笈，我只盼早日找回秘笈，繳奉師父，便當自殺以謝師弟。」那婆婆道：「紫霞秘笈？那也未必是甚麼了不起的物事。你又怎地誤殺了師弟？」令狐冲當下又將桃谷六仙如何為自己治傷，如何六道真氣在體內交戰，如何師妹盜了師門秘笈來為自己治傷，如何自己拒絕而師弟陸大有強自誦讀，如何自己將之點倒，如何下手太重而致其死命等情一一說了。

那婆婆聽完，說道：「你師弟不是你殺的。」令狐冲吃了一驚，道：「不是我殺的？」那婆婆道：「你真氣不純，點那兩個穴道，決計殺不了他。你師弟是旁人殺的。」令狐冲喃喃的道：「那是誰殺了陸師弟？」那婆婆道：「偷盜秘笈之人，雖然不一定便是害你師弟之人，但兩者多少會有些牽連。」

令狐冲吁了口長氣，胸口登時移去了一塊大石。他當時原也已經想到，自己輕輕點了陸大有兩處穴道，怎能制其死命？只是內心深處隱隱覺得，就算陸大有不是自己點死，卻也是為了自己而死，男子漢大丈夫豈可推卸罪責，尋些藉口來為自己開脫？這些日子來岳靈珊和林平之親密異常，他傷心失望之餘，早感全無生趣，一心只往一個「死」字上去想，此刻經那婆婆一提，立時心生莫大憤慨：「報仇！報仇！必當替陸師弟報仇！」

那婆婆又道：「你說體內有六道真氣相互交迸，可是我覺你脈象之中，卻有八道真氣，那是何故？」令狐冲哈哈大笑，將不戒和尚替自己治病的情由說了。

那婆婆微微一笑，說道：「閣下性情開朗，脈息雖亂，並無衰歇之象。我再彈琴一曲，請閣下品評如何？」令狐冲道：「前輩眷顧，弟子衷心銘感。」

那婆婆嗯了一聲，琴韻又再響起。這一次的曲調卻是柔和之至，宛如一人輕輕歎息，又似是朝露暗潤花瓣，曉風低拂柳梢。

令狐冲聽不多時，眼皮便越來越沉重，心中只道：「睡不得，我在聆聽前輩的撫琴，倘若睡著了，豈非大大的不敬？」但雖竭力凝神，卻終是難以抗拒睡魔，不久眼皮合攏，再也睜不開來，身子軟倒在地，便即睡著了。睡夢之中，仍隱隱約約聽到柔和的琴聲，似有一隻溫柔的手在撫摸自己頭髮，像是回到了童年，在師娘的懷抱之中，受她親熱憐惜一般。

過了良久良久，琴聲止歇，令狐冲便即驚醒，忙爬起身來，不禁大是慚愧，說道：「弟子該死，不專心聆聽前輩雅奏，卻竟爾睡著了，當真好生惶恐。」

那婆婆道：「你不用自責。我適才奏曲，原有催眠之意，盼能為你調理體內真氣。你倒試自運內息，煩惡之情，可減少了些麼？」

令狐冲大喜，道：「多謝前輩。」當即盤膝坐在地下，潛運內息，只覺那八股真氣仍是相互衝突，但以前那股胸口立時熱血上湧、便欲嘔吐的情景卻已大減，可是只運得片刻，又已頭暈腦脹，身子一側，倒在地下。

綠竹翁忙趨前扶起，將他扶入房中。

那婆婆道：「桃谷六仙和不戒大師功力深厚，所種下的真氣，非我淺薄琴音所能調理，反令閣下多受痛楚，甚是過意不去。」

令狐冲忙道：「前輩說那裏話來？得聞此曲，弟子已大為受益。」

綠竹翁提起筆來，在硯池中蘸了些墨，在紙上寫道：「懇請傳授此曲，終身受益。」令狐冲登時省悟，說道：「弟子斗膽求請前輩傳授此曲，以便弟子自行慢慢調理。」綠竹翁臉現喜色，連連點頭。

那婆婆並不即答，過了片刻，才道：「你琴藝如何？可否撫奏一曲？」

令狐冲臉上一紅，說道：「弟子從未學過，一竅不通，要從前輩學此高深琴技，實深冒昧，還請恕過弟子狂妄。」當下向綠竹翁長揖到地，說道：「弟子這便告辭。」

那婆婆道：「閣下慢走。承你慨贈妙曲，愧無以報，閣下傷重難愈，亦令人思之不安。竹姪，你明日以奏琴之法傳授令狐少君，倘若他有耐心，能在洛陽久耽，那麼……那麼我這一曲『清心普善咒』，便傳了給他，亦自不妨。」最後兩句話語聲細微，幾不可聞。

次日清晨，令狐冲便來小巷竹舍中學琴。綠竹翁取出一張焦尾桐琴，授以音律，說道：「樂律十二律，是為黃鐘、大呂、太簇、夾鐘、姑洗、中呂、蕤賓、林鐘、夷則、南呂、無射、應鐘。此是自古已有，據說當年黃帝命伶倫為律，聞鳳凰之鳴而製十二律。瑤琴七絃，具宮、商、角、徵、羽五音，一絃為黃鐘，三絃為宮調。五調為慢角、清商、宮調、慢宮及蕤賓調。」當下依次詳加解釋。

令狐冲雖於音律一竅不通，但天資聰明，一點便透。綠竹翁甚是喜歡，當即授以指法，教他試奏一曲極短的「碧霄吟」。令狐冲學得幾遍，彈奏出來，雖有數音不準，指法生澀，卻洋洋然頗有青天一碧、萬里無雲的空闊氣象。

一曲既終，那婆婆在隔舍聽了，輕嘆一聲，道：「令狐少君，你學琴如此聰明，多半不久便能學『清心普善咒』了。」綠竹翁道：「姑姑，令狐兄弟今日初學，但彈奏這曲『碧霄吟』，琴中意象已比姪兒為高。琴為心聲，想是因他胸襟豁達之故。」令狐冲謙謝道：「前輩過獎了，不知要到何年何月，弟子才能如前輩這般彈奏那『笑傲江湖之曲』。」

那婆婆失聲道：「你……你也想彈奏那『笑傲江湖之曲』麼？」

令狐冲臉上一紅，道：「弟子昨日聽得前輩琴簫雅奏，心下甚是羨慕，那當然是癡心妄想，連綠竹前輩尚且不能彈奏，弟子又那裏夠得上？」

那婆婆不語，過了半晌，低聲道：「倘若你能彈琴，自是大佳……」語音漸低，隨後是輕輕的一聲歎息。

如此一連二十餘日，令狐冲一早便到小巷竹舍中來學琴，直至傍晚始歸，中飯也在綠竹翁處吃，雖是青菜豆腐，卻比王家的大魚大肉吃得更有滋味，更妙在每餐都有好酒。綠竹翁酒量雖不甚高，備的酒卻是上佳精品。他於酒道所知極多，於天下美酒不但深明來歷，而且年份產地，一嘗即辨。令狐冲聽來聞所未聞，不但跟他學琴，更向他學酒，深覺酒中學問，比之劍道琴理，似乎也不遑多讓。

有幾日綠竹翁出去販賣竹器，便由那婆婆隔著竹簾教導。到得後來，令狐冲於琴中所提的種種疑難，綠竹翁常自無法解答，須得那婆婆親自指點。

但令狐冲始終未見過那婆婆一面，只是聽她語音輕柔，倒似是位大家的千金小姐，那像陋巷貧居的一個老婦？料想她雅善音樂，自幼深受薰冶，因之連說話的聲音也好聽了，至老不變。

這日那婆婆傳授了一曲「有所思」，這是漢時古曲，節奏宛轉。令狐冲聽了數遍，依法撫琴。他不知不覺想起當日和岳靈珊兩小無猜、同遊共樂的情景，又想到瀑布中練劍，思過崖上送飯，小師妹對自己的柔情密意，後來無端來了個林平之，小師妹對待自己竟一日冷淡過一日。他心中淒楚，突然之間，琴調一變，竟爾出現了幾下福建山歌的曲調，正是岳靈珊那日下崖時所唱。他一驚之下，立時住手不彈。

那婆婆溫言道：「這一曲『有所思』，你本來奏得極好，意與情融，深得曲理，想必你心中想到了往昔之事。只是忽然出現閩音，曲調似是俚歌，令人大為不解，卻是何故？」

令狐冲生性本來開朗，這番心事在胸中鬱積已久，那婆婆這二十多天來又對他極好，忍不住便吐露自己苦戀岳靈珊的心情。他只說了個開頭，便再難抑止，竟原原本本的將種種情由盡行說了，便將那婆婆當作自己的祖母、母親，或是親姊姊、妹妹一般，待得說完，這才大感慚愧，說道：「婆婆，弟子的無聊心事，嘮嘮叨叨的說了這半天，真是……真是……」

那婆婆輕聲道：「『緣』之一事，不能強求。古人道得好：『各有因緣莫羨人』。令狐少君，你今日雖然失意，他日未始不能另有佳耦。」

令狐冲大聲道：「弟子也不知能再活得幾日，室家之想，那是永遠不會有的了。」

那婆婆不再說話，琴音輕輕，奏了起來，卻是那曲「清心普善咒」。令狐冲聽得片刻，便已昏昏欲睡。那婆婆止了琴音，說道：「現下我起始授你此曲，大概有十日之功，便可學完。此後每日彈奏，往時功力雖然不能盡復，多少總會有些好處。」令狐冲應道：「是。」

那婆婆當即傳了曲譜指法，令狐冲用心記憶。

如此學了四日，第五日令狐冲又要到小巷去學琴，勞德諾忽然匆匆過來，說道：「大師哥，師父吩咐，咱們明日要走了。」令狐冲一怔，道：「明日便走了？我……我……」想要說「我的琴曲還沒學全呢」，話到口邊，卻又縮回。勞德諾道：「師娘叫你收拾收拾，明兒一早動身。」

令狐冲答應了，當下快步來到綠竹小舍，向婆婆道：「弟子明日要告辭了。」那婆婆一怔，半晌不語，隔了良久，才輕輕道：「去得這麼急！你……你這一曲還沒學全呢。」

令狐冲道：「弟子也這麼想。只是師命難違。再說，我們異鄉為客，也不能在人家家中久居。」那婆婆道：「那也說得是。」當下傳授曲調指法，與往日無異。

令狐冲與那婆婆相處多日，雖然從未見過她一面，但從琴音說話之中，知她對自己頗為關懷，無異親人。只是她性子淡泊，偶然說了一句關切的話，立即雜以他語，顯是不想讓他知道心意。這世上對令狐冲最關心的，本來是岳不羣夫婦、岳靈珊與陸大有四人，現下陸大有已死，岳靈珊全心全意放在林平之身上，師父師母對他又有了疑忌之意，他覺得真正的親人，倒是綠竹翁和那婆婆二人了。這一日中，他幾次三番想跟綠竹翁陳說，要在這小巷中留居，既學琴簫，又學竹匠之藝，不再回歸華山派，但一想到岳靈珊的倩影，終究割捨不下，心想：「小師妹就算不理我，不睬我，我每日只見她一面，縱然只見到她的背影，聽到一句她的說話聲音，也是好的。何況她又沒不睬我？」

傍晚臨別之際，對綠竹翁和那婆婆甚有依戀之情，走到婆婆窗下，跪倒拜了幾拜，依稀見竹簾之中，那婆婆卻也跪倒還禮，聽她說道：「我雖傳你琴技，但此是報答你贈曲之德，令狐少君為何行此大禮？」令狐冲道：「今日一別，不知何日得能再聆前輩雅奏。令狐冲但教不死，定當再到洛陽，拜訪婆婆和竹翁。」心中忽想：「他二人年紀老邁，不知還有幾年可活，下次我來洛陽，未必再能見到。」言下想到人生如夢如露，不由得聲音便哽咽了。

那婆婆道：「令狐少君，臨別之際，我有一言相勸。」

令狐冲道：「是，前輩教誨，令狐冲不敢或忘。」

但那婆婆始終不說話，過了良久良久，才輕聲說道：「江湖風波險惡，多多保重。」

令狐冲道：「是。」心中一酸，躬身向綠竹翁告別。只聽得左首小舍中琴聲響起，奏的正是那「有所思」古曲。

次日岳不羣等一行向王元霸父子告別，坐舟沿洛水北上。王元霸祖孫五人直送到船上，盤纏酒菜，致送得十分豐盛。

自從那日王家駿、王家駒兄弟折斷了令狐冲的手臂，令狐冲和王家祖孫三代不再交言，此刻臨別，他也是翻起了一雙白眼，對他五人漠然而視，似乎眼前壓根兒便沒一個「金刀王家」一般。岳不羣對這個大弟子甚感頭痛，知他素來生性倔強，倘若硬要他向王元霸行禮告別，他當時師命難違，勉強順從，事後多半會去向王家尋仇搗蛋，反而多生事端，是以他自行向王元霸一再稱謝，於令狐冲的無禮神態，裝作不見。

令狐冲冷眼旁觀，見王家大箱小箱，大包小包，送給岳靈珊的禮物極多。一名名僕婦走上船來，呈上禮物，說道這是老太太送給岳姑娘路上吃的，又說這是大奶奶送給姑娘路上穿的，二奶奶送給姑娘船中戴的，簡直便將岳靈珊當作了親戚一般。岳靈珊歡然道謝，說道：「啊喲，我那裏穿得了這許多，吃得了這許多！」

正熱鬧間，忽然一名敝衣老者走上船頭，叫道：「令狐少君！」令狐冲見是綠竹翁，不由得一怔，忙迎上躬身行禮。綠竹翁道：「我姑姑命我將這件薄禮送給令狐少君。」說著雙手奉上一個長長的包裹，包袱布是印以白花的藍色粗布。令狐冲躬身接過，說道：「前輩厚賜，弟子拜領。」說著連連作揖。

王家駿、王家駒兄弟見他對一個身穿粗布衣衫的老頭兒如此恭敬，而對名滿江湖的金刀無敵王家爺爺卻連正眼也不瞧上一眼，自是心中十分有氣，若不是礙著岳不羣夫婦和華山派眾師兄弟姊妹的面子，二人又要將令狐沖拉了出來，狠狠打他一頓，方出胸中惡氣。

眼見綠竹翁交了那包裹後，從船頭踏上跳板，要回到岸上，兩兄弟使個眼色，分從左右向綠竹翁擠了過去。二人一挺左肩，一挺右肩，只消輕輕一撞，這糟老頭兒還不摔下洛水之中？雖然岸邊水淺淹不死他，卻也大大削了令狐沖的面子。令狐沖一見，忙叫：「小心！」正要伸手去抓二人，陡然想起自己功力全失，別說這一下抓不住王氏兄弟，就算抓上了，那也全無用處。他只一怔之間，眼見王氏兄弟已撞到了綠竹翁身上。

王元霸叫道：「不可！」他在洛陽是有家有業之人，與尋常武人大不相同。他兩個孫兒年輕力壯，倘若將這個衰翁一下子撞死了，官府查究起來那可後患無窮。偏生他坐在船艙之中，正和岳不羣說話，來不及出手阻止。

但聽得波的一聲響，兩兄弟的肩頭已撞上了綠竹翁，驀地裏兩條人影飛起，撲通撲通兩響，王氏兄弟分從左右摔入洛水之中。那老翁便如是個鼓足了氣的大皮囊一般，王氏兄弟撞將上去，立即彈了出來。他自己卻渾若無事，仍是顫巍巍的一步步從跳板走到岸上。

王氏兄弟一落水，船上登時一陣大亂，立時便有水手跳下水去，救了二人上來。此時方當春寒，洛水中雖已解凍，河水卻仍極冷。王氏兄弟不識水性，早已喝了好幾口河水，只凍得牙齒打戰，狼狽之極。王元霸正驚奇間，一看之下，更加大吃一驚，只見兩兄弟的四條胳臂，都是在肩關節和肘關節處脫了臼，便如當日二人折斷令狐沖的胳臂一模一樣。兩人不停的破口大罵，四條手臂卻軟垂垂的懸在身邊。

王仲強見二子吃虧，縱身躍上岸去，搶在綠竹翁面前，攔住了他去路。

綠竹翁仍是弓腰曲背，低著頭慢慢走去。王仲強喝道：「何方高人，到洛陽王家顯身手來著？」綠竹翁便如不聞，繼續前行，慢慢走到王仲強身前。

舟中眾人的眼光都射在二人身上。但見綠竹翁一步步的上前，王仲強微張雙臂，擋在路心。漸漸二人越來越近，相距自一丈而五尺，自五尺而至三尺，綠竹翁又踏前一步，王仲強喝道：「去罷！」伸出雙手，往他背上猛力抓落。

眼見他雙手手指剛要碰到綠竹翁背脊，突然之間，他一個高大的身形騰空而起，飛出數丈。眾人驚呼聲中，他在半空中翻了半個觔斗，穩穩落地。倘若二人分從遠處急速奔至，相撞時有一人如此飛了出去，倒也不奇，奇在王仲強站著不動，而綠竹翁緩緩走近，卻陡然間將他震飛，即連岳不羣、王元霸這等高手，也瞧不出這老翁使了甚麼手法，竟這般將人震得飛出數丈之外。王仲強落下時身形穩實，絕無半分狼狽之態，不會武功之人還道他是自行躍起，顯了一手輕功。眾家丁轎夫拍手喝采，大讚王家二老爺武功了得。

王元霸初見綠竹翁不動聲色的將兩個孫兒震得四條手臂脫臼，心下已十分驚訝，自忖這等本事自己雖然也有，但使出之時定然十分威猛霸道，決不能如這老頭兒那麼舉重若輕，也決不能如此迅捷，待見他將兒子震飛，心下已非驚異，而是大為駭然。他知自己次子已全得自己武功真傳，一手單刀固然使得沉穩狠辣，而拳腳上功夫和內功修為，也已不弱於自己壯年之時，但二人一招未交，便給對方震飛，那是生平從所未見之事，眼見兒子吃了這虧，又欲奔上去動手，忙叫道：「仲強，過來！」

王仲強轉過身來，躍上船頭，吐了口唾沫，倖倖罵道：「這臭老兒，多半會使妖法！」

王元霸低聲問道：「身上覺得怎樣？沒受傷麼？」王仲強搖了搖頭。王元霸心下盤算，憑著自己本事，未必對付得了這個老人，若要岳不羣出手相助，勝了也不光采，索性不提此事，含糊過去，反正那老人手下留情，沒將兒子震倒震傷，已然給了自己面子。眼見綠竹翁緩緩遠去，心頭實是一股說不出的滋味，尋思：「這老兒自是令狐冲的朋友，只因孫兒折斷了令狐冲兩條胳臂，他便來震斷他二人的胳臂還帳。我在洛陽稱雄一世，難道到得老來，反要摔個大觔斗麼？」

這時王伯奮已將兩個姪兒關節脫臼處接上。兩乘轎子將兩個濕淋淋的少年抬回府去。

王元霸眼望岳不羣，說道：「岳先生，這人是甚麼來歷？老朽老眼昏花，可認不出這位高人。」岳不羣道：「冲兒，他是誰？」令狐冲道：「他便是綠竹翁。」

王元霸和岳不羣同時「哦」的一聲。那日他們雖曾同赴小巷，卻未見綠竹翁之面，而唯一識得綠竹翁的易師爺，在府門口送別後沒到碼頭來送行，是以誰都不識此人。

岳不羣指著那藍布包裹，問道：「他給了你些甚麼？」令狐冲道：「弟子不知。」打開包裹，露出一具短琴，琴身陳舊，顯是古物，琴尾刻著兩個篆字「燕語」；另有一本冊子，封面上寫著「清心普善咒」五字。令狐冲胸口一熱，「啊」的一聲，叫了出來。

岳不羣凝視著他，問道：「怎麼？」令狐冲道：「這位前輩不但給了我一張瑤琴，還抄了琴譜給我。」翻開琴譜，但見每一頁都寫滿了簪花小楷，除了以琴字書明曲調之外，還詳細列明指法、絃法，以及撫琴的種種關竅，紙張墨色，均是全新，顯是那婆婆剛寫就的。令狐冲想到這位前輩對自己如此眷顧，心下感動，眼中淚光瑩然，差點便掉下淚來。

王元霸和岳不羣見這冊子上所書確然全是撫琴之法，其中有些怪字，顯然也與那本「笑傲江湖之曲」中的怪字相似，雖然心下疑竇不解，卻也無話可說。岳不羣道：「這位綠竹翁真人不露相，原來是武林中的一位高手。冲兒，你可知他是那一家那一派的？」他料想令狐冲縱然知道，也不會據實以答，只是這人武功太高，若不問明底細，心下終究不安。果然令狐冲說道：「弟子只是跟隨這位前輩學琴，實不知他身負武功。」

當下岳不羣夫婦向王元霸和王伯奮、仲強兄弟拱手作別，起篙解纜，大船北駛。

那船駛出十餘丈，眾弟子便紛紛議論起來。有的說那綠竹翁武功深不可測，有的卻說這老兒未必有甚麼本領，王氏兄弟自己不小心才摔入洛水之中，王仲強只是不願跟這又老又貧的老頭子一般見識，這才躍起相避。

令狐冲坐在後梢，也不去聽眾師弟師妹談論，自行翻閱琴譜，按照書上所示，以指按捺琴絃，生怕驚吵了師父師娘，只是虛指作勢，不敢彈奏出聲。

岳夫人眼見坐船順風順水，行駛甚速，想到綠竹翁的詭異形貌，心中思潮起伏，走到船頭，觀賞風景。看了一會，忽聽得丈夫的聲音在耳畔說道：「你瞧那綠竹翁是甚麼門道？」這句話正是她要問丈夫的，他雖先行問起，岳夫人仍然問道：「你瞧他是甚麼門道？」岳不羣道：「這老兒行動詭異，手不動，足不抬，便將王家父子三人震得離身數丈，多半不是正派武功。」岳夫人道：「不過他對冲兒似乎甚好，也不像真的要對金刀王家生事。」

岳不羣嘆了口氣，說道：「但願此事就此了結，否則王老爺子一生英名，只怕未必有好結果呢。」隔了半晌，又道：「咱們雖然走的是水道，大家仍是小心點的好。」

岳夫人道：「你說會有人上船來生事？」

岳不羣搖了搖頭，說道：「咱們一直給蒙在鼓裏，到底那晚這一十五名蒙面客是甚麼路道，還是不明所以。咱們在明，而敵人在暗，前途未必會很太平呢。」他自執掌華山一派以來，從未遇到過甚麼重大挫折，近月來卻深覺前途多艱，但到底敵人是誰，有甚麼圖謀，卻半點摸不著底細，正因為愈是無著力處，愈是心事重重。

他夫婦倆叮囑弟子日夜嚴加提防，但坐船自鞏縣附近入河，順流東下，竟沒半點意外。離洛陽越遠，眾人越放心，提防之心也漸漸懈了。

十四

論杯

祖千秋伸手入懷，掏了一隻酒杯出來，

光潤柔和，竟是一隻羊脂白玉杯，

只見他一隻又一隻，不斷從懷中取出酒杯。

這一日將到開封，岳不羣夫婦和眾弟子談起開封府的武林人物。岳不羣道：「開封府雖是大都，但武風不盛，像華老鏢頭、海老拳師、豫中三英這些人，武功和聲望都並沒甚麼了不起。咱們在開封玩玩名勝古跡便是，不再拜客訪友，免得驚動了人家。」

岳夫人微笑道：「開封府有一位大大有名的人物，師哥怎地忘了？」岳不羣道：「大大有名？你說是……是誰？」岳夫人笑道：「『醫一人，殺一人。殺一人，醫一人。醫人殺人一樣多，蝕本生意決不做。』那是誰啊？」岳不羣微笑道：「『殺人名醫』平一指，那自是大大的有名。不過他脾氣太怪，咱們便去拜訪，他也未必肯見。」岳夫人道：「是啊，否則冲兒一直內傷難愈，咱們又來到了開封，該當去求這位殺人名醫瞧瞧才是。」

岳靈珊奇道：「媽，甚麼叫做『殺人名醫』？既會殺人，又怎會是名醫？」岳夫人微笑道：「這位平老先生，是武林中的一個怪……一位奇人，醫道高明之極，當真是著手成春，據說不論多麼重的疾病傷勢，只要他答應醫治，便決沒治不好的。不過他有個古怪脾氣。他說世上人多人少，老天爺和閻羅王心中自然有數。如果他醫好許多人的傷病，死的人少了，難免活人太多而死人太少，對不起閻羅王。日後他自己死了之後，就算閻羅王不加理會，判官小鬼定要和他為難，只怕在陰間日子很不好過。」眾弟子聽著都笑了起來。

岳夫人續道：「因此他立下誓願，只要救活了一個人，便須殺一個人來抵數。又如他殺了一人，必定要救活一個人來補數。聽說他醫寓中掛著一幅大中堂，寫明：『醫一人，殺一人。殺一人，醫一人。醫人殺人一樣多，蝕本生意決不做。』他說這麼一來，老天爺不會怪他殺傷人命，閻羅王也不會怨他搶了陰世地府的生意。」眾弟子又都大笑。

岳靈珊道：「這位平一指大夫倒有趣得緊。怎麼他又取了這樣一個奇怪名字？他只有一根手指麼？」岳夫人道：「好像不是一根手指的。師哥，你可知他為甚麼取這名字？」

岳不羣道：「平大夫十指俱全，他自稱『一指』，意思說：殺人醫人，俱只一指。要殺人，點人一指便死了，要醫人，也只用一根手指搭脈。」岳夫人道：「啊，原來如此。那麼他的點穴功夫定然厲害得很了？」岳不羣道：「那就不大清楚了，當真和這位平大夫動過手的，只怕也沒幾個。武林中的好手都知他醫道高明之極，人生在世，誰也難保沒三長兩短，說不定有一天會上門去求他，因此誰也不敢得罪他。但若不是迫不得已，也不敢貿然請他治病。」岳靈珊道：「為甚麼？」岳不羣道：「武林中人請他治病療傷，他定要那人先行立下重誓，病好傷愈之後，須得依他吩咐，去殺一個他所指定之人，這叫做一命抵一命。倘若他要殺的是個不相干之人，倒也罷了，要是他指定去殺的，竟是求治者的至親好友，甚或是父兄妻兒，那豈不是為難之極？」眾弟子均道：「這位平大夫，那可邪門得緊了。」

岳靈珊道：「大師哥，這麼說來，你的傷是不能去求他醫治的了。」

令狐冲一直倚在後梢艙門邊，聽師父師娘述說「殺人名醫」平一指的怪癖，聽小師妹這麼說，淡淡一笑，說道：「是啊！只怕他治好我傷之後，叫我來殺了我的小師妹。」

華山羣弟子都笑了起來。

岳靈珊笑道：「這位平大夫跟我無冤無仇，為甚麼要你殺我？」她轉過頭去，問父親道：「爹，這平大夫到底是好人呢還是壞人？」岳不羣道：「聽說他行事喜怒無常，亦正亦邪，說不上是好人，也不能算壞人。說得好些，是個奇人，說得壞些，便是個怪人了。」

岳靈珊道：「只怕江湖上傳言，誇大其事，也是有的。到得開封府，我倒想去拜訪拜訪這位平大夫。」岳不羣和岳夫人齊聲喝道：「千萬不可胡鬧！」岳靈珊見父親和母親的臉色都十分鄭重，微微一驚，問道：「為甚麼？」岳不羣道：「你想惹禍上身麼？這種人都見得的？」岳靈珊道：「見上一見，也會惹禍上身了？我又不是去求他治病，怕甚麼？」岳不羣臉一沉，說道：「咱們出來是遊山玩水，可不是惹事生非。」岳靈珊見父親動怒，便不敢再說了，但對這個「殺人名醫平一指」卻充滿了好奇之心。

次日辰牌時分，舟至開封，但到府城尚有一截路。

岳不羣笑道：「離這裏不遠有個地方，是咱岳家當年大出風頭之所，倒是不可不去。」岳靈珊拍手笑道：「好啊，知道啦，那是朱仙鎮，是岳鵬舉岳爺爺大破金兀朮的地方。」凡學武之人，對抗金衛國的岳飛無不極為敬仰，朱仙鎮是昔年岳飛大破金兵之地，自是誰都想去瞧瞧。岳靈珊第一個躍上碼頭，叫道：「咱們快去朱仙鎮，再趕到開封城中吃中飯。」

眾人紛紛上岸，令狐冲卻坐在後梢不動。岳靈珊叫道：「大師哥，你不去麼？」

令狐冲自失了內力之後，一直倦怠困乏，懶於走動，心想各人上岸遊玩，自己正好乘機學彈「清心普善咒」，又見林平之站在岳靈珊身畔，神態親熱，更是心冷，便道：「我沒力氣，走不快。」岳靈珊道：「好罷，你在船裏歇歇，我到開封給你打幾斤好酒來。」

令狐冲見她和林平之並肩而行，快步走在眾人前頭，心中一酸，只覺那「清心普善咒」學會之後，即使真能治好自己內傷，卻又何必去治？這琴又何必去學？望著黃河中濁流滾滾東去，一霎時間，只覺人生悲苦，亦如流水滔滔無盡，這一牽動內力，丹田中立時大痛。

岳靈珊和林平之並肩而行，指點風物，細語喁喁，卻另是一般心情。

岳夫人扯了扯丈夫的衣袖，低聲道：「珊兒和平兒年輕，這般男女同行，在山野間渾沒要緊，到了大城市中卻是不妥，咱們二老陪陪他們罷。」岳不羣一笑，道：「你我年紀已經不輕，男女同行便渾沒要緊了。」岳夫人哈哈一笑，搶上幾步，走到女兒身畔。四人向行人問明途徑，逕向朱仙鎮而去。

將到鎮上，只見路旁有座大廟，廟額上寫著「楊將軍廟」四個金字。岳靈珊道：「爹，我知道啦，這是楊再興楊將軍的廟，他誤走小商河，給金兵射死的。」岳不羣點頭道：「正是。楊將軍為國捐軀，令人好生敬仰，咱們進廟去瞻仰遺容，跪拜英靈。」眼見其餘眾弟子相距尚遠，四人不待等齊，先行進廟。

只見楊再興的神像粉面銀鎧，英氣勃勃，岳靈珊心道：「這位楊將軍生得好俊！」轉頭向林平之瞧了一眼，心下暗生比較之意。

便在此時，忽聽得廟外有人說道：「我說楊將軍廟供的一定是楊再興。」岳不羣夫婦聽得聲音，臉色均是一變，同時伸手按住劍柄。卻聽得另一人道：「天下姓楊的將軍甚多，怎麼一定是楊再興？說不定是後山金刀楊老令公，又說不定是楊六郎、楊七郎？」又有一人道：「單是楊家將，也未必是楊令公、楊六郎、楊七郎，或許是楊宗保、楊文廣呢？」另一人道：「為甚麼不能是楊四郎？」先一人道：「楊四郎投降番邦，決不會起一座廟來供他。」另一人道：「你譏刺我排行第四，就會投降番邦，是不是？」先一人道：「你排行第四，跟楊四郎有甚麼相干？」另一人道：「你排行第五，楊五郎五台山出家，你又為甚麼不去做和尚？」先一人道：「我如做和尚，你便得投降番邦。」

岳不羣夫婦聽到最初一人說話，便知是桃谷諸怪到了，當即打個手勢，和女兒及林平之一齊躲入神像之後。他夫婦躲在左首，岳靈珊和林平之躲在右首。只聽得桃谷諸怪在廟外不住口的爭辯，卻不進來看個明白。岳靈珊暗暗好笑：「那有甚麼好爭的，到底是楊再興還是楊四郎，進來瞧瞧不就是了？」

岳夫人仔細分辨外面話聲，只是五人，心想餘下那人果然是給自己刺死了，自己和丈夫遠離華山，躲避這五個怪物，防他們上山報仇，不料狹路相逢，還是在這裏碰上了，雖然尚未見到，但別的弟子轉眼便到，如何能逃得過？心下好生擔憂。

只聽五怪愈爭愈烈，終於有一人道：「咱們進去瞧瞧，到底這廟供的是甚麼臭菩薩。」五人一湧而進。一人大聲叫了起來：「啊哈，你瞧，這裏不明明寫著『楊公再興之神』，這當然是楊再興了。」說話的是桃枝仙。

桃幹仙搔了搔頭，說道：「這裏寫的是『楊公再』，又不是『楊再興』。原來這個楊將軍姓楊，名字叫公再。唔，楊公再，楊公再，好名字啊，好名字。」桃枝仙大怒，大聲道：「這明明是楊再興，你胡說八道，怎麼叫做楊公再？」桃幹仙道：「這裏寫的明明是『楊公再』，可不是『楊再興』。」桃根仙道：「那麼『興之神』三個字是甚麼意思？」桃葉仙道：「興，就是高興，興之神，是精神很高興的意思。楊公再這姓楊的小子，死了有人供他，精神當然很高興了。」桃幹仙道：「很是，很是。」

桃花仙道：「我說這裏供的是楊七郎，果然不錯，我桃花仙大有先見之明。」桃枝仙怒道：「是楊再興，怎麼是楊七郎了？」桃幹仙也怒道：「是楊公再，又怎麼是楊七郎了？」

桃花仙道：「三哥，楊再興排行第幾？」桃枝仙搖頭道：「我不知道。」桃花仙道：「楊再興排行第七，是楊七郎。二哥，楊公再排行第幾？」桃幹仙道：「從前我知道的，現下忘了。」桃花仙道：「我倒記得，他排行也是第七，因此是楊七郎。」桃根仙道：「這神像倘若是楊再興，便不是楊公再；如果是楊公再，便不是楊再興。怎麼又是楊再興，又是楊公再？」桃葉仙道：「大哥你有所不知。這個『再』字，是甚麼意思？『再』，便是再來一個之意，一定是兩個人而不是一個，因此既是楊公再，又是楊再興。」餘下四人都道：「此言有理。」

突然之間，桃枝仙說道：「你說名字中有個『再』字，便要再來一個，那麼楊七郎有七個兒子，那是眾所周知之事！」桃根仙道：「然則名字中有個千字，便生一千個兒子，有個萬字，便生一萬個兒子？」五人越扯越遠。岳靈珊幾次要笑出聲來，卻都強自忍住。

桃谷五怪又爭了一會，桃幹仙忽道：「楊七郎啊楊七郎，你只要保祐咱們六弟不死，老子向你磕幾個頭也是不妨。我這裏先磕頭了。」說著跪下磕頭。

岳不羣夫婦一聽，互視一眼，臉上均有喜色，心想：「聽他言下之意，那怪人雖然中了一劍，卻尚未死。」這桃谷六仙莫名奇妙，他夫婦實不願結上這不知所云的冤家。

桃枝仙道：「倘若六弟死了呢？」桃幹仙道：「我便把神像打得稀巴爛，再在爛泥上撒泡尿。」桃花仙道：「就算你把楊七郎的神像打得稀巴爛，又撒上一泡尿，就算再拉上一堆屎，卻又怎地？六弟死都死了，你磕了頭，總之是吃了虧啦！」桃枝仙道：「言之有理，這頭且不忙磕，咱們去問個清楚，到底六弟的傷治得好呢，還是治不好。治得好再來磕頭，治不好便來拉尿。」桃根仙道：「倘若治得好，不磕頭也治得好，這頭便不用磕了。倘若治不好，不拉尿也治不好，這尿便不用拉了。」桃葉仙道：「六弟治不好，咱們大家便不拉尿？不拉尿，豈不是要脹死？」桃幹仙突然放聲大哭，道：「六弟要是活不成，大夥兒不拉尿便不拉尿，脹死便脹死。」其餘四人也都大哭起來。

桃枝仙突然哈哈大笑，道：「六弟倘若不死，咱們白哭一場，豈不吃虧？去去去，問個明白，再哭不遲。」桃花仙道：「這句話大有語病。六弟倘若不死，『再哭不遲』這四字，便用不著了。」五人一面爭辯，快步出廟。

岳不羣道：「那人到底死活如何，事關重大，我去探個虛實。師妹，你和珊兒他們在這裏等我回來。」岳夫人道：「你孤身犯險，沒有救應，我和你同去。」說著搶先出廟。岳不羣過去每逢大事，總是夫妻聯手，此刻聽妻子這麼說，知道拗不過她，也不多言。

兩人出廟後，遙遙望見桃谷五怪從一條小路轉入一個山坳。兩人不敢太過逼近，只遠遠跟著，好在五人爭辯之聲甚響，雖然相隔甚遠，卻聽得五人的所在。沿著那條山道，經過十幾株大柳樹，只見一條小溪之畔有幾間瓦屋，五怪的爭辯聲直響入瓦屋之中。

岳不羣輕聲道：「從屋後繞過去。」夫婦倆展開輕功，遠遠向右首奔出，又從里許之外兜了轉來。瓦屋後又是一排柳樹，兩人隱身柳樹之後。

猛聽得桃谷五怪齊聲怒叫：「你殺了六弟啦！」「怎……怎麼剖開了他胸膛？」「要你這狗賊抵命。」「把你胸膛也剖了開來。」「啊喲，六弟，你死得這麼慘，我……我們永遠不拉尿，跟著你一起脹死。」

岳不羣夫婦大驚：「怎麼有人剖了他們六弟的胸膛？」兩人打個手勢，彎腰走到窗下，從窗縫向屋內望去。

只見屋內明晃晃的點了七八盞燈，屋子中間放著一張大床。床上仰臥著一個全身赤裸的男子，胸口已被人剖開，鮮血直流，雙目緊閉，似已死去多時，瞧他面容，正是那日在華山頂上身中岳夫人一劍的桃實仙。桃谷五怪圍在床邊，指著一個矮胖子大叫大嚷。

這矮胖子腦袋極大，生一撇鼠鬚，搖頭晃腦，形相十分滑稽。他雙手都是鮮血，右手持著一柄雪亮的短刀，刀上也染滿了鮮血。他雙目直瞪桃谷五怪，過了一會，才沉聲道：「放屁放完了沒有？」桃谷五怪齊聲道：「放完了，你有甚麼屁放？」那矮胖子道：「這個活死人胸口中劍，你們給他敷了金創藥，千里迢迢的抬來求我救命。你們路上走得太慢，創口結疤，經脈都對錯了。要救他性命是可以的，不過經脈錯亂，救活後武功全失，而且下半身癱瘓，無法行動。這樣的廢人，醫好了又有甚麼用處？」桃根仙道：「雖是廢人，總比死人好些。」那矮胖子怒道：「我要就不醫，要就全部醫好。醫成一個廢人，老子顏面何在？不醫了，不醫了！你們把這死屍抬去吧，老子決心不醫了。氣死我也，氣死我也！」

桃根仙道：「你說『氣死我也』，怎麼又不氣死？」那矮胖子雙目直瞪著他，冷冷的道：「我早就給你氣死了。你怎知我沒死？」桃幹仙道：「你既沒醫好我六弟的本事，幹麼又剖開了他胸膛？」那矮胖子冷冷的道：「我的外號叫作甚麼？」桃幹仙道：「你的狗屁外號有道是『殺人名醫』！」

岳不羣夫婦心中一凜，對望了一眼，均想：「原來這個形相古怪的矮胖子，居然便是大名鼎鼎的『殺人名醫』。不錯，普天下醫道之精，江湖上都說以這平一指為第一，那怪人身受重傷，他們來求他醫治，原在情理之中。」

只聽平一指冷冷的道：「我既號稱『殺人名醫』，殺個把人，又有甚麼希奇？」桃花仙道：「殺人有甚麼難？我難道不會？你只會殺人，不會醫人，枉稱了這『名醫』二字。」平一指道：「誰說我不會醫人？我將這活死人的胸膛剖開，經脈重行接過，醫好之後，內外武功和未受傷時一模一樣，這才是殺人名醫的手段。」

桃谷五怪大喜，齊聲道：「原來你能救活我們六弟，那可錯怪你了。」桃根仙道：「你怎……怎麼還不動手醫治？六弟的胸膛給你剖開了，一直流血不止，再不趕緊醫治，便來不及了。」平一指道：「殺人名醫是你還是我？」桃根仙道：「自然是你，那還用問？」平一指道：「既然是我，你怎知來得及來不及？再說，我剖開他胸膛後，本來早就在醫治，你們五個討厭鬼來囉唆不休，我怎麼醫法？我叫你們去楊將軍廟玩上半天，再到牛將軍廟、張將軍廟去玩玩，為甚麼這麼快便回來了？」桃幹仙道：「快動手治傷罷，是你自己在囉唆，還說我們囉唆呢。」

平一指又瞪目向他凝視，突然大喝一聲：「拿針線來！」

他這麼突如其來的一聲大喝，桃谷五仙和岳不羣夫婦都吃了一驚，只見一個高高瘦瘦的婦人走進房來，端著一隻木盤，一言不發的放在桌上。這婦人四十來歲年紀，方面大耳，眼睛深陷，臉上全無血色。

平一指道：「你們求我救活這人，我的規矩，早跟你們說過了，是不是？」桃根仙道：「是啊。我們也早答應了，誓也發過了。不論要殺甚麼人，你吩咐下來好了，我們六兄弟無不遵命。」平一指道：「那就是了，現下我還沒想到要殺那一個人，等得想到了，再跟你們說。你們通統給我站在一旁，不許出一句聲，只要發出半點聲息，我立即停手，這人是死是活，我可再也不管了。」

桃谷六兄弟自幼同房而睡，同桌而食，從沒片刻停嘴，在睡夢中也常自爭辯不休。這時你看看我，我看看你，個個都是滿腹言語，須得一吐方快，但想到只須說一個字，便送了六弟性命，唯有竭力忍住，連大氣也不敢透一口，又唯恐一不小心，放一個屁。

平一指從盤裏取過一口大針，穿上了透明的粗線，將桃實仙胸口的剖開處縫了起來。他十根手指又粗又短，便似十根胡蘿蔔一般，豈知動作竟靈巧之極，運針如飛，片刻間將一條九寸來長的傷口縫上了，隨即反手從許多磁瓶中取出藥粉、藥水，紛紛敷上傷口，又撬開桃實仙的牙根，灌下幾種藥水，然後用濕布抹去他身上鮮血。那高瘦婦人一直在旁相助，遞針遞藥，動作也極熟練。

平一指向桃谷五仙瞧了瞧，見五人唇動舌搖，個個急欲說話，便道：「此人還沒活，等他活了過來，你們再說話罷。」五人張口結舌，神情尷尬之極。平一指「哼」了一聲，坐在一旁。那婦人將針線刀圭等物移了出去。

岳不羣夫婦躲在窗外，屏息凝氣，此刻屋內鴉雀無聲，窗外只須稍有動靜，屋內諸人立時便會察覺。

過了良久，平一指站起身來，走到桃實仙身旁，突然伸掌在桃實仙頭頂「百會穴」上重重一擊。六個人「啊」的一聲，同時驚呼出來。這六個人中五個是桃谷五仙，另一個竟是躺臥在床、一直昏迷不醒的桃實仙。

桃實仙一聲呼叫，便即坐起，罵道：「你奶奶的，你為甚麼打我頭頂？」平一指罵道：「你奶奶的，老子不用真氣通你百會穴，你能好得這麼快麼？」桃實仙道：「你奶奶的，老子好得快好得慢，跟你又有甚麼相干？」平一指道：「你奶奶的，你好得慢了，豈非顯得我『殺人名醫』的手段不夠高明？你老是躺在我屋裏，豈不討厭？」桃實仙道：「你奶奶的，你討厭我，老子走好了，希罕麼？」一骨碌站起身來，邁步便行。

桃谷五仙見他說走就走，好得如此迅速，都是又驚又喜，跟隨其後，出門而去。

岳不羣夫婦心下駭然，均想：「平一指醫術果然驚人，而他內力也非同小可，適才在桃實仙頭頂百會穴上這一拍，定是以渾厚內力注入其體，這才能令他立時甦醒。」二人微一猶豫，只見桃谷六仙已去得遠了，平一指站起身來，走向另一間屋中。

岳不羣向妻子打個手勢，兩人立即輕手輕腳的走開，直到離那屋子數十丈處，這才快步疾行。岳夫人道：「那殺人名醫內功好生了得，瞧他行事，又委實邪門。」岳不羣道：「桃谷六怪既在這裏，這開封府就勢必是非甚多，咱們及早離去罷，不用跟他們歪纏了。」岳夫人哼的一聲，畢生之中，近幾個月來所受委屈特多，丈夫以五嶽劍派一派掌門之尊，居然不得不東躲西避，天下雖大，竟似無容身之所。他夫婦間無話不談，話題一涉及此事，卻都避了開去，以免同感尷尬。此刻想到桃實仙終得不死，心頭都如放下了一塊大石。

兩人回到楊將軍廟，只見岳靈珊、林平之和勞德諾等諸弟子均在後殿相候。岳不羣道：「回船去罷！」眾人均已得知桃谷五怪便在當地，誰也沒有多問，便即匆匆回舟。

正要吩咐船家開船，忽聽得桃谷五仙齊聲大叫：「令狐冲，令狐冲，你在那裏？」岳不羣夫婦及華山羣弟子臉色一齊大變，只見六個人匆匆奔到碼頭邊，桃谷五仙之外，另一個便是平一指。

桃谷五仙認得岳不羣夫婦，遠遠望見，便即大聲歡呼，五人縱身躍起，齊向船上跳來。岳夫人立即拔出長劍，運勁向桃根仙胸口刺去。岳不羣也已長劍出手，噹的一聲，將妻子的劍刃壓了下去，低聲道：「不可魯莽！」只覺船頭微微一沉，桃谷五仙已站在船頭。

桃根仙大聲道：「令狐冲，你躲在那裏？怎地不出來？」

令狐冲大怒，叫道：「我怕你們麼？為甚麼要躲？」

便在這時，船身微晃，船頭又多了一人，正是殺人名醫平一指。岳不羣暗自吃驚：「我和師妹剛回舟中，這矮子跟著也來了，莫非發現了我二人在窗外偷窺的蹤跡？桃谷五怪已極難對付，再加上這個厲害人物，岳不羣夫婦的性命，今日只怕要送在開封了。」

只聽平一指道：「那一位是令狐兄弟？」言辭居然甚為客氣。令狐冲慢慢走到船頭，道：「在下令狐冲，不知閣下尊姓大名，有何見教。」

平一指向他上下打量，說道：「有人託我來治你之傷。」伸手抓住他手腕，一根食指搭上他脈搏，突然雙眉一軒，「咦」的一聲，過了一會，眉頭慢慢皺了攏來，又是「啊」的一聲，仰頭向天，左手不住搔頭，喃喃的道：「奇怪，奇怪！」隔了良久，伸手去搭令狐冲另一隻手的脈搏，突然打了個噴嚏，說道：「古怪得緊，老夫生平從所未遇。」

桃根仙忍不住道：「那有甚麼奇怪？他心經受傷，我早已用內力真氣替他治過了。」桃幹仙道：「你還在說他心經受傷，明明是肺經不妥，若不是我用真氣通他肺經諸穴，這小子又怎活得到今日？」桃枝仙、桃葉仙、桃花仙三人也紛紛大發謬論，各執一辭，自居大功。

平一指突然大喝：「放屁，放屁！」桃根仙怒道：「是你放屁，還是我五兄弟放屁？」平一指道：「自然是你們六兄弟放屁！令狐兄弟體內，有兩道較強真氣，似乎是不戒和尚所注，另有六道較弱真氣，多半是你們六個大傻瓜的了。」

岳不羣夫婦對望了一眼，均想：「這平一指果然了不起，他一搭脈搏，察覺冲兒體內有八道不同真氣，那倒不奇，奇在他居然說得出來歷，知道其中兩道來自不戒和尚。」

桃幹仙怒道：「為甚麼我們六人較弱，不戒賊禿的較強？明明是我們的強，他的弱！」

平一指冷笑道：「好不要臉！他一個人的兩道真氣，壓住了你們六個人的，難道還是你們較強？不戒和尚這老混蛋，武功雖強，卻毫無見識，他媽的，老混蛋！」

桃花仙伸出一根手指，假意也去搭令狐冲右手的脈搏，道：「以我搭脈所知，乃是桃谷六仙的真氣，將不戒和尚的真氣壓得無法動……」突然間大叫一聲，那根手指猶如被人咬了一口，急縮不迭，叫道：「哎唷，他媽的！」

平一指哈哈大笑，十分得意。眾人均知他是以上乘內功借著令狐冲的身子傳力，狠狠的將桃花仙震了一下。

平一指笑了一會，臉色一沉，道：「你們都給我在船艙裏等著，誰都不許出聲！」

桃葉仙道：「我是我，你是你，我們為甚麼要聽你的話？」平一指道：「你們立過誓，要給我殺一個人，是不是？」桃枝仙道：「是啊，我們只答應替你殺一個人，卻沒答應聽你的話。」平一指道：「聽不聽話，原在你們。但如我叫你們去殺了桃谷六仙中的桃實仙，你們意下如何？」桃谷五仙齊聲大叫：「豈有此理！你剛救活了他，怎麼又叫我們去殺他？」

平一指道：「你們五人，向我立過甚麼誓？」桃根仙道：「我們答應了你，倘若你救活了我們的兄弟桃實仙，你吩咐我們去殺一個人，不論要殺的是誰，都須照辦，不得推托。」平一指道：「不錯。我救活了你們的兄弟沒有？」桃花仙道：「救活了！」平一指道：「桃實仙是不是人？」桃葉仙道：「他當然是人，難道還是鬼？」平一指道：「好了，我叫你們去殺一個人，這個人便是桃實仙！」

桃谷五仙你瞧瞧我，我瞧瞧你，均覺此事太也匪夷所思，卻又難以辯駁。

平一指道：「你們倘若真的不願去殺桃實仙，那也可以通融。你們到底聽不聽我的話？我叫你們到船艙裏去乖乖的坐著，誰都不許亂說亂動。」桃谷五仙連聲答應，一晃眼間，五人均已雙手按膝，端莊而坐，要有多規矩便有多規矩。

令狐冲道：「平前輩，聽說你給人治病救命，有個規矩，救活之後，要那人去代你殺一人。」平一指道：「不錯，確是有這規矩。」令狐冲道：「晚輩不願替你殺人，因此你也不用給我治病。」

平一指聽了這話，「哈」的一聲，又自頭至腳的向令狐冲打量了一番，似乎在察看一件希奇古怪的物事一般，隔了半晌，才道：「第一，你的病很重，我治不好。第二，就算治好了，自有人答應給我殺人，不用你親自出手。」

令狐冲自從岳靈珊移情別戀之後，雖然已覺了無生趣，但忽然聽得這位號稱有再生之能的名醫斷定自己的病已無法治愈，心中卻也不禁感到一陣淒涼。

岳不羣夫婦又對望一眼，均想：「甚麼人這麼大的面子，居然請得動『殺人名醫』到病人的住處來出診？這人跟冲兒又有甚麼交情？」

平一指道：「令狐兄弟，你體內有八道異種真氣，驅不出、化不掉、降不服、壓不住，是以為難。我受人之託，給你治病，不是我不肯盡力，實在你的病因與真氣有關，非針灸藥石所能奏效，在下行醫以來，從未遇到過這等病象，無能為力，十分慚愧。」說著從懷中取出一個瓷瓶，倒出十粒朱紅色的丸藥，說道：「這十粒『鎮心理氣丸』，多含名貴藥材，製煉不易，你每十天服食一粒，可延百日之命。」

令狐冲雙手接過，說道：「多謝。」平一指轉過身來，正欲上岸，忽然又回頭道：「瓶裏還有兩粒，索性都給了你罷。」令狐冲不接，說道：「前輩如此珍視，這藥丸自有奇效，不如留著救人。晚輩多活十日八日，於人於己，都沒甚麼好處。」

平一指側頭又瞧了令狐冲一會，說道：「生死置之度外，確是大丈夫本色。怪不得，怪不得！唉，可惜，可惜！慚愧，慚愧！」一顆大頭搖了幾搖，一躍上岸，快步而去。

他說來便來，說去便去，竟將華山派掌門人岳不羣視若無物。

岳不羣好生有氣，只是船艙中還坐著五個要命的瘟神，如何打發，可煞費周章。只見五仙坐著一動也不動，眼觀鼻，鼻觀心，便似老僧入定一般。若命船家開船，勢必將五個瘟神一齊帶走，若不開船，不知他五人坐到甚麼時候，又不知是否會暴起傷人，以報岳夫人刺傷桃實仙的一劍之仇？

勞德諾、岳靈珊等都親眼見過他們撕裂成不憂的兇狀，此刻思之猶有餘悸，各人面面相覷，誰都不敢向五人瞧去。

令狐冲回身走進船艙，說道：「喂，你們在這裏幹甚麼？」桃根仙道：「乖乖的坐著，甚麼也不幹。」令狐冲道：「我們要開船了，你們請上岸罷。」桃幹仙道：「平一指叫我們在船艙中乖乖的坐著，不許亂說亂動，否則便要我們去殺了我們兄弟。因此我們便乖乖的坐著，不敢亂說亂動。」令狐冲忍不住好笑，說道：「平大夫早就上岸去了，你們可以亂說亂動了！」桃花仙搖頭道：「不行，不行！萬一他瞧見我們亂說亂動，那可大事不妙。」

忽聽得岸上有個嘶嗄的聲音叫道：「五個人不像人、鬼不像鬼的東西在那裏？」

桃根仙道：「他是在叫我們。」桃幹仙道：「為甚麼是叫我們？我們怎會是人不像人、鬼不像鬼？」那人又叫道：「這裏又有一個人不像人、鬼不像鬼的東西，平大夫剛給他治好了傷，你們要不要？如果不要，我就丟下黃河裏去餵大王八了。」

桃谷五仙一聽，呼的一聲，五個人並排從船艙中縱了出去，站在岸邊。只見那個相助平一指縫傷的中年婦人筆挺站著，左手平伸，提著一個擔架，桃實仙便躺在架上。這婦人滿臉病容，力氣卻也真大，一隻手提了個百來斤的桃實仙再加上木製擔架，竟全沒當一回事。

桃根仙忙道：「當然要的，為甚麼不要？」桃幹仙道：「你為甚麼要說我們人不像人、鬼不像鬼？」

桃實仙躺在擔架之上，說道：「瞧你相貌，比我們更加人不像人、鬼不像鬼。」原來桃實仙經平一指縫好了傷口，服下靈丹妙藥，又給他在頂門一拍，輸入真氣，立時起身行走，但畢竟失血太多，行不多時，便又暈倒，給那中年婦人提了轉去。他受傷雖重，嘴頭上仍是決不讓人，忍不住要和那婦人頂撞幾句。

那婦人冷冷的道：「你們可知平大夫生平最怕的是甚麼？」桃谷六仙齊道：「不知道，他怕甚麼？」那婦人道：「他最怕老婆！」桃谷六仙哈哈大笑，齊聲道：「他這麼一個天不怕、地不怕的人，居然怕老婆，哈哈，可笑啊可笑！」那婦人冷冷的道：「有甚麼好笑？我就是他老婆！」桃谷六仙立時不作一聲。那婦人道：「我有甚麼吩咐，他不敢不聽。我要殺甚麼人，他便會叫你們去殺。」桃谷六仙齊道：「是，是！不知平夫人要殺甚麼人？」

那婦人的眼光向船艙中射去，從岳不羣看到岳夫人，又從岳夫人看到岳靈珊，逐一瞧向華山派羣弟子，每個人都給她看得心中發毛，各人都知道，只要這個形容醜陋、全無血色的婦人向誰一指，桃谷五仙立時便會將這人撕了，縱是岳不羣這樣的高手，只怕也難逃毒手。

那婦人的眼光慢慢收了回來，又轉向桃谷六仙臉上瞧去，六兄弟也是心中怦怦亂跳。那婦人「哈」的一聲，桃谷六仙齊道：「是，是！」那婦人又「哼」的一聲，桃谷六仙又一齊應道：「是，是！」

那婦人道：「此刻我還沒想到要殺之人。不過平大夫說道，這船中有一位令狐冲令狐公子，是他十分敬重的。你們須得好好服侍他，直到他死為止。他說甚麼，你們便聽甚麼，不得有違。」桃谷六仙皺眉道：「服侍到他死為止？」平夫人道：「不錯，服侍他到死為止。不過他已不過百日之命，在這一百天中，你們須得事事聽他吩咐。」

桃谷六仙聽說令狐冲已不過再活一百日，登時都高興起來，都道：「服侍他一百天，倒也不是難事。」

令狐冲道：「平前輩一番美意，晚輩感激不盡。只是晚輩不敢勞動桃谷六仙照顧，便請他們上岸，晚輩這可要告辭了。」

平夫人臉上冷冰冰的沒半點喜怒之色，說道：「平大夫言道，令狐公子的內傷，是這六個混蛋害的，不但送了令狐公子一條性命，而且使得平大夫無法醫治，大失面子，不能向囑託他的人交代，非重重責罰這六個混蛋不可。平大夫本來要他們依據誓言，殺死自己一個兄弟，現下從寬處罰，要他們服侍令狐公子。」她頓了一頓，又道：「這六個混蛋倘若不聽令狐公子的話，平大夫知道了，立即取他六人中一人的性命。」

桃花仙道：「令狐兄的傷既是由我們而起，我們服侍他一下，何足道哉，這叫做大丈夫恩怨分明。」桃枝仙道：「男兒漢為朋友雙脅插刀，尚且不辭，何況照料一下他的傷勢？」桃實仙道：「我的傷勢本來需人照料，我照料他，他照料我，有來有往，大家便宜。」桃幹仙道：「何況只服侍一百日，時日甚是有限。」桃根仙一拍大腿，說道：「古人聽得朋友有難，千里赴義，我六兄弟路見不平，拔刀相助……」平夫人白了白眼，逕自去了。

桃枝仙和桃幹仙抬了擔架，躍入船中。桃根仙等跟著躍入，叫道：「開船，開船！」

令狐冲見其勢無論如何不能拒卻他六人同行，便道：「六位桃兄，你們要隨我同行，那也未始不可，但對我師父師母，必須恭敬有禮，這是我第一句吩咐。你們倘若不聽，我便不要你們服侍了。」桃葉仙道：「桃谷六仙本來便是彬彬君子，天下知名，別說是你的師父師母，就算是你的徒子徒孫，我們也一般的禮敬有加。」

令狐冲聽他居然自稱是「彬彬君子」，忍不住好笑，向岳不羣道：「師父，這六位桃兄想乘咱們坐船東行，師父意下如何？」

岳不羣心想，這六人目前已不致向華山派為難，雖然同處一舟，不免是心腹之患，但瞧情形也無法將他們趕走，好在這六人武功雖強，為人卻是瘋瘋顛顛，若以智取，未始不能對付，便點頭道：「好，他們要乘船，那也不妨，只是我生性愛靜，不喜聽他們爭辯不休。」

桃幹仙道：「岳先生此言錯矣，人生在世，幹甚麼有一張嘴巴？這張嘴除了吃飯之外，是還須說話的。又幹甚麼有兩隻耳朵，那自是聽人說話之用。你如生性愛靜，便辜負了老天爺造你一張嘴巴、兩隻耳朵的美意。」

岳不羣知道只須和他一接上口，他五兄弟的五張嘴巴一齊加入，不知要嘈到甚麼地步，打架固然打他們不過，辯論也辯他們不贏，當即微微一笑，說道：「船家，開船！」

桃葉仙道：「岳先生，你要船家開船，便須張口出聲，倘若當真生性愛靜，該當打手勢叫他開船才是。」桃幹仙道：「船家在後梢，岳先生在中艙，他打手勢，船家看不見，那也枉然。」桃根仙道：「他難道不能到後梢去打手勢麼？」桃花仙道：「倘若船家不懂他的手勢，將『開船』誤作『翻船』，豈不糟糕？」

桃谷六仙爭辯聲中，船家已拔錨開船。

岳不羣夫婦不約而同的向令狐冲望了一眼，向桃谷六仙瞧了一眼，又互相你瞧我，我瞧你，心中所想的是同一件事：「平一指說受人之託來給冲兒治病，從他話中聽來，那個託他之人在武林中地位甚高，以致他雖將華山派掌門人沒瞧在眼裏，對華山派的一個弟子卻偏偏十分客氣。到底是誰託了他給冲兒治病？他罵不戒和尚為『他媽的老混蛋』，自然不會是受了不戒和尚之託。」若在往日，他夫婦早就將令狐冲叫了過來，細問端詳，但此刻師徒間不知不覺已生出許多隔閡，二人均知還不是向令狐冲探問的時候。

岳夫人想到江湖上第一名醫平一指也治不了令狐冲的傷，說他已只有百日之命，心下難過，禁不住掉下淚來。

順風順水，舟行甚速，這晚停泊處離蘭封已不甚遠。船家做了飯菜，各人正要就食，忽聽得岸上有人朗聲說道：「借問一聲，華山派諸位英雄，是乘這艘船的麼？」

岳不羣還未答話，桃枝仙已搶著說道：「桃谷六仙和華山派的諸位英雄好漢都在船上，有甚麼事？」

那人歡然道：「這就好了，我們在這裏已等了一日一夜。快，快，拿過來。」

十多名大漢分成兩行，從岸旁的一個茅棚中走出，每人手中都捧著一隻朱漆匣子。一個空手的藍衫漢子走到船前，躬身說道：「敝上得悉令狐少俠身子欠安，甚是掛念，本當親來探候，只是實在來不及趕回，飛鴿傳書，特命小人奉上一些菲禮，請令狐少俠賞收。」一眾大漢走上船頭，將十餘隻匣子放在船上。

令狐冲奇道：「貴上不知是那一位？如此厚賜，令狐冲愧不敢當。」那漢子道：「令狐少俠福澤深厚，定可早日康復，還請多多保重。」說著躬身行禮，率領一眾大漢逕自去了。

令狐冲道：「也不知是誰給我送禮，可真希奇古怪。」

桃谷五仙早就忍耐不住，齊聲道：「先打開瞧瞧。」五人七手八腳，將一隻隻朱漆匣子的匣蓋揭開，只見有的匣中裝滿了精緻點心，有的是薰鷄火腿之類的下酒物，更有人參、鹿茸、燕窩、銀耳一類珍貴滋補的藥材。最後兩盒卻裝滿了小小的金錠銀錠，顯是以備令狐冲路上花用，說是「菲禮」，為數可著實不菲。

桃谷五仙見到糖果蜜餞，水果點心，便抓起來塞入口中，大叫：「好吃，好吃！」

令狐冲翻遍了十幾隻匣子，既無信件名刺，亦無花紋表記，到底送禮之人是誰，實無半分線索可尋，向岳不羣道：「師父，這件事弟子可真摸不著半點頭腦。這送禮之人既不像是有惡意，也不似是開玩笑。」說著捧了點心，先敬師父師娘，再分給眾師弟師妹。

岳不羣見桃谷六仙吃了食物，一無異狀，瞧模樣這些食物也不似下了毒藥，問令狐冲道：「你有江湖上的朋友是住在這一帶的麼？」令狐冲沉吟半晌，搖頭道：「沒有。」

只聽得馬蹄聲響，八乘馬沿河馳來，有人叫道：「華山派令狐少俠是在這裏麼？」

桃谷六仙歡然大叫：「在這裏，在這裏！有甚麼好東西送來？」

那人叫道：「敝幫幫主得知令狐少俠來到蘭封，又聽說令狐少俠喜歡喝上幾杯，命小人物色到十六罎陳年美酒，專程趕來，請令狐少俠船中飲用。」八乘馬奔到近處，果見每一匹馬的鞍上都掛著兩罎酒。酒罎上有的寫著「極品貢酒」，有的寫著「三鍋良汾」，更有的寫著「紹興狀元紅」，十六罎酒竟似各不相同。

令狐沖見了這許多美酒，那比送甚麼給他都喜歡，忙走上船頭，拱手說道：「恕在下眼拙，不知貴幫是那一幫？兄台尊姓大名？」

那漢子笑道：「敝幫幫主再三囑咐，不得向令狐少俠提及敝幫之名。他老人家言道，這一點小小禮物，實在太過菲薄，再提出敝幫的名字來，實在不好意思。」他左手一揮，馬上乘客便將一罎罎美酒搬了下來，放上船頭。

岳不羣在船艙中凝神看這八名漢子，只見個個身手矯捷，一手提一隻酒罎，輕輕一躍，便上了船頭，這八人都沒甚麼了不起的武功，但顯然八人並非同一門派，看來同是一幫的幫眾，倒是不假。八人將十六罎酒送上船頭後，躬身向令狐沖行禮，便即上馬而去。

令狐沖笑道：「師父，這件事可真奇怪了，不知是誰跟弟子開這個玩笑，送了這許多罎酒來。」岳不羣沉吟道：「莫非是田伯光？又莫非是不戒和尚？」令狐沖道：「不錯，這兩人行事古裏古怪，或許是他們也未可知。喂！桃谷六仙，有大批好酒在此，你們喝不喝？」

桃谷六仙笑道：「喝啊！喝啊！豈有不喝之理？」桃根仙、桃幹仙二人捧起兩罎酒來，拍去泥封，倒在碗中，果然香氣撲鼻。六人也不和令狐沖客氣，便即骨嘟嘟的喝酒。

令狐沖也去倒了一碗，捧到岳不羣面前，道：「師父，你請嘗嘗，這酒著實不錯。」岳不羣微微皺眉，「嗯」的一聲。勞德諾道：「師父，防人之心不可無。這酒不知是誰送來，焉知酒中沒有古怪。」岳不羣點點頭，道：「冲兒，還是小心些兒的好。」

令狐冲一聞到醇美的酒香，那裏還忍耐得住，笑道：「弟子已命不久長，這酒中有毒無毒，也沒多大分別。」雙手捧碗，幾口喝了個乾淨，讚道：「好酒，好酒！」

只聽得岸上也有人大聲讚道：「好酒，好酒！」令狐冲舉目往聲音來處望去，只見柳樹下有個衣衫襤褸的落魄書生，右手搖著一柄破扇，仰頭用力嗅著從船上飄去的酒香，說道：「果然是好酒！」

令狐冲笑道：「這位兄台，你並沒品嘗，怎知此酒美惡？」那書生道：「你一聞酒氣，便該知道這是藏了六十二年的三鍋頭汾酒，豈有不好之理？」

令狐冲自得綠竹翁悉心指點，於酒道上的學問已著實不凡，早知這是六十年左右的三鍋頭汾酒，但要辨出不多不少恰好是六十二年，卻所難能，料想這書生多半是誇張其辭，笑道：「兄台若是不嫌，便請過來喝幾杯如何？」

那書生搖頭晃腦的道：「你我素不相識，萍水相逢，一聞酒香，已是干擾，如何再敢叨兄美酒，那是萬萬不可，萬萬不可。」令狐冲笑道：「四海之內，皆兄弟也。聞兄之言，知是酒國前輩，在下正要請教，便請下舟，不必客氣。」

那書生慢慢踱將過來，深深一揖，說道：「晚生姓祖，祖宗之祖。當年祖逖聞鷄起舞，那便是晚生的遠祖了。晚生雙名千秋，千秋者，百歲千秋之意。不敢請教兄台尊姓大名。」

令狐冲道：「在下複姓令狐，單名一個冲字。」那祖千秋道：「姓得好，姓得好，這名字也好！」一面說，一面從跳板走上船頭。

令狐冲微微一笑，心想：「我請你喝酒，便甚麼都好了。」當即斟了一碗酒，遞給祖千秋，道：「請喝酒！」只見他五十來歲年紀，焦黃面皮，一個酒糟鼻，雙眼無神，疏疏落落的幾根鬍子，衣襟上一片油光，兩隻手伸了出來，十根手指甲中都是黑黑的汚泥。他身材瘦削，卻挺著個大肚子。

祖千秋見令狐冲遞過酒碗，卻不便接，說道：「令狐兄雖有好酒，卻無好器皿，可惜啊可惜。」令狐冲道：「旅途之中，只有些粗碗粗盞，祖先生將就著喝些。」祖千秋搖頭道：「萬萬不可，萬萬不可。你對酒具如此馬虎，於飲酒之道，顯是未明其中三昧。飲酒須得講究酒具，喝甚麼酒，便用甚麼酒杯。喝汾酒當用玉杯，唐人有詩云：『玉碗盛來琥珀光。』可見玉碗玉杯，能增酒色。」令狐冲道：「正是。」

祖千秋指著一罈酒，說道：「這一罈關外白酒，酒味是極好的，只可惜少了一股芳洌之氣，最好是用犀角杯盛之而飲，那就醇美無比，須知玉杯增酒之色，犀角杯增酒之香，古人誠不我欺。」

令狐冲在洛陽聽綠竹翁談論講解，於天下美酒的來歷、氣味、釀酒之道、窖藏之法，已十知八九，但對酒具一道卻一竅不通，此刻聽得祖千秋侃侃而談，大有茅塞頓開之感。

只聽他又道：「至於飲葡萄酒嘛，當然要用夜光杯了。古人詩云：『葡萄美酒夜光杯，欲飲琵琶馬上催。』要知葡萄美酒作艷紅之色，我輩鬚眉男兒飲之，未免豪氣不足。葡萄美酒盛入夜光杯之後，酒色便與鮮血一般無異，飲酒有如飲血。岳武穆詞云：『壯志飢餐胡虜肉，笑談渴飲匈奴血』，豈不壯哉！」

令狐冲連連點頭，他讀書甚少，聽得祖千秋引證詩詞，於文義不甚了了，只是「笑談渴飲匈奴血」一句，確是豪氣干雲，令人胸懷大暢。

祖千秋指著一罈酒道：「至於這高粱美酒，乃是最古之酒。夏禹時儀狄作酒，禹飲而甘之，那便是高粱酒了。令狐兄，世人眼光短淺，只道大禹治水，造福後世，殊不知治水甚麼的，那也罷了，大禹真正的大功，你可知道麼？」

令狐冲和桃谷六仙齊聲道：「造酒！」祖千秋道：「正是！」八人一齊大笑。

祖千秋又道：「飲這高粱酒，須用青銅酒爵，始有古意。至於那米酒呢，上佳米酒，其味雖美，失之於甘，略稍淡薄，當用大斗飲之，方顯氣概。」

令狐冲道：「在下草莽之人，不明白這酒漿和酒具之間，竟有這許多講究。」

祖千秋拍著一隻寫著「百草美酒」字樣的酒罈，說道：「這百草美酒，乃採集百草，浸入美酒，故酒氣清香，如行春郊，令人未飲先醉。飲這百草酒須用古藤杯。百年古藤彫而成杯，以飲百草酒則大增芳香之氣。」令狐冲道：「百年古藤，倒是很難得的。」祖千秋正色道：「令狐兄言之差矣，百年美酒比之百年古藤，可更為難得。你想，百年古藤，儘可求之於深山野嶺，但百年美酒，人人想飲，一飲之後，便沒有了。一隻古藤杯，就算飲上千次萬次，還是好端端的一隻古藤杯。」令狐冲道：「正是。在下無知，承先生指教。」

岳不羣一直在留神聽那祖千秋說話，聽他言辭誇張，卻又非無理，眼見桃枝仙、桃幹仙等捧起了那罈百草美酒，倒得滿桌淋漓，全沒當是十分珍貴的美酒。岳不羣雖不嗜飲，卻聞到酒香撲鼻，甚是醇美，情知那確是上佳好酒，桃谷六仙如此蹧蹋，未免可惜。

祖千秋又道：「飲這紹興狀元紅須用古瓷杯，最好是北宋瓷杯，南宋瓷杯勉強可用，但已有衰敗氣象，至於元瓷，則不免粗俗了。飲這罈梨花酒呢？那該當用翡翠杯。白樂天杭州春望詩云：『紅袖織綾誇柿蒂，青旗沽酒趁梨花。』你想，杭州酒家賣這梨花酒，掛的是滴翠也似的青旗，映得那梨花酒分外精神，飲這梨花酒，自然也當是翡翠杯了。飲這玉露酒，當用琉璃杯。玉露酒中有如珠細泡，盛在透明的琉璃杯中而飲，方可見其佳處。」

忽聽得一個女子聲音說道：「嘟嘟嘟，吹法螺！」說話之人正是岳靈珊，她伸著右手食指，刮自己右頰。岳不羣道：「珊兒不可無禮，這位祖先生說的，大有道理。」岳靈珊道：「甚麼大有道理？喝幾杯酒助助興，那也罷了，成日成晚的喝酒，又有這許多講究，豈是英雄好漢之所為？」

祖千秋搖頭晃腦的道：「這位姑娘，言之差矣。漢高祖劉邦，是不是英雄？當年他若不是大醉之後劍斬白蛇，如何能成漢家數百年基業？樊噲是不是好漢？那日鴻門宴上，樊將軍盾上割肉，大斗喝酒，豈非壯士哉？」

令狐冲笑道：「先生既知此是美酒，又說英雄好漢，非酒不歡，卻何以不飲？」

祖千秋道：「我早已說過，若無佳器，徒然蹧蹋了美酒。」

桃幹仙道：「你胡吹大氣，說甚麼翡翠杯、夜光杯，世上那有這種酒杯？就算真的有，也不過一兩隻，又有誰能一起齊備了的？」祖千秋道：「講究品酒的雅士，當然具備。似你們這等牛飲驢飲，自然甚麼粗杯粗碗都能用了。」桃葉仙道：「你是不是雅士？」祖千秋道：「說多不多，說少不少，三分風雅是有的。」桃葉仙哈哈大笑，問道：「那麼喝這八種美酒的酒杯，你身上帶了幾隻？」祖千秋道：「說多不多，說少不少，每樣一隻是有的。」

桃谷六仙齊聲叫嚷：「牛皮大王，牛皮大王！」

桃根仙道：「我跟你打個賭，你如身上有這八隻酒杯，我一隻一隻都吃下肚去。你要是沒有，那又如何？」祖千秋道：「我就罰我將這些酒杯酒碗，也一隻隻都吃下肚去！」

桃谷六仙齊道：「妙極，妙極！且看他怎生……」

一句話沒說完，只見祖千秋伸手入懷，掏了一隻酒杯出來，光潤柔和，竟是一隻羊脂白玉杯。桃谷六仙吃了一驚，便不敢再說下去，只見他一隻又一隻，不斷從懷中取出酒杯，果然是翡翠杯、犀角杯、古藤杯、青銅爵、夜光杯、琉璃杯、古瓷杯無不具備。他取出八隻酒杯後，還繼續不斷取出，金光燦爛的金杯，鏤刻精緻的銀杯，花紋斑斕的石杯，此外更有象牙杯、虎齒杯、牛皮杯、竹筒杯、紫檀杯等等，或大或小，種種不一。

眾人只瞧得目瞪口呆，誰也料想不到這窮酸懷中，竟然會藏了這許多酒杯。

祖千秋得意洋洋的向桃根仙道：「怎樣？」

桃根仙臉色慘然，道：「我輸了，我吃八隻酒杯便是。」拿起那隻古藤杯，格的一聲，咬成兩截，將小半截塞入口中，咭咭咯咯的一陣咀嚼，便吞下肚中。

眾人見他說吃當真便吃，將半隻古藤杯嚼得稀爛，吞下肚去，無不駭然。

桃根仙一伸手，又去拿那隻犀角杯，祖千秋左手撩出，去切他脈門。桃根仙右手一沉，反拿他手腕，祖千秋中指彈向他掌心，桃根仙愕然縮手，道：「你不給我吃了？」祖千秋道：「在下服了你啦，我這八隻酒杯，就算你都已吃下了肚去便是。你有這股狠勁，我可捨不得了。」眾人又都大笑。

岳靈珊初時對桃谷六仙甚是害怕，但相處時刻既久，見他們未露兇悍之氣，而行事說話甚為滑稽可親，便大著膽子向桃根仙道：「喂，這隻古藤杯的味道好不好？」

桃根仙舐唇咂舌，嗒嗒有聲，說道：「苦極了，有甚麼好吃？」

祖千秋皺起了眉頭，道：「給你吃了一隻古藤杯，可壞了我的大事。唉，沒了古藤杯，這百草酒用甚麼杯來喝才是？只好用一隻木杯來將就將就了。」他從懷中掏出一塊手巾，拿起半截給桃根仙咬斷的古藤杯抹了一會，又取過檀木杯，裏裏外外的拭抹不已，只是那塊手巾又黑又濕，不抹倒也罷了，這麼一抹，顯然越抹越髒。他抹了半天，才將木杯放在桌上，八隻一列，將其餘金杯、銀杯等都收入懷中，然後將汾酒、葡萄酒、紹興酒等八種美酒，分別斟入八隻杯裏，吁了一口長氣，向令狐冲道：「令狐仁兄，這八杯酒，你逐一喝下，然後我陪你喝八杯。咱們再來細細品評，且看和你以前所喝之酒，有何不同？」

令狐冲道：「好！」端起木杯，將酒一口喝下，只覺一股辛辣之氣直鑽入腹中，不由得心中一驚，尋思道：「這酒味怎地如此古怪？」

祖千秋道：「我這些酒杯，實是飲者至寶。只是膽小之徒，嘗到酒味有異，喝了第一杯後，第二杯便不敢再喝了。古往今來，能夠連飲八杯者，絕無僅有。」

令狐冲心想：「就算酒中有毒，令狐冲早就命不久長，給他毒死便毒死了，何必輸這口氣？」當即端起酒杯，又連飲兩杯，只覺一杯極苦而另一杯甚澀，決非美酒之味，再拿起第四杯酒時，桃根仙忽然叫道：「啊喲，不好，我肚中發燒，有團炭火。」

祖千秋笑道：「你將我半隻古藤酒杯吃下肚中，豈有不肚痛之理？這古藤堅硬如鐵，在肚子裏是化不掉的，快些多吃瀉藥，瀉了出來，倘若瀉不出，只好去請殺人名醫平一指開肚剖腸取出來了。」

令狐冲心念一動：「他這八隻酒杯之中必有怪異。桃根仙吃了那隻古藤杯，就算古藤堅硬不化，也不過肚中疼痛，那有發燒之理？嘿，大丈夫視死如歸，他的毒藥越毒越好。」一仰頭，又喝了一杯。

岳靈珊忽道：「大師哥，這酒別喝了，酒杯之中說不定有毒。你刺瞎了那些人的眼睛，可須防人暗算報仇。」

令狐冲淒然一笑，說道：「這位祖先生是個豪爽漢子，諒他也不會暗算於我。」內心深處，似乎反而盼望酒中有毒，自己飲下即死，屍身躺在岳靈珊眼前，也不知她是否有點兒傷心？當即又喝了兩杯。這第六杯酒又酸又鹹，更有些臭味，別說當不得「美酒」兩字，便連這「酒」字，也加不上去。他吞下肚中之時，不由得眉頭微微一皺。

桃幹仙見他喝了一杯又一杯，忍不住也要試試，說道：「這兩杯給我喝罷。」伸手去取第七杯酒。祖千秋揮扇往他手背擊落，笑道：「慢慢來，輪著喝，每個人須得連喝八杯，方知酒中真味。」桃幹仙見他扇子一擊之勢極是沉重，倘若給擊中了，只怕手骨也得折斷，一翻手便去抓他扇子，喝道：「我偏要先喝這杯，你待怎地？」

祖千秋的扇子本來摺成一條短棍，為桃幹仙手指抓到之時，突然之間呼的一聲張開，扇緣便往他食指上彈去。這一下出其不意，桃幹仙險被彈中，急忙縮手，食指上已微微一麻，啊啊大叫，向後退開。祖千秋道：「令狐兄，你快些將這兩杯酒喝了……」

令狐冲更不多想，將餘下的兩杯酒喝了。這兩杯酒臭倒不臭，卻是一杯刺喉有如刀割，一杯藥氣沖鼻，這那裏是酒，比之最濃烈的草藥，藥氣還更重了三分。

桃谷六仙見他臉色怪異，都是極感好奇，問道：「八杯酒喝下之後，味道怎樣？」

祖千秋搶著道：「八杯齊飲，甘美無窮。古書上是有得說的。」

桃幹仙道：「胡說八道，甚麼古書？」突然之間，也不知他使了甚麼古怪暗號，四人同時搶上，分別抓住了祖千秋的四肢。桃谷六仙抓人手足的手法既怪且快，突如其來，似鬼似魅，饒是祖千秋武功了得，還是給桃谷四仙捉住手足，提將起來。

華山派眾人見過桃谷四仙手撕成不憂的慘狀，忍不住齊聲驚呼。

祖千秋心念電閃，立即大呼：「酒中有毒，要不要解藥？」

抓住祖千秋手足的桃谷四仙都已喝了不少酒，聽得「酒中有毒」四字，都是一怔。

祖千秋所爭的正是四人這片刻之間的猶豫，突然大叫：「放屁，放屁！」桃谷四仙只覺手中一滑，登時便抓了個空，跟著「砰」的一聲巨響，船篷頂上穿了個大孔，祖千秋破篷而遁，不知去向。桃根仙和桃枝仙兩手空空，桃花仙和桃葉仙手中，卻分別多了一隻臭襪，一隻沾滿了爛泥的臭鞋。

桃谷五仙身法也是快極，一晃之下，齊到岸上，祖千秋卻已影蹤不見。五人正要展開輕功去追，忽聽得長街盡頭有人呼道：「祖千秋你這壞蛋臭東西，快還我藥丸來，少了一粒，我抽你的筋，剝你的皮！」那人大聲呼叫，迅速奔來。桃谷五仙聽到有人大罵祖千秋，深合我意，都要瞧瞧這位如此夠朋友之人是怎樣一號人物，當即停步不追，往那人瞧去。

但見一個肉球氣喘吁吁的滾來，越滾越近，才看清楚這肉球居然是個活人。此人極矮極胖，說他是人，實在頗為勉強。此人頭頸是決計沒有，一顆既扁且闊的腦袋安在雙肩之上，便似初生下地之時，給人重重當頭一鎚，打得他腦袋擠下，臉頰口鼻全都向橫裏扯了開去。眾人一見，無不暗暗好笑，均想：「那平一指也是矮胖子，但和此人相比，卻是全然小巫見大巫了。」平一指不過矮而橫闊，此人卻腹背俱厚，兼之手足短到了極處，似乎只有前臂而無上臂，只有大腹而無小腹。

此人來到船前，雙手一張，老氣橫秋的問道：「祖千秋這臭賊躲到那裏去了？」桃根仙笑道：「這臭賊逃走了，他腳程好快，你這麼慢慢滾啊滾的，定然追他不上。」

那人睜著圓溜溜的小眼向他一瞪，哼了一聲，突然大叫：「我的藥丸，我的藥丸！」雙足一彈，一個肉球衝入船艙，嗅了幾嗅，抓起桌上一隻空著的酒杯，移近鼻端聞了一下，登時臉色大變。他臉容本就十分難看，這一變臉，更是奇形怪狀，難以形容，委實是傷心到了極處。他將餘下七杯逐一拿起，嗅一下，說一句：「我的藥丸！」說了八句「我的藥丸」，哀苦之情更是不忍卒睹，忽然往地下一坐，放聲大哭。

桃谷五仙更是好奇，一齊圍在身旁，問道：「你為甚麼哭？」「是祖千秋欺侮你嗎？」「不用難過，咱們找到這臭賊，把他撕成四塊，給你出氣。」

那人哭道：「我的藥丸給他和酒喝了，便殺……殺了這臭賊，也……也……沒用啦。」

令狐冲心念一動，問道：「那是甚麼藥丸？」

那人垂淚道：「我前後足足花了一十二年時光，採集千年人參、伏苓、靈芝、鹿茸、首烏、靈脂、熊膽、三七、麝香種種珍貴之極的藥物，九蒸九晒，製成八顆起死回生的『續命八丸』，卻給祖千秋這天殺的偷了去，混酒喝了。」

令狐冲大驚，問道：「你這八顆藥丸，味道可是相同？」那人道：「當然不同。有的極臭，有的極苦，有的入口如刀割，有的辛辣如火炙。只要吞服了這『續命八丸』，不論多大的內傷外傷，定然起死回生。」令狐冲一拍大腿，叫道：「糟了，糟了！這祖千秋將你的續命八丸偷了來，不是自己吃了，而是……而是……」那人問道：「而是怎樣？」令狐冲道：「而是混在酒裏，騙我吞下了肚中。我不知酒中有珍貴藥丸，還道他是下毒呢。」

那人怒不可遏，罵道：「下毒，下毒！下你奶奶個毒！當真是你吃了我這續命八丸？」令狐冲道：「那祖千秋在八隻酒杯之中，裝了美酒給我飲下，確是有的極苦，有的甚臭，有的猶似刀割，有的好如火炙。甚麼藥丸，我可沒瞧見。」那人瞪眼向令狐冲凝視，一張胖臉上的肥肉不住跳動，突然一聲大叫，身子彈起，便向令狐冲撲去。

桃谷五仙見他神色不善，早有提防，他身子剛縱起，桃谷四仙出手如電，已分別拉住他的四肢。

令狐冲忙叫：「別傷他性命！」

可是說也奇怪，那人雙手雙足被桃谷四仙拉住了，四肢反而縮攏，更似一個圓球。桃谷四仙大奇，一聲呼喝，將他四肢拉了開來，但見這人的四肢越拉越長，手臂大腿，都從身體中伸展出來，便如是一隻烏龜的四隻腳給人從殼裏拉了出來一般。

令狐冲又叫：「別傷他性命！」

桃谷四仙手勁稍鬆，那人四肢立時縮攏，又成了一個圓球。桃實仙躺在擔架之上，大叫：「有趣，有趣！這是甚麼功夫？」桃谷四仙使勁向外一拉，那人的手足又長了尺許。岳靈珊等女弟子瞧著，無不失笑。桃根仙道：「喂，我們將你身子手足拉長，可俊得多啦。」

那人大叫：「啊喲，不好！」桃谷四仙一怔，齊道：「怎麼？」手上勁力略鬆。那人四肢猛地一縮，從桃谷四仙手中滑了出來，砰的一聲響，船底已給他撞破一個大洞，從黃河中逃走了。

眾人齊聲驚呼，只見河水不絕從破洞中冒將上來。

岳不羣叫道：「各人取了行李物件，躍上岸去。」

船底撞破的大洞有四尺方圓，河水湧進極快，過不多時，船艙中水已齊膝。好在那船泊在岸邊，各人都上了岸。船家愁眉苦臉，不知如何是好。

令狐冲道：「你不用發愁，這船值得多少銀子，加倍賠你便是。」心中好生奇怪：「我和那祖千秋素不相識，為甚麼他要盜了如此珍貴的藥物來騙我服下？」微一運氣，只覺丹田中一團火熱，但體內的八道真氣仍是衝突來去，不能聚集。

當下勞德諾去另僱一船，將各物搬了上去。令狐冲拿了幾錠不知是誰所送的銀子，賠給那撞穿了船底的船家。岳不羣覺得當地異人甚多，來意不明，希奇古怪之事層出不窮，以儘早離開這是非之地為宜，只是天色已黑，河水急湍，不便夜航，只得在船中歇了。

桃谷五仙兩次失手，先後給祖千秋和那肉球人逃走，實是生平罕有之事，六兄弟自吹自擂，拚命往自己臉上貼金，說到後來，總覺有點不能自圓其說，喝了一會悶酒，也就睡了。

十五 灌藥

——

枕上躺著一張更無半點血色的臉蛋，
一頭三尺來長的頭髮散在布被之上。
那姑娘約莫十七八歲年紀，
低聲叫道：「爹！」卻不睜眼。

岳不羣躺在船艙中，耳聽河水拍岸，思湧如潮。過了良久，迷迷糊糊中忽聽得岸上腳步聲響，由遠而近，當即翻身坐起，從船窗縫中向外望去。月光下見兩個人影迅速奔來，突然其中一人右手一舉，兩人都在數丈外站定。

岳不羣知道這二人倘若說話，語音必低，當即運起「紫霞神功」，登時耳目加倍靈敏，聽覺視力均可及遠，只聽一人說道：「就是這艘船，日間華山派那老兒僱了船後，我已在船篷上做了記號，不會弄錯的。」另一人道：「好，咱們就去回報諸師伯。師哥，咱們『百藥門』幾時跟華山派結上了樑子啊？為甚麼諸師伯要這般大張旗鼓的截攔他們？」

岳不羣聽到「百藥門」三字，吃了一驚，微微打個寒噤，略一疏神，紫霞神功的效力便減，只聽得先一人說道：「……不是截攔……諸師伯是受人之託，欠了人家的情，打聽一個人……倒不是……」那人說話的語音極低，斷斷續續的聽不明白，待得再運神功，卻聽得腳步聲漸遠，二人已然走了。

岳不羣尋思：「我華山派怎地會和『百藥門』結下了樑子？那個甚麼諸師伯，多半便是『百藥門』的掌門人了。此人外號『毒不死人』，據說他下毒的本領高明之極，下毒而毒死人，人人都會，毫不希奇，這人下毒之後，被毒者卻並不斃命，只是身上或如千刀萬剮，或如蟲蟻攢嚙，總之是生不如死，卻又是求死不得，除了受他擺布之外，更無別條道路可走。江湖上將『百藥門』與雲南『五仙教』並稱為武林中兩大毒門，雖然『百藥門』比之『五仙教』聽說還頗不如，究竟也非同小可。這姓諸的要大張旗鼓的來跟我為難，『受人之託』，受了誰的託啊？」想來想去，只有兩個緣由：其一，百藥門是由劍宗封不平等人邀了來和自已過不去；其二，令狐冲所刺瞎的一十五人之中，有百藥門的朋友在內。

忽聽得岸上有一個女子聲音低聲問道：「到底你家有沒有甚麼辟邪劍譜啊？」正是女兒岳靈珊，不必聽第二人說話，另一人自然是林平之了，不知何時，他二人竟爾到了岸上。岳不羣心下恍然，女兒和林平之近來情愫日增，白天為防旁人恥笑，不敢太露形跡，卻在深宵之中到岸上相聚。只因發覺岸上來了敵人，這才運功偵查，否則運這紫霞功頗耗內力，等閒不輕運用，不料除了查知敵人來歷之外，還發覺了女兒的秘密。

只聽林平之道：「辟邪劍法是有的，我早練給你瞧過了幾次，劍譜卻真的沒有。」岳靈珊道：「那為甚麼你外公和兩個舅舅，總是疑心大師哥吞沒了你的劍譜？」林平之道：「這是他們疑心，我可沒疑心。」岳靈珊道：「哼，你倒是好人，讓人家代你疑心，你自己一點也不疑心。」林平之嘆道：「倘若我家真有甚麼神妙劍譜，我福威鏢局也不致給青城派如此欺侮，鬧得家破人亡了。」岳靈珊道：「這話也有道理。那麼你外公、舅舅對大師哥起疑，你怎麼又不替他分辯？」林平之道：「到底爹爹媽媽說了甚麼遺言，我沒親耳聽見，要分辯也無從辯起。」岳靈珊道：「如此說來，你心中畢竟是有些疑心了。」

林平之道：「千萬別說這等話，要是給大師哥知道了，豈不傷了同門義氣？」岳靈珊冷笑一聲，道：「偏你便有這許多做作！疑心便疑心，不疑心便不疑心，換作是我，早就當面去問大師哥了。」她頓了一頓，又道：「你的脾氣和爹爹倒也真像，兩人心中都對大師哥犯疑，猜想他暗中拿了你家的劍譜……」林平之插口問道：「師父也在犯疑？」岳靈珊嗤的一笑，道：「你自己若不犯疑，何以用上這個『也』字？我說你和爹爹的性格兒一模一樣，就只管肚子裏做功夫，嘴上卻一句不提。」

突然之間，華山派坐船旁的一艘船中傳出一個破鑼般的聲音喝道：「不要臉的狗男女！胡說八道。令狐冲是英雄好漢，要你們甚麼狗屁劍譜？你們背後說他壞話，老子第一個容不得。」他這幾句話聲聞十數丈外，不但河上各船乘客均從夢中驚醒，連岸上樹頂宿鳥也都紛紛叫噪。跟著那船中躍起一個巨大人影，疾向林平之和岳靈珊處撲去。

林岳二人上岸時並未帶劍，忙展開拳腳架式，以備抵禦。

岳不羣一聽那人呼喝，便知此人內功了得，而他這一撲一躍，更顯得外功也頗為深厚，眼見他向女兒攻去，情急之下，大叫：「手下容情！」縱身破窗而出，也向岸上躍去，身在半空之時，見那巨人一手一個，已抓了林平之和岳靈珊，向前奔出。岳不羣大驚，右足一落地，立即提氣縱前，手中長劍一招「白虹貫日」，向那人背心刺去。

那人身材既極魁梧，腳步自也奇大，邁了一步，岳不羣這劍便刺了個空，當即又是一招「中平劍」向前遞出。那巨人正好大步向前，這一劍又刺了個空。岳不羣一聲清嘯，叫道：「留神了！」一招「清風送爽」，急刺而出。眼見劍尖離他背心已不過一尺，突然間勁風起處，有人自身旁搶近，兩根手指向他雙眼插將過來。

此處正是河街盡頭，一排房屋遮住了月光，岳不羣立即側身避過，斜揮長劍削出，未見敵人，先已還招。敵人一低頭，欺身直進，舉手扣他肚腹的「中脘穴」。岳不羣飛腳踢出，那人的溜溜打個轉，攻他背心。岳不羣更不回身，反手疾刺出。那人又已避開，縱身拳打胸膛。岳不羣見這人好生無禮，竟敢以一雙肉掌對他長劍，而且招招進攻，心下惱怒，長劍圈轉，倏地挑上，刺向對方額頭。那人急忙伸指在劍身上一彈。岳不羣長劍微歪，乘勢改刺為削，嗤的一聲響，將那人頭上帽子削落，露出個光頭。那人竟是個和尚。他頭頂鮮血直冒，已然受傷。

那和尚雙足一登，向後疾射而出。岳不羣見他去路恰和那擄去岳靈珊的巨人相反，便不追趕。岳夫人提劍趕到，忙問：「珊兒呢？」岳不羣左手一指，道：「追！」夫婦二人向那巨人去路追了出去，不多時便見道路交叉，不知敵人走的是那一條路。

岳夫人大急，連叫：「怎麼辦？」岳不羣道：「擄劫珊兒那人是冲兒的朋友，想來不至於……不至於加害珊兒。咱們去問冲兒，便知端的。」岳夫人點頭道：「不錯，那人大聲叫嚷，說珊兒、平兒污衊冲兒，不知是甚麼緣故。」岳不羣道：「還是跟辟邪劍譜有關。」

夫婦倆回到船邊，見令狐冲和眾弟子都站在岸上，神情甚是關切。岳不羣和岳夫人走進中艙，正要叫令狐冲來問，只聽得岸上遠處有人叫道：「有封信送給岳不羣。」

勞德諾等幾名男弟子拔劍上岸，過了一會，勞德諾回入艙中，說道：「師父，這塊布用石頭壓在地下，送信的人早已走了。」說著呈上一塊布片。岳不羣接過一看，見是從衣衫上撕下的一片碎布，用手指甲蘸了鮮血歪歪斜斜的寫著：「五霸岡上，還你的臭女兒。」

岳不羣將布片交給夫人，淡淡的道：「是那和尚寫的。」岳夫人急問：「他……他用誰的血寫字？」岳不羣道：「別擔心，是我削傷了他頭皮。」問船家道：「這裏去五霸岡，有多少路？」那船家道：「明兒一早開船，過銅瓦廂、九赫集，便到東明。五霸岡在東明集東面，挨近荷澤，是河南和山東兩省交界之地。爺台若是要去，明日天黑，也就到了。」

岳不羣嗯了一聲，心想：「對方約我到五霸岡相會，此約不能不去，可是前去赴會，對方不知有多少人，珊兒又在他們手中，那注定了是有敗無勝的局面。」正自躊躇，忽聽得岸上有人叫道：「他媽巴羔子的桃谷六鬼，我鍾馗爺爺捉鬼來啦。」

桃谷六仙一聽之下，如何不怒？桃實仙躺著不能動彈，口中大呼小叫，其餘五人一齊躍上岸去。只見說話之人頭戴尖帽，手持白旛。那人轉身便走，大叫：「桃谷六鬼膽小如鼠，決計不敢跟來。」桃根仙等怒吼連連，快步急追。這人的輕功也甚了得，幾個人頃刻間便隱入了黑暗之中。

岳不羣等這時都已上岸。岳不羣叫道：「這是敵人調虎離山之計，大家上船。」

眾人剛要上船，岸邊一個圓圓的人形忽然滾將過來，一把抓住了令狐冲的胸口，叫道：「跟我去！」正是那個肉球一般的矮胖子。令狐冲被他抓住，全無招架之力。

忽然呼的一聲響，屋角邊又有一人衝了出來，飛腳向肉球人踢去，卻是桃枝仙。原來他追出十餘丈，想到兄弟桃實仙留在船上，可別給那他媽的甚麼「鍾馗爺爺」捉了去，當即奔回守護，待見肉球人擒了令狐冲，便挺身來救。

肉球人立即放下令狐冲，身子一晃，已鑽入船艙，躍到桃實仙床前，右足伸出，作勢往他胸膛上踏去。桃枝仙大驚，叫道：「勿傷我兄弟。」肉球人道：「老頭子愛傷便傷，你管得著嗎？」桃枝仙如飛般縱入船艙，連人帶床板，將桃實仙抱在手中。

那肉球人其實只是要將他引開，反身上岸，又已將令狐冲抓住，抗在肩上，飛奔而去。

桃枝仙立即想到，平一指吩咐他們五兄弟照料令狐冲，他給人擒去，日後如何交代？平大夫非叫他們殺了桃實仙不可。但如放下桃實仙不顧，又怕他傷病之中無力抗禦來襲敵人，當即雙臂將他橫抱，隨後追去。

岳不羣向妻子打個手勢，說道：「你照料眾弟子，我瞧瞧去。」岳夫人點了點頭。二人均知眼下強敵環伺，倘若夫婦同去追敵，只怕滿船男女弟子都會傷於敵手。

肉球人的輕功本來遠不如桃枝仙，但他將令狐冲抗在肩頭，全力奔跑，桃枝仙卻惟恐碰損桃實仙的傷口，雙臂橫抱了他，穩步疾行，便追趕不上。岳不羣展開輕功，漸漸追上，只聽得桃枝仙大呼小叫，要肉球人放下令狐冲，否則決計不和他善罷干休。

桃實仙身子雖動彈不得，一張口可不肯閒著，不斷和桃枝仙爭辯，說道：「大哥、二哥他們不在這裏，你就是追上了這個肉球，也沒法奈何得了他。既然奈何不了他，那麼決不和他善罷干休甚麼的，那也不過虛聲恫嚇而已。」桃枝仙道：「就算虛聲恫嚇，也有嚇阻敵人之效，總之比不嚇為強。」桃實仙道：「我看這肉球奔跑迅速，腳下絲毫沒慢了下來，『嚇阻』二字中這個『阻』字，未免不大妥當。」桃枝仙道：「他眼下還沒慢，過得一會，便慢下來啦。」他手中抱著人，嘴裏爭辯不休，腳下竟絲毫不緩。

三人一條線般向東北方奔跑，道路漸漸崎嶇，走上了一條山道。岳不羣突然想起：「別要這肉球人在山裏埋伏高手，引我入伏，大舉圍攻，那可凶險得緊。」停步微一沉吟，只見肉球人已抱了令狐冲走向山坡上一間瓦屋，越牆而入。岳不羣四下察看，又即追上。

桃枝仙抱著桃實仙也即越牆而入，驀地裏一聲大叫，顯是中計受陷。

岳不羣欺到牆邊，只聽桃實仙道：「我早跟你說，叫你小心些，你瞧，現下給人家用漁網縛了起來，像是一條大魚，有甚麼光采？」桃枝仙道：「第一，是兩條大魚，不是一條大魚。第二，你幾時叫過我小心些？」桃實仙道：「小時候我一起和你去偷人家院子裏樹上的石榴，我叫你小心些，難道你忘了？」桃枝仙道：「那是三十多年前的事了，跟眼前的事有甚麼相干？」桃實仙道：「當然有相干。那一次你不小心，摔了下去，給人家捉住了，揍了一頓，後來大哥、二哥、四哥他們趕到，才將那一家人殺得乾乾淨淨。這一次你又不小心，又給人家捉住了。」桃枝仙道：「那有甚麼要緊？最多大哥、二哥他們一齊趕到，又將這家人殺得乾乾淨淨。」

那肉球人冷冷的道：「你這桃谷二鬼轉眼便死，還在這裏想殺人。不許說話，好讓我耳根清淨些。」只聽得桃枝仙和桃實仙都荷荷荷的響了幾下，便不出聲了，顯是肉球人在他二人口中塞了麻核桃之類物事，令他們開口不得。

岳不羣側耳傾聽，牆內好半天沒有聲息，繞到圍牆之後，見牆外有株大棗樹，於是輕輕躍上棗樹，向牆內望去，見裏面是間小小瓦屋，和圍牆相距約有一丈。他想桃枝仙躍入牆內即被漁網縛住，多半這一丈的空地上裝有機關埋伏，當下隱身在棗樹的枝葉濃密之處，運起「紫霞神功」，凝神傾聽。

那肉球人將令狐冲放在椅上，低沉著聲音問道：「你到底是祖千秋那老賊的甚麼人？」令狐冲道：「祖千秋這人，今兒我還是第一次見到，他是我甚麼人了？」肉球人怒道：「事到如今，還在撒謊！你已落入我的掌握，我要你死得慘不堪言。」

令狐冲笑道：「你的靈丹妙藥給我無意中吃在肚裏，你自然要大發脾氣。只不過你的丹藥，實在也不見得有甚麼靈妙，我服了之後，不起半點效驗。」肉球人怒道：「見效那有這樣快的？常言道病來似山倒，病去如抽絲。這藥力須得在十天半月之後，這才慢慢見效。」令狐冲道：「那麼咱們過得十天半月，再看情形罷！」肉球人怒道：「看你媽的屁！你偷吃了我的『續命八丸』，老頭子非立時殺了你不可。」令狐冲笑道：「你即刻殺我，我的命便沒有了，可見你的『續命八丸』毫無續命之功。」肉球人道：「是我殺你，跟『續命八丸』毫不相干。」令狐冲嘆道：「你要殺我，儘管動手，反正我全身無力，毫無抗禦之能。」

肉球人道：「哼，你想痛痛快快的死，可沒這麼容易！我先得問個清楚。他奶奶的，祖千秋是我老頭子幾十年的老朋友，這一次居然賣友，其中定然別有原因。你華山派在我『黃河老祖』眼中，不值半文錢，他當然並非為了你是華山派的弟子，才盜了我的『續命八丸』給你。當真是奇哉怪也，奇哉怪也！」一面自言自語，一面頓足有聲，十分生氣。

令狐冲道：「閣下的外號原來叫作『黃河老祖』，失敬啊失敬。」肉球人怒道：「胡說八道！我一個人怎做得來『黃河老祖』？」令狐冲問道：「為甚麼一個人做不來？」肉球人道：「『黃河老祖』一個姓老，一個姓祖，當然是兩個人了。連這個也不懂，真是蠢才。我老爺老頭子，祖宗祖千秋。我們兩人居於黃河沿岸，合稱『黃河老祖』。」

令狐冲問道：「怎麼一個叫老爺，一個叫祖宗？」肉球人道：「你孤陋寡聞，不知世上有姓老、姓祖之人。我姓老，單名一個『爺』字，字『頭子』，人家不是叫我老爺，便叫我老頭子……」令狐冲忍不住笑出聲來，問道：「那個祖千秋，便姓祖名宗了？」

肉球人老頭子道：「是啊。」他頓了一頓，奇道：「咦！你不知祖千秋的名字，如此說來，或許真的跟他沒甚麼相干。啊喲，不對，你是不是祖千秋的兒子？」令狐冲更是好笑，說道：「我怎麼會是他的兒子？他姓祖，我複姓令狐，怎拉扯得上一塊？」

老頭子喃喃自語：「真是古怪。我費了無數心血，偷搶拐騙，這才配製成了這『續命八丸』，原是要用來治我寶貝乖女兒之病的，你既不是祖千秋的兒子，他幹麼要偷了我這丸藥給你服下？」

令狐冲這才恍然，說道：「原來老先生這些丸藥，是用來治令愛之病的，卻給在下誤服了，當真萬分過意不去。不知令愛患了甚麼病，何不請『殺人名醫』平大夫設法醫治？」

老頭子呸呸連聲，說道：「有病難治，便得請教平一指。老頭子身在開封，豈有不知？他有個規矩，治好一人，須得殺一人抵命。我怕他不肯治我女兒，先去將他老婆家中一家五口盡數殺了，他才不好意思，不得不悉心替我女兒診斷，查出我女兒在娘胎之中便已有了這怪病，於是開了這張『續命八丸』的藥方出來。否則我怎懂得採藥製煉的法子？」

令狐冲愈聽愈奇，問道：「前輩既去請平大夫醫治令愛，又怎能殺了他岳家的全家？」

老頭子道：「你這人笨得要命，不點不透。平一指仇家本來不多，這幾年來又早被他的病人殺得精光了。平一指生平最恨之人是他岳母，只因他怕老婆，不便親自殺他岳母，也不好意思派人代殺。老頭子跟他是鄉鄰，大家武林一脈，怎不明白他的心意？於是由我出手代勞。我殺了他岳母全家之後，平一指十分喜歡，這才悉心診治我女兒之病。」

令狐冲點頭道：「原來如此。其實前輩的丹藥雖靈，對我的疾病卻不對症。不知令愛病勢現下如何，重新再覓丹藥，可來得及嗎？」

老頭子怒道：「我女兒最多再拖得一年半載，便一命嗚呼了，那裏還來得及去再覓這等靈丹妙藥？現下無可奈何，只有死馬當作活馬醫了。」

他取出幾根繩索，將令狐冲的手足牢牢縛在椅上，撕爛他衣衫，露出了胸口肌膚。令狐冲問道：「你要幹甚麼？」老頭子獰笑道：「不用心急，待會便知。」將他連人帶椅抱起，穿過兩間房，揭起棉帷，走進一間房中。

令狐冲一進房便覺悶熱異常。但見那房的窗縫都用綿紙糊住，當真密不通風，房中生著兩大盆炭火，床上布帳低垂，滿房都是藥氣。

老頭子將椅子在床前一放，揭開帳子，柔聲道：「不死好孩兒，今天覺得怎樣？」

令狐冲心下大奇：「甚麼？老頭子的女兒芳名『不死』，豈不叫作『老不死』？啊，是了，他說他女兒在娘胎中便得了怪病，想來他生怕女兒死了，便給她取名『不死』，到老不死，是大吉大利的好口彩。她是『不』字輩，跟我師父是同輩。」越想越覺好笑。

只見枕上躺著一張更無半點血色的臉蛋，一頭三尺來長的頭髮散在布被之上，頭髮也是黃黃的。那姑娘約莫十七八歲年紀，雙眼緊閉，睫毛甚長，低聲叫道：「爹！」卻不睜眼。

老頭子道：「不兒，爹爹給你煉製的『續命八丸』已經大功告成，今日便可服用了，你吃了之後，毛病便好，就可起床玩耍。」那少女「嗯」的一聲，似乎並不怎麼關切。

令狐冲見到那少女病勢如此沉重，心下更是過意不去，又想：「老頭子對他女兒十分愛憐，無可奈何之中，只好騙騙她了。」

老頭子扶著女兒上身，道：「你坐起一些好吃藥，這藥得來不易，可別蹧蹋了。」那少女慢慢坐起，老頭子拿了兩個枕頭墊在她背後。那少女睜眼見到令狐冲，十分詫異，眼珠不住轉動，瞧著令狐冲，問道：「爹，他……他是誰？」

老頭子微笑道：「他麼？他不是人，他是藥。」那少女茫然不解，道：「他是藥？」老頭子道：「是啊，他是藥。那『續命八丸』藥性太過猛烈，我兒服食不宜，因此先讓這人服了，再刺他之血供我兒服食，最為適當。」那少女道：「刺他的血？他會痛的，那……那不大好。」老頭子道：「這人是個蠢才，不會痛的。」那少女「嗯」的一聲，閉上了眼睛。

令狐冲又驚又怒，正欲破口大罵，轉念一想：「我吃了這姑娘的救命靈藥，雖非有意，總之是我壞了大事，害了她性命。何況我本就不想活了，以我之血，救她性命，贖我罪愆，有何不可？」當下淒然一笑，並不說話。

老頭子站在他身旁，只待他一出聲叫罵，立即點他啞穴，豈知他竟是神色泰然，不以為意，倒也大出意料之外。他怎知令狐冲自岳靈珊移情別戀之後，本已心灰意懶，這晚聽得那大漢大聲斥責岳靈珊和林平之，罵他二人說自己壞話，又親眼見到岳林二人在岸上樹底密約相會，更覺了無生趣，於自己生死早已全不掛懷。

老頭子問道：「我要刺你心頭熱血，為我女兒治病了，你怕不怕？」令狐冲淡淡的道：「那有甚麼可怕的？」老頭子側目凝視，見他果然毫無懼怕的神色，說道：「刺出你心頭之血，你便性命不保了，我有言在先，可別怪我沒告知你。」令狐冲淡淡一笑，道：「每個人到頭來終於要死的，早死幾年，遲死幾年，也沒多大分別？我的血能救得姑娘之命，那是再好不過，勝於我白白的死了，對誰都沒有好處。」他猜想岳靈珊得知自己死訊，只怕非但毫不悲戚，說不定還要罵聲：「活該！」不禁大生自憐自傷之意。

老頭子大拇指一翹，讚道：「這等不怕死的好漢，老頭子生平倒從來沒見過。只可惜我女兒若不飲你的血，便難以活命，否則的話，真想就此饒了你。」

他到灶下端了一盆熱氣騰騰的沸水出來，右手執了一柄尖刀，左手用手巾在熱水中浸濕了，敷在令狐冲心口。

正在這時，忽聽得祖千秋在外面叫道：「老頭子，老頭子，快開門，我有些好東西送給你的不死姑娘。」老頭子眉頭一皺，右手刀子一劃，將那熱手巾割成兩半，將一半塞在令狐冲口中，說道：「甚麼好東西了？」放下刀子和熱水，出去開門，將祖千秋放進屋來。

祖千秋道：「老頭子，這一件事你如何謝我？當時事情緊急，又找你不到。我只好取了你的『續命八丸』，騙他服下。倘若你自己知道了，也必會將這些靈丹妙藥送去，可是他就未必肯服。」老頭子怒道：「胡說八道……」

祖千秋將嘴巴湊到他的耳邊，低聲說了幾句話。老頭子突然跳起身來，大聲道：「有這等事？你……你……可不是騙我？」祖千秋道：「騙你作甚？我打聽得千真萬確。老頭子，咱們是幾十年的交情了，知己之極，我辦的這件事，可合了你心意罷？」老頭子頓足叫道：「不錯，不錯！該死，該死！」

祖千秋奇道：「怎地又是不錯，又是該死？」老頭子道：「你不錯，我該死！」祖千秋更加奇了，道：「你為甚麼該死？」

老頭子一把拖了他手，直入女兒房中，向令狐冲納頭便拜，叫道：「令狐公子，令狐爺爺，小人豬油蒙住了心，今日得罪了你。幸好天可憐見，祖千秋及時趕到，倘若我一刀刺死了你，便將老頭子全身肥肉熬成脂膏，也贖不了我罪愆的萬一。」說著連連叩頭。

令狐冲口中塞著半截手巾，荷荷作聲，說不出話來。

祖千秋忙將手巾從他口中挖了出來，問道：「令狐公子，你怎地到了此處？」令狐冲忙道：「老前輩快快請起，這等大禮，我可愧不敢當。」老頭子道：「小老兒不知令狐公子和我大恩人有這等淵源，多多冒犯，唉，唉，該死，該死！胡塗透頂，就算我有一百個女兒，個個都要死，也不敢讓令狐公子流半點鮮血救她們的狗命。」

祖千秋睜大了眼，道：「老頭子，你將令狐公子綁在這裏幹甚麼？」老頭子道：「唉，總之是我倒行逆施，胡作非為，你少問一句行不行？」祖千秋又問：「這盆熱水，這把尖刀放在這裏，又幹甚麼來著？」只聽得拍拍拍拍幾聲，老頭子舉起手來，力批自己雙頰。他的臉頰本就肥得有如一隻南瓜，這幾下著力擊打，登時更加腫脹不堪。

令狐冲道：「種種情事，晚輩胡裏胡塗，實不知半點因由，還望兩位前輩明示。」老頭子和祖千秋匆匆忙忙解開了他身上綁縛，說道：「咱們一面喝酒，一面詳談。」令狐冲向床上的少女望了一眼，問道：「令愛的病勢，不致便有變化麼？」

老頭子道：「沒有，不會有變化，就算有變化，唉，這個……那也是……」他口中嘮嘮叨叨的，也不知說些甚麼，將令狐冲和祖千秋讓到廳上，倒了三碗酒，又端出一大盤肥豬肉來下酒，恭恭敬敬的舉起酒碗，敬了令狐冲一碗。令狐冲一口飲了，只覺酒味淡薄，平平無奇，但比之在祖千秋酒杯中盛過的酒味，卻又好上十倍。

老頭子說道：「令狐公子，老朽胡塗透頂，得罪了公子，唉，這個……真是……」一臉惶恐之色，不知說甚麼話，才能表達心中歉意。祖千秋道：「令狐公子大人大量，也不會怪你。再說，你這『續命八丸』倘若有些效驗，對令狐公子的身子真有補益，那麼你反有功勞了。」老頭子道：「這個……功勞是不敢當的，祖賢弟，還是你的功勞大。」祖千秋笑道：「我取了你這八顆丸藥，只怕於不死姪女身子有妨，這一些人參給她補一補罷。」說著俯身取過一隻竹簍，打開蓋子，掏出一把把人參來，有粗有細，看來沒有十斤，也有八斤。

老頭子道：「從那裏弄了這許多人參來？」祖千秋笑道：「自然是從藥材鋪中借來的了。」老頭子哈哈大笑，道：「劉備借荊州，不知何日還。」

令狐冲見老頭子雖強作歡容，卻掩不住眉間憂愁，說道：「老先生，祖先生，你兩位想要醫我之病，雖然是一番好意，但一個欺騙在先，一個擄綁在後，未免太不將在下瞧在眼裏了。」

老祖二人一聽，當即站起，連連作揖，齊道：「令狐公子，老朽罪該萬死。不論公子如何處罰，老朽二人都是罪有應得。」令狐冲道：「好，我有事不明，須請直言相告。請問二位到底是衝著誰的面子，才對我這等相敬？」

老祖二人相互瞧了一眼。老頭子道：「這個……這個……這個嗎？」祖千秋道：「公子爺當然知道。那一位的名字，恕我們不敢提及。」

令狐冲道：「我的的確確不知。」暗自思忖：「是風太師叔麼？是不戒大師麼？是田伯光麼？是綠竹翁麼？可是似乎都不像。風太師叔雖有這等本事面子，但他老人家隱居不出，不許我洩露行蹤，他怎會下山來幹這等事？」

祖千秋道：「公子爺，你問這件事，我和老兄二人是決計不敢答的，你就殺了我們，也不會說。你公子爺心中自然知道，又何必定要我們說出口來？」

令狐冲聽他語氣堅決，顯是不論如何逼問，都是決計不說的了，便道：「好，你們既然不說，我心中怒氣不消。老先生，你剛才將我綁在椅上，嚇得我魂飛魄散，我也要綁你二人一綁，說不定我心中不開心，一尖刀把你們的心肝都挖了出來。」

老祖二人又是對望一眼，齊道：「公子爺要綁，我們自然不敢反抗。」老頭子端過兩隻椅子，又取了七八條粗索來。兩人先用繩索將自己雙足在椅腳上牢牢縛住，然後雙手放在背後，說道：「公子請綁。」均想：「這位少年未必真要綁我們出氣，多半是開開玩笑。」

那知令狐冲取過繩索，當真將二人雙手反背牢牢縛住，提起老頭子的尖刀，說道：「我內力已失，不能用手指點穴，又怕你們運力掙扎，只好用刀柄敲打，封了你二人的穴道。」當下倒轉尖刀，用刀柄在二人的環跳、天柱、少海等處穴道中用力敲擊，封住了二人穴道。老頭子和祖千秋面面相覷，大是詫異，不自禁的生出恐懼之情，不知令狐冲用意何在。只聽他說道：「你們在這裏等一會。」轉身出廳。

令狐冲握著尖刀，走到那少女的房外，咳嗽一聲，說道：「老……唔，姑娘，你身子怎樣？」他本待叫她「老姑娘」，但想這少女年紀輕輕，雖然姓老，稱之為「老姑娘」總是不大妥當，如叫她為「老不死姑娘」，更有點匪夷所思。那少女「嗯」的一聲，並不回答。

令狐冲掀開棉帷，走進房去，只見她兀自坐著，靠在枕墊之上，半睡半醒，雙目微睜。令狐冲走近兩步，見她臉上肌膚便如透明一般，淡黃的肌肉下現出一條條青筋，似乎可見到血管中血液隱隱流動。房中寂靜無聲，風息全無，好像她體內鮮血正在一滴滴的凝結成膏，她呼出來的氣息，呼出一口便少了一口。

令狐冲心道：「這姑娘本來可活，卻給我誤服丹藥而害了她。我反正是要死了，多活幾天，少活幾天，又有甚麼分別？」取過一隻瓷碗放在几上，伸出左腕，右手舉刀在腕脈上橫斬一刀，鮮血泉湧，流入碗中。他見老頭子先前取來的那盆熱水仍在冒氣，當即放下尖刀，右手抓些熱水淋在傷口上，使得鮮血不致迅速凝結。頃刻間鮮血已注滿了大半碗。

那少女迷迷糊糊中聞到一陣血腥氣，睜開眼來，突然見到令狐冲手腕上鮮血直淋，一驚之下，大叫了一聲。

令狐冲見碗中鮮血將滿，端到那姑娘床前，就在她嘴邊，柔聲道：「快喝了，血中含有靈藥，能治你的病。」那姑娘道：「我……我怕，我不喝。」令狐冲流了一碗血後，只覺腦中空盪盪地，四肢軟弱無力，心想：「她害怕不喝，這血豈不是白流了？」左手抓過尖刀，喝道：「你不聽話，我便一刀殺了你。」將尖刀刀尖直抵到她喉頭。

那姑娘怕了起來，只得張嘴將一碗鮮血一口口的都喝了下去，幾次煩惡欲嘔，看到令狐冲的尖刀閃閃發光，竟嚇得不敢作嘔。

令狐冲見她喝乾了一碗血，自己腕上傷口鮮血漸漸凝結，心想：「我服了老頭子的『續命八丸』，從血液中進入這姑娘腹內的，只怕還不到十分之一，待我大解小解之後，不免所失更多，須得儘早再餵她幾碗鮮血，直到我不能動彈為止。」當下再割右手腕脈，放了大半碗鮮血，又去餵那姑娘。

那姑娘皺起了眉頭，求道：「你……你別迫我，我真的不行了。」令狐冲道：「不行也得行，快喝，快。」那姑娘勉強喝了幾口，喘了一會氣，說道：「你……你為甚麼這樣？你這樣做，好傷自己身子。」令狐冲苦笑道：「我傷身子打甚麼緊，我只要你好。」

桃枝仙和桃實仙被老頭子所裝的漁網所縛，越是出力掙扎，漁網收得越緊，到得後來，兩人手足便想移動數寸也已有所不能。兩人身不能動，耳目卻仍十分靈敏，口中更是爭辯不休。當令狐冲將老祖二人縛住後，桃枝仙猜他定要將二人殺了，桃實仙則猜他一定先來釋放自己兄弟。那知二人白爭了一場，所料全然不中，令狐冲卻走進了那姑娘房中。

那姑娘的閨房密不通風，二人在房中說話，只隱隱約約的傳了一些出來。桃枝仙、桃實仙、岳不羣、老頭子、祖千秋五人內力都甚了得，但令狐冲在那姑娘房中幹甚麼，五人只好隨意想像，突然間聽得那姑娘尖聲大叫，五人臉色登時都為之大變。

桃枝仙道：「令狐冲一個大男人，走到人家閨女房中去幹甚麼？」桃實仙道：「你聽！那姑娘害怕之極，說道：『我……我怕！』令狐冲說：『你不聽話，我便一刀殺了你。』他說『你不聽話』，令狐冲要那姑娘聽甚麼話？」桃枝仙道：「那還有甚麼好事？自然是逼迫那姑娘做他老婆。」桃實仙道：「哈哈，可笑之極！那矮冬瓜胖皮球的女兒，當然也是矮冬瓜胖皮球，令狐冲為甚麼要逼她做老婆？」桃枝仙道：「蘿蔔青菜，各人所愛！說不定令狐冲特別喜歡肥胖女子，一見肥女，便即魂飛天外。」桃實仙道：「啊喲！你聽，你聽！那肥女求饒了，說甚麼『你別迫我，我真的不行了。』」桃枝仙道：「不錯。令狐冲這小子卻是霸王硬上弓，說道：『不行也得行，快，快！』」

桃實仙道：「為甚麼令狐冲叫她快些，快甚麼？」桃枝仙道：「你沒娶過老婆，是童男之身，自然不懂！」桃實仙道：「難道你就娶過了，不害臊！」桃枝仙道：「你明知我沒娶過，幹麼又來問我？」桃實仙大叫：「喂，喂，老頭子，令狐冲在逼你女兒做老婆，你幹麼見死不救？」桃枝仙道：「你管甚麼閒事？你又怎知那肥女要死，說甚麼見死不救？她女兒名叫『老不死』，怎麼會死？」

老頭子和祖千秋給縛在椅上，又給封了穴道，聽得房中老姑娘驚呼和哀求之聲，二人面面相覷，不知如何是好。二人心下本已起疑，聽得桃谷二仙在院子中大聲爭辯，更無懷疑。

祖千秋道：「老兄，這件事非阻止不可，沒想到令狐公子如此好色，只怕要闖大禍。」老頭子道：「唉，蹧蹋了我不死孩兒，那還罷了，卻……卻太也對不起人家。」祖千秋道：「你聽，你聽。你的不死姑娘對他生了情意，她說道：『你這樣做，好傷自己身子。』令狐冲說甚麼？你聽到沒有？」老頭子道：「他說：『我傷身子打甚麼緊？我只是要你好！』他奶奶的，這兩個小傢伙。」祖千秋哈哈大笑，說道：「老兄，恭喜，恭喜！」老頭子怒道：

「恭你奶奶個喜！」祖千秋笑道：「你何必發怒？恭喜你得了個好女婿！」

老頭子大叫一聲，喝道：「別再胡說！這件事傳揚出去，你我還有命麼？」他說這兩句話時，聲音中含著極大的驚恐。祖千秋道：「是，是！」聲音卻也打顫了。

岳不羣身在牆外樹上，隔著更遠，雖運起了「紫霞神功」，也只聽到一鱗半爪，最初一聽到令狐冲強迫那姑娘，便想衝入房中阻止，但轉念一想，這些人連令狐冲在內，個個詭秘怪異，不知有甚麼圖謀，還是不可魯莽，以靜觀其變為是，當下運功繼續傾聽。桃谷二仙和老祖二人的說話不絕傳入耳中，只道令狐冲當真乘人之危，對那姑娘大肆非禮，後來再聽老祖二人的對答，心想令狐冲瀟灑風流，那姑娘多半與乃父相像，是個胖皮球般的醜女，則失身之後對其傾倒愛慕，亦非奇事，不禁連連搖頭。

忽聽得那姑娘又尖叫道：「別……別……這麼多血，求求你……」

突然牆外有人叫道：「老頭子，桃谷四鬼給我撇掉啦。」波的一聲輕響，有人從牆外躍入，推門進內，正是那個手持白旛去逗引桃谷四仙的漢子。

他見老頭子和祖千秋都給綁在椅上，吃了一驚，叫道：「怎麼啦！」右手一翻，掌中已多了一柄精光燦然的匕首，手臂幾下揮舞，已將兩人手足上所綁的繩索割斷。

房中那姑娘又尖聲驚叫：「你……你……求求你……不能再這樣了。」

那漢子聽她叫得緊急，驚道：「是老不死姑娘！」向房門衝去。

老頭子一把拉住了他手臂，喝道：「不可進去！」那漢子一怔之下，停住了腳步。

只聽得院子中桃枝仙道：「我想矮冬瓜得了令狐冲這樣一個女婿，定是歡喜得緊。」桃實仙道：「令狐冲快要死了，一個半死半活的女婿，得了有甚麼歡喜？」桃枝仙道：「他女兒也快死了，一對夫妻一般的半死半活。」桃實仙問道：「那個死？那個活？」桃枝仙道：「那還用問？自然是令狐冲死。老不死姑娘名叫老不死，怎麼會死？」桃實仙道：「這也未必。難道名字叫甚麼，便真的是甚麼？如果天下人個個叫老不死，便個個都老而不死了？咱們練武功還有甚麼用？」

兩兄弟爭辯聲中，猛聽得房中砰的一聲，甚麼東西倒在地下。老姑娘又叫了起來，聲音雖然微弱，卻充滿了驚惶之意，叫道：「爹，爹快來！」

老頭子聽得女兒呼叫，搶進房去，只見令狐冲倒在地下，一隻瓷碗合在胸口，上身全是鮮血，老姑娘斜倚在床，嘴邊也都是血。祖千秋和那漢子站在老頭子身後，望望令狐冲，望望老姑娘，滿腹都是疑竇。

老姑娘道：「爹，他……他割了許多血出來，逼我喝了兩碗……他……他還要割……」

老頭子這一驚更加非同小可，忙俯身扶起令狐冲，只見他雙手腕脈處各有傷口，鮮血兀自汩汩流個不住。老頭子急衝出房，取了金創藥來，心慌意亂之下，雖在自己屋中，還是額頭在門框邊上撞得腫起了一個大瘤，門框卻被他撞塌了半邊。

桃枝仙聽到碰撞聲響，只道他在毆打令狐冲，叫道：「喂，老頭子，令狐冲是桃谷六仙的好朋友，你可不能再打。要是打死了他，桃谷六仙非將你全身肥肉撕成一條條不可。」桃實仙道：「錯了，錯了！」桃枝仙道：「甚麼錯了？」桃實仙道：「他若是全身瘦肉，自可撕成一條一條，但他全是肥肉，一撕便成一團一塌胡塗的膏油，如何撕成一條一條？」

老頭子將金創藥在令狐冲手腕上傷口處敷好，再在他胸腹間幾處穴道上推拿良久，令狐冲這才悠悠醒轉。老頭子驚魂略定，心下感激無已，顫聲道：「令狐公子，你……這件事當真叫咱們粉身碎骨，也是……唉……也是……」祖千秋道：「令狐公子，老頭子剛才縛住了你，全是一場誤會，你怎地當真了？豈不令他無地自容？」

令狐冲微微一笑，說道：「在下的內傷非靈丹妙藥所能醫治，祖前輩一番好意，取了老前輩的『續命八丸』來給在下服食，實在是蹧蹋了……但願這位姑娘的病得能痊可……」他說到這裏，只因失血過多，一陣暈眩，又昏了過去。

老頭子將他抱起，走出女兒閨房，放在自己房中床上，愁眉苦臉的道：「那怎麼辦？那怎麼辦？」祖千秋道：「令狐公子失血極多，只怕性命已在頃刻之間，咱三人便以畢生修為，將內力注入他體內如何？」老頭子道：「自該如此。」輕輕扶起令狐冲，右掌心貼上他背心大椎穴，甫一運氣，便全身一震，喀喇一聲響，所坐的木椅給他壓得稀爛。

桃枝仙哈哈大笑，大聲道：「令狐冲的內傷，便因咱六兄弟以內力給他療傷而起，這矮冬瓜居然又來學樣，令狐冲豈不是傷上加傷，傷之又傷，傷之不已！」桃實仙道：「你聽，這喀喇一聲響，定是矮冬瓜給令狐冲的內力震了出來，撞壞了甚麼東西。令狐冲的內力，便是我們的內力，矮冬瓜又吃了桃谷六仙一次苦頭！妙哉！妙哉！」

老頭子嘆了口氣，道：「唉，令狐公子倘若傷重不醒，我老頭子只好自殺了。」

那漢子突然放大喉嚨叫道：「牆外棗樹上的那一位，可是華山派掌門岳先生嗎？」

岳不羣大吃一驚，心道：「原來我的行跡早就給他見到了。」只聽那漢子又叫：「岳先生，遠來是客，何不進來見面？」岳不羣極是尷尬，只覺進去固是不妙，其勢又不能老是坐在樹上不動。那漢子道：「令高足令狐公子暈了過去，請你一起參詳參詳。」

岳不羣咳嗽一聲，縱身飛躍，越過了院子中丈餘空地，落在滴水簷下的走廊之上。老頭子已從房中走了出來，拱手道：「岳先生，請進。」岳不羣道：「在下掛念小徒安危，可來得魯莽了。」老頭子道：「那是在下該死。唉，倘若……倘若……」

桃枝仙大聲道：「你不用擔心，令狐冲死不了的。」老頭子大喜，問道：「你怎知他不會死？」桃枝仙道：「他年紀比你小得多，也比我小得多，是不是？」老頭子道：「是啊。那又怎樣？」桃枝仙道：「年紀老的人先死呢，還是年紀小的人先死？自然是老的先死了。你還沒死，我也沒有死，令狐冲又怎麼會死？」老頭子本道他有獨得之見，豈知又來胡說一番，只有苦笑。桃實仙道：「我倒有個挺高明的主意，咱們大夥兒齊心合力，給令狐冲改個名字，叫作『令狐不死』……」

岳不羣走入房中，見令狐冲暈倒在床，心想：「我若不露一手紫霞神功，可教這幾人輕視我華山派了。」當下暗運神功，臉向裏床，以便臉上紫氣顯現之時無人瞧見，伸掌按到令狐冲背上大椎穴上。他早知令狐冲體內真氣運行的情狀，當下並不用力，只以少些內力緩緩輸入，覺得他體內真氣生出反激，手掌便和他肌膚離開了半寸，停得片刻，又將手掌按了上去。果然過不多時，令狐冲便即悠悠醒轉，叫道：「師父，你……老人家來了。」

老頭子等三人見岳不羣毫不費力的便將令狐冲救轉，都大為佩服。

岳不羣尋思：「此處是非之地，不能多躭，又不知舟中夫人和眾弟子如何。」拱手說道：「多承諸位對我師徒禮敬有加，愧不敢當，這就告辭。」老頭子道：「是，是！令狐公子身子違和，咱們本當好好接待才是，眼下卻是不便，實在失禮之至，還請兩位原恕。」

岳不羣道：「不用客氣。」黯淡的燈光之下，見那漢子一雙眸子炯炯發光，心念一動，拱手道：「這位朋友尊姓大名？」祖千秋笑道：「原來岳先生不識得咱們的夜貓子『無計可施』計無施。」岳不羣心中一凜：「『夜貓子計無施？聽說此人天賦異稟，目力特強，行事忽善忽惡，或邪或正，雖然名計無施，其實卻是詭計多端，是個極厲害的人物。他竟也和老頭子等人攪在一起。」忙拱手道：「久仰計師傅大名，當真是如雷貫耳，今日有幸得見。」

計無施微微一笑，說道：「咱們今日見了面，明日還要在五霸岡見面啊。」

岳不羣又是一凜，雖覺初次見面，不便向人探詢詳情，但女兒被擄，甚是關心，說道：「在下不知甚麼地方得罪了這裏武林朋友，想必是路過貴地，未曾拜候，實是禮數不周。小女和一個姓林的小徒，不知給那一位朋友召了去，計先生可能指點一二麼？」

計無施微笑道：「是麼？這個可不大清楚了。」

岳不羣向計無施探詢女兒下落，本已大大委曲了自己掌門人的身分，聽他不置可否，雖又惱又急，其勢已不能再問，當下淡淡的道：「深夜滋擾，甚以為歉，這就告辭了。」將令狐冲扶起，伸手欲抱。

老頭子從他師徒之間探頭上來，將令狐冲搶著抱了過去，道：「令狐公子是在下請來，自當由在下恭送回去。」抓了張薄被蓋在令狐冲身上，大踏步往門外走出。

桃枝仙叫道：「喂，我們這兩條大魚，放在這裏，成甚麼樣子？」老頭子沉吟道：「這個……」心想縛虎容易縱虎難，倘若將他兩兄弟放了，他桃谷六仙前來生事尋仇，可真難以抵擋。否則的話，有這兩個人質在手，另外那四人便心有所忌。

令狐冲知他心意，道：「老前輩，請你將他們二位放了。桃谷二仙，你們以後也不可向老祖二位尋仇生事，大家化敵為友如何？」桃枝仙道：「單是我們二位，也無法向他們尋仇生事。」令狐冲道：「那自是桃谷六仙一起在內了。」

桃實仙道：「不向他們尋仇生事，那是可以的；說到化敵為友，卻是不行，殺了我頭也不行。」老頭子和祖千秋都哼了一聲，心下均想：「我們不過衝著令狐公子的面子，才不來跟你們計較，難道當真怕了你桃谷六仙不成？」

令狐冲道：「那為甚麼？」桃實仙道：「桃谷六仙和他們黃河老祖本來無怨無仇，根本不是敵人，既非敵人，這『化敵』便如何化起？所以啊，要結成朋友，倒也不妨，要化敵為友，可無論如何化不來了。」眾人一聽，都哈哈大笑。

祖千秋俯下身去，解開了漁網的活結。這漁網乃人髮、野蠶絲、純金絲所絞成，堅韌異常，寶刀利劍亦不能斷，陷身入內後若非得人解救，否則越是掙扎，勒得越緊。

桃枝仙站起身來，拉開褲子，便在漁網上撒尿。祖千秋驚問：「你……你幹甚麼？」桃枝仙道：「不在這臭網上撒一泡尿，難消老子心頭之氣。」

當下七人回到河邊碼頭。岳不羣遙遙望見勞德諾和高根明二弟子仗劍守在船頭，知道眾人無恙，當即放心。老頭子將令狐冲送入船艙，恭恭敬敬的一揖到地，說道：「公子爺義薄雲天，老朽感激不盡。此刻暫且告辭，不久便當再見。」

令狐冲在路上一震，迷迷糊糊的又欲暈去，也不知他說些甚麼話，只嗯了一聲。

岳夫人等見這肉球人前倨後恭，對令狐冲如此恭謹，無不大為詫異。

老頭子和祖千秋深怕桃根仙等回來，不敢多所逗留，向岳不羣一拱手，便即告辭。

桃枝仙向祖千秋招招手，道：「祖兄慢去。」祖千秋道：「幹甚麼？」桃枝仙道：「幹這個！」一曲膝矮身，突然挺肩向他懷中猛力撞去。這一下出其不意，來勢快極，祖千秋不及閃避，只得急運內勁，霎時間氣充丹田，肚腹已是堅如鐵石。只聽得喀喇、劈啪、玎玎、錚錚十幾種聲音齊響，桃枝仙已倒退在數丈之外，哈哈大笑。

祖千秋大叫：「啊唷！」探手入懷，摸出無數碎片來，或瓷或玉，或竹或木，他懷中所藏的二十餘隻珍貴酒杯，在這麼一撞之下多數粉碎，金杯、銀杯、青銅爵之類也都給壓得扁了。他既痛惜，又惱怒，手一揚，數十片碎片向桃枝仙激射過去。

桃枝仙早就有備，閃身避開，叫道：「令狐冲叫咱們化敵為友，他的話可不能不聽。咱們須得先成敵人，再做朋友。」

祖千秋窮數十年心血搜羅來的這些酒杯，給桃枝仙一撞之下盡數損毀，如何不怒？本來還待追擊，聽他這麼一說，當即止步，乾笑幾聲，道：「不錯，化敵為友，化敵為友。」和老頭子、計無施二人轉身而行。

令狐冲迷迷糊糊之中，還是掛念著岳靈珊的安危，說道：「桃枝仙，你請他們不可……

不可害我岳師妹。」桃枝仙應道：「是。」大聲說道：「喂！喂！老頭子，夜貓子，祖千秋幾個朋友聽了，令狐冲說，叫你們不可傷害他的寶貝師妹。」

計無施等本已走遠，聽了此言，當即停步。老頭子回頭大聲道：「令狐公子有命，自當遵從。」三人低聲商量了片刻，這才離去。

岳不羣剛向夫人述說得幾句在老頭子家中的見聞，忽聽得岸上大呼小叫，桃根仙等四人回來了。

桃谷四仙滿嘴吹噓，說那手持白旛之人給他們四兄弟擒住，已撕成了四塊。桃實仙哈哈大笑，說道：「厲害，厲害。四位哥哥端的了得。」桃枝仙道：「你們將那人撕成了四塊，可知他叫甚麼名字？」桃幹仙道：「他死都死了，管他叫甚麼名字？難道你便知道？」桃枝仙道：「我自然知道。他姓計，名叫計無施，還有個外號，叫作夜貓子。」桃葉仙拍手道：「這姓固是姓得好，名字也取得妙，原來他倒有先見之明，知道日後給桃谷六仙擒住之後，定是無計可施，逃不了被撕成四塊的命運，因此上預先取下了這個名字。」

桃實仙道：「這夜貓子計無施，功夫當真出類拔萃，世所罕有！」桃根仙道：「是啊，他功夫實在了不起，倘若不是遇上桃谷六仙，憑他的輕身功夫，在武林中也可算得是一把好手。」桃實仙道：「輕身功夫倒也罷了，給撕成四塊之後，他居然能自行拼起，死後還魂，行動如常。剛才還到這裏來說了一會子話呢。」

桃根仙等才知謊話拆穿，四人也不以為意，臉上都假裝驚異之色。桃花仙道：「原來計無施還有這等奇門功夫，那倒是人不可貌相，海水不可斗量，佩服啊，佩服。」桃幹仙道：

「將撕成四塊的身子自行拼湊，片刻間行動如常，聽說叫做『化零為整大法』，這功夫失傳已久，想不到這計無施居然學會了，確是武林異人，下次見到，可以跟他交個朋友。」

岳不羣和岳夫人相對發愁，愛女被擄，連對頭是誰也不知道，想不到華山派名震武林，卻在黃河邊上栽了這麼個大觔斗，可是怕眾弟子驚恐，還是半點不露聲色。夫婦倆也不商量種種疑難不解之事，只心中暗自琢磨。大船之中，便是桃谷六仙胡說八道之聲。

過了一個多時辰，天色將曙，忽聽得岸上腳步聲響，不多時有兩乘轎子抬到岸邊。當先一名轎夫朗聲說道：「令狐冲公子吩咐，不可驚嚇了岳姑娘。敝上多有冒昧，還請令狐冲公子恕罪。」四名轎夫將轎子放下，轉身向船上行了一禮，便即轉身而去。

只聽得轎中岳靈珊的聲音叫道：「爹，媽！」

岳不羣夫婦又驚又喜，躍上岸去掀開轎帷，果見愛女好端端的坐在轎中，只見腿上被點了穴道，行動不得。另一頂轎中坐的，正是林平之。岳不羣伸手在女兒環跳、脊中、委中幾處穴道上拍了幾下，解開了她被封的穴道，問道：「那大個子是誰？」

岳靈珊道：「那個又高又大的大個子。他……他……他……」小嘴一扁，忍不住要哭。岳夫人輕輕將她抱起，走入船艙，低聲問道：「可受了委曲嗎？」岳靈珊給母親一問，索性哇的一聲哭了出來。岳夫人大驚，心想：「那些人路道不正，珊兒落在他們手裏，有好幾個時辰，不知是否受了凌辱？」忙問：「怎麼了？跟媽說不要緊。」岳靈珊只哭個不停。

岳夫人更是驚惶，船中人多，不敢再問，將女兒橫臥於榻，拉過被子，蓋在她身上。

岳靈珊忽然大聲哭道：「媽，這大個子罵我，嗚！嗚！」

岳夫人一聽，如釋重負，微笑道：「給人家罵幾句，便這麼傷心。」岳靈珊哭道：「他舉起手掌，還假裝要打我、嚇我。」岳夫人笑道：「好啦，好啦！下次見到，咱們罵還他，嚇還他。」岳靈珊道：「我又沒說大師哥壞話，小林子更加沒說。那大個子強兇霸道，他說平生最不喜歡的事，便是聽到有人說令狐冲的壞話。我說我也不喜歡。他說，他一不喜歡，便要把人煮來吃了。媽，他說到這裏，便露出一口白森森的牙齒嚇我。嗚嗚嗚！」

岳夫人道：「這人真壞。冲兒，那大個子是誰啊？」

令狐冲神智未曾十分清醒，迷迷糊糊的道：「大個子嗎？我……我……」

這時林平之也已得師父解開穴道，走入船艙，插口道：「師娘，那大個子跟那和尚當真是吃人肉的，倒不是空言恫嚇。」岳夫人一驚，問道：「他二人都吃人肉？你怎知道？」林平之道：「那和尚問我辟邪劍譜的事，盤問了一會，從懷中取出一塊東西來嚼，吃得津津有味，還拿到我嘴邊，問我要不要咬一口嚐嚐滋味。卻原來……卻原來是一隻人手。」岳靈珊驚叫一聲，道：「你先前怎地不說？」林平之道：「我怕你受驚，不敢跟你說。」

岳不羣忽道：「啊，我想起來了。這是『漠北雙熊』。那大個兒皮膚很白，那和尚卻皮膚很黑，是不是？」岳靈珊道：「是啊。爹，你認得他們？」岳不羣搖頭道：「我不認得。只是聽人說過，塞外漠北有兩名劇盜，一個叫白熊，一個叫黑熊。倘若事主自己攜貨而行，漠北雙熊不過搶了財物，也就算了，倘若有鏢局子保鏢，那麼雙熊往往將保鏢的煮來吃了，還道練武之人，肌肉結實，吃起來加倍的有咬口。」岳靈珊又是「啊」的一聲尖叫。

岳夫人道：「師哥你也真是的，甚麼『吃起來加倍的有咬口』，這種話也說得出口，不怕人作嘔。」岳不羣微微一笑，頓了一頓，才道：「從沒聽說漠北雙熊進過長城，怎地這一次到黃河邊上來啦？冲兒，你怎會認得漠北雙熊的？」

令狐冲道：「漠北雙雄？」他沒聽清楚師父前半截的話，只道「雙雄」二字定是英雄之雄，卻不料是熊羆之熊，呆了半晌，道：「我不認得啊。」

岳靈珊忽道：「小林子，那和尚要你咬那隻手掌，你咬了沒有？」林平之道：「我自然沒咬。」岳靈珊道：「你不咬就罷了，倘若咬過一口，哼哼，瞧我以後還睬不睬你？」

桃幹仙在外艙忽然說道：「天下第一美味，莫過於人肉。小林子一定偷吃過了，只是不肯承認而已。」桃葉仙道：「他倘若沒吃，先前為甚麼不說，到這時候才拚命抵賴？」

林平之自遭大變後，行事言語均十分穩重，聽他二人這麼說，一怔之下，無以對答。

桃花仙道：「這就是了。他不聲不響，便是默認。岳姑娘，這種人吃了人肉不認，為人極不誠實，豈可嫁給他做老婆？」桃根仙道：「你與他成婚之後，他日後必定與第二個女子勾勾搭搭，回家來你若問他，他定然死賴，決計不認。」桃葉仙道：「更有一樁危險萬分之事，他吃人肉吃出癮來，他日你和他同床而臥，睡到半夜，忽然手指奇痛，又聽到喀喇、喀喇的咀嚼之聲，一查之下，你道是甚麼？卻原來這小林子在吃你的手指。」桃實仙道：「岳姑娘，一個人連腳趾在內，也不過二十根。這小林子今天吃幾根，明天吃幾根，好容易便將你十根手指、十根腳趾都吃了個精光。」

桃谷六仙自在華山絕頂與令狐冲結交，便已當他是好朋友。六兄弟雖然好辯成性，卻也不是全無腦筋，令狐冲和岳靈珊之間落花有意、流水無情的情狀，他六人早就瞧在眼裏，此時捉到林平之的一點岔子，竟爾大肆挑撥離間。

岳靈珊伸手指塞在耳朵，叫道：「你們胡說八道，我不要聽，我不要聽！」

桃根仙道：「岳姑娘，你喜歡嫁給這小林子做老婆，倒也不妨，不過有一門功夫，卻不可不學。這門功夫跟你一生干係極大，倘若錯過了機會，日後定是追悔無及。」

岳靈珊聽他說得鄭重，問道：「甚麼功夫，有這麼要緊？」

桃根仙道：「那個夜貓子計無施，有一門『化零為整大法』，日後你的耳朵、鼻子、手指、腳趾，都給小林子吃在肚裏，只消你身具這門功夫，那也不懼，儘可剖開他肚子，取了出來，拼在身上，化零為整。」

十六 注血

——

小舟艙中躍出一個女子，
站在船頭，身穿藍布印白花衫褲，
一條繡花圍裙，色彩燦爛，金碧輝煌。
那女子臉帶微笑，瞧她裝束，
絕非漢家女子。

桃谷六仙胡說八道聲中，坐船解纜拔錨，向黃河下游駛去。其時曙色初現，曉霧未散，河面上一團團白霧罩在滾滾濁流之上，放眼不盡，令人胸懷大暢。

過了小半個時辰，太陽漸漸升起，照得河水中金蛇亂舞。忽見一艘小舟張起風帆，迎面駛來。其時吹的正是東風，那小舟的青色布帆吃飽了風，溯河而上。青帆上繪著一隻白色的人腳，再駛近時，但見帆上人腳纖纖美秀，顯是一隻女子的素足。

華山羣弟子紛紛談論：「怎地在帆上畫一隻腳，這可奇怪之極了！」桃枝仙道：「這多半是漠北雙熊的船。啊唷，岳夫人、岳姑娘，你們娘兒們可得小心，這艘船上的人講明要吃女人腳。」岳靈珊啐了一口，心中卻也不由得有些驚惶。

小船片刻間便駛到面前，船中隱隱有歌聲傳出。歌聲輕柔，曲意古怪，無一字可辨，但音調濃膩無方，簡直不像是歌，既似歎息，又似呻吟。歌聲一轉，更像是男女歡合之音，喜樂無限，狂放不禁。華山派一眾青年男女登時忍不住面紅耳赤。

岳夫人罵道：「那是甚麼妖魔鬼怪？」

小舟中忽有一個女子聲音膩聲道：「華山派令狐冲公子可在船上？」岳夫人低聲道：「冲兒，別理她！」那女子說道：「咱們好想見見令狐公子的模樣，行不行呢？」聲音嬌柔宛轉，蕩人心魄。

只見小舟艙中躍出一個女子，站在船頭，身穿藍布印白花衫褲，自胸至膝圍一條繡花圍裙，色彩燦爛，金碧輝煌，耳上垂一對極大的黃金耳環，足有酒杯口大小。那女子約莫廿七八歲年紀，肌膚微黃，雙眼極大，黑如點漆，腰中一根彩色腰帶被疾風吹而向前，雙腳卻是赤足。這女子風韻雖也甚佳，但聞其音而見其人，卻覺聲音之嬌美，遠過於其容貌了。那女子臉帶微笑，瞧她裝束，絕非漢家女子。

頃刻之間，華山派坐船順流而下，和那小舟便要撞上，那小舟一個轉折，掉過頭來，風帆跟著卸下，便和大船並肩順流下駛。

岳不羣陡然想起一事，問道：「這位姑娘，可是雲南五仙教藍教主屬下嗎？」

那女子格格一笑，柔聲道：「你倒有眼光，只不過猜對了一半。我是雲南五仙教的，卻不是藍教主屬下。」

岳不羣站到船頭，拱手道：「在下岳不羣，請教姑娘貴姓，河上枉顧，有何見教？」那女子笑道：「苗家女子，不懂你拋書袋的說話，你再說一遍。」岳不羣道：「請問姑娘，你姓甚麼？」那女子笑道：「你早知道我姓甚麼了，又來問我。」岳不羣道：「在下不知姑娘姓甚麼，這才請教。」那女子笑道：「你這麼大年紀啦，鬍子也這麼長了，明明知道我姓甚麼，偏偏又要賴。」這幾句話頗為無禮，只是言笑晏晏，神色可親，不含絲毫敵意。岳不羣道：「姑娘取笑了。」那女子笑道：「岳掌門，你姓甚麼啊？」

岳不羣道：「姑娘知道在下姓岳，卻又明知故問。」岳夫人聽那女子言語輕佻，低聲道：「別理睬她。」岳不羣左手伸到自己背後，搖了幾搖，示意岳夫人不可多言。

桃根仙道：「岳先生在背後搖手，那是甚麼意思？嗯，岳夫人叫他不可理睬那個女子，岳先生卻見那女子既美貌，又風騷，偏偏不聽老婆的話，非理睬她不可。」

那女子笑道：「多謝你啦！你說我既美貌，又風甚麼的，我們苗家女子，那有你們漢人的小姐太太們生得好看？」似乎她不懂「風騷」二字中含有污衊之意，聽人讚她美貌，登時容光煥發，十分歡喜，向岳不羣道：「你知道我姓甚麼了，為甚麼卻又明知故問？」

桃幹仙道：「岳先生不聽老婆的話，有甚麼後果？」桃花仙道：「後果必定不妙。」桃幹仙道：「岳先生人稱『君子劍』，原來也不是真的君子，早知道人家姓甚麼了，偏偏明知故問，沒話找話，跟人家多對答幾句也是好的。」

岳不羣給桃谷六仙說得甚是尷尬，心想這六人口沒遮攔，不知更將有多少難聽的話說將出來，給一眾男女弟子聽在耳中，算甚麼樣子？可又不能和他們當真，當即向那女子拱了拱手，道：「便請拜上藍教主，說道華山岳不羣請問她老人家安好。」

那女子睜著一對圓圓的大眼，眼珠骨溜溜的轉了幾轉，滿臉詫異之色，問道：「你為甚麼叫我『老人家』，難道我已經很老了嗎？」

岳不羣大吃一驚，道：「姑娘……你……你便是五仙教……藍教主……」

他知五仙教是個極為陰險狠辣的教派，「五仙」云云，只是美稱，江湖中人背後提起，都稱之為五毒教。其實百餘年前，這教派的真正名稱便叫作五毒教，創教教祖和教中重要人物，都是雲貴川湘一帶的苗人。後來有幾個漢人入了教，說起「五毒」二字不雅，這才改為「五仙」。這五仙教善於使瘴、使蠱、使毒，與「百藥門」南北並稱。五仙教中教眾苗人為多，使毒的心計不及百藥門，然而詭異古怪之處，卻尤為匪夷所思。江湖中人傳言，百藥門使毒，雖然使人防不勝防，可是中毒之後，細推其理，終於能恍然大悟。但中了五毒教的毒後，即使下毒者細加解釋，往往還是令人難以相信，其詭秘奇特，實非常理所能測度。

那女子笑道：「我便是藍鳳凰，你不早知道了麼？我跟你說，我是五仙教的，可不是藍教主的屬下。五仙教中，除了藍鳳凰自己，又有那一個不是藍鳳凰的屬下？」說著格格格的笑了起來。

桃谷六仙拊掌大笑，齊道：「岳先生真笨，人家明明跟他說了，他還是纏夾不清。」

岳不羣只知五仙教的教主姓藍，聽她這麼說，才知叫做藍鳳凰，瞧她一身花花綠綠的打扮，的確便如是一頭鳳凰似的。其時漢人士族女子，閨名深加隱藏，直到結親下聘，夫家行「問名」之禮，纔能告知。武林中雖不如此拘泥，卻也決沒將姑娘家的名字隨口亂叫的。這苗家女子竟在大河之上當眾自呼，絲毫無忸怩之態。只是她神態雖落落大方，語音卻仍嬌媚之極。

岳不羣拱手道：「原來是藍教主親身駕臨，岳某多有失敬，不知藍教主有何見教？」

藍鳳凰笑道：「我瞎字不識，教你甚麼啊？除非你來教我。瞧你這副打扮模樣，倒真像是個教書先生，你想教我讀書，是不是？我笨得很，你們漢人鬼心眼兒多，我可學不會。」

岳不羣心道：「不知她是裝傻，還是真的不懂『見教』二字。瞧她神情，似乎不是裝模作樣。」便道：「藍教主，你有甚麼事？」

藍鳳凰笑道：「令狐冲是你師弟呢，還是你徒弟？」岳不羣道：「是在下的弟子。」藍鳳凰道：「嗯，我想瞧瞧他成不成？」岳不羣道：「小徒正在病中，神智未曾清醒，大河之上，不便拜見教主。」

藍鳳凰睜大了一雙圓圓的眼睛，奇道：「拜見？我不是要他拜見我啊，他又不是我五仙教屬下，幹麼要他拜我？再說，他是人家……嘻嘻……人家的好朋友，他就是要拜我，我也不敢當啊。聽說他割了自己的血，去給老頭子的女兒喝，救那姑娘的性命。這樣有情有義之人，咱們苗家女子最是佩服，因此我要見見。」

岳不羣沉吟道：「這個……這個……」藍鳳凰道：「他身上有傷，我是知道的，又割出了這許多血。不用叫他出來了，我自己過來罷。」岳不羣忙道：「不敢勞動教主大駕。」

藍鳳凰格格一笑，說道：「甚麼大駕小駕？」輕輕一躍，縱身上了華山派坐船的船頭。岳不羣見她身法輕盈，卻也不見得有如何了不起的武功，當即退後兩步，擋住了船艙入口，心下好生為難。他素知五仙教十分難纏，跟這等邪教拚鬥，又不能全仗真實武功，一上來他對藍鳳凰十分客氣，便是為此；又想起昨晚那兩名百藥門門人的說話，說他們跟蹤華山派是受人之託，物以類聚，多半便是受了五毒教之託。五毒教卻為甚麼要跟華山派過不去？五毒教是江湖上一大幫會，教主親臨，在理不該阻擋，可是如讓這樣一個周身都是千奇百怪毒物之人進入船艙，可也真的放心不下。他並不讓開，叫道：「冲兒，藍教主要見你，快出來見過。」心想叫令狐冲出來在船頭一見，最為妥善。

但令狐冲大量失血，神智兀自未復，雖聽得師父大聲呼叫，只輕聲答應：「是！是！」身子動了幾下，竟坐不起來。

藍鳳凰道：「聽說他受傷甚重，怎麼出來？河上風大，再受了風寒可不是玩的。我進去瞧瞧他。」說著邁步便向艙門口走去。她走上幾步，離岳不羣已不過四尺。岳不羣聞到一陣極濃烈的花香，只得身子微側，藍鳳凰已走進船艙。

外艙中桃谷五仙盤膝而坐，桃實仙臥在床上。藍鳳凰笑道：「你們是桃谷六仙嗎？我是五仙教教主，你們是桃谷六仙。大家都是仙，是自家人啊。」桃根仙道：「不見得，我們是真仙，你是假仙。」桃幹仙道：「就算你也是真仙。我們是六仙，比你多了一仙。」藍鳳凰笑道：「要比你們多一仙，那也容易。」桃葉仙道：「怎麼能多上一仙？你的教改稱七仙教麼？」藍鳳凰道：「我們只有五仙，沒有七仙。可是叫你們桃谷六仙變成四仙，不就比你們多一仙了麼？」桃花仙怒道：「叫桃谷六仙變成四仙，你要殺死我們二人？」藍鳳凰笑道：「殺也可以，不殺也可以。聽說你們是令狐冲的朋友，那麼就不殺好了，不過你們不能吹牛皮，說比我五仙教還多一仙。」桃幹仙叫道：「偏要吹牛皮，你又怎樣？」

一瞬之間，桃根、桃幹、桃葉、桃花四人已同時抓住了她手足，剛要提起，突然四人齊聲驚呼，鬆手不迭。每人都攤開手掌，呆呆的瞧著掌中之物，臉上神情恐怖異常。

岳不羣一眼見到，不由得全身發毛，背上登時出了一陣冷汗。但見桃根仙、桃幹仙二人掌中各有一條綠色大蜈蚣，桃葉仙、桃花仙二人掌中各有一條花紋斑爛的大蜘蛛。四條毒蟲身上都生滿長毛，令人一見便欲作嘔。這四條毒蟲只微微抖動，並未咬噛桃谷四仙，倘若已經咬了，事已如此，倒也不再令人生懼，正因將咬未咬，卻制得桃谷四仙不敢稍動。

藍鳳凰隨手一拂，四隻毒蟲都被她收了去，霎時不見，也不知給她藏在身上何處。她不再理會桃谷六仙，又向前行。桃谷六仙嚇得魂飛魄散，再也不敢多口。

令狐冲和華山派一眾男弟子都在中艙。這時中艙和後艙之間的隔板已然拉上，岳夫人和眾女弟子都回入了後艙。

藍鳳凰的眼光在各人臉上打了個轉，走到令狐冲床前，低聲叫道：「令狐公子，令狐公子！」聲音溫柔之極，旁人聽在耳裏，只覺迴腸盪氣，似乎她叫的便是自己，忍不住便要出聲答應。她這兩聲一叫，一眾男弟子倒有一大半面紅過耳，全身微顫。

令狐冲緩緩睜眼，低聲道：「你……你是誰？」藍鳳凰柔聲說道：「我是你好朋友的朋友，所以也是你的朋友。」令狐冲「嗯」的一聲，又閉上了眼睛。藍鳳凰道：「令狐公子，你失血雖多，但不用怕，不會死的。」令狐冲昏昏沉沉，並不答話。

藍鳳凰伸手到令狐冲被中，將他的右手拉了出來，搭他脈搏，皺了皺眉頭，忽然探頭出艙，一聲唿哨，嘰哩咕嚕的說了好幾句話，艙中諸人均不明其意。

過不多時，四個苗女走了進來，都是十八九歲年紀，穿的一色是藍布染花衣衫，腰中縛一條繡花腰帶，手中都拿著一隻八寸見方的竹織盒子。

岳不羣微微皺眉，心想五仙教門下所持之物，那裏會有甚麼好東西，單是藍鳳凰一人，身上已是蜈蚣、蜘蛛，藏了不少，這四個苗女公然捧了盒子進船，只怕要天下大亂了，可是對方未曾露出敵意，卻又不便出手阻攔。

四名苗女走到藍鳳凰身前，低聲說了幾句。藍鳳凰一點頭，四名苗女便打開了盒子。眾人心下都十分好奇，急欲瞧瞧盒中藏的是甚麼古怪物事，只有岳不羣適才見過桃谷四仙掌中的生毛毒蟲，心想這盒中物事，最好是今生永遠不要見到。

便在頃刻之間，奇事陡生。

只見四個苗女各自捲起衣袖，露出雪白的手臂，跟著又捲起褲管，直至膝蓋以上。華山派一眾男弟子無不看得目瞪口呆，怦怦心跳。

岳不羣暗叫：「啊喲，不好！這些邪教女子要施邪術，以色慾引誘我門下弟子。這藍鳳凰的話聲已如此淫邪，再施展妖法，眾弟子定力不夠，必難抵禦。」不自禁的手按劍柄，心想這些五仙教教徒倘若解衣露體，施展邪法，說不得，只好出劍對付。

四名苗女捲起衣袖褲管後，藍鳳凰也慢慢捲起了褲管。

岳不羣連使眼色，命眾弟子退到艙外，以免為邪術所惑，但只有勞德諾和施戴子二人退了出去，其餘各人或呆立不動，或退了幾步，又再走回。岳不羣氣凝丹田，運起紫霞神功，臉上紫氣大盛，心想五毒教盤踞天南垂二百年，惡名決非倖致，必有狠毒厲害之極的邪法，此時其教主親身施法，更加非同小可，若不以神功護住心神，只怕稍有疏虞，便著了她的道兒。眼見這些苗女赤身露體，不知羞恥為何物，自己著邪中毒後喪了性命，也還罷了，怕的是心神被迷，當眾出醜，華山派和君子劍聲名掃地，可就陷於萬劫不復之境了。

只見四名苗女各從竹盒之中取出一物，蠕蠕而動，果是毒蟲。四名苗女將毒蟲放在自己赤裸的臂上腿上，毒蟲便即附著，並不跌落。岳不羣定睛看去，認出原來並非毒蟲，而是水中常見的吸血水蛭，只是比尋常水蛭大了一倍有餘。四名苗女取了一隻水蛭，又是一隻。藍鳳凰也到苗女的竹盒中取了一隻隻水蛭出來，放在自己臂上腿上，不多一會，五個人臂腿上爬滿了水蛭，總數少說也有兩百餘條。

眾人都看得呆了，不知這五人幹的是甚麼古怪玩意。岳夫人本在後艙，聽得中艙中眾人你一聲「啊」，他一聲「噫」，充滿了詫異之情，忍不住輕輕推開隔板，眼見這五個苗女如此情狀，不由得也是「啊」的一聲驚呼。

藍鳳凰微笑道：「不用怕，咬不著你的。你……你是岳先生的老婆嗎？聽說你的劍法很好，是不是？」

岳夫人勉強笑了笑，並不答話，她問自己是不是岳先生的老婆，出言太過粗俗，又問自己是否劍法很好，此言若是另一人相詢，對方縱含惡意，也當謙遜幾句，可是這藍鳳凰顯然不大懂得漢人習俗，如說自己劍法很好，未免自大，如說劍法不好，說不定她便信以為真，小覷了自己，還是以不答為上。

藍鳳凰也不再問，只安安靜靜的站著。岳不羣全神戒備，只待這五個苗女一有異動，擒賊擒王，先制止了藍鳳凰再說。船艙中一時誰也不再說話。只聞到華山派眾男弟子粗重的呼吸之聲。過了良久，只見五個苗女臂上腿上的水蛭身體漸漸腫脹，隱隱現出紅色。

岳不羣知道水蛭一遇人獸肌膚，便以口上吸盤牢牢吸住，吮吸鮮血，非得吸飽，決不肯放。水蛭吸血之時，被吸者並無多大知覺，僅略感麻癢，農夫在水田中耕種，往往被水蛭釘在腿上，吸去不少鮮血而不自知。他暗自沉吟：「這些妖女以水蛭吸血，不知是何用意？多半五仙教徒行使邪法，須用自己鮮血。看來這些水蛭一吸飽血，便是她們行法之時。」

卻見藍鳳凰輕輕揭開蓋在令狐冲身上的棉被，從自己手臂上拔下一隻吸滿了八九成鮮血的水蛭，放上令狐冲頸中的血管。

岳夫人生怕她傷害令狐冲，急道：「喂，你幹甚麼？」拔出長劍，躍入中艙。

岳不羣搖搖頭，道：「不忙，等一下。」

岳夫人挺劍而立，目不轉睛的瞧著藍鳳凰和令狐冲二人。

只見令狐冲頸上那水蛭咬住了他血管，又再吮吸。藍鳳凰從懷中取出一個瓷瓶，拔開瓶塞，伸出右手小指的尖尖指甲，從瓶中挑了些白色粉末，灑了一些在水蛭身上。四名苗女解開令狐冲衣襟，捲起他衣袖褲管，將自己身上的水蛭一隻隻拔下，轉放在他胸腹臂腿各處血管上。片刻之間，兩百餘隻水蛭盡已附著在令狐冲身上。藍鳳凰不斷挑取藥粉，在每隻水蛭身上分別灑上少些。

說也奇怪，這些水蛭附在五名苗女身上時越吸越脹，這時卻漸漸縮小。

岳不羣恍然大悟，長長舒了口氣，心道：「原來她所行的是轉血之法，以水蛭為媒介，將她們五人身上的鮮血轉入冲兒血管。這些白色粉末不知是何物所製，竟然能逼令水蛭倒吐鮮血，當真神奇之極。」他想明白了這一點，緩緩放鬆了本來緊握著劍柄的手指。

岳夫人也輕輕還劍入鞘，本來繃緊著的臉上現出了笑容。

船艙中雖仍寂靜無聲，但和適才惡鬥一觸即發的氣勢卻已大不相同。更加難得的是，居然連桃谷六仙也瞧得驚詫萬分，張大了嘴巴，合不攏來。六張嘴巴既然都張大了合不攏，自然也無法議論爭辯了。

又過了一會，只聽得嗒的一聲輕響，一條吐乾了腹中血液的水蛭掉在船板上，扭曲了幾下，便即殭死。一名苗女拾了起來，從窗口拋入河中。水蛭一條條投入河中，不到一頓飯時分，水蛭拋盡，令狐冲本來焦黃的臉孔上卻微微有了些血色。那二百多條水蛭所吸而轉注入令狐冲體內的鮮血，總數當逾一大碗，雖不能補足他所失之血，卻已令他轉危為安。

岳不羣和夫人對望了一眼，均想：「這苗家女子以一教之尊，居然不惜以自身鮮血補入冲兒體內。她和冲兒素不相識，決非對他有了情意。她自稱是冲兒的好朋友的朋友，冲兒幾時又結識下這樣大有來頭的一位朋友？」

藍鳳凰見令狐冲臉色好轉，再搭他脈搏，察覺振動加強，心下甚喜，柔聲問道：「令狐公子，你覺得怎樣？」

令狐冲於一切經過雖非全部明白，卻也知這女子是在醫治自己，但覺精神已好得多，說道：「多謝姑娘，我……我好得多了。」藍鳳凰道：「你瞧我老不老？是不是很老了？」

令狐冲道：「誰說你老了？你自然不老。要是你不生氣，我就叫你一聲妹子啦。」藍鳳凰大喜，臉色便如春花初綻，大增嬌艷之色，微笑道：「你真好。怪不得，怪不得，這個不把天下男子瞧在眼裏的人，對你也會這樣好，所以啦……唉……」令狐冲笑道：「你倘若真的說我好，幹麼不叫我『令狐大哥』？」藍鳳凰臉上微微一紅，叫道：「令狐大哥。」令狐冲笑道：「好妹子，乖妹子！」

他生性倜儻，不拘小節，與素以「君子」自命的岳不羣大不相同。他神智略醒，便知藍鳳凰喜歡別人道她年輕美貌，聽她直言相詢，雖眼見她年紀比自己大，卻也張口就叫她「妹子」，心想她出力相救自己，該當讚上幾句，以資報答。果然藍鳳凰一聽之下，十分開心。

岳不羣和岳夫人都不禁皺起眉頭，均想：「冲兒這傢伙浮滑無聊，當真難以救藥。平一指說他已不過百日之命，此時連一百天也沒有了，一隻腳已踏進了棺材，剛清醒得片刻，便和這等淫邪女子胡言調笑。」

藍鳳凰笑道：「大哥，你想吃甚麼？我去拿些點心給你吃，好不好？」令狐冲道：「點心倒不想吃，只是想喝酒。」藍鳳凰道：「這個容易，我們有自釀的『五寶花蜜酒』，你倒試試看。」嘰哩咕嚕的說了幾句苗語。

兩名苗女應命而去，從小舟取過八瓶酒來，開了一瓶倒在碗中，登時滿船花香酒香。

令狐冲道：「好妹子，你這酒嘛，花香太重，蓋住了酒味，那是女人家喝的酒。」藍鳳凰笑道：「花香非重不可，否則有毒蛇的腥味。」令狐冲奇道：「酒中有毒蛇腥味？」藍鳳凰道：「是啊。我這酒叫作『五寶花蜜酒』，自然要用『五寶』了。」令狐冲問道：「甚麼叫『五寶』？」藍鳳凰道：「五寶是我們教裏的五樣寶貝，你瞧瞧罷。」說著端過兩隻空碗，倒轉酒瓶，將瓶中的酒倒了出來，只聽得咚咚輕響，有幾條小小的物事隨酒落入碗中。

好幾名華山弟子見到，登時駭聲而呼。

她將酒碗拿到令狐冲眼前，只見酒色極清，純白如泉水，酒中浸著五條小小的毒蟲，一是青蛇，一是蜈蚣，一是蜘蛛，一是蝎子，另有一隻小蟾蜍。令狐冲嚇了一跳，問道：「酒中為甚麼放這……這種毒蟲？」藍鳳凰呸了一聲，說道：「這是五寶，別毒蟲……毒蟲的亂叫。令狐大哥，你敢不敢喝？」令狐冲苦笑道：「這……五寶，我可有些害怕。」

藍鳳凰拿起酒碗，喝了一大口，笑道：「我們苗人的規矩，倘若請朋友喝酒吃肉，朋友不喝不吃，那朋友就不是朋友啦。」

令狐冲接過酒碗，骨嘟骨嘟的將一碗酒都喝下肚中，連那五條毒蟲也一口吞下。他膽子雖大，卻也不敢去咀嚼其味了。

藍鳳凰大喜，伸手摟住他頭頸，便在他臉頰上親了兩親，她嘴唇上搽的胭脂在令狐冲臉上印了兩個紅印，笑道：「這才是好哥哥呢。」

令狐冲一笑，一瞥眼間見到師父嚴厲的眼色，心中一驚，暗道：「糟糕，糟糕！我大膽妄為，在師父師娘跟前這般胡鬧，非給師父痛罵一場不可。小師妹可又更加瞧我不起了。」

藍鳳凰又開了一瓶酒，斟在碗裏，連著酒中所浸的五條小毒蟲，送到岳不羣面前，笑道：「岳先生，我請你喝酒。」

岳不羣見到酒中所浸蜈蚣、蜘蛛等一干毒蟲，已然噁心，跟著便聞到濃烈的花香之中隱隱混著難以言宣的腥臭，忍不住便欲嘔吐，左手伸出，便往藍鳳凰持著酒杯的手上推去。不料藍鳳凰竟然並不縮手，眼見自己手指便要碰到她手背，急忙縮回。藍鳳凰笑道：「怎地做師父的反沒徒兒大膽？華山派的眾位朋友，那一個喝了這碗酒？喝了可大有好處。」

霎時之間舟中寂靜無聲。藍鳳凰一手舉著酒碗，卻無人接口。藍鳳凰嘆了口氣道：「華山派中除了令狐冲外，再沒第二個英雄好漢了。」

忽聽得一人大聲道：「給我喝！」卻是林平之。他走上幾步，伸手便要去接酒碗。

藍鳳凰雙眉一軒，笑道：「原來……」岳靈珊叫道：「小林子，你吃了這髒東西，就算不毒死，以後也別想我再來睬你。」藍鳳凰將酒碗遞到林平之面前，笑道：「你喝了罷！」林平之囁嚅道：「我……我不喝了。」聽得藍鳳凰長聲大笑，不由得脹紅了臉，道：「我不喝這酒，可……可不是怕死。」

藍鳳凰笑道：「我當然知道，你是怕這美貌姑娘從此不睬你。你不是膽小鬼，你是多情漢子，哈哈，哈哈。」走到令狐冲身前，說道：「大哥，回頭見。」將酒碗在桌上一放，一揮手。四個苗女拿了餘下的六瓶酒，跟著她走出船艙，縱回小舟。

只聽得甜膩的歌聲飄在水面，順流向東，漸遠漸輕，那小舟搶在頭裏，遠遠的去了。

岳不羣皺眉道：「將這些酒瓶酒碗都摔入河中。」林平之應道：「是！」走到桌邊，手指剛碰到酒瓶，只聞奇腥衝鼻，身子一晃，站立不定，忙伸手扶住桌邊。岳不羣登時省悟，叫道：「酒瓶上有毒！」衣袖拂去，勁風到處，將桌上的酒瓶酒碗，一古腦兒送出窗去，摔在河裏；驀地裏胸口一陣煩惡，強自運氣忍住，卻聽得哇的一聲，林平之已大吐起來。

跟著這邊廂哇的一聲，那邊廂又是哇的一響，人人都捧腹嘔吐，連桃谷六仙和船梢的船公水手也均不免。岳不羣強忍了半日，終於再也忍耐不住，也便嘔吐起來。各人嘔了良久，雖已將胃中食物吐了個乾乾淨淨，再無剩餘，嘔吐卻仍不止，不住的嘔出酸水。到後來連酸水也沒有了，仍是喉癢心煩，難以止歇，均覺腹中倘若有物可吐，反比這等空嘔舒服得多。

船中前前後後數十人，只令狐冲一人不嘔。

桃實仙道：「令狐冲，那妖女對你另眼相看，給你服了解藥。」令狐冲道：「我沒服解藥啊。難道那碗毒酒便是解藥？」桃根仙道：「誰說不是呢？那妖女見你生得俊，喜歡了你啦。」桃枝仙道：「我說不是因為他生得俊，而是因為他讚那妖女年輕貌美。」桃花仙道：「那也要他有膽量喝那毒酒，吞了那五條毒蟲。」桃葉仙道：「他雖然不嘔，焉知不是腹中有了五條毒蟲之後，中毒更深？」桃幹仙道：「啊喲，不得了！令狐冲喝那碗毒酒，咱們沒加阻攔，倘若因此斃命，平一指追究起來，那便如何是好？」桃根仙道：「平一指說他本來就快死的，早死了幾天，有甚麼要緊？」桃花仙道：「令狐冲不要緊，我們就要緊了。」桃實仙道：「那也不要緊，咱們高飛遠走，那平一指身矮腿短，諒他也追咱們不著。」桃谷六仙不住作嘔，卻也不捨得少說幾句。

岳不羣眼見駕船的水手作嘔不止，座船在大河中東歪西斜，甚是危險，當即縱到後梢，把住了舵，將船向南岸駛去。他內功深厚，運了幾次氣，胸中煩惡之意漸消。

座船慢慢靠岸，岳不羣縱到船頭，提起鐵錨擲到岸邊。這隻鐵錨無慮二百來斤，要兩名水手才抬得動。船夫見岳不羣是個文弱書生，不但將這大鐵錨一手提起，而且一抛數丈，不禁為之咋舌，不過咋舌也沒多久，跟著又捧腹大嘔。

眾人紛紛上岸，跪在水邊喝滿了一腹河水，又嘔將出來，如此數次，這才嘔吐漸止。

這河岸是個荒僻所在，但遙見東邊數里外屋宇鱗比，是個市鎮。岳不羣道：「船中餘毒未淨，乘坐不得的了。咱們到那鎮上再說。」桃幹仙揹著令狐冲、桃枝仙揹著桃實仙，眾人齊往那市鎮行去。

到得鎮上，桃幹仙和桃枝仙當先走進一家飯店，將令狐冲和桃實仙往椅上一放，叫道：「拿酒來，拿菜來，拿飯來！」

令狐冲一瞥間，見店堂中端坐著一個矮小道人，正是青城派掌門余滄海，不禁一怔。

這青城掌門顯是身處重圍。他坐在一張小桌旁，桌上放著酒壺筷子，三碟小菜，一柄閃閃發光的出鞘長劍。圍著那張小桌的卻是七條長凳，每條凳上坐著一人。這些人有男有女，貌相都頗兇惡，各人凳上均置有兵刃。七人一言不發，凝視余滄海。那青城掌門甚為鎮定，左手端起酒杯飲酒，衣袖竟沒絲毫顫動。

桃根仙道：「這矮道人心中在害怕。」桃枝仙道：「他當然在害怕，七個打一個，他非輸不可。」桃幹仙道：「他倘若不怕，幹麼左手舉杯，不用右手？當然是要空著右手，以備用劍。」余滄海哼了一聲，將酒杯從左手交到右手。桃花仙道：「他聽到二哥的說話，可是眼睛不敢向二哥瞄上一瞄，那就是害怕。他倒不是怕二哥，而是怕一個疏神，七個敵人同時進攻，他就得給分成八塊。」桃葉仙格的一笑，說道：「這矮道人本就矮小，分成八塊，豈不是更加矮小？」

令狐冲對余滄海雖大有芥蒂，但眼見他強敵環伺，不願乘人之危，說道：「六位桃兄，這位道長是青城派的掌門。」桃根仙道：「是青城派掌門便怎樣？是你的朋友麼？」令狐冲道：「在下不敢高攀，不是我的朋友。」桃幹仙道：「不是你朋友便好辦。咱們有一場好戲看。」桃花仙拍桌叫道：「快拿酒來！老子要一面喝酒，一面瞧人把矮道人切成九塊。」桃葉仙道：「為甚麼是九塊？」桃花仙道：「你瞧那頭陀使兩柄虎頭彎刀，他一個人要多切一塊。」桃葉仙道：「也不見得，這些人有的使狼牙錘，有的使金拐杖，那又怎麼切法？」

令狐冲道：「大家別說話，咱們兩不相幫，可是也別分散了青城派掌門余觀主的心神。」桃谷六仙不再說話，笑嘻嘻、眼睜睜的瞧著余滄海。令狐冲卻逐一打量圍住他的七人。

只見一個頭陀長髮垂肩，頭上戴著一個閃閃發光的銅箍，束著長髮，身邊放著一對彎成半月形的虎頭戒刀。他身旁是個五十來歲的婦人，頭髮花白，滿臉晦氣之色，身畔放的是一柄兩尺來長的短刀。再過去是一僧一道，僧人身披血也似紅的僧衣，身邊放著一鉢一鈸，均是純鋼所鑄，鋼鈸的邊緣鋒銳異常，顯是一件厲害武器；那道人身材高大，長凳上放的是個八角狼牙錘，看上去斤兩不輕。道人右側的長凳上箕踞著一個中年化子，頭頸和肩頭盤了兩條青蛇，蛇頭作三角之形，長信伸縮不已。其餘二人是一男一女，男的瞎了左眼，女的瞎了右眼，兩人身邊各倚一條拐杖，杖身燦然發出黃澄澄之色，杖身甚粗，倘若真是黃金所鑄，份量著實沉重，這一男一女都是四十來歲年紀，情狀便是江湖上尋常的落魄男女，卻攜了如此貴重的拐杖，透著說不出的詭異。

只見那頭陀目露兇光，緩緩伸出雙手，握住了一對戒刀的刀柄。那乞丐從頸中取下一條青蛇，盤在臂上，蛇頭對準了余滄海。那和尚拿起了鋼鈸。那道人提起了狼牙錘。那中年婦人也將短刀拿在手中。眼見各人便要同時進襲。

余滄海哈哈一笑，說道：「倚多為勝，原是邪魔外道的慣技，我余滄海又有何懼？」

那眇目男子忽道：「姓余的，我們並不想殺你。」那眇目女子道：「不錯，你只須將辟邪劍譜乖乖交了出來，我們便客客氣氣的放你走路。」

岳不羣、令狐冲、林平之、岳靈珊等聽她突然提到「辟邪劍譜」，都是一怔，沒料想到這七人圍住了余滄海，竟是要向他索取辟邪劍譜。四人你向我瞧一眼，我向你瞧一眼，均想：「難道這部辟邪劍譜當真是落在余滄海手中？」

那中年婦人冷冷的道：「跟這矮子多說甚麼，先宰了他，再搜他身上。」眇目女子道：

「說不定他藏在甚麼隱僻之處，宰了他而搜不到，豈不糟糕。」那中年婦女嘴巴一扁，道：「搜不到便搜不到，也不見得有甚麼糟糕。」她說話時含糊不清，大為漏風，原來滿口牙齒已落了大半。眇目女子道：「姓余的，我勸你好好的獻了出來。這部劍譜又不是你的，在你手中已有這許多日子，你讀也讀熟了，背也背得出了，死死的霸著，又有何用？」

余滄海一言不發，氣凝丹田，全神貫注。

便在此時，忽聽得門外有人哈哈哈的笑了幾聲，走進一個眉花眼笑的人來。

這人身穿繭綢長袍，頭頂半禿，一部黑鬚，肥肥胖胖，滿臉紅光，神情十分和藹可親，左手拿著個翡翠鼻煙壺，右手則是一柄尺來長的摺扇，衣飾華貴，是個富商模樣。他進店後見到眾人，怔了一怔，笑容立斂，但立即哈哈哈的笑了起來，拱手道：「幸會，幸會！想不到當世的英雄好漢，都聚集到這裏了。當真是三生有幸。」

這人向余滄海道：「甚麼好風把青城派余觀主吹到河南來啊？久聞青城派『松風劍法』是武林中一絕，今日咱們多半可以大開眼界了。」余滄海全神運功，不加理睬。

這人向眇目的男女拱手笑道：「好久沒見『桐柏雙奇』在江湖上行走了，這幾年可發了大財哪。」那眇目男子微微一笑，說道：「那裏有游大老闆發的財大。」這人哈哈連笑三聲，道：「兄弟是空場面，左手來，右手去，單是兄弟的外號，便可知兄弟只不過面子上好看，內裏卻空虛得很。」

桃枝仙忍不住問道：「你的外號叫甚麼？」那人向桃枝仙瞧去，見桃谷六仙形貌奇特，卻認不出他六人的來歷，嘻嘻一笑，道：「兄弟有個難聽的外號，叫作『滑不留手』，大家說兄弟愛結交朋友。為了朋友，兄弟是千金立盡，毫不吝惜，雖然賺得錢多，金銀卻是在手裏留不住的。」那眇目男子道：「這位游朋友，好像另外還有一個外號。」游迅笑道：「是麼？兄弟怎地不知？」

突然間有個冷冷的聲音說道：「油浸泥鰍，滑不留手。」聲音漏風，自是那少了一半牙齒的婦人在說話了。

桃花仙叫道：「不得了，了不得，泥鰍已是滑溜之極，再用油來一浸，又有誰能抓得他住？」

游迅笑道：「這是江湖上朋友抬愛，稱讚兄弟的輕功造詣不差，好像泥鰍一般敏捷，其實慚愧得緊，這一點微末功夫，實在不足掛齒。張夫人，你老人家近來清健。」說著深深一揖。那中年婦人張夫人白了他一眼，喝道：「油腔滑調，給我走開些。」這游迅脾氣極好，一點也不生氣，向那乞丐道：「雙龍神丐嚴兄，你那兩條青龍可越來越矯捷活潑了。」那乞丐名叫嚴三星，外號本來叫作「雙蛇惡乞」，但游迅卻隨口將他叫作「雙龍神丐」，嚴三星本來極為兇悍，一聽之下，臉上也不由得露出了笑容。

游迅也認得長髮頭陀仇松年，僧人西寶，道人玉靈，隨口捧了幾句。他嘻嘻哈哈，片刻之間，便將劍拔弩張的局面弄得和緩了好多。

忽聽得桃葉仙叫道：「喂，油浸泥鰍，你卻怎地不讚我六兄弟武功高強，本事了得？」游迅笑道：「這個……這個自然要讚的……」豈知他一句話沒說完，雙手雙腳已被桃根、桃幹、桃枝、桃葉四仙抓在手中，將他提了起來，卻沒使勁拉扯。

游迅急忙讚道：「好功夫，好本事，如此武功，古今罕有！」桃谷四仙聽得游迅接連大讚三句，自不願便將他撕成了四塊。桃根仙、桃枝仙齊聲問道：「怎見得我們的武功古今罕有？」游迅道：「兄弟的外號叫作『滑不留手』，老實說，本來是誰也抓不到兄弟的。可是四位一伸手，便將兄弟手到擒來，一點不滑，一點不溜，四位手上功夫之厲害，當真是古往今來，罕見罕聞。兄弟此後行走江湖，定要將六位高人的名號到處宣揚，以便武林中個個知道世上有如此了不起的人物。」桃根仙等大喜，當即將他放下。

張夫人冷冷的道：「滑不留手，名不虛傳。這一回，豈不是又叫人抓住再放了？」游迅道：「這是六位高人的武功太過了得，令人大為敬仰，只可惜兄弟孤陋寡聞，不知六位前輩名號如何稱呼？」桃根仙道：「我們兄弟六人，名叫『桃谷六仙』。我是桃根仙，他是桃幹仙。」將六兄弟的名號逐一說了。游迅拍手道：「妙極，妙極。這『仙』之一字，和六位的武功再配合沒有，若非如此神乎其技、超凡入聖的功夫，那有資格稱到這一個『仙』字？」桃谷六仙大喜，齊道：「你這人有腦筋，有眼光，是個大大的好人。」

張夫人瞪視余滄海，喝道：「那辟邪劍譜，你到底交不交出來？」余滄海仍不理會。

游迅說道：「啊喲，你們在爭辟邪劍譜？據我所知，這劍譜可不在余觀主手中啊。」張夫人問道：「那你知道是在誰的手中？」游迅道：「此人大大的有名，說將出來，只怕嚇壞了你。」一頭陀仇松年大聲喝道：「快說！你倘若不知，便走開些，別在這裏礙手礙腳！」游迅笑道：「這位師父遮莫多吃了些燒豬烤羊，偌大火氣。兄弟武功平平，消息卻十分靈通。江湖上有甚麼秘密訊息，要瞞過兄弟的千里眼、順風耳，可不大容易。」

桐柏雙奇、張夫人等均知此言倒是不假，這游迅好管閒事，無孔不入，武林中有甚麼他所不知道的事確是不多，當即齊聲道：「你賣甚麼關子？辟邪劍譜到底是在誰的手中？」

游迅笑嘻嘻的道：「各位知道兄弟的外號叫作『滑不留手』，錢財左手來，右手去，這幾天實在窮得要命。各位都是大財主，拔一根寒毛，也比兄弟的腿子粗。兄弟好容易得到一個要緊消息，當真是千載難逢的良機。常言道得好，寶劍贈烈士，紅粉贈佳人，好消息嘛，自當賣給財主。兄弟所賣的不是關子，而是消息。」

張夫人道：「好，咱們先把余滄海殺了，再逼這游泥鰍說話。動手！」她「動手」二字一出口，只聽得叮叮噹噹幾下兵刃迅速之極的相交。張夫人等七人一齊離開了長凳，各挺兵刃和余滄海拆了幾招。七人一擊即退，仍團團的將余滄海圍住。只見西寶和尚與頭陀仇松年腿上鮮血直流，余滄海長劍交在左手，右肩上道袍破碎，不知是給誰重重的擊中了一下。

張夫人叫道：「再來！」七人又是一齊攻上，叮叮噹噹的響了一陣，七人又再後退，仍是將余滄海圍在垓心。

只見張夫人臉上中劍，左邊自眉心至下頦，劃了一道長長的口子。余滄海左臂上卻被砍了一刀，左手已無法使劍，將長劍又再交到右手。玉靈道人一揚狼牙鎚，朗聲說道：「余觀主，咱二人是三清一派，勸你投降了罷！」余滄海哼了一聲，低聲咒罵。

張夫人也不去抹臉上的鮮血，提起短刀，對準了余滄海，叫道：「再……」

張夫人一個「上」字尚未出口，忽聽得有人喝道：「且慢！」一人幾步搶進圈中，站在余滄海身邊，說道：「各位以七對一，未免太不公道，何況那位游老闆說過，辟邪劍譜確是不在余滄海手中。」這人正是林平之。他自見到余滄海後，目光始終沒離開過他片刻，眼見他雙臂受傷，張夫人等七人這次再行攻上，定然將他亂刀分屍，自己與這人仇深似海，非得手刃此獠不可，決不容旁人將他殺了，當即挺身而出。

張夫人厲聲問道：「你是甚麼人？要陪他送死不成？」林平之道：「陪他送死倒不想。我見這事太過不平，要出來說句公道話。大家不用打了罷。」仇松年道：「將這小子一起宰了。」玉靈道人道：「你是誰？如此膽大妄為，替人強行出頭。」

林平之道：「在下華山派林平之……」

桐柏雙奇、雙蛇惡乞、張夫人等齊聲叫道：「你是華山派的？令狐公子呢？」

令狐冲抱拳道：「在下令狐冲，山野少年，怎稱得上『公子』二字？各位識得我的一個朋友麼？」一路之上，許多高人奇士對他尊敬討好，都說是由於他的一個朋友之故，令狐冲始終猜想不出，到底甚麼時候交上了這樣一位神通廣大的朋友，聽這七人如此說，料想又是衝著這位神奇朋友而賣他面子了。

果然張夫人等七人一齊轉身，向令狐冲恭恭敬敬的行禮。玉靈道人說道：「我們七人得到訊息，日夜不停的趕來，便是要想一識尊範。得在此處拜見，正是好極了。」

余滄海受傷著實不輕，眼見挺身而出替他解圍的居然是林平之，不禁大是奇怪，但隨即便明白了他的用意，見圍住自己的七人都在跟令狐冲說話，此時不走，更待何時，他腿上並未受傷，突然倒縱而出，搶入小飯店後進，從後門飛也似的走了。

嚴三星和仇松年齊聲呼叫，卻顯然已追趕不及。

「滑不留手」游迅走到令狐冲面前，笑道：「兄弟從東方來，聽得不少江湖朋友提到令狐公子的大名，心下好生仰慕。兄弟得知幾十位教主、幫主、洞主、島主要在五霸岡上和公子相會，這就忙不迭的趕來湊熱鬧，想不到運氣真好，卻搶先見到了公子。放心，不要緊，這次帶到五霸岡上的靈丹妙藥，沒一百種也有九十九種，公子所患的小小疾患，何足道哉，何足道哉！哈哈哈，很好，很好。」拉住了令狐冲的手連連搖晃，顯得親熱無比。

令狐冲吃了一驚，問道：「甚麼數十位教主、幫主、洞主、島主？又是甚麼一百種靈丹妙藥？在下可全不明白了。」

游迅笑道：「令狐公子不必過慮，這中間的原由，兄弟便有天大膽子，也不敢信口亂說。公子爺儘管放心，哈哈哈，兄弟要是胡說八道，就算公子爺不會見怪，落在旁人耳中，姓游的有幾個腦袋？游迅再滑上十倍，這腦袋瓜子終於也非給人揪下來不可。」

張夫人陰沉沉的道：「你說不敢胡說八道，卻又儘提這事作甚？五霸岡上有甚麼動靜，待會令狐公子自能親眼見到，又何必要你先來多嘴？我問你，那辟邪劍譜，到底是在誰的手裏？」

游迅佯作沒聽見，轉頭向著岳不羣夫婦，笑嘻嘻的道：「在下一進門來，見到兩位，心中一直嘀咕：這位相公跟這位夫人相貌清雅，氣度不凡，卻是那兩位了不起的武林高人？兩位跟令狐公子在一起，那必是華山派掌門、大名鼎鼎的『君子劍』岳先生夫婦了。」

岳不羣微微一笑，說道：「不敢。」

游迅道：「常言道：有眼不識泰山。小人今日是有眼不識華山。最近岳先生一劍刺瞎一十五名強敵，當真名震江湖，小人佩服得五體投地。好劍法！好劍法！」他說得真切，如曾親眼目睹一般。岳不羣哼了聲，臉上閃過了一陣陰雲。游迅又道：「岳夫人寧女俠……」

張夫人喝道：「你囉裏囉唆的，有個完沒有？快說！是誰得了辟邪劍譜？」她聽到岳不羣夫婦的名字，竟似渾不在意下。

游迅笑嘻嘻的伸出手來，說道：「給一百兩銀子，我便說給你聽。」

張夫人呸的一聲，道：「你前世就沒見過銀子？甚麼都是要錢，要錢，要錢！」

桐柏雙奇的眇目男子從懷中取出一錠銀子，向游迅投了過去，道：「一百兩只多不少，快說！」游迅接過銀子，在手中掂了掂，說道：「這就多謝了。來，咱們到外邊去，我跟你說。」那眇目男子道：「為甚麼到外邊去？你就在這裏說好了，好讓大家聽聽。」眾人齊道：「是啊，是啊！幹麼鬼鬼祟祟的？」游迅連連搖頭，說道：「不成，不成！我要一百兩銀子，是每人一百兩，可不是將這個大消息只賣一百兩銀子。如此大賤賣，世上焉有此理？」

那眇目男子右手一擺，仇松年、張夫人、嚴三星、西寶僧等都圍將上來，霎時間將他圍在垓心，便如適才對付余滄海一般。張夫人冷冷的道：「這人號稱滑不留手，對付他可不能用手，大家使兵刃。」玉靈道人提起八角狼牙錘，在空中呼的一聲響，劃了個圈子，說道：「不錯，瞧他的腦袋是不是滑不留錘。」眾人瞧瞧他錘上的狼牙尖銳鋒利，閃閃生光，再瞧瞧游迅的腦袋細皮白肉、油滋烏亮，都覺他的腦袋不見得前程遠大。

游迅道：「令狐公子，適才貴派一位少年朋友，片言為余觀主解圍，公子卻何以對游某人身遭大難，猶似不聞不見？」

令狐冲道：「你如不說辟邪劍譜的所在，在下也只好插手要對老兄不大客氣了。」說到這裏，心中一酸，情不自禁的向岳靈珊瞧了一眼，心想：「連你也冤枉我取了小林子的劍譜。」

張夫人等七人齊聲歡呼，叫道：「妙極，妙極！請令狐公子出手。」

游迅嘆了口氣，道：「好，我說就是，你們各歸各位啊，圍著我幹甚麼？」張夫人道：「對付滑不留手，只好加倍小心些。」游迅嘆道：「這叫做自作孽，不可活。我游迅為甚麼不等在五霸岡上看熱鬧，卻自己到這裏送死？」張夫人道：「你到底說不說？」

游迅道：「我說，我說，我為甚麼不說？咦，東方教主，你老人家怎地大駕光臨？」他最後這兩句說得聲音極響，同時目光向著店外西首直瞪，臉上充滿了不勝駭異之情。

眾人一驚之下，都順著他眼光向西瞧去，只見長街上一人慢慢走近，手中提了一隻菜簍子，乃是個市井菜販，怎麼會是威震天下的東方不敗東方教主？眾人回過頭來，游迅卻已不知去向，這才知道是上了他的大當。張夫人、仇松年、玉靈道人都破口大罵起來，情知他輕功了得，為人又精靈之極，既已脫身，就再難捉得他住。

令狐冲大聲道：「原來那辟邪劍譜是游迅得了去，真料不到是在他手中。」眾人齊問：「當真？是在游迅手中？」令狐冲道：「那當然是在他手中了，否則他為甚麼堅不吐實，卻又拚命逃走？」他說得聲音極響，到後來已感氣衰力竭。

忽聽得游迅在門外大聲道：「令狐公子，你幹麼要冤枉我？」隨即又走進門來。

張夫人等大喜，立即又將他圍住。玉靈道人笑道：「你中了令狐公子的計也！」游迅愁眉苦臉，道：「不錯，不錯，倘若這句話傳將出去，說道游迅得了辟邪劍譜，游某人今後那裏還有一天安寧的日子好過？江湖之上，不知有多少人要找游某的麻煩。我便有三頭六臂，那也抵擋不住。令狐公子，你當真了得，只一句話，便將滑不留手捉了回來。」

令狐冲微微一笑，心道：「我有甚麼了得？只不過我也曾給人這麼冤枉過而已。」不禁眼光又向岳靈珊瞧去。岳靈珊也正在瞧他。兩人目光相接，都是臉上一紅，迅速轉開了頭。

張夫人道：「游老兄，剛才你是去將辟邪劍譜藏了起來，免得給我們搜到，是不是？」游迅叫道：「苦也，苦也！張夫人，你這麼說，存心是要游迅的老命了。各位請想，那辟邪劍譜若是在我手中，游迅必定使劍，而且一定劍法極高，何以我身上一不帶劍，二不使劍，三來武功又是奇差呢？」眾人一想，此言倒也不錯。

桃根仙道：「你得到辟邪劍譜，未必便有時候去學；就算學了，也未必學得會。你身上沒帶劍，或許是給人偷了。」桃幹仙道：「你手中那柄扇子，便是一柄短劍，剛才你這麼一指，就是辟邪劍譜中的劍招。」桃枝仙道：「是啊，大家瞧，他摺扇斜指，明是辟邪劍法第五十九招『指打奸邪』，劍尖指著誰，便是要取誰性命。」

這時游迅手中的摺扇正好指著仇松年。這莽頭陀虎吼一聲，雙手戒刀便向游迅砍過去。游迅身子一側，叫道：「他是說笑，喂！喂！喂！你可別當真！」噹噹噹噹四聲響，仇松年左右雙刀各砍了兩刀，都給游迅撥開。聽聲音，他那柄摺扇果然是純鋼所鑄。他肥肥白白，一副養尊處優的模樣，身法竟十分敏捷，而摺扇輕輕一撥，仇松年的虎頭彎刀便給盪開在數尺之外，足見武功在那長髮頭陀之上，只是身陷包圍之中，不敢反擊而已。

桃花仙叫道：「這一招是辟邪劍法中第三十二招『烏龜放屁』，嗯，這一招架開一刀，是第二十五招『甲魚翻身』。」

令狐冲道：「游先生，那辟邪劍譜倘若確然不是在你手中，那麼是在誰的手中？」

張夫人、玉靈道人等都道：「是啊，快說。是在誰手中？」

游迅哈哈一笑，說道：「我所以不說，只是想多賣幾千兩銀子，你們這等小氣，定要省錢，好，我便說了，只不過你們聽在耳裏，卻是癢在心裏，半點也無可奈何。那辟邪劍譜倘若為旁人所得，也還有幾分指望，現下偏偏是在這一位主兒手中，那就……那就……咳咳，這個……」眾人屏息凝氣，聽他述說劍譜得主的名字。忽聽得馬蹄聲急，夾著車聲轔轔，從街上疾馳而來，游迅乘機住口，側耳傾聽，道：「咦，是誰來了？」玉靈道人道：「快說，是誰得到了劍譜？」游迅道：「我當然是要說的，卻又何必性急？」

只聽車馬之聲到得飯店之外，倏然而止，有個蒼老的聲音說道：「令狐公子在這裏嗎？敝幫派遣車馬，特來迎接大駕。」

令狐冲急欲知道辟邪劍譜的所在，以便消除師父、師娘、眾師弟、師妹對自己的疑心，卻不答覆外面的說話，繼續向游迅道：「有外人到來，快快說罷！」游迅道：「公子鑒諒，有外人到來，這可不便說了。」

忽聽得街上馬蹄聲急，又有七八騎疾馳而至，來到店前，也即止住，一個雄偉的聲音道：「黃老幫主，你是來迎接令狐公子的嗎？」那老人道：「不錯。司馬島主怎地也來了？」那雄偉的聲音哼了一聲，接著腳步聲沉重，一個魁梧之極的大漢走進店來，大聲道：「那一位是令狐公子？小人司馬大，前來迎接公子去五霸岡上和羣雄相見。」

令狐冲只得拱手說道：「在下令狐冲，不敢勞動司馬島主大駕。」那司馬島主道：「小人名叫司馬大，只因小人自幼生得身材高大，因此父母給取了這一個名字。令狐公子叫我司馬大好了，要不然便叫阿大，甚麼島主不島主，阿大可不敢當。」

令狐冲道：「不敢。」伸手向著岳不羣夫婦道：「這兩位是我師父、師娘。」司馬大抱拳道：「久仰。」隨即轉過身來，說道：「小人迎接來遲，公子勿怪。」

岳不羣身為華山派掌門二十餘年，向來極受江湖中人敬重，可是這司馬大以及張夫人、仇松年、玉靈道人等一干人，全都對令狐冲十分恭敬，而對這位華山派掌門顯然絲毫不以為意，就算略有敬意，也完全瞧在令狐冲臉上，這等神情流露得十分明顯。這比之當面斥罵，令他尤為恚怒。但岳不羣修養極好，沒顯出半分惱怒之色。

這時那姓黃的幫主也已走了進來。這人已有八十來歲年紀，一部白鬚，直垂至胸，精神卻甚矍鑠。他向令狐冲微微彎腰，說道：「令狐公子，小人幫中的兄弟們，就在左近一帶討口飯吃，這次沒好好接待公子，當真罪該萬死。」

岳不羣心頭一震：「莫非是他？」他早知黃河下游有個天河幫，幫主黃伯流是中原武林中的一位前輩耆宿，只是他幫規鬆懈，幫中良莠不齊，作奸犯科之事所在難免，這天河幫的聲名就不見得怎麼高明。但天河幫人多勢眾，幫中好手也著實不少，是齊魯豫鄂之間的一大幫會，難道眼前這個老兒，便是號令萬餘幫眾的「銀髯蛟」黃伯流？假若是他，又怎會對令狐冲這個初出道的少年如此恭敬？

岳不羣心中的疑團只存得片刻，便即打破，只聽雙蛇惡乞嚴三星道：「銀髯老蛟，你是地頭蛇，對咱們這些外來朋友，可也得招呼招呼啊。」

這白鬚老者果然便是「銀髯蛟」黃伯流，他哈哈一笑，說道：「若不是託了令狐公子的福，又怎請得動這許多位英雄好漢的大駕？眾位來到豫東魯西，都是天河幫的嘉賓，那自然是要接待的。五霸岡上敝幫已備了酒席，令狐公子和眾位朋友這就動身如何？」

令狐冲見小小一間飯店之中擠滿了人，這般聲音嘈雜，游迅決不會吐露機密，好在適才大家這麼一鬧，師父、師妹他們對自己的懷疑之意當會大減，日後終於會水落石出，倒也不急欲洗刷，便向岳不羣道：「師父，咱們去不去？請你示下。」

岳不羣心想：「聚集在五霸岡上的，顯然沒一個正派之士，如何可跟他們混在一起？這些人頗似欲以恭謹之禮，誘引冲兒入夥。衡山派劉正風前車之轍，一與邪徒接近，終不免身敗名裂。可是在眼前情勢之下，這『不去』二字，又如何說得出口？」

游迅道：「岳先生，此刻五霸岡上可熱鬧得緊哩！好多位洞主、島主，都是十幾年、二三十年沒在江湖上露臉了。大夥兒都是為令狐公子而來。你調教了這樣一位文武全才、英雄了得的少俠出來，岳先生當真臉上大有光采。那五霸岡嗎，當然是要去的囉。岳先生大駕不去，豈不叫眾人大為掃興？」

岳不羣尚未答話，司馬大和黃伯流二人已將令狐冲半扶半抱的擁了出去，扶入一輛大車之中。仇松年、嚴三星、桐柏雙奇、桃谷六仙等紛紛一擁而出。

岳不羣和夫人相對苦笑，均想：「這一干人只是要冲兒去。咱們去不去，他們也不放在心上。」

岳靈珊甚是好奇，說道：「爹，咱們也瞧瞧去，看那些怪人跟大師哥到底在耍些甚麼花樣。」她想到那吃人肉的黑白雙熊，兀自心驚，但想他們既衝著大師哥的面子放了自己，總不會再來咬自己的手指頭，不過到得五霸岡上，可別離開爹爹太遠了。

岳不羣點了點頭，走出門外，適才大嘔了一場，未進飲食，落足時竟然虛飄飄地，真氣不純，不由得暗驚：「那五毒教藍鳳凰的毒藥當真厲害。」

黃伯流和司馬大等眾人乘來許多馬匹，當下讓給岳不羣、岳夫人、張夫人、仇松年、桃谷六仙等一干人乘坐。華山派的幾名男弟子無馬可騎，便與天河幫的幫眾、長鯨島司馬大島主的部屬一同步行，向五霸岡進發。

十七

傾心

——

看水中倒影，
見到那姑娘的半邊臉蛋，
眼睛緊閉，睫毛甚長，
容貌秀麗絕倫，
不過十七八歲年紀。

五霸岡正當魯豫兩省交界處，東臨山東荷澤定陶，西接河南東明。這一帶地勢平坦，甚多沼澤，遠遠望去，那五霸岡也不甚高，只略有山嶺而已。一行車馬向東疾馳，行不數里，便有數騎馬迎來，馳到車前，翻身下馬，高聲向令狐冲致意，言語禮數，甚是恭敬。

將近五霸岡時，來迎的人愈多。這些人自報姓名，令狐冲也記不得這許多。大車停在一座高岡之前，只見岡上黑壓壓一片大松林，一條山路曲曲折折上去。

黃伯流將令狐冲從大車中扶了出來。早有兩名大漢抬了一乘軟轎，在道旁相候。令狐冲心想自己坐轎，而師父、師娘、師妹卻都步行，心中不安，道：「師娘，你坐轎罷，弟子自己能走。」岳夫人笑道：「他們迎接的只是令狐冲公子，可不是你師娘。」展開輕功，搶步上岡。岳不羣、岳靈珊父女也快步走上岡去。令狐冲無奈，只得坐入轎中。

轎子抬入岡上松林間的一片空地，但見東一簇，西一堆，人頭湧湧，這些人形貌神情，都是三山五嶽的草莽漢子。

眾人一窩蜂般湧過來。有的道：「這位便是令狐公子嗎？」有的道：「這是小人祖傳的治傷靈藥，頗有起死回生之功。」有的道：「這是在下二十年前在長白山中挖到的老年人參，已然成形，請令狐公子收用。」有一人道：「這七個是魯東六府中最有本事的名醫，在下都請了來，讓他們給公子把把脈。」這七個名醫都給粗繩縛住了手，連成一串，愁眉苦臉，神情憔悴，那裏有半分名醫的模樣？顯是給這人硬捉來的，「請」之一字，只是說得好聽而已。又有一人挑著兩隻大竹籮，說道：「濟南府城裏的名貴藥材，小人每樣都拿了一些來。公子要用甚麼藥材，小人這裏備得都有，以免臨時湊手不及。」

令狐冲見這些人大都裝束奇特，神情悍惡，對自己卻顯是一片摯誠，絕無可疑，不由得大是感激。他近來迭遭挫折，死活難言，更是易受感觸，胸口一熱，竟爾流下淚來，抱拳說道：「眾位朋友，令狐冲一介無名小子，竟承各位……各位如此眷顧，當真……當真無……無法報答……」言語哽咽，難以卒辭，便即拜了下去。

羣雄紛紛說道：「這可不敢當！」「快快請起。」「折殺小人了！」也都跪倒還禮。霎時之間，五霸岡上千餘人一齊跪倒，便只餘下華山派岳不羣師徒與桃谷六仙。

岳不羣師徒不便在羣豪之前挺立，都側身避開，免有受禮之嫌。桃谷六仙卻指著羣豪嘻嘻哈哈，胡言亂語。

令狐冲和羣豪對拜了數拜，站起來時，臉上熱淚縱橫，心下暗道：「不論這些朋友此來是何用意，令狐冲今後為他們粉身碎骨，萬死不辭。」

天河幫幫主黃伯流道：「令狐公子，請到前邊草棚中休息。」引著他和岳不羣夫婦走進一座草棚。那草棚乃是新搭，棚中桌椅俱全，桌上放了茶壺、茶杯。黃伯流一揮手，便有部屬斟上酒來，又有人送上乾牛肉、火腿等下酒之物。

令狐冲端起酒杯，走到棚外，朗聲說道：「眾位朋友，令狐冲和各位初見，須當共飲結交。咱們此後有福同享，有難同當，這杯酒，算咱們好朋友大夥兒一齊喝了。」說著右手一揚，將一杯酒向天潑了上去，登時化作千萬顆酒滴，四下飛濺。

羣豪歡聲雷動，都道：「令狐公子說得不錯，大夥兒此後跟你有福同享，有難同當。」

岳不羣皺起了眉頭，尋思：「冲兒行事好生魯莽任性，不顧前，不顧後，眼見這些人對他好，便跟他們說甚麼有福同享，有難同當。這些人中只怕沒一個是規規矩矩的人物，盡是田伯光一類的傢伙。他們奸淫擄掠，打家劫舍，你也跟他們有福同享？我正派之士要剿滅這些惡徒，你便跟他們有難同當？」

令狐冲又道：「眾位朋友何以對令狐冲如此眷顧，在下半點不知。不過知道也好，不知也好，眾位有何為難之事，便請明示。大丈夫光明磊落，事無不可對人言。只須有用得著令狐冲處，在下刀山劍林，決不敢辭。」他想這些人素不相識，卻對自己這等結交，自必有一件大事求己相助，反正總是要答允他們的，當真辦不到，也不過一死而已。

黃伯流道：「令狐公子說那裏話來？眾位朋友得悉公子駕臨，大家心中仰慕，都想瞻仰丰采，因此上不約而同的聚在這裏。又聽說公子身子不大舒服，這才或請名醫，或覓藥材，對公子卻決無所求。咱們這些人並非一夥，相互間大都只是聞名，有的還不大和睦呢。只是公子既說今後有福同享，有難同當，大家就算不是好朋友，也要做好朋友了。」

羣豪齊道：「正是！黃幫主的話一點不錯。」

那牽著七個名醫之人走將過來，說道：「公子請到草棚之中，由這七個名醫診一診脈如何？」令狐冲心想：「平一指先生如此大本領，尚且說我的傷患已無藥可治，你這七個醫生又瞧得出甚麼來？」礙於他一片好意，不便拒卻，只得走入草棚。

那人將七個名醫如一串田鷄般拉進棚來。令狐冲微微一笑，道：「兄台便放了他們罷，諒他們也逃不了。」那人道：「公子說放，就放了他們。」拍拍拍六聲響過，拉斷了麻繩，喝道：「倘若治不好令狐公子，把你們的頭頸也都這般拉斷了。」一個醫生道：「小……小人盡力而為，不過天下……天下可沒包醫之事。」另一個道：「瞧公子神完氣足，那定是藥到病除。」幾個醫生搶上前去，便替他搭脈。

忽然棚口有人喝道：「都給我滾出去，這等庸醫，有個屁用？」

令狐冲轉過頭來，見是「殺人名醫」平一指到了，喜道：「平先生，你也來啦，我本想這些醫生沒甚麼用。」

平一指走進草棚，左足一起，砰的一聲，將一個醫生踢出草棚，右足一起，砰的一聲，又將一個醫生踢出草棚。那捉了醫生來的漢子對平一指甚是敬畏，喝道：「當世第一大名醫平大夫到了，你們這些傢伙，還膽敢在這裏獻醜！」砰砰兩聲，也將兩名醫生踢了出去，餘下三名醫生連跌帶爬的奔出草棚。那漢子躬身陪笑，說道：「令狐公子，平大夫，在下多有冒昧，你老……」平一指左足一抬，砰的一聲，又將那漢子踢出了草棚。這一下大出令狐冲的意料之外，不禁愕然。

平一指一言不發，坐了下來，伸手搭住他右手脈搏，再過良久，又去搭他左手脈搏，如此轉換不休，皺起眉頭，閉了雙眼，苦苦思索。令狐冲說道：「平先生，凡人生死有命，令狐冲傷重難治，先生已兩番費心，在下感激不盡。先生也不須再勞心神了。」

只聽得草棚外喧譁大作，鬥酒猜拳之聲此起彼伏，顯是天河幫已然運到酒菜，供羣豪暢飲。令狐冲神馳棚外，只盼去和羣豪大大熱鬧一番，可是平一指交互搭他手上脈搏，似是永無盡止之時，他暗自尋思：「這位平大夫名字叫做平一指，自稱治人只用一指搭脈，殺人也只用一指點穴，可是他此刻和我搭脈，豈止一指？幾乎連十根手指也都用上了。」

豁喇一聲，一個人探頭進來，正是桃幹仙，說道：「令狐冲，你怎地不來喝酒？」令狐冲道：「這就來了，你等著我，可別自己搶著喝飽了。」桃幹仙道：「好！平大夫，你趕快些罷。」說著將頭縮了出去。

平一指緩緩縮手，閉著眼睛，右手食指在桌上輕輕敲擊，顯是困惑難解，又過良久，睜開眼來，說道：「令狐公子，你體內有七種真氣，相互衝突，既不能宣洩，亦不能降服。這不是中毒受傷，更不是風寒濕熱，因此非針灸藥石之所能治。」令狐冲道：「是。」平一指道：「自從那日在朱仙鎮上給公子瞧脈之後，在下已然思得一法，圖個行險僥倖，要邀集七位內功深湛之士，同時施為，將公子體內這七道不同真氣一舉消除。今日在下已邀得三位同來，羣豪中再請兩位，毫不為難，加上尊師岳先生與在下自己，便可施治了。可是適才給公子搭脈，察覺情勢又有變化，更加複雜異常。」令狐冲「嗯」了一聲。

平一指道：「過去數日之間，又生四種大變。第一，公子服食了數十種大補的燥藥，其中有人參、首烏、芝草、伏苓等等珍奇藥物。這些補藥的製煉之法，卻是用來給純陰女子服食的。」令狐冲「啊」的一聲，道：「正是如此，前輩神技，當真古今罕有。」平一指道：「公子何以去服食這些補藥？想必是為庸醫所誤了，可恨可惱。」令狐冲心想：「祖千秋偷了老頭子的『續命八丸』來給我吃，原是一番好意，他那裏知道補藥有男女之別？倘若說了出來，平大夫定然責怪於他，還是為他隱瞞的為是。」說道：「那是晚輩自誤，須怪不得別人。」平一指道：「你身子並不氣虛，恰恰相反，乃是真氣太多，突然間又服了這許多補藥下去，那可如何得了？便如長江水漲，本已成災，治水之人不謀宣洩，反將洞庭、鄱陽之水倒灌入江，豈有不釀成大災之理？只有先天不足、虛弱無力的少女服這等補藥，才有益處。偏偏是公子服了，唉，大害，大害！」令狐冲心想：「只盼老頭子的女兒老不死姑娘喝了我的血後，身子能夠痊可。」

平一指又道：「第二個大變，是公子突然大量失血。依你目下的病體，怎可再和人爭鬥動武？如此好勇鬥狠，豈是延年益壽之道？唉，人家對你這等看重，你卻不知自愛。君子報仇，十年未晚，又何必逞快於一時？」說著連連搖頭。他說這些話時，臉上現出大不以為然的神色，倘若他所治的病人不是令狐冲，縱然不是一巴掌打將過去，那也是聲色俱厲、破口大罵了。令狐冲道：「前輩指教得是。」

平一指道：「單是失血，那也罷了，這也不難調治，偏偏你又去和雲南五毒教的人混在一起，飲用了他們的五仙大補藥酒。」令狐冲奇道：「是五仙大補藥酒？」平一指道：「這五仙大補藥酒，是五毒教祖傳秘方所釀，所釀的五種小毒蟲珍奇無匹，據說每一條小蟲都要十多年才培養得成，酒中另外又有數十種奇花怪草，中間頗具生剋之理。服了這藥酒之人，百病不生，諸毒不侵，陡增十餘年功力，原是當世最神奇的補藥。老夫心慕已久，恨不得一見。聽說藍鳳凰這女子守身如玉，從來不對任何男子假以辭色，偏偏將她教中如此珍貴的藥酒給你服了。唉，風流少年，到處留情，豈不知反而自受其害！」

令狐冲只有苦笑，說道：「藍教主和晚輩只是在黃河舟中見過一次，蒙她以五仙藥酒相贈，此外可更無其他瓜葛。」

平一指向他瞪視半晌，點了點頭，說道：「如此說來，藍鳳凰給你喝這五仙大補藥酒，那也是衝著人家的面子了。可是這一來補上加補，那便是害上加害。又何況這酒雖能大補，亦有大毒。哼，他媽的亂七八糟！他五毒教只不過仗著幾張祖傳的古怪藥方，藍鳳凰這小妞兒又懂甚麼狗屁醫理、藥理了？他媽的攪得一塌胡塗！」

令狐冲聽他如此亂罵，覺得此人性子太也暴躁，但見他臉色慘淡，胸口不住起伏，顯是對自己傷勢關切之極，心下又覺歉仄，說道：「平前輩，藍教主也是一番好意……」平一指怒道：「好意，好意！哼，天下庸醫殺人，又有那一個不是好意？你知不知道，每天庸醫害死的人數，比江湖上死於刀下的人可多得多了？」令狐冲道：「這也大有可能。」平一指道：「甚麼大有可能？確確實實是如此。我平一指醫過的人，她藍鳳凰憑甚麼又來加一把手？你此刻血中含有劇毒，若要一一化解，便和那七道真氣大起激撞，只怕三個時辰之內便送了你性命。」

令狐冲心想：「我血中含有劇毒，倒不一定是飲了那五仙酒之故。藍教主和那四名苗女給我注血，用的是她們身上之血。這些人日夕和奇毒之物為伍，飲食中也含有毒物，血中不免有毒，只是她們長期習慣了，不傷身體。這事可不能跟平前輩說，否則他脾氣更大了。」說道：「醫道藥理，精微深奧，原非常人所能通解。」

平一指嘆了口氣道：「倘若只不過是誤服補藥，大量失血，誤飲藥酒，我還是有辦法可治。這第四個大變，卻當真令我束手無策了。唉，都是你自己不好！」令狐冲道：「是，都是我自己不好。」平一指道：「這數日之中，你何以心灰意懶，不想再活？到底受了甚麼重大委曲？上次在朱仙鎮我跟你搭脈，察覺你傷勢雖重，病況雖奇，但你心脈旺盛，有一股勃勃生機。我先延你百日之命，然後在這百日之中，無論如何要設法治愈你的怪病。當時我並無十足把握，也不忙給你明言，可是現下卻連這一股生機也沒有了，卻是何故？」

聽他問及此事，令狐冲不由得悲從中來，心想：「先前師父疑心我吞沒小林子的辟邪劍譜，那也沒甚麼，大丈夫心中無愧，此事總有水落石出之時，可是……可是連小師妹竟也對我起疑，為了小林子，心中竟將我蹧蹋得一錢不值，那我活在世上，更有甚麼樂趣？」

平一指不等他回答，接著道：「搭你脈象，這又是情孽牽纏。其實天下女子言語無味，面目可憎，最好是遠而避之，真正無法躲避，才只有極力容忍，虛與委蛇。你怎地如此想不通，反而對她們日夜想念？這可大大的不是了。雖然，雖然那……唉，可不知如何說起？」說著連連搖頭。

令狐冲心想：「你的夫人固然言語無味，面目可憎，但天下女子卻並非個個如此。你以己之妻將天下女子一概論之，當真好笑，倘若小師妹確是言語無味，面目可憎……」

桃花仙雙手拿了兩大碗酒，走到竹棚口，說道：「喂，平大夫，怎地還沒治好？」平一指臉一沉，道：「治不好的了！」桃花仙一怔：「治不好，那你怎麼辦？」轉頭向令狐冲道：「不如出來喝酒罷。」令狐冲道：「好！」平一指怒道：「不許去！」桃花仙嚇了一跳，轉身便走，兩碗酒潑得滿身都是。

平一指道：「令狐公子，你這傷勢要徹底治好，就算大羅金仙，只怕也是難以辦到，但要延得數月以至數年之命，也未始不能。可是必須聽我的話，第一須得戒酒；第二必須收拾起心猿意馬，女色更是萬萬沾染不得，別說沾染不得，連想也不能想；第三不能和人動武。這戒酒、戒色、戒鬥三件事若能做到，那麼或許能多活一二年。」

令狐冲哈哈大笑。平一指怒道：「有甚麼可笑？」令狐冲道：「人生在世，會當暢情適意，連酒也不能喝，女人不能想，人家欺到頭上不能還手，還做甚麼人？不如及早死了，來得爽快。」平一指厲聲道：「我一定要你戒，否則我治不好你的病，豈不聲名掃地？」

令狐冲伸出手去，按住他右手手背，說道：「平前輩，你一番美意，晚輩感激不盡。只是生死有命，前輩醫道雖精，也難救必死之人，治不好我的病，於前輩聲名絲毫無損。」

豁喇一聲，又有一人探頭進來，卻是桃根仙，大聲道：「令狐冲，你的病治好了嗎？」令狐冲道：「平大夫醫道精妙，已給我治好了。」桃根仙道：「妙極，妙極。」進來拉住他袖子，說道：「喝酒去，喝酒去！」令狐冲向平一指深深一揖，道：「多謝前輩費心。」平一指也不還禮，口中低聲喃喃自語。

桃根仙道：「我原說一定治得好的。他是『殺人名醫』，他醫好一人，要殺一人，倘若醫不好一人，那又怎麼辦？豈不是搞不明白了？」令狐冲笑道：「胡說八道！」兩人手臂相挽，走出草棚。

四下裏羣豪聚集轟飲。令狐冲一路走過去，有人斟酒過來，便即酒到杯乾。

羣豪見他逸興遄飛，放量喝酒，談笑風生，心下無不歡喜，都道：「令狐公子果是豪氣干雲，令人心折。」

令狐冲接著連喝了十來碗酒，忽然想起平一指來，斟了一大碗酒，口中大聲唱歌：「今朝有酒今朝醉……」走進竹棚，說道：「平前輩，我敬你一碗酒。」

燭光搖晃之下，只見平一指神色大變。令狐冲一驚，酒意登時醒了三分。細看他時，本來的一頭烏髮竟已變得雪白，臉上更是皺紋深陷，幾個時辰之中，恰似老了一二十年。只聽他喃喃說道：「醫好一人，要殺一人，醫不好人，我怎麼辦？」

令狐冲熱血上湧，大聲道：「令狐冲一條命又值得甚麼？前輩何必老是掛在心上？」平一指道：「醫不好人，那便殺我自己，否則叫甚麼『殺人名醫』？」突然站起身來，身子晃了幾晃，噴出幾口鮮血，撲地倒了。

令狐冲大驚，忙去扶他時，只覺他呼吸已停，竟然死了。令狐冲將他抱起，不知如何是好。耳聽得竹棚外轟飲之聲漸低，心下一片淒涼。悄立良久，不禁掉下淚來。平一指的屍身在手中越來越重，無力再抱，於是輕輕放在地下。

忽見一人悄步走進草棚，低聲道：「令狐公子！」令狐冲見是祖千秋，淒然道：「祖前輩，平大夫死了。」祖千秋對這事竟不怎麼在意，低聲說道：「令狐公子，我求你一件事。倘若有人問起，請你說從來沒見過祖千秋之面，好不好？」令狐冲一怔，問道：「那為甚麼？」祖千秋道：「也沒甚麼，只不過……只不過……咳，再見，再見。」

他前腳走出竹棚，跟著便走進一人，卻是司馬大，向令狐冲道：「令狐公子，在下有個不大說得出口的……不大說得出的這個……倘若有人問起，有那些人在五霸岡上聚會，請公子別提在下的名字，那就感激不盡。」令狐冲道：「是。這卻是為何？」司馬大神色忸怩，便如孩童做錯了事，忽然給人捉住一般，囁嚅道：「這個……這個……」

令狐冲道：「令狐冲既然不配做閣下的朋友，自是從此不敢高攀的了。」司馬大臉色一變，突然雙膝一屈，拜了下去，說道：「公子說這等話，可坑殺俺了。俺求你別提來到五霸岡上的事，只是為免得惹人生氣，公子忽然見疑，俺剛才說過的話，只當是司馬大放屁。」令狐冲忙伸手扶起，道：「司馬島主何以行此大禮？請問島主，你到五霸岡上見我，何以會令人生氣？此人既對令狐冲如此痛恨，儘管衝著在下一人來好了……」司馬大連連搖手，微笑道：「公子越說越不成話了。這人對公子疼愛還來不及，那裏有甚麼痛恨之理？唉，小人粗胚一個，實在不會說話，再見，再見。總而言之，司馬大交了你這個朋友，以後你有甚麼差遣，只須傳個訊來，火裏火裏去，水裏水裏去，司馬大只要皺一皺眉，祖宗十八代都是烏龜王八蛋。」說著一拍胸口，大踏步走出草棚。

令狐冲好生奇怪，心想：「此人對我一片血誠，絕無可疑。卻何以他上五霸岡來見我，會令人生氣？而生氣之人偏偏又不恨我，居然還對我極好，天下那有這等怪事？倘若當真對我極好，這許多朋友跟我結交，他該當喜歡才是。」突然想起一事，心道：「啊，是了，此人定是正派中的前輩，對我甚為愛護，卻不喜我結交這些旁門左道之輩。難道是風太師叔？其實像司馬島主這等人乾脆爽快，甚麼地方不好了？」

只聽得竹棚外一人輕輕咳嗽，低聲叫道：「令狐公子。」令狐冲聽得是黃伯流的聲音，說道：「黃幫主，請進來。」黃伯流走進棚來，說道：「令狐公子，有幾位朋友要俺向公子轉言，他們身有急事，須得立即趕回去料理，不及向公子親自告辭，請你原諒。」令狐冲道：「不用客氣。」果然聽得棚外喧聲低沉，已走了不少人。

黃伯流吞吞吐吐的說道：「這件事，咳，當真是我們做得魯莽了，大夥兒一來是好奇，二來是想獻殷勤，想不到……本來嘛，人家臉皮子薄，不願張揚其事，我們這些莽漢粗人，誰都不懂。藍教主又是苗家姑娘，這個……」

令狐冲聽他前言不對後語，半點摸不著頭腦，問道：「黃幫主是不是要我不可對人提及五霸岡上之事？」黃伯流乾笑幾聲，神色極是尷尬，說道：「別人可以抵賴，黃伯流是賴不掉的了。天河幫在五霸岡上款待公子，說甚麼也只好承認。」令狐冲哼了一聲，道：「你請我喝一杯酒，也不見得是甚麼十惡不赦的大罪。男子漢大丈夫，有甚麼賴不賴的？」

黃伯流忙陪笑道：「公子千萬不可多心。唉，老黃生就副茅包脾氣，倘若事先問問俺兒媳婦，要不然問問俺孫女，也不會得罪了人家，自家還不知道。唉，俺這粗人十七歲上就娶了媳婦，只怪俺媳婦命短，死得太早，連累俺對女人家的心事摸不上半點邊兒。」

令狐冲心想：「怪不得師父說他們旁門左道，這人說話當真顛三倒四。他請我喝酒，居然要問他兒媳婦、孫女兒，又怪他老婆死得太早。」

黃伯流又道：「事已如此，也就是這樣了。公子，你說早就認得老黃，跟我是幾十年的老朋友，好不好？啊，不對，就說和我已有八九年交情，你十五六歲時就跟老黃一塊兒賭錢喝酒。」令狐冲笑道：「在下六歲那一年，就跟你賭過骰子，喝過老酒，你怎地忘了？到今日可不是整整二十年的交情？」

黃伯流一怔，隨即明白他說的乃是反話，苦笑道：「公子恁地說，自然是再好不過。只是……只是黃某二十年前打家劫舍，做的都是見不得人的勾當，公子又怎會跟俺交朋友？嘿嘿……這個……」令狐冲道：「黃幫主直承其事，足見光明磊落，在下非在二十年前交上你這位好朋友不可。」黃伯流大喜，大聲道：「好好，咱們是二十年前的朋友。」回頭一望，放低聲音說道：「公子保重，你良心好，眼前雖然有病，終能治好，何況聖……聖……神通廣大……啊喲！」大叫一聲，轉頭便走。

令狐冲心道：「甚麼聖……聖……神通廣大？當真莫名其妙。」

只聽得馬蹄聲漸漸遠去，喧譁聲盡數止歇。他向平一指的屍體呆望半晌，走出棚來，猛地裏吃了一驚，岡上靜悄悄地，竟無一個人影。他本來只道羣豪就算不再鬧酒，又有人離他去，卻也不會片刻間便走得乾乾淨淨。他提高嗓子叫道：「師父，師娘！」卻無人答應。他再叫：「二師弟，三師弟，小師妹！」仍然無人答應。

眉月斜照，微風不起，偌大一座五霸岡上，竟便只他一人。眼見滿地都是酒壺、碗碟，此外帽子、披風、外衣、衣帶等四下散置，羣豪去得匆匆，連東西也不及收拾。他更加奇怪：「他們走得如此倉促，倒似有甚麼洪水猛獸突然掩來，非趕快逃走不可。這些漢子本來似乎都是天不怕、地不怕，忽然間變得膽小異常，當真令人難以索解。師父、師娘、小師妹他們，卻又到那裏去了？要是此間真有甚麼凶險，怎地又不招呼我一聲？」

驀然間心中一陣淒涼，只覺天地雖大，卻無一人關心自己的安危，便在不久之前，有這許多人競相向他結納討好，此刻雖以師父、師娘之親，也對他棄之如遺。

心口一酸，體內幾道真氣便湧將上來，身子晃了晃，一交摔倒。掙扎著要想爬起，呻吟了幾聲，半點使不出力道。他閉目養神，休息片刻，第二次又再支撐著想爬起身來，不料這一次使力太大，耳中嗡的一聲，眼前一黑，便即暈去。

也不知道過了多少時候，迷迷糊糊中聽到幾下柔和的琴聲，神智漸復，琴聲優雅緩慢，入耳之後，激盪的心情便即平復，正是洛陽城那位婆婆所彈的「清心普善咒」。令狐冲恍如漂流於茫茫大海之中，忽然見到一座小島，精神一振，便即站起，聽琴聲是從草棚中傳出，當下一步一步的走過去，見草棚之門已然掩上。

他走到草棚前六七步處便即止步，心想：「聽這琴聲，正是洛陽城綠竹巷中那位婆婆到了。在洛陽之時，她不願我見她面目，此刻我若不得她許可，如何可以貿然推門進去？」當下躬身說道：「令狐冲參見前輩。」

琴聲丁東丁東的響了幾下，戛然而止。令狐冲只覺這琴音中似乎充滿了慰撫之意，聽來說不出的舒服，明白世上畢竟還有一人關懷自己，感激之情霎時充塞胸臆。

忽聽得遠處有人說道：「有人彈琴！那些旁門左道的邪賊還沒走光。」

又聽得一個十分宏亮的聲音說道：「這些妖邪淫魔居然敢到河南來撒野，還把咱們瞧在眼裏麼？」他說到這裏，更提高嗓子，喝道：「是那些混帳王八羔子，在五霸岡上胡鬧，通統給我報上名來！」他中氣充沛，聲震四野，極具威勢。

令狐冲心道：「難怪司馬大、黃伯流、祖千秋他們嚇得立時逃走，確是有正派中的高手前來挑戰。」隱隱覺得，司馬大、黃伯流等人忽然溜得一乾二淨，未免太沒男子漢氣概，但來者既能震懾羣豪，自必是武功異常高超的前輩，心想：「他們問起我來，倒是難以對答，不如避一避的為是。」當即走到草棚之後，又想：「棚中那位老婆婆，料他們也不會和她為難。」這時棚中琴聲也已止歇。

腳步聲響，三個人走上岡來。三人上得岡後，都是「咦」的一聲，顯是對岡上寂靜無人的情景大為詫異。

那聲音宏亮的人道：「王八羔子們都到那裏去了？」一個細聲細氣的人道：「他們聽說少林派的二大高手上來除奸驅魔，自然都挾了尾巴逃走啦。」另一人笑道：「好說，好說！那多半是仗了崑崙派譚兄的聲威。」三人一齊大笑。

令狐冲心道：「原來兩個是少林派的，一個是崑崙派的。少林派自唐初以來，向是武林領袖，單是少林一派，聲威便比我五嶽劍派聯盟為高，實力恐亦較強。少林派掌門人方證大師更是武林中眾所欽佩。師父常說崑崙派劍法獨樹一幟，兼具沉雄輕靈之長。這兩派聯手，確是厲害，多半他們三人只是前鋒，後面還有大援。可是師父、師娘卻又何必避開？」轉念一想，便即明白：「是了，我師父是名門正派的掌門人，和黃伯流這些聲名不佳之人混在一起，見到少林、崑崙的高手，未免尷尬。」

只聽那崑崙派姓譚的說道：「適才還聽得岡上有彈琴之聲，那人卻又躲到那裏去了？辛兄、易兄，這中間只怕另有古怪。」那聲音宏大的人道：「正是，還是譚兄細心，咱們搜上一搜，揪他出來。」另一人道：「辛師哥，我到草棚中去瞧瞧。」令狐冲聽了這句話，知道這人姓易，那聲音宏大之人姓辛，是他師兄。聽得那姓易的向草棚走去。

棚中一個清亮的女子聲音說道：「賤妾一人獨居，昏夜之間，男女不便相見。」

那姓辛的道：「是個女的。」姓易的道：「剛才是你彈琴麼？」那婆婆道：「正是。」那姓易的道：「你再彈幾下聽聽。」那婆婆道：「素不相識，豈能逕為閣下撫琴？」那姓辛的道：「哼，有甚麼希罕？諸多推搪，草棚中定然另有古怪，咱們進去瞧瞧。」姓易的道：「你說是孤身女子，半夜三更的，卻在這五霸岡上幹甚麼？十之八九，便跟那些左道妖邪是一路的。咱們進來搜了。」說著大踏步便向草棚門走去。

令狐冲從隱身處閃了出來，擋在草棚門口，喝道：「且住！」

那三人沒料到突然會有人閃出，都微微一驚，但見是個單身少年，亦不以為意。那姓辛的大聲喝道：「少年是誰？鬼鬼祟祟的躲在黑處，幹甚麼來著？」

令狐冲道：「在下華山派令狐冲，參見少林、崑崙派的前輩。」說著向三人深深一揖。

那姓易的哼了一聲，道：「是華山派的？你到這裏幹甚麼來啦？」令狐冲見這姓辛的身子倒不如何魁梧，只是胸口凸出，有如一鼓，無怪說話聲音如此響亮。另一個中年漢子和他穿著一式的醬色長袍，自是他同門姓易之人。那崑崙派姓譚的背懸一劍，寬袍大袖，神態頗為瀟灑。那姓易的不待他回答，又問：「你既是正派中弟子，怎地會在五霸岡上？」

令狐冲先前聽他們王八羔子的亂罵，心頭早就有氣，這時更聽他言詞頗不客氣，說道：「三位前輩也是正派中人，卻不也在五霸岡上？」那姓譚的哈哈一笑，道：「說得好，你可知草棚中彈琴的女子，卻是何人？」令狐冲道：「那是一位年高德劭、與世無爭的婆婆。」那姓易的斥道：「胡說八道！聽這女子聲音，顯然年紀不大，甚麼婆婆不婆婆了？」令狐冲笑道：「這位婆婆說話聲音好聽，那有甚麼希奇？她的姪兒也比你要老上二三十歲，別說婆婆自己了。」姓易的道：「讓開！我們自己進去瞧瞧。」

令狐冲雙手一伸，道：「婆婆說道，黃夜之間，男女不便相見。她跟你們素不相識，沒來由的又見甚麼？」

姓易的袖子一拂，一股勁力疾捲過來，令狐冲內力全失，毫無抵禦之能，撲地摔倒。姓易的沒料到他竟全無武功，倒是一怔，冷笑道：「你是華山派弟子？只怕吹牛！」說著走向草棚。

令狐冲站起身來，臉上已被地下石子擦出了一條血痕，說道：「婆婆不願跟你們相見，你怎可無禮？在洛陽城中，我曾跟婆婆說了好幾日話，卻也沒見到她一面。」那姓易的道：「這小子，說話沒上沒下，你再不讓開，是不是想再摔一大交？」令狐冲道：「少林派是武林中聲望最高的名門大派，兩位定是少林派中的俗家高手。這位想來也必是崑崙派中赫赫有名之輩，黑夜之中，卻來欺侮一個年老婆婆，豈不教江湖上好漢笑話？」

那姓易的喝道：「偏有你這麼多廢話！」左手突出，拍的一聲，在令狐冲左頰上重重打了一掌。

令狐冲內力雖失，但一見他右肩微沉，便知他左手要出掌打人，急忙閃避，卻是腰腿不由使喚，這一掌終於無法避開，身子打了兩個轉，眼前一黑，坐倒在地。

那姓辛的道：「易師弟，這人不會武功，不必跟他一般見識，妖邪之徒早已逃光，咱們走罷！」那姓易的道：「魯豫之間的左道妖邪突然都聚集在五霸岡上，頃刻間又散得乾乾淨淨。聚得固然古怪，散得也是希奇。這件事非查個明白不可。在這草棚之中，多半能找到些端倪。」說著，伸手便去推草棚門。

令狐冲站起身來，手中已然多了一柄長劍，說道：「易前輩，草棚中這位婆婆於在下有恩，我只須有一口氣在，決不許你冒犯她老人家。」

那姓易的哈哈大笑，問道：「你憑甚麼？便憑手中這口長劍麼？」

令狐冲道：「晚輩武藝低微，怎能是少林派高手之敵？只不過萬事抬不過一個理字。你要進這草棚，先得殺了我。」

那姓辛的道：「易師弟，這小子倒挺有骨氣，是條漢子，由他去罷。」那姓易的笑道：「聽說你華山派劍法頗有獨得之秘，還有甚麼劍宗、氣宗之分。你是劍宗呢，還是氣宗？又還是甚麼屁宗？哈哈，哈哈？」他這麼一笑，那姓辛的、姓譚的跟著也大笑起來。

令狐冲朗聲道：「恃強逞暴，叫甚麼名門正派？你是少林派弟子？只怕吹牛！」

那姓易的大怒，右掌一立，便要向令狐冲胸口拍去。眼見這一掌拍落，令狐冲便要立斃當場，那姓辛的說道：「且住！令狐冲，若是名門正派的弟子，便不能跟人動手嗎？」令狐冲道：「既是正派中人，每次出手，總得說出個名堂。」

那姓易的緩緩伸出手掌，道：「我說一二三，數到三字，你再不讓開，我便打斷你三根肋骨。一！」令狐冲微微一笑，說道：「打斷三根肋骨，何足道哉！」那姓易的大聲數道：「二！」那姓辛的道：「小朋友，我這位師弟，說過的話一定算數，你快快讓開吧。」

令狐冲微笑道：「我這張嘴巴，說過的話也一定算數。令狐冲既還沒死，豈能讓你們對婆婆無禮？」說了這句話後，知道那姓易的一掌便將擊到，暗自運了口氣，將力道貫到右臂之上，但胸口登感劇痛，眼前只見千千萬萬顆金星亂飛亂舞。

那姓易的喝道：「三！」左足踏上一步，眼見令狐冲背靠草棚板門，嘴角邊微微冷笑，毫無讓開之意，右掌便即拍出。

令狐冲只感呼吸一窒，對方掌力已然襲體，手中長劍遞出，對準了他掌心。這一劍方位時刻，拿揑得妙到毫巔，那姓易的右掌拍出，竟然來不及縮手，嗤的一聲輕響，跟著「啊」的一聲大叫，長劍劍尖已從他掌心直通而過。他急忙縮臂回掌，又是嗤的一聲，將手掌從劍鋒上拔了出去。這一下受傷極重，他急躍退開數丈，左手從腰間拔出長劍，驚怒交集，叫道：「賊小子裝傻，原來武功好得很啊。我……我跟你拚了。」

辛、易、譚三人都是使劍的好手，眼見令狐冲長劍一起，並未遞劍出招，單是憑著方位和時刻的拿揑，即令對方手掌自行送到他劍尖之上，劍法上的造詣，實已到了高明之極的境界。那姓易的雖氣惱之極，卻也已不敢輕敵，左手持劍，刷刷刷連攻三劍，卻都是試敵的虛招，每一招劍至中途，便即縮回。

那晚令狐冲在藥王廟外連傷一十五名好手的雙目，當時內力雖然亦已失卻，終不如目前這般又連續受了幾次大損，幾乎抬臂舉劍亦已有所不能。眼見那姓易的連發三下虛招，劍尖不絕顫抖，顯是少林派上乘劍法，更不願與他為敵，說道：「在下絕無得罪三位前輩之意，只須三位離此他去，在下……在下願意誠心陪罪。」

那姓易的哼了一聲，道：「此刻求饒，已然遲了。」長劍疾刺，直指令狐冲的咽喉。

令狐冲行動不便，知道這一劍無可躲避，當即挺劍刺出，後發先至，噗的一聲響，正中他左手手腕要穴。

那姓易的五指一張，長劍掉在地下。其時東方曙光已現，他眼見自己手腕上鮮血一點點的滴在地下綠草之上，竟不信世間有這等事，過了半晌，才長嘆一聲，掉頭便走。

那姓辛的本就不想與華山派結仇，又見令狐冲這一劍精妙絕倫，自己也決非對手，掛念師弟傷勢，叫道：「易師弟！」隨後趕去。

那姓譚的側目向令狐冲凝視片刻，問道：「閣下當真是華山弟子？」令狐冲身子搖搖欲墜，道：「正是！」那姓譚的瞧出他已身受重傷，雖然劍法精妙，但只須再挨得片刻，不用相攻，他自己便會支持不住，眼前正有個大便宜可撿，心想：「適才少林派的兩名好手一傷一走，栽在華山派這少年手下，我如將他打倒，擒去少林寺，交給掌門方丈發落，不但給了少林派一個極大人情，而且崑崙派在中原也大大露臉。」當即踏上一步，微笑道：「少年，你劍法不錯，跟我比一下拳掌上的功夫，你瞧怎樣？」

令狐冲一見他神情，便已測知他的心思，心想這人好生奸猾，比少林派那姓易的更加可惡，挺劍便往他肩頭刺去。豈知劍到中途，手臂已然無力，噹的一聲響，長劍落地。那姓譚的大喜，呼的一掌，重重拍正在令狐冲胸口。令狐冲哇的一聲，噴出一大口鮮血。

兩人相距甚近，這口鮮血對準了這姓譚的，直噴在他臉上，更有數滴濺入了他口中。那姓譚的嘴裏嘗到一股血腥味，也不在意，深恐令狐冲拾劍反擊，右掌一起，又欲拍出，突然間一陣昏暈，摔倒在地。

令狐冲見他忽在自己垂危之時摔倒，既感奇怪，又自慶幸，見他臉上顯出一層黑氣，肌肉不住扭曲顫抖，模樣詭異可怖，說道：「你用錯了真力，只好怪自己了！」

游目四顧，五霸岡上更無一個人影，樹梢百鳥聲喧，地下散滿了酒肴兵刃，種種情狀，說不出的古怪。他伸袖抹拭口邊血跡，說道：「婆婆，別來福體安康。」那婆婆道：「公子此刻不可勞神，請坐下休息。」令狐冲確已全身更無半分力氣，當即依言坐下。

只聽得草棚內琴聲輕輕響起，宛如一股清泉在身上緩緩流過，又緩緩注入了四肢百骸，令狐冲全身輕飄飄地，更無半分著力處，便似飄上了雲端，置身於棉絮般的白雲之上。

過了良久良久，琴聲越來越低，終於細不可聞而止。令狐冲精神一振，站起身來，深深一揖，說道：「多謝婆婆雅奏，令晚輩大得補益。」那婆婆道：「你捨命力抗強敵，讓我不致受辱於傖徒，該我謝你才是。」令狐冲道：「婆婆說那裏話來？此是晚輩義所當為。」

那婆婆半晌不語，琴上發出輕輕的仙翁、仙翁之聲，似是手撥琴絃，暗自沉吟，有甚麼事好生難以委決，過了一會，問道：「你……你這要上那裏去？」

令狐冲登時胸口熱血上湧，只覺天地雖大，卻無容身之所，不由得連聲咳嗽，好容易咳嗽止息，才道：「我……我無處可去。」

那婆婆道：「你不去尋你師父、師娘？不去尋你的師弟，師……師妹他們了？」令狐冲道：「他們……他們不知到那裏去了，我傷勢沉重，尋不著他們。就算尋著了，唉！」一聲長嘆，心道：「就算尋著了，卻又怎地？他們也不要我了。」

那婆婆道：「你受傷不輕，何不去風物佳勝之處，登臨山水，以遣襟懷？卻也強於徒自悲苦。」令狐冲哈哈一笑，說道：「婆婆說得是，令狐冲於生死之事，本來也不怎麼放在心上。晚輩這就別過，下山遊玩去也！」說著向草棚一揖，轉身便走。

他走出三步，只聽那婆婆道：「你……你這便去了嗎？」令狐冲站住了道：「是。」那婆婆道：「你傷勢不輕，孤身行走，旅途之中，乏人照料，可不大妥當。」令狐冲聽得那婆婆言語之中頗為關切，心頭又是一熱，說道：「多謝婆婆掛懷。我的傷是治不好的了，早死遲死，死在那裏，也沒多大分別。」

那婆婆道：「嗯，原來如此。只不過……只不過……」隔了好一會，才道：「你走了之後，倘若那兩個少林派的惡徒又來囉唕，卻不知如何是好？這崑崙派的譚廸人一時昏暈，醒來之後，只怕又會找我的麻煩。」令狐冲道：「婆婆，你要去那裏？我護送你一程如何？」那婆婆道：「本來甚好，只是中間有個極大難處，生怕連累了你。」令狐冲道：「令狐冲的性命是婆婆所救，那有甚麼連累不連累的？」那婆婆嘆了口氣，說道：「我有個厲害對頭，尋到洛陽綠竹巷來跟我為難，我避到了這裏，但朝夕之間，他又會追蹤到來。你傷勢未愈，不能跟他動手，我只想找個隱僻所在暫避，等約齊了幫手再跟他算帳。要你護送我罷，一來你身上有傷，二來你一個鮮龍活跳的少年，陪著我這老太婆，豈不悶壞了你？」

令狐冲哈哈大笑，說道：「我道婆婆有甚麼事難以委決，卻原來是如此區區小事。你要去那裏，我送你到那裏便是，不論天涯海角，只要我還沒死，總是護送婆婆前往。」那婆婆道：「如此生受你了。當真是天涯海角，你都送我去？」語音中大有歡喜之意。令狐冲道：「不錯，不論天涯海角，令狐冲都隨婆婆前往。」

那婆婆道：「這可另有一個難處。」令狐冲道：「卻是甚麼？」那婆婆道：「我的相貌十分醜陋，不管是誰見了，都會嚇壞了他，因此我說甚麼也不願給人見到。否則的話，剛才那三人要進草棚來，見他們一見又有何妨？你得答應我一件事，不論在何等情景之下，都不許向我看上一眼，不能瞧我的臉，不能瞧我身子手足，也不能瞧我的衣服鞋襪。」令狐冲道：「晚輩尊敬婆婆，感激婆婆對我關懷，至於婆婆容貌如何，那有甚麼干係？」

那婆婆道：「你既不能答應此事，那你便自行去罷。」令狐冲忙道：「好，好！我答應就是，不論在何等情景之下，決不正眼向婆婆看上一眼。」那婆婆道：「連我的背影也不許看。」令狐冲心想：「難道連你的背影也是醜陋不堪？世上最難看的背影，若非侏儒，便是駝背，那也沒有甚麼。我和你一同長途跋涉，連背影也不許看，只怕有些不易。」

那婆婆聽他遲疑不答，問道：「你辦不到麼？」

令狐冲道：「辦得到，辦得到。要是我瞧了婆婆一眼，我剜了自己眼睛。」

那婆婆道：「你可要記著才好。你先走，我跟在你後面。」

令狐冲道：「是！」邁步向岡下走去，只聽得腳步之聲細碎，那婆婆在後面跟了上來。走了數丈，那婆婆遞了一根樹枝過來，說道：「你把這樹枝當作拐杖撐著走。」

令狐冲道：「是。」撐著樹枝，慢慢下岡。走了一程，忽然想起一事，問道：「婆婆，那崑崙派這姓譚的，你知道他名字？」那婆婆道：「嗯，這譚廸人是崑崙派第二代弟子中的好手，劍法上學到了他師父的六七成功夫，比起他大師兄、二師兄來，卻還差得遠。那少林派的大個子辛國樑，劍法還比他強些。」

令狐冲道：「原來那大喉嚨漢子叫做辛國樑，這人倒似乎還講道理。」那婆婆道：「他師弟叫做易國梓，那就無賴得緊了。你一劍穿過他右掌，一劍刺傷他左腕，這兩劍可帥得很哪。」令狐冲道：「那是出於無奈，唉，這一下跟少林派結了樑子，可是後患無窮。」那婆婆道：「少林派便怎樣？咱們未必便鬥他們不過。我可沒想到那譚廸人會用掌打你，更沒想到你會吐血。」令狐冲道：「婆婆，你都瞧見了？那譚廸人不知如何會突然暈倒？」那婆婆道：「你不知道麼？藍鳳凰和手下的四名苗女給你注血，她們日日夜夜跟毒物為伍，血中含毒，那不用說了。那五仙酒更是劇毒無比。譚廸人口中濺到你的毒血，自然抵受不住。」

令狐冲恍然大悟，「哦」了一聲，道：「我反而抵受得住，也真奇怪。我跟那藍教主無冤無仇，不知她何以要下毒害我？」那婆婆說道：「誰說她要害你了？她是對你一片好心，哼，妄想治你的傷來著。要你血中有毒而你性命無礙，原是她五毒教的拿手好戲。」令狐冲道：「是，我原想藍教主並無害我之意。平一指大夫說她的藥酒是大補之物。」那婆婆道：「她當然不會害你，要對你好也來不及呢。」令狐冲微微一笑，又問：「不知那譚廸人會不會死？」那婆婆道：「那要瞧他的功力如何了。不知有多少毒血濺入了他口中。」

令狐冲想起譚廸人中毒後臉上的神情，不由得打了個寒噤，又走出十餘丈後，突然想起一事，叫道：「啊喲，婆婆，請你在這兒等我一等，我得回上岡去。」那婆婆問道：「幹甚麼？」令狐冲道：「平大夫的遺體在岡上尚未掩埋。」那婆婆道：「不用回去啦，我已把他屍體化了，埋了。」令狐冲道：「啊，原來婆婆已將平大夫安葬了。」那婆婆道：「也不是甚麼安葬。我是用藥將他屍體化了。在那草棚之中，難道叫我整晚對著一具屍首？平一指活的時候已沒甚麼好看，變了屍首，這副模樣，你自己想想罷。」

令狐冲「嗯」了一聲，只覺這位婆婆行事在在出人意表，平一指對自己有恩，他身死之後，該當好好將他入土安葬才是，但這婆婆卻用藥化去他的屍體，越想越是不安，可是用藥化去屍體有甚麼不對，卻又說不上來。

行出數里，已到了岡下平陽之地。那婆婆道：「你張開手掌！」令狐冲應道：「是！」心下奇怪，不知她又有甚麼花樣，當即依言伸出手掌，張了開來，只聽得噗的一聲輕響，一件細物從背後拋將過來，投入掌中，乃是一顆黃色藥丸，約有小指頭大小。

那婆婆道：「你吞了下去，到那棵大樹下坐著歇歇。」令狐冲道：「是。」將藥丸放入口中，吞了下去。那婆婆道：「我是要仗著你的神妙劍法護送脫險，這才用藥物延你性命，免得你突然身死，我便少了個衛護之人。可不是對你……對你有甚麼好心，更不是想要救你性命，你記住了。」

令狐冲又應了一聲，走到樹下，倚樹而坐，只覺丹田中一股熱氣暖烘烘的湧將上來，似有無數精力送入全身各處臟腑經脈，尋思：「這顆藥丸明明於我身子大有補益，那婆婆偏不承認對我有甚麼好心，只說不過是利用我而已。世上只有利用別人而不肯承認的，她卻為甚麼要說這等反話？」又想：「適才她將藥丸擲入我手掌，能使藥丸入掌而不彈起，顯是使上了極高內功中的一股沉勁。她武功比我強得多，又何必要我衛護？唉，她愛這麼說，我便聽她這麼辦就是。」

他坐得片刻，便站起身來，道：「咱們走罷。婆婆，你累不累？」那婆婆道：「我倦得緊，再歇一忽兒。」令狐冲道：「是。」心想：「上了年紀之人，憑他多高的武功，精力總是不如少年。我只顧自己，可太不體恤婆婆了。」當下重行坐倒。

又過了好半晌，那婆婆才道：「走罷！」令狐冲應了，當先而行，那婆婆跟在後面。

令狐冲服了藥丸，步履登覺輕快得多，依著那婆婆的指示，儘往荒僻的小路上走。行了將近十里，山道漸覺崎嶇，行走時已有些氣喘。那婆婆道：「我走得倦了，要歇一忽兒。」令狐冲應道：「是，」坐了下來，心想：「聽她氣息沉穩，一點也不累，明明是要我休息，卻說是她自己倦了。」

歇了一盞茶時分，起身又行，轉過了一個山坳，忽聽得有人大聲說道：「大夥兒趕緊吃飯，儘快離開這是非之地。」數十人齊聲答應。令狐冲停住腳步，只見山澗邊的一片草地之上，數十條漢子團坐著正自飲食。便在此時，那些漢子也已見到了令狐冲，有人說道：「是令狐公子！」令狐冲依稀認了出來，這些人昨晚都曾到過五霸岡上，正要出聲招呼，突然之間，數十人鴉雀無聲，一齊瞪眼瞧著他身後。

這些人的臉色都古怪之極，有的顯然甚是驚懼，有的則是惶惑失措，似乎驀地遇上了一件難以形容、無法應付的怪事一般。令狐冲一見這等情狀，登時便想轉頭，瞧瞧自己身後到底有甚麼事端，令得這數十人在霎時之間便變得泥塑木彫一般，但立即驚覺：這些人所以如此，是由於見到了那位婆婆，自己曾答應過她，決計不向她瞧上一眼。

他急忙扭過頭來，使力過巨，連頭頸也扭得痛了，好奇之心大起：「為甚麼他們一見婆婆，便這般驚惶？難道婆婆當真形相怪異之極，人世所無？」

忽見一名漢子提起割肉的匕首，對準自己雙眼刺了兩下，登時鮮血長流。令狐冲大吃一驚，叫道：「你幹甚麼？」那漢子大聲道：「小人三天之前便瞎了眼睛，早已甚麼東西也瞧不見。」又有兩名漢子拔出短刀，自行刺瞎了雙眼，都道：「小人瞎眼已久，甚麼都瞧不見了。」令狐冲驚奇萬狀，眼見其餘的漢子紛紛拔出匕首鐵錐之屬，要刺瞎自己眼睛，忙叫：「喂，喂！且慢。有話好說，可不用刺瞎自己啊，那……那到底是甚麼緣故？」

一名漢子慘然道：「小人本想立誓，決不敢有半句多口，只是生怕難以取信。」

令狐冲叫道：「婆婆，你救救他們，叫他們別刺瞎自己眼睛了。」

那婆婆道：「好，我信得過你們。東海中有座蟠龍島，可有人知道麼？」一個老者道：「福建泉州東南五百多里海中，有座蟠龍島，聽說人跡不至，極是荒涼。」那婆婆道：「正是這座小島，你們立即動身，到蟠龍島上去玩玩罷。這一輩子也不用回中原來啦。」

數十名漢子齊聲答應，臉上均現喜色，說道：「咱們即刻便走。」有人又道：「咱們一路之上，決不跟外人說半句話。」那婆婆冷冷的道：「你們說不說話，關我甚麼事？」那人道：「是，是！小人胡說八道。」提起手來，在自己臉上用力擊打。那婆婆道：「去罷！」數十名大漢發足狂奔。三名刺瞎了眼的漢子則由旁人攙扶，頃刻之間，走得一個不賸。

令狐冲心下駭然：「這婆婆單憑一句話，便將他們發配去東海荒島，一輩子不許回來。這些人反而歡天喜地，如得大赦，可真教人不懂了。」他默不作聲的行走，心頭思潮起伏，只覺身後跟隨著的那位婆婆實是生平從所未聞的怪人，思忖：「只盼一路前去，別再遇見五霸岡上的朋友。他們一番熱心，為治我的病而來，倘若給婆婆撞見了，不是刺瞎雙目，便得罰去荒島充軍，豈不冤枉？這樣看來，黃幫主、司馬島主、祖千秋要我說從來沒見過他們，五霸岡上羣豪片刻間散得乾乾淨淨，都是因為怕了這婆婆。她……她到底是怎麼一個可怖的大魔頭？」想到此處，不由自主的連打兩個寒噤。

又行得七八里，忽聽得背後有人大聲叫道：「前面那人便是令狐冲。」這人叫聲響亮之極，一聽便知是少林派那辛國樑到了。那婆婆道：「我不想見他，你跟他敷衍一番。」令狐冲應道：「是。」只聽得簌的一聲響，身旁灌木一陣搖晃，那婆婆鑽入了樹叢之中。

只聽辛國樑說道：「師叔，那令狐冲身上有傷，走不快的。」其時相隔尚遠，但辛國樑的話聲實在太過宏亮，雖是隨口一句話，令狐冲也聽得清清楚楚，心道：「原來他還有個師叔同來。」當下索性不走，坐在道旁相候。

過了一會，來路上腳步聲響，幾人快步走來，辛國樑和易國梓都在其中，另有兩個僧人，一個中年漢子，兩個僧人一個年紀甚老，滿臉皺紋，另一個三十來歲，手持方便鏟。

令狐冲站起身來，深深一揖，說道：「華山派晚輩令狐冲，參見少林派諸位前輩，請教前輩上下怎生稱呼。」易國梓喝道：「小子……」那老僧道：「老衲法名方生。」那老僧一說話，易國梓立時住口，但怒容滿臉，顯是對適才受挫之事氣憤已極。令狐冲躬身道：「參見大師。」方生點了點頭，和顏悅色的道：「少俠不用多禮。尊師岳先生可好？」

令狐冲初時聽到他們來勢洶洶的追到，心下甚是惴惴，待見方生和尚說話神情是個有道高僧模樣，又知「方」字輩僧人是當今少林寺的第一代人物，與方丈方證大師是師兄弟，料想他不會如易國梓這般蠻不講理，心中登時一寬，恭恭敬敬的道：「多謝大師垂詢，敝業師安好。」

方生道：「這四個都是我師姪。這僧人法名覺月，這是黃國柏師姪，這是辛國樑師姪，這是易國梓師姪。辛易二人，你們曾會過面的。」令狐冲道：「是。令狐冲參見四位前輩。晚輩身受重傷，行動不便，禮數不周，請眾位前輩原諒。」易國梓哼了一聲，道：「你身受重傷！」方生道：「你當真身上有傷？國梓，是你打傷他的嗎？」

令狐冲道：「一時誤會，算不了甚麼。易前輩以袖風摔了晚輩一交，又擊了晚輩一掌，好在晚輩一時也不會便死，大師卻也不用深責易前輩了。」他一上來便說自己身受重傷，又將全部責任推在易國梓身上，料想方生是位前輩高僧，決不能再容這四個師姪跟自己為難，又道：「種種情事，辛前輩在五霸岡上都親眼目睹。既是大師佛駕親臨，晚輩已有了好大面子，決不在敝業師面前提起便是。大師放心，晚輩雖然傷重難愈，此事卻不致引起五嶽劍派和少林派的糾紛。」這麼一說，倒像自己傷重難愈，全是易國梓的過失。

易國梓怒道：「你……你……你胡說八道，你本來就已身受重傷，跟我有甚麼干係？」

令狐冲嘆了口氣，淡淡的道：「這件事，易前輩，你可是說不得的。倘若傳了出去，豈不於少林派清譽大大有損。」

辛國樑、黃國柏和覺月三人都微微點了點頭。各人心下明白，少林派「方」字輩的僧人輩份甚尊，雖說與五嶽劍派門戶各別，但上輩敘將起來，比之五嶽劍派各派的掌門人還長了一輩，因此辛國樑、易國梓等人的輩份也高於令狐冲。易國梓和令狐冲動手，本已有以大壓小之嫌，何況他少林派有師兄弟二人在場？更何況令狐冲在動手之前已然受傷？少林派門規綦嚴，易國梓倘若真的將華山派一個後輩打死，縱不處死抵命，那也是非廢去武功、逐出門牆不可。易國梓念及此節，不由得臉都白了。

方生道：「少俠，你過來，我瞧瞧你的傷勢。」令狐冲走近身去。方生伸出右手，握住令狐冲的手腕，手指在他「大淵」、「經渠」兩處穴道上一搭，登時覺得他體內生出一股希奇古怪的內力，一震之下，便將手指彈開。方生心中一凜，他是當今少林寺第一代高僧中有數的好手，竟會給這少年的內力彈開手指，實在匪夷所思。他那知令狐冲體內已蓄有桃谷六仙和不戒和尚七人的真氣，他武功雖強，但在絕無防範之下，究竟也擋不住這七個高手的合力。他「哦」的一聲，雙目向令狐冲瞪視，緩緩的道：「少俠，你不是華山派的。」

令狐冲道：「晚輩確是華山派弟子，是敝業師岳先生所收的第一個門徒。」方生問道：「那麼後來你又怎地跟從旁門左道之士，練了一身邪派武功？」

易國梓插口道：「師叔，這小子使的確是邪派武功，半點不錯，他賴也賴不掉。剛才咱們還見到他身後跟著一個女子，怎麼躲將起來了？鬼鬼祟祟的，多半不是好東西。」

令狐冲聽他出言辱及那婆婆，怒道：「你是名門弟子，怎地出言無禮？婆婆她老人家就是不願見你，免得生氣。」易國梓道：「你叫她出來，是正是邪，我師叔法眼無訛，一望而知。」令狐冲道：「你我爭吵，便是因你對我婆婆無禮而起，這當兒還在胡說八道。」

覺月接口道：「令狐少俠，適才我在山岡之上，望見跟在你身後的那女子步履輕捷，不似是年邁之人。」令狐冲道：「我婆婆是武林中人，自然步履輕捷，那有甚麼希奇？」

方生搖了搖頭，說道：「覺月，咱們是出家人，怎能強要拜見人家的長輩女眷？令狐少俠，此事中間疑竇甚多，老衲一時也參詳不透。你果然身負重傷，但內傷怪異，決不是我易師姪出手所致。咱們今日在此一會，也是有緣，盼你早日痊愈。後會有期。你身上的內傷著實不輕，我這裏有兩顆藥丸，給你服了罷，就只怕治不了……」說著伸手入懷。

令狐冲心下敬佩：「少林高僧，果然氣度不凡。」躬身道：「晚輩有幸得見大師……」

一語未畢，突然間刷的一聲響，易國梓長劍出鞘，喝道：「在這裏了！」連人帶劍，撲入那婆婆藏身的灌木之中。方生叫道：「易師姪，休得無禮！」只聽得呼的一聲，易國梓從灌木叢中又飛身出來，一躍數丈，拍得一聲響，直挺挺的摔在地下，仰面向天，手足抽搐了幾下，便不再動了。方生等都大吃一驚，只見他額頭一個傷口，鮮血汩汩流出，手中兀自抓著那柄長劍，卻早已氣絕。

辛國樑、黃國柏、覺月三人齊聲怒喝，各挺兵刃，縱身撲向灌木叢去。方生雙手一張，僧袍肥大的衣袖伸展開來，一股柔和的勁風將三人一齊擋住，向著灌木叢朗聲說道：「是黑木崖那一位道兄在此？」但見數百株灌木中一無動靜，更無半點聲息。方生又道：「敝派跟黑木崖素無糾葛，道兄何以對敝派易師姪驟施毒手？」灌木中仍然無人答話。

令狐冲大吃一驚：「黑木崖？黑木崖是魔教總舵的所在，難道……難道這位婆婆竟是魔教中的前輩？」

方生大師又道：「老衲昔年和東方教主也曾有一面之緣。道友既然出手殺了人，雙方是非，今日須作了斷。道友何不現身相見？」令狐冲又是心頭一震：「東方教主？他說的是魔教的教主東方不敗？此人號稱當世第一高手，那麼……那麼這位婆婆果然是魔教中人？」

那婆婆藏身灌木叢中，始終不理。方生道：「道友一定不肯賜見，恕老衲無禮了！」說著雙手向後一伸，兩隻袍袖中登時鼓起一股勁氣，跟著向前推出，只聽得喀喇喇一聲響，數十株灌木從中折斷，枝葉紛飛。便在此時，呼的一聲響，一個人影從灌木中躍將出來。

令狐冲雖然滿心想瞧瞧那婆婆的模樣，總是記著諾言，急忙轉身，只聽得辛國樑和覺月齊聲呼叱，兵刃撞擊之聲如暴雨灑窗，既密且疾，顯是那婆婆與方生等已鬥了起來。

其時正當巳牌時分，日光斜照，令狐冲為守信約，心下雖然又焦慮，又好奇，卻也不敢回頭去瞧四人相鬥的情景，只見地下黑影晃動，方生等四人將那婆婆圍在垓心。方生手中並無兵刃，覺月使的是方便鏟，黃國柏使刀，辛國樑使劍，那婆婆使的是一對極短的兵刃，似是匕首，又似是蛾眉刺，那兵刃既短且薄，又似透明，單憑日影，認不出是何種兵器。那婆婆和方生都不出聲，辛國樑等三人卻大聲吆喝，聲勢威猛。

令狐冲叫道：「有話好說，你們四個大男人，圍攻一位年老婆婆，成甚麼樣子？」

黃國柏冷笑道：「年老婆婆！嘿嘿，這小子睜著眼睛說夢話。她……」一語未畢，只聽得方生叫道：「黃……留神！」黃國柏「啊」的一聲大叫，似是受傷不輕。

令狐冲心下駭然：「這婆婆好厲害的武功！適才方生大師以袖風擊斷樹木，內力強極，可是那婆婆以一敵四，居然還佔到上風。」跟著覺月也一聲大叫，方便鏟脫手飛出，越過令狐冲頭頂，落在數丈之外。地下晃動的黑影這時已少了兩個，黃國柏和覺月都已倒下，只有方生和辛國樑二人仍在和那婆婆相鬥。

方生說道：「善哉！善哉！你下手如此狠毒，連殺我師姪三人。老衲不能再手下留情，只好全力和你周旋一番了。」一拍拍拍幾下急響，顯是方生大師已使上了兵刃，但他的兵刃似是木棒木棍之屬。令狐冲覺得背後的勁風越來越凌厲，逼得他不斷向前邁步。

方生大師一用到兵刃，果然是少林高僧，非同小可，戰局當即改觀。令狐冲隱隱聽到那婆婆的喘息之聲，似乎已有些內力不濟。方生大師道：「拋下兵刃！我也不來難為你，你隨我去少林寺，稟明方丈師兄，請他發落便是。」那婆婆不答，向辛國樑急攻數招。辛國樑抵擋不住，跳出圈子，待方生大師接過。辛國樑定了定神，舞動長劍，又攻了上去。

又鬥片刻，但聽得兵刃撞擊之聲漸緩，但勁風卻越來越響。方生大師說道：「你內力非我之敵，我勸你快快拋下兵刃，跟我去少林寺，否則再支持得一會，非受沉重內傷不可。」那婆婆哼了一聲，突然間「啊」的一聲呼叫，令狐冲後頸中覺得有些水點濺了過來，伸手一摸，只見手掌中血色殷然，濺到頭頸中的竟是血滴。方生大師又道：「善哉，善哉！你已受了傷，更加支撐不住了。我一直手下留情，你該當知道。」辛國樑怒道：「這婆娘是邪魔妖女，師叔快下手斬妖，給三位師弟報仇。對付妖邪，豈能慈悲？」

耳聽得那婆婆呼吸急促，腳步踉蹌，隨時都能倒下，令狐冲心道：「婆婆叫我隨伴，原是要我保護她，此時她身遭大難，我豈可不理？雖然方生大師是位有道高僧，那姓辛的也是個直爽漢子，終不成讓婆婆傷在他們的手下？」刷的一聲，抽出了長劍，朗聲說道：「方生大師，辛前輩，請你們住手，否則晚輩可要得罪了。」

辛國樑喝道：「妖邪之輩，一併誅卻。」呼的一劍，向令狐冲背後刺來。令狐冲生怕見到婆婆，不敢轉身，只是往旁一讓。那婆婆叫道：「小心！」令狐冲這麼一側身，辛國樑的長劍跟著也斜著刺至。猛聽得辛國樑「啊」的一聲大叫，身子飛了起來，從令狐冲左肩外斜斜向外飛出，摔在地下，也是一陣抽搐，便即斃命，不知如何，竟遭了那婆婆的毒手。

便在此時，砰的一聲響，那婆婆中了方生大師一掌，向後摔入灌木叢中。

令狐冲大驚，叫道：「婆婆，婆婆，你怎麼了？」那婆婆在灌木叢中低聲呻吟。令狐冲知她未死，稍覺放心，側身挺劍向方生刺去，這一劍去勢的方位巧妙已極，逼得方生向後躍開。令狐冲跟著又是一劍，方生舉兵刃一擋，令狐冲縮回長劍，已和方生大師面對著面，見他所用兵刃原來是根三尺來長的舊木棒。他心頭一怔：「沒想到他的兵刃只是這麼一根短木棒。這位少林高僧內力太強，我若不以劍術將他制住，婆婆無法活命。」當即上刺一劍，下刺一劍，跟著又是上刺兩劍，都是風清揚所授的劍招。

方生大師登時臉色大變，說道：「你……你……」令狐冲不敢稍有停留，自己沒絲毫內力，只要有半點空隙給對方的內力攻來，自己固然立斃，那婆婆也會給他擒回少林寺處死，當下心中一片空明，將「獨孤九劍」諸般奧妙變式，任意所之的使了出來。

這「獨孤九劍」劍法精妙無比，令狐冲雖內力已失，而劍法中的種種精微之處亦尚未全部領悟，但饒是如此，也已逼得方生大師不住倒退。令狐冲只覺胸口熱血上湧，手臂酸軟難當，使出去的劍招越來越弱。

方生猛地裏大喝一聲：「撤劍！」左掌按向令狐冲胸口。

令狐冲此時精疲力竭，一劍刺出，劍到中途，手臂便沉了下去。他長劍下沉，仍是刺了出去，去勢卻已略慢，方生大師左掌飛出，已按中他胸口，勁力不吐，問道：「你這獨孤九劍……」便在此時，令狐冲長劍劍尖也已刺入他胸口。

令狐冲對這少林高僧甚是敬仰，但覺劍尖和對方肌膚相觸，急忙用力一收，將劍縮回，這一下用力過巨，身子後仰，坐倒在地，口中噴出鮮血。

方生大師按住胸膛傷口，微笑道：「好劍法！少俠如不是劍下留情，老衲的性命早已不在了。」他卻不提自己掌下留情，說了這句話後不住咳嗽。令狐冲雖及時收劍，長劍終於還是刺入了他胸膛寸許，受傷不輕。令狐冲道：「冒……冒犯了……前輩。」

方生大師道：「沒想到華山風清揚前輩的劍法，居然世上尚有傳人。老衲當年曾受過風前輩的大恩，今日之事，老衲……老衲無法自作主張。」慢慢伸手到僧袍中摸出一個紙包，打了開來，裏面有兩顆龍眼大小的丸藥，說道：「這是少林寺的療傷靈藥，你服下一丸。」微一遲疑，又道：「另一丸給了那女子。」

令狐冲道：「晚輩的傷治不好啦，還服甚麼藥！另一顆大師你自己服罷。」

方生大師搖了搖頭，道：「不用。」將兩顆藥丸放在令狐冲身前，瞧著覺月、辛國樑等四具屍體，神色淒然，舉起手掌，輕聲誦唸經文，漸漸的容色轉和，到後來臉上竟似籠罩了一層聖光，當真唯有「大慈大悲」四字，方足形容。

令狐冲只覺頭暈眼花，實難支持，於是拾起兩顆藥丸，服了一顆。

方生大師唸畢經文，向令狐冲道：「少俠，風前輩『獨孤九劍』的傳人，決不會是妖邪一派，你俠義心腸，按理不應橫死。只是你身上所受的內傷十分怪異，非藥石可治，須當修習高深內功，方能保命。依老衲之見，你隨我去少林寺，由老衲懇求掌門師兄，將少林派至高無上的內功心法相授，當能療你內傷。」他咳嗽了幾聲，又道：「修習這門內功，講究緣法，老衲卻於此無緣。掌門師兄胸襟廣大，或能與少俠有緣，傳此心法。」

令狐冲道：「多謝大師好意，待晚輩護送婆婆到達平安的所在，倘若僥倖未死，當來少林寺拜見大師和掌門方丈。」方生臉現詫色，道：「你……你叫她婆婆？少俠，你是名門正派的弟子，不可和妖邪一流為伍。老衲好言相勸，少俠還須三思。」令狐冲道：「男子漢一言既出，豈能失信於人？」

方生大師嘆道：「好！老衲在少林寺等候少俠到來。」向地下四具屍體看了一眼，說道：「四具臭皮囊，葬也罷，不葬也罷，離此塵世，一了百了。」轉身緩緩邁步而去。

令狐冲坐在地下只是喘息，全身酸痛，動彈不得，問道：「婆婆，你……你還好罷？」只聽得身後簌簌聲響，那婆婆從灌木叢中出來，說道：「死不了！你跟這老和尚去罷。他說能療你內傷，少林派內功心法當世無匹，你為甚麼不去？」

令狐冲道：「我說過護送婆婆，自然護送到底。」那婆婆道：「你身上有傷，還護送甚麼？」令狐冲笑道：「你也有傷，大家走著瞧罷！」那婆婆道：「我是妖邪外道，你是名門弟子，跟我混在一起，沒的敗壞了你名門弟子的名譽。」令狐冲道：「我本來就沒名譽，管他旁人說甚短長？婆婆，你待我極好，令狐冲可不是不知好歹之人。你此刻身受重傷，我倘若捨你而去，還算是人麼？」

那婆婆道：「倘若我此刻身上無傷，你便捨我而去了，是不是？」令狐冲一怔，笑道：「婆婆倘若不嫌我後生無知，要我相伴，令狐冲便在你身畔談談說說。就只怕我這人生性粗魯，任意妄為，過不了幾天，婆婆便不願跟我說話了。」那婆婆嗯了一聲。

令狐冲迴過手臂，將方生大師所給的那顆藥丸遞了過去，說道：「這位少林高僧當真了不起，婆婆，你殺他門下弟子四人，他反而省下治傷靈藥給你，寧可自己不服，他剛才跟你相鬥，只怕也未出全力。」那婆婆怒道：「呸！他未出全力，怎地又將我打傷了？這些人自居名門正派，假惺惺的冒充好人，我才瞧不在眼裏呢。」令狐冲道：「婆婆，你把這顆藥服下罷。我服了之後，確是覺得胸腹間舒服了些。」那婆婆應了一聲，卻不來取。

令狐冲道：「婆婆……」那婆婆道：「眼前只有你我二人，怎地『婆婆，婆婆』的叫個不休？少叫幾句成不成？」令狐冲笑道：「是。少叫幾句，有甚麼不成？你怎麼不把這顆藥服了？」那婆婆道：「你既說少林派的療傷靈丹好，說我給你的傷藥不好，那你何不將老和尚這顆藥一併吃了？」令狐冲道：「啊喲，我幾時說過你的傷藥不好，那不是冤枉人嗎？再說，少林派的傷藥好，正是要你服了，可以早些有力氣走路。」那婆婆道：「你嫌陪著我氣悶，是不是？那你自己儘管走啊，我又沒留著你。」

令狐冲心想：「怎地婆婆此刻脾氣這樣大，老是跟我鬧別扭？是了，她受傷不輕，身子不適，脾氣自然大了，原也怪她不得。」笑道：「我此刻是半步也走不動了，就算想走，也走不了，何況……何況……哈哈……」那婆婆怒道：「何況甚麼？又哈哈甚麼？」

令狐冲笑道：「哈哈就是哈哈，何況，我就算能走，也不想走，除非你跟我一起走。」

他本來對那婆婆說話甚是恭謹有禮，但她亂發脾氣，不講道理，他也就放肆起來。豈知那婆婆卻不生氣，突然一言不發，不知在想甚麼心事。令狐冲道：「婆婆……」

那婆婆道：「又是婆婆！你一輩子沒叫過人『婆婆』，是不是？這等叫不厭？」

令狐冲笑道：「從此之後，我不叫你婆婆了，那我叫你甚麼？」

那婆婆不語，過了一會，道：「便只咱二人在此，又叫甚麼了？你一開口，自然就是跟我說話，難道還會跟第二人說話不成？」令狐冲笑道：「有時候我喜歡自言自語，你可別誤會。」那婆婆哼了一聲，道：「說話沒點正經，難怪你小師妹不要你。」

這句話可刺中了令狐冲心中的創傷，他胸口一酸，不自禁的想道：「小師妹不喜歡我而喜歡林師弟，只怕當真為了我說話行事沒點正經，以致她不願以終身相托？是了，林師弟循規蹈矩，確是個正人君子，跟我師父再像也沒有了。別說小師妹，倘若我是女子，也會喜歡他而不要我這無行浪子令狐冲。唉，令狐冲啊令狐冲，你喝酒胡鬧，不守門規，委實不可救藥。我跟採花大盜田伯光結交，在衡陽妓院中睡覺，小師妹一定大大的不高興。」

那婆婆聽他不說話了，問道：「怎麼？我這句話傷了你嗎？你生氣了，是不是？」令狐冲道：「沒生氣，你說得對，我說話沒點正經，行事也沒點正經，難怪小師妹不喜歡我，師父、師娘也都不喜歡我。」那婆婆道：「你不用難過，你師父、師娘、小師妹不喜歡你，難道……難道世上便沒旁人喜歡你了？」這句話說得甚是溫柔，充滿了慰藉之意。

令狐冲大是感激，胸口一熱，喉頭似是塞住了，說道：「婆婆，你待我這麼好，就算世上再沒別人喜歡我，也……也沒有甚麼。」

那婆婆道：「你就是一張嘴甜，說話教人高興。難怪連五毒教藍鳳凰那樣的人物，也對你讚不絕口。好啦，你走不動，我也走不動，今天只好在那邊山崖之下歇宿，也不知今日會不會死。」令狐冲微笑道：「今日不死，也不知明日會不會死，明日不死，也不知後日會不會死。」那婆婆道：「少說廢話。你慢慢爬過去，我隨後過來。」

令狐冲道：「你如不服老和尚這顆藥丸，我恐怕一步也爬不動。」

那婆婆道：「又來胡說八道了。我不服藥丸，為甚麼你便爬不動？」令狐冲道：「半點也不是胡說。你不服藥，身上的傷就不易好，沒精神彈琴，我心中一急，那裏還會有力氣爬過去？別說爬過去，連躺在這裏也沒力氣。」那婆婆嗤的一聲笑，說道：「躺在這裏也得有力氣？」令狐冲道：「這個自然。這裏是一片斜坡，我若不使力氣，登時滾了下去，摔入下面的山澗，就不摔死，也淹死了。」

那婆婆嘆道：「你身受重傷，朝不保夕，偏偏還有這麼好興致來說笑。如此憊懶傢伙，世所罕有。」令狐冲將藥丸輕輕向後一拋，道：「你快吃了罷。」那婆婆道：「哼，凡是自居名門正派之徒，就沒一個好東西，我吃了少林派的藥丸，沒的汚了我嘴。」

令狐冲「啊喲」一聲大叫，身子向左一側，順著斜坡，骨碌碌的便向山澗滾了下去。那婆婆大吃一驚，叫道：「小心！」令狐冲繼續向下滾動，這斜坡並不甚陡，卻是極長，令狐冲滾了好一會才滾到澗邊，手腳力撐，便止住了。

那婆婆叫道：「喂，喂，你怎麼啦？」令狐冲臉上、手上給地下尖石割得鮮血淋漓，忍痛不作聲。那婆婆叫道：「好啦，我吃老和尚的臭藥丸便了，你……你上來罷。」

令狐冲道：「說過了的話，可不能不算。」其時二人相距已遠，令狐冲中氣不足，話聲不能及遠。那婆婆隱隱約約的只聽到那些聲音，卻不知他說些甚麼，問道：「你說甚麼？」令狐冲道：「我……我……」氣喘不已。那婆婆道：「快上來！我答應你吃藥丸便是。」

令狐冲顫巍巍的站起身來，想要爬上斜坡，但順勢下滾甚易，再爬將上去，委實難如登天，只走得兩步，腿上一軟，一個踉蹌，撲通一聲，當真摔入了山澗。

那婆婆在高處見到他摔入山澗，心中一急，便也順著斜坡滾落，滾到令狐冲身畔，左手抓住了他的左足踝。她喘息幾下，伸右手抓住他背心，將他濕淋淋的提了起來。

令狐冲已喝了好幾口澗水，眼前金星亂舞，定了定神，只見清澈的澗水之中，映上來兩個倒影，一個妙齡姑娘正抓著自己背心。

他一呆之下，突然聽得身後那姑娘「哇」的一聲，吐出一大口鮮血，熱烘烘的都吐在他頸中，同時伏在他的背上，便如癱瘓了一般。

令狐冲感到那姑娘柔軟的軀體，又覺她一頭長髮拂在自己臉上，不由得心下一片茫然。再看水中倒影時，見到那姑娘的半邊臉蛋，眼睛緊閉，睫毛甚長，雖然倒影瞧不清楚，但顯然容貌秀麗絕倫，不過十七八歲年紀。

他奇怪之極：「這姑娘是誰？怎地忽然有這樣一位姑娘前來救我？」

水中倒影，背心感覺，都在跟他說這姑娘已然暈了過去，令狐冲想要轉過身來，將她扶起，但全身軟綿綿地，連抬一根手指也無力氣。他猶似身入夢境，看到清溪中秀美的容顏，恰又如似在仙境中一般，心中只想：「我是死了嗎？這已經升了天嗎？」

過了良久，只聽得背後那姑娘嚶嚀一聲，說道：「你到底是嚇我呢，還是真的……真的不想活了？」

令狐冲一聽到她說話之聲，不禁大吃一驚，這聲音便和那婆婆一模一樣，他駭異之下，身子發顫，道：「你……你……你……」那姑娘道：「你甚麼？我偏不吃老和尚的臭藥丸，你尋死給我看啊。」令狐冲道：「婆婆，原來你是一個……一個美麗的小……小姑娘。」

那姑娘驚道：「你怎麼知道？你……你這說話不算數的小子，你偷看過了？」一低頭，見到山澗中自己清清楚楚的倒影，正依偎在令狐冲的背上，登時羞不可抑，忙掙扎著站起，剛站直身子，膝間一軟，又摔在他懷中，支撐了幾下，又欲暈倒，只得不動。

令狐冲心中奇怪之極，說道：「你為甚麼裝成個老婆婆來騙我？冒充長輩，害得我……害得我……」那姑娘道：「害得你甚麼？」

令狐冲的目光和她臉頰相距不到一尺，只見她肌膚白得便如透明一般，隱隱透出來一層暈紅，說道：「害得我婆婆長、婆婆短的一路叫你。哼，真不害羞，你做我妹子也還嫌小，偏想做人家婆婆！要做婆婆，再過八十年啦！」

那姑娘噗嗤一笑，說道：「我幾時說過自己是婆婆了？一直是你自己叫的。你不住口的叫『婆婆』，剛才我還生氣呢，叫你不要叫，你偏要叫，是不是？」

令狐冲心想這話倒也不假，但給她騙了這麼久，自己成了個大傻瓜，心下總是不忿，道：「你不許我看你的臉，就是存心騙人。倘若我跟你面對面，難道我還會叫你婆婆不成？

你在洛陽就在騙我啦，串通了綠竹翁那老頭子，要他叫你姑姑。他都這麼老了，你既是他的姑姑，我豈不是非叫你婆婆不可？」那姑娘笑道：「綠竹翁的師父，叫我爸爸做師叔，那麼綠竹翁該叫我甚麼？」令狐冲一怔，遲遲疑疑的道：「你當真是綠竹翁的姑姑？」那姑娘道：「綠竹翁這小子又不是甚麼了不起的人物，我為甚麼要冒充他姑姑？做姑姑有甚麼好？」

令狐冲嘆了一口氣，說道：「唉！我真傻，其實早該知道了。」

那姑娘笑問：「早該知道甚麼？」令狐冲道：「你說話聲音這樣好聽，世上那有八十歲的婆婆，話聲是這般清脆嬌嫩的？」那姑娘笑道：「我聲音又粗糙，又嘶嗄，就像是烏鴉一般，難怪你當我是個老太婆。」令狐冲道：「你的聲音像烏鴉？唉，時世不大同了，今日世上的烏鴉，原來叫聲比黃鶯兒還好聽。」

那姑娘聽他稱讚自己，臉上一紅，心中大樂，笑道：「好啦，令狐公公，令狐爺爺。你叫了我這麼久婆婆，我也叫還你幾聲。這可不吃虧、不生氣了罷？」

令狐冲笑道：「你是婆婆，我是公公，咱兩個公公婆婆，豈不是……」他生性不羈，口沒遮攔，正要說「豈不是一對兒」，突見那姑娘雙眉一蹙，臉有怒色，急忙住口。

那姑娘怒道：「你胡說八道些甚麼？」令狐冲道：「我說咱兩個做了公公婆婆，豈不是……豈不是都成為武林中的前輩高人？」

那姑娘明知他是故意改口，卻也不便相駁，只怕他越說越難聽。她倚在令狐冲懷中，聞到他身上強烈的男子氣息，心中煩亂已極，要想掙扎著站起身來，說甚麼也沒力氣，紅著臉道：「喂，你推我一把！」令狐冲道：「推你一把幹甚麼？」那姑娘道：「咱們這樣子……這樣子……成甚麼樣子？」令狐冲笑道：「公公婆婆，那便是這個樣子了。」

那姑娘哼的一聲，厲聲道：「你再胡言亂語，瞧我不殺了你！」

令狐冲一凜，想起她迫令數十名大漢自剜雙目、往東海蟠龍島上充軍之事，不敢再跟她說笑，隨即想起：「她小小年紀，一舉手間便殺了少林派的四名弟子，武功如此高強，行事又這等狠辣，真令人難信就是眼前這個嬌滴滴的姑娘。」

那姑娘聽他不出聲，說道：「你又生氣了，是不是？堂堂男子漢，氣量恁地窄小。」令狐冲道：「我不是生氣，我是心中害怕，怕給你殺了。」那姑娘笑道：「你以後說話規規矩矩，誰來殺你了？」令狐冲嘆了口氣，道：「我生來就是個不能規規矩矩的脾氣，這叫做無可奈何，看來命中注定，非給你殺了不可。」那姑娘一笑，道：「你本來叫我婆婆，對我恭恭敬敬地，那就很乖很好，以後仍是那樣便了。」令狐冲搖頭道：「不成！我既知你是個小姑娘，便不能再當你是婆婆了。」那姑娘道：「你……你……」說了兩個「你」字，忽然臉上一紅，不知心中想到了甚麼，便住口不說了。

令狐冲低下頭來，見到她嬌羞之態，嬌美不可方物，心中一蕩，便湊過去在她臉頰上吻了一下。那姑娘吃了一驚，突然生出一股力氣，反過手來，拍的一聲，在令狐冲臉上重重打了個巴掌，跟著躍起身來。但她這一躍之力甚是有限，身在半空，力道已洩，隨即摔下，又跌在令狐冲懷中，全身癱軟，再也無法動彈了。

她只怕令狐冲再肆輕薄，心下甚是焦急，說道：「你再這樣……這樣無禮，我立刻……

立刻宰了你。」令狐冲笑道：「你宰我也好，不宰我也好，反正我命不長了。我偏偏再要無禮。」那姑娘大急，道：「我……我……我……」卻是無法可施。

令狐冲奮起力氣，輕輕扶起她肩頭，自己側身向旁滾了開去，笑道：「你便怎樣？」說了這句話，連連咳嗽，咳出好幾口血來。他一時情動，吻了那姑娘一下，心中便即後悔，給她打了一掌後，更加自知不該，雖然仍舊嘴硬，卻再也不敢和她相偎相依了。

那姑娘見他自行滾遠，倒大出意料之外，見他用力之後又再吐血，內心暗暗歉仄，只是臉嫩，難以開口說幾句道歉的話，柔聲問道：「你……你胸口很痛，是不是？」

令狐冲道：「胸口倒不痛，另一處卻痛得厲害。」那姑娘問道：「甚麼地方很痛？」語氣甚是關懷。令狐冲撫著剛才被她打過的臉頰，道：「這裏。」那姑娘微微一笑，道：「你要我陪不是，我就向你陪個不是好了。」令狐冲道：「是我不好，婆婆，你別見怪。」

那姑娘聽他又叫自己「婆婆」，忍不住格格嬌笑。

令狐冲問道：「老和尚那顆臭藥丸呢？你始終沒吃，是不是？」那姑娘道：「來不及撿了。」伸指向斜坡上一指，道：「還在上面。」頓了一頓道：「我依你的。待會上去拾來吃下便是，不管他臭不臭的了。」

兩人躺在斜坡上，若在平時，飛身即上，此刻卻如是萬仞險峯一般，高不可攀。兩人向斜坡瞧了一眼，低下頭來，你瞧瞧我，我瞧瞧你，同聲嘆了口氣。

那姑娘道：「我靜坐片刻，你莫來吵我。」令狐冲道：「是。」只見她斜倚澗邊，閉上雙目，右手拇指、食指、中指三根手指揑了個法訣，定在那裏便一動也不動了，心道：「她這靜坐的方法也是與眾不同，並非盤膝而坐。」

待要定下心來也休息片刻，卻是氣息翻湧，說甚麼也靜不下來，忽聽得閣閣閣幾聲叫，一隻肥大的青蛙從澗畔跳了過來。令狐冲大喜，心想折騰了這半日，早就餓得很了，這送到口邊來的美食，當真再好不過，伸手便向青蛙抓去，豈知手上酸軟無力，一抓之下，竟抓了個空。那青蛙嗒的一聲，跳了開去，閣閣大叫，似是十分得意，又似嘲笑令狐冲無用。令狐冲嘆了口氣，偏生澗邊青蛙甚多，跟著又過來兩隻，令狐冲仍無法捉住。忽然腰旁伸過來一隻纖纖素手，輕輕一挾，便捉住了一隻青蛙，卻是那姑娘靜坐半晌，便能行動，雖仍乏力，捉幾隻青蛙可輕而易舉。令狐冲喜道：「妙極！咱們有一頓蛙肉吃了。」

那姑娘微微一笑，一伸手便是一隻，頃刻間捕了二十餘隻。令狐冲道：「夠了！請你去拾些枯枝來生火，我來洗剝青蛙。」那姑娘依言去拾枯枝，令狐冲拔劍將青蛙斬首除腸。

那姑娘道：「古人殺鷄用牛刀，今日令狐大俠以獨孤九劍殺青蛙。」令狐冲哈哈大笑，說道：「獨孤大俠九泉有靈，得知傳人如此不肖，當真要活活氣……」說到這個「氣」字立即住口，心想獨孤求敗逝世已久，怎說得上「氣死」二字？

那姑娘道：「令狐大俠……」令狐冲手中拿著一隻死蛙，連連搖晃，說道：「大俠二字，萬萬不敢當。天下那有殺青蛙的大俠？」那姑娘笑道：「古時有屠狗英雄，今日豈可無殺蛙大俠？你這獨孤九劍神妙得很哪，連那少林派的老和尚也鬥你不過。他說傳你這劍法之人姓風那位前輩，是他的恩人，到底是怎麼回事？」

令狐冲道：「傳我劍法那位師長，是我華山派的前輩。」那姑娘道：「這位前輩劍術通神，怎地江湖上不聞他的名頭？」令狐冲道：「這……這……我答應過他老人家，決不洩漏他的行跡。」那姑娘道：「哼，希罕麼？你就跟我說，我還不愛聽呢。你可知我是甚麼人？是甚麼來頭？」令狐冲搖頭道：「我不知道。我連姑娘叫甚麼名字也不知道。」那姑娘道：「你把事情隱瞞了不跟我說，我也不跟你說。」令狐冲道：「我雖不知道，卻也猜到了八九成。」那姑娘臉上微微變色，道：「你猜到了？怎麼猜到的？」

令狐冲道：「現在還不知道，到得晚上，那便清清楚楚啦。」那姑娘更是驚奇，問道：「怎地到得晚上便清清楚楚？」令狐冲道：「我抬起頭來看天，看天上少了那一顆星，便知姑娘是甚麼星宿下凡了。姑娘生得像天仙一般，凡間那有這樣的人物？」

那姑娘臉上一紅，「呸」的一聲，心下卻十分喜歡，低聲道：「又來胡說八道了。」

這時她已將枯枝生了火，把洗剝了的青蛙串在一根樹枝之上，在火堆上燒烤，蛙油落在火堆之中，發出嗤嗤之聲，香氣一陣陣的冒出。她望著火堆中冒起的青煙，輕輕的道：「我叫做『盈盈』。說給你聽了，也不知你以後會不會記得。」

令狐冲道：「盈盈，這名字好聽得很哪。我要是早知道你叫作盈盈，便決不會叫你婆婆了。」盈盈道：「為甚麼？」令狐冲道：「盈盈二字，明明是個小姑娘的名字，自然不是老婆婆。」盈盈笑道：「我將來真的成為老婆婆，又不會改名，仍舊叫作盈盈。」令狐冲道：「你不會成為老婆婆的，你這樣美麗，到了八十歲，仍然是個美得不得了的小姑娘。」

盈盈笑道：「那不變成了妖怪嗎？」隔了一會，正色道：「我把名字跟你說了，可不許你隨便亂叫。」令狐冲道：「為甚麼？」盈盈道：「不許就不許，我不喜歡。」

令狐冲伸了伸舌頭，說道：「這個也不許，那個也不許，將來誰做了你的……」說到這裏，見她沉下臉來，當即住口。

盈盈哼的一聲。令狐冲道：「你為甚麼生氣？我說將來誰做了你的徒弟，可有得苦頭吃了。」他本來想說「丈夫」，但一見情勢不對，忙改說「徒弟」。盈盈自然知道原意，說道：「你這人既不正經，又不老實，三句話中，倒有兩句顛三倒四。我……我不會強要人家怎麼樣，人家愛聽我的話就聽，不愛聽呢，也由得他。」令狐冲笑道：「我愛聽你的話。」這句話中也帶有三分調笑之意。盈盈秀眉一蹙，似要發作，但隨即滿臉暈紅，轉過了頭。

一時之間，兩人誰也不作聲。忽然聞到一陣焦臭，盈盈一聲「啊喲」，卻原來手中一串青蛙燒得焦了，嗔道：「都是你不好。」

令狐冲笑道：「你該說虧得我逗你生氣，才烤了這樣精采的焦蛙出來。」取下一隻燒焦了的青蛙，撕下一條腿，放入口中一陣咀嚼，連聲讚道：「好極，好極！如此火候，才恰到好處，甜中帶苦，苦盡甘來，世上更無這般美味。」盈盈給他逗得格格而笑，也吃了起來。令狐冲搶著將最焦的蛙肉自己吃了，把並不甚焦的部分都留了給她。

二人吃完了烤蛙，和暖的太陽照在身上，大感困倦，不知不覺間都合上眼睛睡著了。

二人一晚未睡，又受了傷，這一覺睡得甚是沉酣。令狐冲在睡夢之中，忽覺正和岳靈珊在瀑布中練劍，突然多了一人，卻是林平之，跟著便和林平之鬥劍。但手上沒半點力氣，拚命想使獨孤九劍，偏偏一招也想不起來，林平之一劍又一劍的刺在自己心口、腹上、頭上、肩上，又見岳靈珊在哈哈大笑。他又驚又怒，大叫：「小師妹，小師妹！」

叫了幾聲，便驚醒過來，聽到一個溫柔的聲音道：「你夢見小師妹了？她對你怎樣？」令狐沖兀自心中酸苦，說道：「有人要殺我，小師妹不睬我，還……還笑呢！」盈盈嘆了口氣，輕輕的道：「你額頭上都是汗水。」

令狐沖伸袖拂拭，忽然一陣涼風吹來，不禁打了個寒噤，但見繁星滿天，已是中夜。

令狐沖神智一清，便即坦然，正要說話，突然盈盈伸手按住了他嘴，低聲道：「有人來了。」令狐沖凝神傾聽，果然聽得遠處有三人的腳步聲傳來。

又過一會，聽得一人說道：「這裏還有兩個死屍。」令狐沖認出說話的是祖千秋。另一人道：「啊，這是少林派中的和尚。」卻是老頭子發現了覺月的屍身。

盈盈慢慢縮轉了手，只聽得計無施道：「這三人也都是少林派的俗家弟子，怎地都死在這裏？咦，這人是辛國樑，他是少林派的好手。」祖千秋道：「是誰這樣厲害，一舉將少林派的四名好手殺了？」老頭子囁嚅道：「莫非……莫非是黑木崖上的人物？甚至是東方教主自己？」計無施道：「瞧來倒也甚像。咱們趕緊把這四具屍體埋了，免得給少林派中人瞧出蹤跡。」祖千秋道：「倘若真是黑木崖人物下的手，他們也就不怕給少林派知道。說不定故意遺屍於此，向少林派示威。」計無施道：「若要示威，不會將屍首留在這荒野之地。咱們若非湊巧經過，這屍首給鳥獸吃了，就也未必會發現。日月神教如要示威，多半便將屍首懸在通都大邑，寫明是少林派的弟子，這才教少林派面上無光。」祖千秋道：「不錯，多半是黑木崖人物殺了這四人後，又去追敵，來不及掩埋屍首。」

跟著便聽得一陣挖地之聲，三人用兵刃掘地，掩埋屍體。令狐冲尋思：「這三人和黑木崖東方教主定然大有淵源，否則不會費這力氣。」

忽聽得祖千秋「咦」的一聲，道：「這是甚麼？一顆丸藥。」計無施嗅了幾嗅，說道：「這是少林派的治傷靈藥，大有起死回生之功，定是這幾個少林弟子的衣袋裏掉出來的。」祖千秋道：「你怎知道？」計無施道：「許多年前，我曾在一個少林老和尚處見過。」祖千秋道：「既是治傷靈藥，那可妙極。老兄，你拿去給你那不死姑娘服了，治她的病。」老頭子道：「我女兒的死活，也管不了這許多，咱們趕緊去找令狐公子，送給他服。」

令狐冲心頭一陣感激，尋思：「這是盈盈掉下的藥丸。怎地去向老頭子要回來，給她服下？」一轉頭，淡淡月光下只見盈盈微微一笑，扮個鬼臉，一副天真爛漫的模樣，笑容說不出的動人，真不信她便在不多久之前，曾連殺四名少林好手。

但聽得一陣拋石搬土之聲，三人將死屍埋好。老頭子道：「眼下有個難題，夜貓子，你幫我想想。」計無施道：「甚麼難題？」老頭子道：「這當兒令狐公子一定是和……和聖姑她在一起。我送這顆藥丸去，非撞到聖姑不可。聖姑生氣把我殺了，也沒甚麼，只是這麼一來，定要沖撞了她，惹得她生氣，那可大大的不妙。」

令狐冲向盈盈瞧了一眼，心道：「原來他們叫你聖姑，又對你怕成這個樣子。你為甚麼動不動便殺人？」

計無施道：「今日咱們在道上見到的那三個瞎子，倒有用處。咱們明日一早追到那三個瞎子，要他們將藥丸送去給令狐公子。他們眼睛是盲的，就算見到聖姑和令狐公子在一起，也無殺身之禍。」祖千秋道：「我卻在疑心，只怕這三人所以剜去眼睛，便是因為見到聖姑和令狐公子在一起之故。」老頭子一拍大腿，道：「不錯！若非如此，怎地三個人好端端地都壞了眼睛？這四名少林弟子只怕也是運氣不好，無意中撞見了聖姑和令狐公子。」

三人半晌不語，令狐冲心中疑團愈多，只聽得祖千秋嘆了口氣，道：「只盼令狐公子傷勢早愈，聖姑儘早和他成為神仙眷屬。他二人一日不成親，江湖上總是難得安寧。」

令狐冲大吃一驚，偷眼向盈盈瞧去，夜色朦朧中隱隱可見她臉上暈紅，目光中卻射出了惱怒之意。令狐冲生怕她躍出去傷害了老頭子等三人，伸出右手，輕輕握住她左手，但覺她全身都在顫抖，也不知是氣惱，還是害羞。

祖千秋道：「咱們在五霸岡上聚集，聖姑竟然會生這麼大的氣。其實男歡女愛，理所當然。像令狐公子那樣瀟灑仁俠的豪傑，也只有聖姑那樣美貌的姑娘才配得上。為甚麼聖姑如此了不起的人物，卻也像世俗女子那般扭扭捏捏？她明明心中喜歡令狐公子，卻不許旁人提起，更不許人家見到，這不是……不是有點不近情理嗎？」

令狐冲心道：「原來如此。卻不知此言是真是假？」突然覺得掌中盈盈那隻小手一掙，要將自己手掌甩脫，急忙用力握住，生怕她一怒之下，立時便將祖千秋等三人殺了。

計無施道：「聖姑雖是黑木崖上了不起的人物，便東方教主，也從來對她沒半點違拗，但她畢竟是個年輕姑娘。世上的年輕姑娘初次喜歡了一個男人，縱然心中愛煞，臉皮子總是薄的。咱們這次拍馬屁拍在馬腳上，雖是一番好意，還是惹得聖姑發惱，只怪大夥兒都是粗魯漢子，不懂得女孩兒家的心事。來到五霸岡上的姑娘大嫂，本來也有這麼幾十個，偏偏她們的性子，跟男子漢可也沒多大分別。五霸岡羣豪聚會，拍馬屁聖姑生氣。這一回事傳了出去，可笑壞了名門正派中那些狗崽子們。」

老頭子朗聲道：「聖姑於大夥兒有恩，眾兄弟感恩報德，只盼能治好了她心上人的傷。大丈夫恩怨分明，有恩報恩，有仇報仇，有甚麼錯了？那一個狗崽子敢笑話咱們，老子抽他的筋，剝他的皮。」

令狐冲這時方才明白：一路上羣豪如此奉承自己，原來都是為了這個閨名叫作盈盈的聖姑，而羣豪突然在五霸岡上一鬨而散，也為了聖姑不願旁人猜知她的心事，在江湖上大肆張揚，因而生氣。他轉念又想：聖姑以一個年輕姑娘，能令這許多英雄豪傑來討好自己，自是魔教中一位驚天動地的人物，聽計無施說，連號稱「天下武功第一」的東方不敗，對她也是從不違拗。我令狐冲只是武林中一個無名小卒，和她相識，只不過在洛陽小巷中隔簾傳琴，說不上有半點情愫，是不是綠竹翁誤會其意，傳言出去，以致讓聖姑大大的生氣呢？

只聽祖千秋道：「老頭子的話不錯，聖姑於咱們有大恩大德，只要能成就這段姻緣，讓她一生快樂，大家就算粉身碎骨，那也是死而無悔。在五霸岡上碰一鼻子灰，又算得甚麼？只是……只是令狐公子乃華山派首徒，和黑木崖勢不兩立，要結成這段美滿姻緣，恐怕這中間阻難重重。」

計無施道：「我倒有一計在此。咱們何不將華山派的掌門人岳不羣抓了來，以死相脅，命他主持這樁婚姻？」祖千秋和老頭子齊聲道：「夜貓子此計大妙！事不宜遲，咱們立即動身，去抓岳不羣。」計無施道：「只是那岳先生乃一派掌門，內功劍法俱有極高造詣。咱們對他動粗，第一難操必勝，第二就算擒住了他，他寧死不屈，卻又如何？」老頭子道：「那麼咱們只好綁架他老婆、女兒，加以威逼。」祖千秋道：「不錯！但此事須當做得隱秘，不可令人知曉，掃了華山派的顏面。令狐公子如得知咱們得罪了他師父，定然不快。」三人當下計議如何去擒拿岳夫人和岳靈珊。

盈盈突然朗聲道：「喂，三個膽大妄為的傢伙，快滾得遠遠地，別惹姑娘生氣！」

令狐冲聽她忽然開口說話，嚇了一跳，使力抓住她手。

計無施等三人自是更加吃驚。老頭子道：「是，是……小人……小人……小人……」連說了三聲「小人」，驚慌過度，再也接不下去。計無施道：「是，是！咱們胡說八道，聖姑可別當真。咱們明日便遠赴西域，再也不回中原來了。」

令狐冲心想：「這一來，又是三個人給充了軍。」

盈盈站起身來，說道：「誰要你們到西域去？我有一件事，你們三個給我辦一辦。」計無施等三人大喜，齊聲應道：「聖姑但請吩咐，小人自當盡心竭力。」盈盈道：「我要殺一個人，一時卻找他不到。你們傳下話去，那一位江湖上的朋友殺了此人，我重重酬謝。」祖千秋道：「酬謝是決不敢當，聖姑要取此人性命，我兄弟三人便追到天涯海角，也要尋到了他。只不知這賊子是誰，竟敢得罪了聖姑？」盈盈道：「單憑你們三人，耳目不廣，須當立即傳言出去。」三人齊聲道：「是！是！」盈盈道：「你們去罷！」祖千秋道：「是。請問聖姑要殺的，是那一個大膽惡賊？」

盈盈哼了一聲，道：「此人複姓令狐，單名一個冲字，乃華山派門下的弟子。」

此言一出，令狐冲、計無施、祖千秋、老頭子四人都大吃一驚。誰都不作聲。

過了好半天，老頭子道：「這個……這個……」盈盈厲聲道：「這個甚麼？你們怕五嶽劍派，不敢動華山門下的弟子，是不是？」計無施道：「給聖姑辦事，別說五嶽劍派，便是玉皇大帝，閻羅老子，也敢得罪了。咱們設法去把令狐……令狐冲擒了來，交給聖姑發落。老頭子，祖千秋，咱們去罷。」老頭子心想：「定是令狐公子在言語上得罪了聖姑，年輕人越相好，越易鬧別扭，當年我跟不死她媽好得蜜裏調油，可又不是天天吵嘴打架？唉，不死這孩子胎裏帶病，還不是因為她媽懷著她時，我在她肚子上狠狠打了一拳，傷了胎氣？說不得，只好去將令狐公子請了來，由聖姑自己對付他。」

他正在胡思亂想，那知聽得盈盈怒道：「誰叫你們去擒他了？這令狐冲倘若活在世上，於我清白的名聲有損。早一刻殺了他，我便早一刻出了心中的惡氣。」祖千秋吞吞吐吐的道：「聖姑……」盈盈道：「好，你們跟令狐冲有交情，不願替我辦這件事，那也不妨，我另行遣人傳言便是。」三人聽她說得認真，只得一齊躬身說道：「謹遵聖姑台命。」

老頭子卻想：「令狐公子是個仁義之人，老頭子今日奉聖姑之命，不得不去殺他，殺了他後，老頭子也當自刎以殉。」從懷中取出那顆傷藥，放在地下。

三人轉身離去，漸漸走遠。

令狐冲向盈盈瞧去，見她低了頭沉思，心想：「她為保全自己名聲，要取我性命，那又是甚麼難事了？」說道：「你要殺我，自己動手便是，又何必勞師動眾？」緩緩拔出長劍，倒轉劍柄，遞了過去。

盈盈接過長劍，微微側頭，凝視著他。令狐冲哈哈一笑，將胸膛挺了挺。盈盈道：「你死在臨頭，還笑甚麼？」令狐冲道：「正因為死在臨頭，所以要笑。」

盈盈提起長劍，手臂一縮，作勢便欲刺落，突然轉過身去，用力一揮，將劍擲了出去。長劍在黑暗中閃出一道寒光，噹的一聲，落在遠處地下。

盈盈頓足道：「都是你不好，教江湖上這許多人都笑話於我。倒似我一輩子……一輩子沒人要了，千方百計的要跟你相好。你……你有甚麼了不起？累得我此後再也沒臉見人。」令狐冲又哈哈一笑。盈盈怒道：「你還要笑我？還要笑我？」忽然哇的一聲哭了出來。

她這麼一哭，令狐冲心下登感歉然，柔情一起，驀然間恍然大悟：「她在江湖上位望甚尊，這許多豪傑漢子都對她十分敬畏，自必向來十分驕傲，又是女孩兒家，天生的靦腆，忽然間人人都說她喜歡了我，也真難免令她不快。她叫老頭子他們如此傳言，未必真要殺我，只不過是為了闢謠。她既這麼說，自是誰也不會疑心我跟她在一起了。」柔聲道：「果然是我不好，累得損及姑娘清名。在下這就告辭。」

盈盈伸袖拭了拭眼淚，道：「你到那裏去？」令狐冲道：「信步所之，到那裏都好。」盈盈道：「你答允過要保護我的，怎地自行去了？」令狐冲微笑道：「在下不知天高地厚，說這些話，可教姑娘笑話了。姑娘武功如此高強，又怎需人保護？便有一百個令狐冲，也及不上姑娘。」說著轉身便走。

盈盈急道：「你不能走。」令狐冲道：「為甚麼？」盈盈道：「祖千秋他們已傳了話出去，數日之間，江湖上便無人不知，那時人人都要殺你，這般步步荊棘，別說你身受重傷，就是完好無恙，也難逃殺身之禍。」

令狐冲淡然一笑，道：「令狐冲死在姑娘的言語之下，那也不錯啊。」走過去拾起長劍插入劍鞘，自忖無力走上斜坡，便順著山澗走去。

盈盈眼見他越走越遠，追了上來，叫道：「喂，你別走！」令狐冲道：「令狐冲跟姑娘在一起，只有累你，還是獨自去了的好。」盈盈道：「你……你……」咬著嘴唇，心頭煩亂之極，見他始終不肯停步，又奔近幾步，說道：「令狐冲，你是要迫我親口說了出來，這才快意，是不是？」令狐冲奇道：「甚麼啊？我可不懂了。」

盈盈又咬了咬口唇，說道：「我叫祖千秋他們傳言，是要你……要你永遠在我身邊，不離開我一步。」說了這句話後，身子發顫，站立不穩。

令狐冲大是驚奇，道：「你……你要我陪伴？」

盈盈道：「不錯！祖千秋他們把話傳出之後，你只有陪在我身邊，才能保全性命。沒想到你這不顧死活的小子，竟一點不怕，那不是……那不是反而害了你麼？」

令狐冲心下感激，尋思：「原來你當真是對我好，但對著那些漢子，卻又死也不認。」轉身走到她身前，伸手握住她雙手，入掌冰涼，只覺她兩隻掌心都是冷汗，低聲道：「你何苦如此？」盈盈道：「我怕。」令狐冲道：「怕甚麼？」盈盈道：「怕你這傻小子不聽我話，當真要去江湖涉險，只怕過不了明天，便死在那些不值一文錢的臭傢伙手下。」令狐冲嘆道：「那些人都是血性漢子，對你又是極好，你為甚麼對他們如此輕賤？」

盈盈道：「他們在背後笑我，又想殺你，還不是該死的臭漢子？」令狐冲忍不住失笑，道：「是你叫他們殺我的，怎能怪他們了？再說，他們也沒在背後笑你。你聽計無施、老頭子、祖千秋三人談到你時，語氣何等恭謹？那裏有絲毫笑話你了？」盈盈道：「他們口裏沒笑，肚子裏在笑。」

令狐冲覺得這姑娘蠻不講理，無法跟她辯駁，只得道：「好，你不許我走，我便在這裏陪你便是。唉，給人家斬成十七八塊，滋味恐怕也不大好受。」

盈盈聽他答允不走，登時心花怒放，答道：「甚麼滋味不大好受？簡直是難受之極。」她說這話時，將臉側了過來。星月微光照映之下，雪白的臉龐似乎發射出柔和的光芒，令狐冲心中一動：「這姑娘其實比小師妹美貌得多，待我又這樣好，可是……可是……我心中怎地還是對小師妹念念不忘？」

盈盈卻不知他正在想到岳靈珊，道：「我給你的那張琴呢？不見了，是不是？」令狐冲道：「是啊，路上沒錢使，我將琴拿到典當店裏去押了。」一面說，一面取下背囊，打了開來，捧出了短琴。

盈盈見他包裹嚴密，足見對自己所贈之物極是重視，心下甚喜，道：「你一天要說幾句謊話，心裏才舒服？」接過琴來，輕輕撥弄，隨即奏起那曲「清心普善咒」來，問道：「你都學會了沒有？」令狐冲道：「差得遠呢。」靜聽她指下優雅的琴音，甚是愉悅。

聽了一會，覺得琴音與她以前在洛陽城綠竹巷中所奏的頗為不同，猶如枝頭鳥喧，清泉迸發，丁丁東東的十分動聽，心想：「曲調雖同，音節卻異，原來這『清心普善咒』尚有這許多變化。」

忽然間錚的一聲，最短的一根琴絃斷了，盈盈皺了皺眉頭，繼續彈奏，過不多時，又斷了一根琴絃。令狐冲聽得琴曲中頗有煩躁之意，和「清心普善咒」的琴旨殊異其趣，正訝異間，琴絃拍的一下，又斷了一根。

盈盈一怔，將瑤琴推開，嗔道：「你坐在人家身邊，只是搗亂，這琴那裏還彈得成？」令狐冲心道：「我安安靜靜的坐著，幾時搗亂過了？」隨即明白：「你自己心神不定，便來怪我。」卻也不去跟她爭辯，臥在草地上閉目養神，疲累之餘，竟不知不覺的睡著了。

次日醒轉，見盈盈正坐在澗畔洗臉，又見她洗罷臉，用一隻梳子梳頭，皓臂如玉，長髮委地，不禁看得癡了。盈盈一回頭，見他怔怔的呆望自己，臉上一紅，笑道：「瞌睡鬼，這時候才醒來。」令狐冲也有些不好意思，訕訕的道：「我再去捉青蛙，且看有沒有力氣。」盈盈道：「你躺著多歇一會兒，我去捉。」

令狐冲掙扎著想要站起，卻是手足酸軟，稍一用力，胸口又是氣血翻騰，心下好生煩惱：「死就死，活就活，這般不死不活，廢人一個，別說人家瞧著累贅，自己也是討厭。」

盈盈見他臉色不愉，安慰他道：「你這內傷未必當真難治。這裏甚是僻靜，左右無事，慢慢養傷，又何必性急？」

山澗之畔地處偏僻，自從計無施等三人那晚經過，此後便無人來。二人一住十餘日。盈盈的內傷早就好了，每日採摘野果、捕捉青蛙為食，卻見令狐冲一日消瘦一日。她硬逼他服了方生大師留下的藥丸，彈奏琴曲撫其入睡，於他傷勢也已無半分好處。

令狐冲自知大限將屆，好在他生性豁達，也不以為憂，每日裏仍與盈盈說笑。

盈盈本來自大任性，但想到令狐冲每一刻都會突然死去，對他更加意溫柔，千依百順的服侍，偶爾忍不住使些小性兒，也是立即懊悔，向他陪話。

這一日令狐冲吃了兩個桃子，即感困頓，迷迷糊糊的便睡著了。睡夢中聽到一陣哭泣之聲，他微微睜眼，見盈盈伏在他腳邊，不住啜泣。令狐冲一驚，正要問她為何傷心，突然心下明白：「她知道我快死了，是以難過。」伸出左手，輕輕撫摸她的秀髮，強笑道：「別哭，別哭！我還有八十年好活呢，那有這麼快便去西天。」

盈盈哭道：「你一天比一天瘦，我……我……我也不想活了……」

令狐冲聽她說得又是誠摯，又是傷心，不由得大為感激，胸口一熱，只覺得天旋地轉，喉頭不住有血狂湧，便此人事不知。

十八　聯手

那老者轉過頭來，兩道冷電似的目光向令狐冲一掃，臉上微現詫色，哼了一聲。

令狐冲舉杯說道：「請！」

令狐冲這一番昏迷，實不知過了多少時日，有時微有知覺，身子也如在雲端飄飄盪盪，過不多時，又暈了過去。如此時暈時醒，有時似乎有人在他口中灌水，有時又似有人用火在他周身燒炙，手足固然無法動彈，連眼皮也睜不開來。

這一日神智略清，只覺雙手手腕的脈門給人抓住了，各有一股炙熱之氣分從兩手脈門中注入，登時和體內所蓄真氣激盪衝突。

他全身說不出的難受，只想張口呼喊，卻叫不出半點聲音，真如身受千般折磨、萬種煎熬的酷刑。

如此昏昏沉沉的又不知過了多少日子，只覺每一次真氣入體，均比前一次苦楚略減，心下也明白了些，知道有一位內功極高之人在給自己治傷，心道：「難道是師父、師娘請了前輩高人來救我性命？盈盈卻到那裏去了？師父、師娘呢？小師妹又怎地不見？」一想到岳靈珊，胸口氣血翻湧，便又人事不知。

如此每日有人來給他輸送內力。這一日輸了真氣後，令狐冲神智比前大為清醒，說道：「多……多謝前輩，我……我是在那裏？」緩緩睜開眼來，見到一張滿是皺紋的臉，露著溫和的笑容。

令狐冲覺得這張臉好生熟悉，迷迷惘惘的看了他一會，見這人頭上無髮，燒有香疤，是個和尚，隱隱約約想了起來，說道：「你……你是方……方……大師……」

那老僧神色甚是欣慰，微笑道：「很好，很好！你認得我了，我是方生。」令狐冲道：「是，是。你是方生大師。」這時他察覺處身於一間斗室之中，桌上一燈如豆，發出淡淡黃光，自己睡在榻上，身上蓋了棉被。

方生道：「你覺得怎樣？」令狐冲道：「我好些了。我……我在那裏？」方生道：「你是在少林寺中。」令狐冲大為驚奇，問道：「我……我在少林寺中？盈盈呢？我怎麼會到少林寺來？」方生微笑道：「你神智剛清醒了些，不可多耗心神，以免傷勢更有反覆。一切以後慢慢再說。」

此後朝晚一次，方生來到斗室，以內力助他療傷。過了十餘日，令狐冲已能坐起，自用飲食，但每次問及盈盈的所在，以及自己何以能來到寺中，方生總是微笑不答。

這一日，方生又替令狐冲輸了真氣，說道：「令狐少俠，現下你這條命暫且算保住了。但老衲功夫有限，始終無法化去你體內的異種真氣，眼前只能拖得一日算一日，只怕過不了一年，你內傷又會大發，那時縱有大羅金仙，也難救你性命了。」令狐冲點頭道：「當日平一指平大夫對晚輩也這麼說。大師盡心竭力相救，晚輩已感激不盡。一個人壽算長短，各有天命，大師功力再高，也不能逆天行事。」方生搖頭道：「我佛家不信天命，只講緣法。當日我曾跟你說過，本寺住持方證師兄內功淵深，倘若和你有緣，能傳你『易筋經』秘術，則筋骨尚能轉移，何況化去內息異氣？我這就帶你去拜見方丈，盼你好好對答。」

令狐冲素聞少林寺方丈方證大師的聲名，心下甚喜，道：「有勞大師引見。就算晚輩無緣，不蒙方丈大師垂青，但能拜見這位當世高僧，也是十分難得的機遇。」當下慢慢起床，穿好衣衫，隨著方生大師走出斗室。

一到室外，陽光耀眼，竟如進入了另一個天地，精神為之一爽。

他移步之際，雙腿酸軟，只得慢慢行走，但見寺中一座座殿堂構築宏偉。一路上遇到許多僧人，都是遠遠便避在一旁，向方生合什低首，執禮甚恭。

穿過了三條長廊，來到一間石屋之外。方生向屋外的小沙彌道：「方生有事求見方丈師兄。」小沙彌進去稟報了，隨即轉身出來，合什道：「方丈有請。」

令狐冲跟在方生之後，走進室去，只見一個身材矮小的老僧坐在中間一個蒲團之上。方生躬身行禮，說道：「方生拜見方丈師兄，引見華山派首徒令狐冲令狐少俠。」令狐冲當即跪了下去，叩首禮拜。方證方丈微微欠身，右手一舉，說道：「少俠少禮，請坐。」

令狐冲拜畢，在方生下首的蒲團上坐了，只見那方證方丈容顏瘦削，神色慈和，也瞧不出有多少年紀，心下暗暗納罕：「想不到這位名震當世的高僧，竟然如此貌不驚人，若非事先得知，有誰會料得到他是武林中第一大派的掌門。」

方生大師道：「令狐少俠經過三個多月來調養，已好得多了。」令狐冲又是一驚：「原來我昏迷不醒，已有三個多月，我還道只是二十多天的事。」

方證道：「很好。」轉頭向令狐冲道：「少俠，尊師岳先生執掌華山一派，為人嚴正不阿，清名播於江湖，老衲向來是十分佩服的。」令狐冲站起身來，說道：「不敢。晚輩身受重傷，不知人事，多蒙方生大師相救，原來已三月有餘。我師父、師娘想必平安？」自己師父、師娘是否平安，本不該去問旁人，只是他心下掛念，忍不住脫口相詢。

方證道：「聽說岳先生、岳夫人和華山派羣弟子，眼下都在福建。」

令狐冲當即放寬了心，道：「多謝方丈大師示知。」隨即不禁心頭一酸：「師父、師娘終於帶著小師妹，到了林師弟家裏。」

方證道：「少俠請坐。聽方生師弟說道，少俠劍術精絕，已深得華山前輩風老先生的真傳，實乃可喜可賀。」令狐冲道：「不敢。」方證道：「風老先生歸隱已久，老衲只道他老人家已然謝世，原來尚在人間，令人聞之不勝之喜。」令狐冲道：「是。」

方證緩緩說道：「少俠受傷之後，為人所誤，以致體內注有多種真氣，難以化去，方生師弟已為老衲詳告。老衲仔細參詳，唯有修習敝派內功秘要『易筋經』，方能以本身功力，逐步化去，若以外力強加少俠之體，雖能延得一時之命，實則乃飲鴆止渴，為患更深。方生師弟三月來以內功延你生命，可是他的真氣注入你體內之後，你身體之中可又多了一道異種真氣了。少俠試一運氣，便當自知。」令狐冲微一運氣，果覺丹田中內息澎湃，難以抑制，劇痛攻心，登時身子搖晃，額頭汗水涔涔而下。

方生合什道：「老衲無能，致增少俠病苦。」令狐冲道：「大師說那裏話來？大師為晚輩盡心竭力，大耗清修之功。晚輩二世為人，實拜大師再造之恩。」方生道：「不敢。風老先生昔年於老衲有大恩大德，老衲此舉，亦不過報答風老先生之恩德於萬一。」

方證抬起頭來，說道：「說甚麼大恩大德，深仇大恨？恩德是緣，冤仇亦是緣，仇恨不可執著，恩德亦不必執著。塵世之事，皆如過眼雲煙，百歲之後，更有甚麼恩德仇怨？」

方生應道：「是，多謝師兄指點。」

方證緩緩說道：「佛門子弟，慈悲為本，既知少俠負此內傷，自當盡心救解。那『易筋經』神功，乃東土禪宗初祖達摩老祖所創，禪宗二祖慧可大師得之於老祖。慧可大師本來法名神光，是洛陽人氏，幼通孔老之學，尤精玄理。達摩老祖駐錫本寺之時，神光大師來寺請益。達摩老祖見他所學駁雜，先入之見甚深，自恃聰明，難悟禪理，當下拒不收納。神光大師苦求良久，始終未得其門而入，當即提起劍來，將自己左臂砍斷了。」

令狐冲「啊」的一聲，心道：「這位神光大師求法學道，竟如此堅毅。」

方證說道：「達摩老祖見他這等誠心，這才將他收為弟子，改名慧可，終得承受達摩老祖的衣缽，傳禪宗法統。二祖跟著達摩老祖所學的，乃是佛法大道，依『楞伽經』而明心見性。我宗武功之名雖然流傳天下，實則那是末學，殊不足道。達摩老祖當年只是傳授弟子們一些強身健體的法門而已。身健則心靈，心靈則易悟。但後世門下弟子，往往迷於武學，以致捨本逐末，不體老祖當年傳授武功的宗旨，可嘆，可嘆。」說著連連搖頭。

過了一會，方證又道：「老祖圓寂之後，二祖在老祖的蒲團之旁見到一卷經文，那便是『易筋經』了。這卷經文義理深奧，二祖苦讀鑽研，不可得解，心想達摩老祖面壁九年，在石壁畔遺留此經，雖然經文寥寥，必定非同小可，於是遍歷名山，訪尋高僧，求解妙諦。但二祖其時已是得道高僧，他老人家苦思深慮而不可解，世上欲求智慧深湛更勝於他的大德，那也難得很了。因此歷時二十餘載，經文秘義，終未能彰。一日，二祖以絕大法緣，在四川峨嵋山得晤梵僧般剌密諦，講談佛學，大相投機。二祖取出『易筋經』來，和般剌密諦共同研讀。二位高僧在峨嵋金頂互相啟發，經七七四十九日，終於豁然貫通。」

方生合什讚道：「阿彌陀佛，善哉善哉。」

方證方丈續道：「但那般剌密諦大師所闡發的，大抵是禪宗佛學。直至十二年後，二祖在長安道上遇上一位精通武功的年輕人，談論三日三晚，才將『易筋經』中的武學秘奧，盡數領悟。」他頓了一頓，說道：「那位年輕人，便是唐朝開國大功臣，後來輔佐太宗，平定突厥，出將入相，爵封衛公的李靖。李衛公建不世奇功，想來也是從『易筋經』中得到了不少教益。」

令狐冲「哦」了一聲，心想：「原來『易筋經』有這等大來頭。」

方證又道：「易筋經的功夫圜一身之脈絡，繫五臟之精神，周而不散，行而不斷，氣自內生，血從外潤。練成此經後，心動而力發，一攢一放，自然而施，不覺其出而自出，如潮之漲，似雷之發。少俠，練那易筋經，便如一葉小舟於大海巨濤之中，怒浪澎湃之際，小舟自然拋高伏低，何嘗用力？若要用力，又那有力道可用？又從何處用起？」

令狐冲連連點頭，覺得這道理果是博大精深，和風清揚所說的劍理頗有相通處。

方證又道：「只因這易筋經具如此威力，是以數百年來非其人不傳，非有緣不傳，縱然是本派出類拔萃的弟子，如無福緣，也不獲傳授。便如方生師弟，他武功既高，持戒亦復精嚴，乃是本寺了不起的人物，卻未獲上代師父傳授此經。」

令狐冲道：「是。晚輩無此福緣，不敢妄自干求。」

方證搖頭道：「不然。少俠是有緣人。」

令狐冲驚喜交集，心中怦怦亂跳，沒想到這項少林秘技，連方生大師這樣的少林高僧也未蒙傳授，自己卻是有緣。

方證緩緩的道：「佛門廣大，只渡有緣。少俠是風老先生的傳人，此是一緣；少俠來到我少林寺中，此又是一緣；少俠不習易筋經便須喪命，方生師弟習之固為有益，不習亦無所害，這中間的分別又是一緣。」

方生合什道：「令狐少俠福緣深厚，方生亦代為欣慰。」

方證道：「師弟，你天性執著，於『空、無相、無作』這三解脫門的至理，始終未曾參透，了生死這一關，也就勘不破。不是我不肯傳你『易筋經』，實是怕你研習這門上乘武學之後，沉迷其中，於參禪的正業不免荒廢。」

方生神色惶然，站起身來，恭恭敬敬的道：「師兄教誨得是。」

方證微微點頭，意示激勵，過了半晌，見方生臉現微笑，這才臉現喜色，又點了點頭，轉頭向令狐冲道：「這中間本來尚有一重大障礙，此刻卻也跨過去了。自達摩老祖以來，這易筋經只傳本寺弟子，不傳外人，此例不能自老衲手中而破。因此少俠須得投我嵩山少林寺門下，為少林派俗家弟子。」頓了一頓，又道：「少俠若不嫌棄，便屬老衲門下，為『國』字輩弟子，可更名為令狐國冲。」

方生喜道：「恭喜少俠，我方丈師兄生平只收過兩名弟子，那都是三十年前的事了。少俠為我方丈師兄的關門弟子，不但得窺易筋經的高深武學，而我方丈師兄所精通的一十二般少林絕藝，亦可量才而授，那時少俠定可光大我門，在武林中放一異采。」

令狐冲站起身來，說道：「多承方丈大師美意，晚輩感激不盡，只是晚輩身屬華山派門下，不便改投明師。」方證微微一笑，說道：「我所說的大障礙，便是指此而言。少俠，你眼下已不是華山弟子了，你自己只怕還不知道。」

令狐冲吃了一驚，顫聲道：「我……我……怎麼已不是華山派門下？」方證從衣袖中取出一封信來，道：「請少俠過目。」手掌輕輕一送，那信便向令狐冲身前平平飛來。

令狐冲雙手接住，只覺得全身一震，不禁駭然：「這位方丈大師果然內功深不可測，單憑這薄薄一封信，居然便能傳過來這等渾厚內力。」見信封上蓋著「華山派掌門之印」的朱鈐，上書「謹呈少林派掌門大師」，九個字間架端正，筆致凝重，正是師父岳不羣的親筆。令狐冲隱隱感到大事不妙，雙手發顫，抽出信紙，看了一遍，真難相信世上竟有此事，又看了一遍，登覺天旋地轉，咕咚一聲，摔倒在地。

待得醒轉，只見身在方生大師懷中，令狐冲支撐著站起，忍不住放聲大哭。方生問道：「少俠何故悲傷？難道尊師有甚不測麼？」令狐冲將書函遞過，哽咽道：「大師請看。」

方生接了過來，只見信上寫道：

「華山派掌門岳不羣頓首，書呈少林派掌門大師座前：猥以不德，執掌華山門戶。久疏問候，乃閡清音。頃以敝派逆徒令狐冲，秉性頑劣，屢犯門規，比來更結交妖孽，與匪人為伍。不羣無能，雖加嚴訓痛懲，迄無顯效。為維繫武林正氣，正派清譽，茲將逆徒令狐冲逐出本派門戶。自今而後，該逆徒非復敝派弟子，若再有勾結淫邪、為禍江湖之舉，祈我正派諸友共誅之。臨書惶愧，言不盡意，祈大師諒之。」

方生看後，也大出意料之外，想不出甚麼言語來安慰令狐冲，當下將書信交還方證，見令狐冲淚流滿臉，嘆道：「少俠，你與黑木崖上的人交往，原是不該。」

方證道：「諸家正派掌門人想必都已接到尊師此信，傳諭門下。你就算身上無傷，只須出得此門，江湖之上，步步荊棘，諸凡正派門下弟子，無不以你為敵。」

令狐冲一怔，想起在那山澗之旁，盈盈也說過這麼一番話。此刻不但旁門左道之士要殺自己，而正派門下也是人人以己為敵，當真天下雖大，卻無容身之所；又想起師恩深重，師父師娘於自己向來便如父母一般，不僅有傳藝之德，更兼有養育之恩，不料自己任性妄為，竟給逐出師門，料想師父寫這些書信時，心中傷痛恐怕更在自己之上。一時又是傷心，又是慚愧，恨不得一頭便即撞死。

他淚眼模糊中，只見方證、方生二僧臉上均有憐憫之色，忽然想起劉正風要金盆洗手，退出武林，只因結交了魔教長老曲洋，終於命喪嵩山派之手，可見正邪不兩立，連劉正風如此藝高勢大之人，尚且不免，何況自己這樣一個孤立無援、卑不足道的少年？更何況五霸岡上羣邪聚會，鬧出這樣大的事來？

方證緩緩的道：「苦海無邊，回頭是岸。縱是十惡不赦的奸人，只須心存悔悟，佛門亦是來者不拒。你年紀尚輕，一時失足，誤交匪人，難道就此便無自新之路？你與華山派的關連已然一刀兩斷，今後在我少林門下，痛改前非，再世為人，武林之中，諒來也不見得有甚麼人能與你為難。」他這幾句話說得輕描淡寫，卻自有一股威嚴氣象。

令狐冲心想：「此時我已無路可走，倘若托庇於少林派門下，不但能學到神妙內功，救得性命，而且以少林派的威名，江湖上確是無人敢向方證大師的弟子生事。」

但便在此時，胸中一股倔強之氣，勃然而興，心道：「大丈夫不能自立於天地之間，靦顏向別派托庇求生，算甚麼英雄好漢？江湖上千千萬萬人要殺我，就讓他們來殺好了。師父不要我，將我逐出了華山派，我便獨來獨往，卻又怎地？」言念及此，不由得熱血上湧，口中乾渴，只想喝他幾十碗烈酒，甚麼生死門派，盡數置之腦後，霎時之間，連心中一直念念不忘的岳靈珊，也變得如同陌路人一般。

他站起身來，向方證及方生跪拜下去，恭恭敬敬的磕了幾個頭。

二僧只道他已決意投入少林派，臉上都露出了笑容。

令狐冲站起身來，朗聲說道：「晚輩既不容於師門，亦無顏改投別派。兩位大師慈悲，晚輩感激不盡，就此拜別。」

方證愕然，沒想到這少年竟然如此的泯不畏死。

方生勸道：「少俠，此事有關你生死大事，千萬不可意氣用事。」

令狐冲嘿嘿一笑，轉過身來，走出了室門。他胸中充滿了一股不平之氣，步履竟然十分輕捷，大踏步走出了少林寺。

令狐冲出得寺來，心中一股蒼蒼涼涼，仰天長笑，心想：「正派中人以我為敵，左道之士人人要想殺我，令狐冲多半難以活過今日，且看是誰取了我的性命。」

一摸之下，囊底無錢，腰間無劍，連盈盈所贈的那具短琴也已不知去向，當真是一無所有，了無掛礙，便即走下嵩山。

行到傍晚時分，眼看離少林寺已遠，人既疲累，腹中也甚飢餓，尋思：「卻到那裏去找些吃的？」忽聽得腳步聲響，七八人自西方奔來，都是勁裝結束，身負兵刃，奔行甚急。令狐冲心想：「你們要殺我，那就動手，免得我又麻煩去找飯吃。吃飽了反正也是死，又何必多此一舉？」當即在道中一站，雙手叉腰，大聲道：「令狐冲在此。要殺我的便上罷！」

那知這幾名漢子奔到他身前時，只向他瞧了一眼，便即繞身而過。一人道：「這人是個瘋子。」又一人道：「是，別要多生事端，躭誤了大事。」另一人道：「若給那廝逃了，可糟糕之極。」霎時間便奔得遠了。令狐冲心道：「原來他們是去追拿另一個人。」

這幾人腳步聲方歇，西首傳來一陣蹄聲，五乘馬如風般馳至，從他身旁掠過。馳出十餘丈後，忽然一乘馬兜了轉來，馬上是個中年婦人，說道：「客官，借問一聲，你可見到一個身穿白袍的老頭子嗎？這人身材瘦長，腰間佩一柄彎刀。」令狐冲搖頭道：「沒瞧見。」那婦人更不打話，圈轉馬頭，追趕另外四騎而去。

令狐冲心想：「他們去追拿這個身穿白袍的老頭子？左右無事，去瞧瞧熱鬧也好。」當下折而東行。走不到一頓飯時分，身後又有十餘人追了上來。一行人越過他身畔後，一個五十來歲的老者回頭問道：「兄弟，你可見到一個身穿白袍的老頭子麼？這人身材高瘦，腰掛彎刀。」令狐冲道：「沒瞧見。」

又走了一會，來到一處三岔路口，西北角上鸞鈴聲響，三騎馬疾奔而至，乘者都是二十來歲的青年。當先一人手揚馬鞭，說道：「喂，借問一聲，你可見到一個……」令狐冲接口道：「你要問一個身材高瘦，腰懸彎刀，穿一件白色長袍的老頭兒，是不是？」三人臉露喜色，齊聲道：「是啊，這人在那裏？」令狐冲嘆道：「我沒見過。」當先那青年大怒，喝道：

「沒的來消遣老子！你既沒見過，怎麼知道？」令狐冲微笑道：「沒見過的，便不能知道麼？」那青年提起馬鞭，便要向令狐冲頭頂劈落。另一個青年道：「二弟，別多生枝節，咱們快追。」那手揚馬鞭的青年哼的一聲，將鞭子在空中虛揮一記，縱馬奔馳而去。

令狐冲心想：「這些人一起去追尋一個白衣老者，不知為了何事？去瞧瞧熱鬧，固然有趣，但如他們知道我便是令狐冲，定然當場便將我殺了。」言念及此，不由得有些害怕，但轉念又想：「眼下正邪雙方都要取我性命，我躲躲閃閃的，縱然苟延殘喘，多活得幾日，最後終究難逃這一刀之厄。這等怕得要死的日子，多過一天又有甚麼好處？反不如隨遇而安，且看是撞在誰的手下送命便了。」當即隨著那三匹馬激起的煙塵，向前行去。

其後又有幾批人趕來，都向他探詢那「身穿白袍，身材高瘦，腰懸彎刀」的老者。令狐冲心想：「這些人追趕那白衣老者，都不知他在何處，走的卻是同一方向，倒也奇怪。」

又行出里許，穿過一片松林，眼前突然出現一片平野，黑壓壓的站著許多人，少說也有六七百人，只是曠野實在太大，那六七百人置身其間，也不過佔了中間小小的一點。一條筆直的大道通向人羣，令狐冲便沿著大路向前。

行到近處，見人羣之中有一座小小涼亭，那是曠野中供行旅憩息之用，構築頗為簡陋。那羣人圍著涼亭，相距約有數丈，卻不逼近。

令狐冲再走近十餘丈，只見亭中赫然有個白衣老者，孤身一人，坐在一張板桌旁飲酒，他是否腰懸彎刀，一時無法見到。此人雖然坐著，幾乎仍有常人高矮。

令狐冲見他在羣敵圍困之下，居然仍是好整以暇的飲酒，不由得心生敬仰，生平所見所聞的英雄人物，極少有人如此這般豪氣干雲。他慢慢行前，擠入了人羣。

那些人個個都目不轉睛的瞧著那白衣老者，對令狐冲的過來絲毫沒加留神。

令狐冲凝神向那老者瞧去，只見他容貌清癯，頦下疏疏朗朗一叢花白長鬚，垂在胸前，手持酒杯，眼望遠處黃土大地和青天相接之所，對圍著他的眾人竟正眼也不瞧上一眼。他背上負著一個包袱，再看他腰間時，卻無彎刀。原來他竟連兵刃也未攜帶。

令狐冲不知這老者姓名來歷，不知何以有這許多武林中人要和他為難，更不知他是正是邪，只是欽佩他這般旁若無人的豪氣，又不知不覺間起了一番同病相憐、惺惺相惜之意，當下大踏步上前，朗聲說道：「前輩請了，你獨酌無伴，未免寂寞，我來陪你喝酒。」走入涼亭，向他一揖，便坐了下來。

那老者轉過頭來，兩道冷電似的目光向令狐冲一掃，見他不持兵刃，臉有病容，是個素不相識的少年，臉上微現詫色，哼了一聲，也不回答。令狐冲提起酒壺，先在老者面前的酒杯中斟了酒，又在另一隻杯中斟了酒，舉杯說道：「請！」咕的一聲，將酒喝乾了，那酒極烈，入口有如刀割，便似無數火炭般流入腹中，大聲讚道：「好酒！」

只聽得涼亭外一條大漢粗聲喝道：「兀那小子，快快出來。咱們要跟向老頭拚命，別在這裏礙手礙腳。」令狐冲笑道：「我自和向老前輩喝酒，礙你甚麼事了？」又斟了一杯酒，咕的一聲，仰脖子倒入口中，大拇指一翹，說道：「好酒！」

左首有個冷冷的聲音說道：「小子走開，別在這裏枉送了性命。咱們奉東方教主之命，擒拿叛徒向問天。旁人若來滋擾干撓，教他死得慘不堪言。」

令狐冲向話聲來處瞧去，見說話的是個臉如金紙的瘦小漢子，身穿黑衣，腰繫黃帶。他身旁站著二三百人，衣衫也都是黑的，腰間帶子卻各種顏色均有。令狐冲驀地想起，那日在衡山城外見到魔教長老曲洋，他便身穿這樣的黑衣，依稀記得腰間所繫也是黃帶。那瘦子說奉了東方教主之命追拿叛徒，那麼這些人都是魔教教眾了，莫非這瘦子也是魔教長老？

他又斟一杯酒，仰脖子乾了，讚道：「好酒！」向那白衣老者向問天道：「向老前輩，在下喝了你三杯酒，多謝，多謝！」

忽聽得東首有人喝道：「這小子是華山派棄徒令狐冲。」令狐冲晃眼瞧去，認出說話的是青城派弟子侯人英。這時看得仔細了，在他身旁的竟有不少是五嶽劍派中的人物。

一名道士朗聲道：「令狐冲，你師父說你和妖邪為伍，果然不錯。這向問天雙手染滿了英雄俠士的鮮血，你跟他在一起幹甚麼？再不給我快滾，大夥兒把你一起斬成了肉醬。」令狐冲道：「這位是泰山派的師叔麼？在下跟這位向前輩素不相識，只是見你們幾百人圍住了他一人，那算甚麼樣子？五嶽劍派幾時又跟魔教聯手了？正邪雙方一起來對付向前輩一人，豈不教天下英雄笑話？」那道士怒道：「我們幾時跟魔教聯手了？魔教追拿他們教下叛徒，我們卻是替命喪在這惡賊手下的朋友們復仇。各幹各的，毫無關連！」令狐冲道：「好好好，只須你們單打獨鬥，我便坐著喝酒看熱鬧。」

侯人英喝道：「你是甚麼東西？大夥兒先將這小子斃了，再找姓向的算帳。」令狐冲笑道：「要斃我令狐冲一人，又怎用得著大夥兒動手？侯兄自己請上來便是。」侯人英曾給令狐冲一腳踢下酒樓，知道自己武功不如，還真不敢上前動手，他卻不知令狐冲內力已失，已然遠非昔比了。旁人似乎忌憚向問天了得，也不敢便此衝入涼亭。

那魔教的瘦小漢子叫道：「姓向的，事已如此，快跟我們去見教主，請他老人家發落，未必便無生路。你也是本教的英雄，難道大家真要鬥個血肉橫飛，好教旁人笑話麼？」

向問天嘿的一聲，舉杯喝了一口酒，卻發出嗆啷一聲響。

令狐冲見他雙手之間竟繫著一根鐵鏈，大為驚詫：「原來他是從囚牢中逃出來的，連手上的束縛也尚未去掉。」對他同情之心更盛，心想：「這人已無抗禦之能，我便助他抵擋一會，胡裏胡塗的在這裏送了性命便是。」當即站起身來，雙手在腰間一叉，朗聲道：「這位向前輩手上繫著鐵鏈，怎能跟你們動手？我喝了他老人家三杯好酒，說不得，只好助他抵禦強敵。誰要動姓向的，非得先殺了令狐冲不可。」

向問天見令狐冲瘋瘋顛顛，毫沒來由的強自出頭，不由得大為詫異，低聲道：「小子，你為甚麼要幫我？」令狐冲道：「路見不平，拔刀相助。」向問天道：「你的刀呢？」令狐冲道：「在下使劍，就可惜沒劍。」向問天道：「你劍法怎樣？你是華山派的，劍法恐怕也不怎麼高明。」令狐冲笑道：「原本不怎麼高明，加之在下身受重傷，內力全失，更是糟糕之至。」向問天道：「你這人莫名其妙。好，我去給你弄把劍來。」只見白影一晃，他已向羣豪衝了過去。

霎時間刀光耀眼，十餘件兵刃齊向他砍去。向問天斜刺穿出，向那泰山派的道士欺近。那道士挺劍刺出，向問天身形一晃，閃到了他背後，左肘反撞，噗的一聲，撞中了那道士後心，雙手輕揮，已將他手中長劍捲在鐵鏈之中，右足一點，躍回涼亭。這幾下兔起鶻落，迅捷無比，正派羣豪待要阻截，那裏還來得及？一名漢子追得最快，逼近涼亭不逾數尺，提起單刀砍落，向問天背後如生眼睛，竟不回頭，左腳反足踢出，腳底踹中那人胸膛。那人大叫一聲，直飛出去，右手單刀這一砍之勢力道正猛，擦的一響，竟將自己右腿砍了下來。

泰山派那道人晃了幾下，軟軟的癱倒，口中鮮血不住湧出。

魔教人叢中采聲如雷，數十人大叫：「向右使好俊的身手。」

向問天微微一笑，舉起雙手向魔教諸人一抱拳，答謝采聲，手下鐵鏈嗆啷啷直響。他一甩手，那劍嗒的一聲，插入了板桌，說道：「拿去使罷！」

令狐冲好生欽佩，心道：「這人睥睨羣豪，果然身有驚人藝業。」卻不伸手拔劍，說道：「向前輩武功如此了得，又何必晚輩再來出醜。」一抱拳，說道：「告辭了。」向問天尚未回答，只見劍光閃爍，三柄長劍指向涼亭，卻是青城派中侯人英等三名弟子攻了過來。三人三劍都是指向令狐冲，一劍指住他背心，兩劍指住他後腰，相距均不到一尺。侯人英喝道：「令狐冲，給我跪下！」這一聲喝過，長劍挺前，已刺到了令狐冲肌膚。

令狐冲心道：「令狐冲堂堂男子，今日雖無倖理，卻也不甘死在你青城派這些卑鄙之徒的劍下。」此刻自身已在三劍籠罩之下，只須一轉身，那便一劍插入胸膛，二劍插入小腹，當即哈哈一笑，道：「跪下便跪下！」右膝微屈，右手已拔起桌上長劍，迴手一揮，青城派弟子三隻手掌齊腕而斷，連著三柄長劍一齊掉在地下。侯人英等三人臉上登無血色，真難相信世上居然會有此事，惶然失措片刻，這才向後躍開。其中一名青城弟子只有十八九歲，痛得大聲號哭起來。令狐冲歉然道：「兄弟，是你先要殺我！」

向問天喝采道：「好劍法！」接著又道：「劍上無勁，內力太差！」

令狐冲笑道：「豈但內力太差，簡直毫無內力。」

突然聽得向問天一聲呼叱，跟著嗆啷啷鐵鏈聲響，只見兩名黑衣漢子已撲入涼亭，疾攻向問天。這二人一個手執鑌鐵雙懷杖，另一手持雙鐵牌，都是沉重兵器，四件兵刃和向問天的鐵鏈相撞，火星四濺。向問天連閃幾閃，欲待搶到那懷杖之人身後，那人雙杖嚴密守衛，護住了周身要害。向問天雙手給鐵鏈縛住了，運轉不靈。

魔教中連聲呼叱，又有二人搶入涼亭。這兩人均使八角銅鎚，直上直下的猛砸。二人四鎚一到，那使雙懷杖的便轉守為攻。向問天穿來插去，身法靈動之極，卻也無法傷到對手。每當有隙可乘，鐵鏈攻向一人，其餘三人便奮不顧身的撲上，打法兇悍之極。

堪堪鬥了十餘招，魔教人眾的首領喝道：「八槍齊上。」八名黑衣漢子手提長槍，分從涼亭四面搶上，東南西北每一方均有兩桿長槍，朝向問天攢刺。

向問天向令狐冲叫道：「小朋友，你快走罷！」喝聲未絕，八根長槍已同時向他刺去。便在此時，四柄銅鎚砸他胸腹，雙懷杖掠地擊他脛骨，兩塊鐵牌向他臉面擊到，四面八方，無處不是殺手。這十二個魔教好手各奮平生之力，下手毫不容情。看來人人均知和向問天交手，那是世間最凶險之事，多挨一刻，便是向鬼門關走近了一步。

令狐冲眼見眾人如此狠打，向問天勢難脫險，叫道：「好不要臉！」

向問天突然迅速無比的旋轉身子，甩起手上鐵鏈，撞得一眾兵刃叮叮噹噹直響。他身子便如一個陀螺，轉得各人眼也花了，只聽得噹噹兩聲大響，兩塊鐵牌撞上他的鐵鏈，穿破涼亭頂，飛了出去。向問天更不去瞧對方來招，越轉越快，將八根長槍都盪了開去。魔教那首領喝道：「緩攻遊鬥，耗他力氣！」使槍的八人齊聲應道：「是！」各退了兩步，只待向問天力氣稍衰，鐵鏈中露出空隙，再行搶攻。

旁觀眾人稍有閱歷的都看了出來，向問天武功再高，也決難長久旋轉不休，如此打法，終究會力氣耗盡，束手就擒。

向問天哈哈一笑，突然間左腿微蹲，鐵鏈呼的甩出，打在一名使銅鎚之人的腰間。那人「啊」的一聲大叫，左手銅鎚反撞過來，打中自己頭頂，登時腦漿迸裂。八名使槍之人八槍齊出，分刺向問天前後左右。向問天甩鐵鏈盪開了兩桿槍，其餘六人的鋼槍不約而同的刺向他左脅。當此情景，向問天避得開一桿槍，避不開第二桿，避得開第二桿，避不開第三桿，更何況六槍齊發？

令狐冲一瞥之下，看到這六槍攢刺，向問天勢無可避，腦中靈光一閃，想起了獨孤九劍的第四式「破槍式」，當這間不容髮之際，那裏還能多想？長劍閃出，只聽得噹啷一聲響，八桿長槍一齊跌落，八槍跌落，卻只發出噹啷一響，幾乎是同時落地。令狐冲一劍分刺八人手腕，自有先後之別，只是劍勢實在太快，八人便似同時中劍一般。

他長劍既發，勢難中斷，跟著第五式「破鞭式」又再使出。這「破鞭式」只是個總名，其中變化多端，舉凡鋼鞭、鐵鐧、點穴橛、判官筆、拐子、蛾眉刺、匕首、板斧、鐵牌、八角鎚、鐵椎等等短兵刃皆能破解。但見劍光連閃，兩根懷杖、兩柄銅鎚又皆跌落。十二名攻入涼亭的魔教教眾之中，除了一人為向問天所殺、一人鐵牌已然脫手之外，其餘十人皆是手腕中劍，兵刃脫落。十一人發一聲喊，狼狽逃歸本陣。

正派羣豪情不自禁的大聲喝采：「好劍法！」「華山派劍法，教人大開眼界！」

那魔教首領發了句號令，立時便有五人攻入涼亭。一個中年婦人手持雙刀，向令狐冲殺來。四名大漢圍攻向問天。那婦人刀法極快，一刀護身，一刀疾攻，左手刀攻敵時右手刀守禦，右手刀攻敵時左手刀守禦，雙刀連使，每一招均在攻擊，同時也是每一招均在守禦，守是守得牢固嚴密，攻亦攻得淋漓酣暢。令狐冲看不清來路，連退了四步。

便在這時，只聽呼呼風響，似是有人用軟兵刃和向問天相鬥，令狐冲百忙中斜眼一瞥，卻見兩人使鏈子鎚，二人使軟鞭，和向問天手上的鐵鏈鬥得正烈。鏈子鎚上的鋼鏈甚長，甩將開來，橫及丈餘，好幾次從令狐冲頭頂掠過。只聽得向問天罵道：「你奶奶的！」一名漢子叫道：「向右使，得罪！」原來一根鏈子鎚上的鋼鏈已和向問天手上的鐵鏈纏住。便在這一瞬之間，其餘三人三般兵刃，同時往向問天身上擊來。

向問天「嘿」的一聲，運勁猛拉，將使鏈子鎚的拉了過來，正好擋在他的身前。兩根軟鞭、一枚鋼鎚盡數擊上那人背心。

令狐冲斜刺裏刺出一劍，劍勢飄忽，正中那婦人的左腕，卻聽得噹的一聲，長劍一彎，那婦人手中柳葉刀竟不跌落，反而一刀橫掃過來。令狐冲一驚，隨即省悟：「她腕上有鋼製護腕，劍刺不入。」手腕微翻，長劍挑上，噗的一聲，刺入她左肩「肩貞穴」。那婦人一怔，但她極是勇悍，左肩雖然劇痛，右手刀仍是奮力砍出。令狐冲長劍閃處，那婦人右肩的「肩貞穴」又再中劍。她兵刃再也拿揑不住，使勁將雙刀向令狐冲擲出，但雙臂使不出力道，兩柄刀只擲出一尺，便即落地。

令狐冲剛將那婦人制服，右首正派羣豪中一名道人挺劍而上，鐵青著臉喝道：「華山派中，只怕沒這等妖邪劍法。」令狐冲見他裝束，知是泰山派的長輩，想是他不忿同門為向問天所傷，上來找還場子。令狐冲雖為師父革逐，但自幼便在華山派門下，五嶽劍派，同氣連枝，見到這位泰山派前輩，自然而然有恭敬之意，倒轉長劍，劍尖指地，抱拳說道：「弟子沒敢得罪了泰山派的師伯。」

那道人道號天乙，和天門、天松等道人乃是同輩，冷冷的道：「你使的是甚麼劍法？」令狐冲道：「弟子所使劍法，乃華山派長輩所傳。」天乙道人哼了一聲道：「胡說八道，不知到那裏去拜了個妖魔為師，看劍！」挺劍向令狐冲當胸刺到，劍光閃爍，長劍發出嗡嗡之聲，單只這一劍，便罩住了他胸口「膻中」、「神藏」、「靈墟」、「神封」、「步廊」、「幽門」、「通谷」七處大穴，不論他閃向何處，總有一穴會被劍尖刺中。這一劍叫做「七星落長空」，是泰山派劍法的精要所在。

這一招刺出，對方須得輕功高強，立即倒縱出丈許之外，方可避過，但也必須識得這一招「七星落長空」，當他劍招甫發，立即毫不猶豫的飛快倒躍，方能免去劍尖穿胸之禍，而落地之後，又必須應付跟著而來的三招凌厲後著，這三招一著狠似一著，連環相生，實所難當。天乙道人眼見令狐冲劍法厲害，出手第一劍便使上了。自從泰山派前輩創了這招劍招以來，與人動手第一招便即使用，只怕從所未有。

令狐冲一驚之下，猛地想起在思過崖後洞的石壁之上見過這招，當日自己學了來對付田伯光，只是學得不像，未能取勝，但於這招劍法的勢路卻了然於胸。這時劍氣森森，將及於體，更無思索餘暇，登時挺劍直刺天乙道人小腹。這一劍正是石壁上的圖形，魔教長老用以破解此招，粗看似是與敵人鬥個兩敗俱傷，同歸於盡。其實泰山派這招「七星落長空」分為兩節，第一節以劍氣罩住敵人胸口七大要穴，當敵人驚慌失措之際，再以第二節中的劍法擇一穴而刺。劍氣所罩雖是七穴，致敵死命，卻只一劍。這一劍不論刺在那一穴中，都可克敵取勝，是以既不須同時刺中七穴，也不可能同時刺中七穴。招分兩節，本是這一招劍法的厲害之處，但當年魔教長老仔細推敲，正從這厲害之處找出了弱點，待對方第一節劍法使出之後，立時疾攻其小腹，這一招「七星落長空」便即從中斷絕，招不成招。

天乙道人一見敵劍來勢奧妙，絕無可能再行格架，大驚失色，縱聲大叫，料想自己肚腹定然給長劍洞穿，驚惶中也不知痛楚，腦中一亂，只道自己已經死了，登時摔倒。其實令狐冲劍尖將及他小腹，便即凝招不發，不料天乙道人大驚之下，竟爾嚇得暈了過去。

泰山派門下眼見天乙倒地，均道是為令狐冲所傷，紛紛叫罵，五名青年道人挺劍來攻。這五人都是天乙的門人，心急師仇，五柄長劍猶如狂風暴雨般急刺疾舞。令狐冲長劍連點，五名道士手腕中劍，長劍嗆啷、嗆啷落地。五人驚惶之下，各自躍開。只見天乙道人顫巍巍的站了起來，叫道：「刺死我了，刺死我了！」

五弟子見他身上無傷，不住大叫，盡皆駭然，不知他是死是活。天乙道人叫了幾聲，身子一晃，又復摔倒。兩名弟子搶過去扶起，狼狽退開。

羣豪見令狐冲只使半招，便將泰山派高手天乙道人打得生死不知，無不心驚。

這時圍攻向問天的又換了數人。兩個使劍的漢子是衡山派中人，雙劍起落迅速，找尋向問天鐵鏈中的空隙。另一個左手持盾，右手使刀，卻是魔教中的人物，這人以盾護體，展開地堂刀法，滾近向問天足邊，以刀砍他下盤。向問天的鐵鏈在盾牌上接連狠擊兩下，都傷他不到。盾牌下的鋼刀陡伸陡縮，招數狠辣。

令狐冲心想：「這人盾牌護身，防守嚴密，但他一出刀攻人，自身便露破綻，立時可斷他手臂。」

忽聽得身後有人喝道：「小子，你還要不要性命？」這聲音雖然不響，但相距極近，離他耳朵似不過一兩尺。令狐冲一驚回頭，已和一人面對面而立，兩人鼻子幾乎相觸，急待閃避，那人雙掌已按住他胸口，冷冷的道：「我內力一吐，教你肋骨盡斷。」

令狐冲心知他所說不虛，站定了不敢再動，連一顆心似也停止了跳動。那人雙目凝視著令狐冲，只因相距太近，令狐冲反而無法見到他的容貌，但見他雙目神光炯炯，凜然生威，心道：「原來我死在此人手下。」想起生死大事終於有個了斷，心下反而舒泰。

那人初見令狐冲眼色中大有驚懼之意，但片刻之間，便現出一股漫不在乎的神情，如此臨死不懼，縱是武林中的前輩高人亦所難能，不由得起了欽佩之心，哈哈一笑，說道：「我偷襲得手，制你要穴，雖然殺了你，諒你死得不服！」雙掌一撤，退了三步。

令狐冲這才看清，這人矮矮胖胖，面皮黃腫，約莫五十來歲年紀，兩隻手掌肥肥的又小又厚，一掌高，一掌低，擺著「嵩陽手」的架式。令狐冲微笑道：「這位嵩山派前輩，不知尊姓大名？多謝掌下留情。」

那人道：「我是孝感樂厚。」他頓了一頓，又道：「你劍法的確甚高，臨敵經驗卻太也不足。」令狐冲道：「慚愧。『大陰陽手』樂師伯，好快的身手。」樂厚道：「師伯二字，可不敢當！」接著左掌一提，右掌一招便即劈出。他這人形相醜陋，但一掌出手，登時全身猶如淵渟嶽峙，氣度凝重，說不出的好看。

令狐冲見他周身竟無一處破綻，喝采道：「好掌法！」長劍斜挑，因見樂厚掌法身形中全無破綻，這一劍便守中帶攻，九分虛，一分實。樂厚見令狐冲長劍斜挑，自己雙掌不論拍向他那一個部位，掌心都會自行送到他劍尖之上，雙掌只拍出尺許，立即收掌躍開，叫道：「好劍法！」令狐冲道：「晚輩無禮！」

樂厚喝道：「小心了！」雙掌凌空推出，一股猛烈的掌風逼體而至。令狐冲暗叫：「不好！」此時樂厚和他相距甚遠，雙掌發力遙擊，令狐冲無法以長劍擋架，剛要閃避，只覺一股寒氣襲上身來，登時機伶伶打了個冷戰。樂厚雙掌掌力不同，一陰一陽，陽掌先出，陰力卻先行著體。令狐冲只一呆，一股炙熱的掌風跟著撲到，擊得他幾乎窒息，身子晃了幾晃。

陰陽雙掌掌力著體，本來更無倖理，但令狐冲內力雖失，體內真氣卻充沛欲溢，既有桃谷六仙的真氣，又有不戒和尚的真氣，在少林寺中養傷，又得了方生大師的真氣，每一股都是渾厚之極。這一陰一陽兩股掌力打在身上，他體內真氣自然而然生出相應之力，護住心脈內臟，不受損傷。但霎時間全身劇震，說不出的難受，生怕樂厚再以掌力擊來，當即提劍衝出涼亭，挺劍疾刺而出。

樂厚雙掌得手，只道對方縱不立斃當場，也必重傷倒地，那知他竟是安然無恙，跟著又見劍光點點，指向自己掌心，驚異之下，雙掌交錯，一拍令狐冲面門，一拍他的小腹。掌力甫吐，突然間一陣劇痛連心，只見自己兩隻手掌疊在一起，都已穿在對方長劍之上，不知是他用劍連刺自己雙掌，還是自己將掌擊到他的劍尖之上，但見左掌在前，右掌在後，劍尖從左掌的手背透入五寸有餘。

令狐冲倘若順勢挺劍，立時便刺入了他胸膛，但念著他先前掌底留情之德，劍穿雙掌後便即凝劍不動。

樂厚大叫一聲，雙掌回縮，拔離劍鋒，倒躍而出。

令狐冲心下歉然，叫道：「得罪了！」他所使這一招是「獨孤九劍」中「破掌式」的絕招之一，自從風清揚歸隱，從未一現於江湖。

猛聽得砰蓬、喀喇之聲大作，令狐冲回過頭來，但見七八條漢子正在圍攻向問天，其中兩人掌力凌厲，將那涼亭打得柱斷樑折，頂上椽子瓦片紛紛墮下。各人鬥得興發，瓦片落在頭頂，都是置之不理。

他便這麼望得一眼，樂厚倏地欺近身來，遠遠發出一掌，掌力擊在令狐冲胸口，打得他身子飛了出去，長劍跟著脫手。他背心未曾著地，已有七八人追將過來，齊舉兵刃，往他身上砸落。

令狐冲笑道：「撿現成便宜嗎？」忽覺腰間一緊，一根鐵鏈飛過來捲住了他身子，便如騰雲駕霧般給人拖著凌空而行。

救了令狐冲性命的正是那魔教高手向問天。他受魔教和正教雙方圍攻追擊，勢窮力竭之時，突然有這樣一個天不怕、地不怕的少年出來打抱不平，自是大生知己之感。他一見令狐冲退敵的手段，便知這少年劍法極高，內力卻是極差，當此強敵環攻，凶險殊甚，是以一面和敵人周旋，卻時時留心令狐冲的戰況，眼見他被擊飛出，當即飛出鐵鏈，捲了他狂奔。向問天這一展開輕功，當真是疾逾奔馬，瞬息之間便已在數十丈外。

後面數十人飛步趕來，只聽得數十人大聲呼叫：「向問天逃了，向問天逃了！」

向問天大怒，突然回身，向前衝了幾步。追趕之人都大吃一驚，急忙停步。一人下盤功夫較浮，奔得勢急，收足不住，直衝過來。向問天飛起左足，將他踢得向人叢中跶了過去，當即轉身又奔。眾人又隨後追來，但這時誰也不敢發力狂追，和他相距越來越遠。

向問天腳下疾奔，心頭盤算：「這少年和我素不相識，居然肯為我賣命，這樣的朋友，天下到那裏找去？這些兔崽子陰魂不散，怎生擺脫他們才好？」

奔了一陣，忽然想起一處所在，心頭登時一喜：「那地方極好！」轉念又想：「只是相去甚遠，不知有沒力氣奔得到那裏？不妨，我若無力氣，那些兔崽子們更無力氣。」抬頭一望太陽，辨明方向，斜刺裏橫越麥田，逕向東北角上奔去。

奔出十餘里後，又來到大路，忽有三匹快馬從身旁掠過，向問天罵道：「你奶奶的！」提氣疾衝，追到馬匹身後，縱身躍在半空，飛腳將馬上乘客踢落，跟著便落上馬背。他將令狐冲橫放在馬鞍橋上，鐵鏈橫揮，將另外兩匹馬上的乘客也都擊了下來。那二人筋折骨斷，眼見不活了。三人都是尋常百姓，看裝束不是武林中人，適逢其會，遇上這個煞星，無端送了性命。乘者落地，兩匹馬仍繼續奔馳。向問天鐵鏈揮出，捲住了韁繩，這鐵鏈在他手中揮灑自如，倒似是一條極長的手臂一般。令狐冲見他濫殺無辜，不禁暗暗嘆息。

向問天搶得三馬，精神大振，仰天哈哈大笑，說道：「小兄弟，那些兔崽子追咱們不上了。」令狐冲淡淡一笑，道：「今日追不上，明日又追上了。」向問天罵道：「他奶奶的，追他個屁！我將他們一個個殺得乾乾淨淨。」

向問天輪流乘坐三馬，在大路上奔馳一陣，轉入了一條山道，漸行漸高，到後來馬匹已不能行。向問天道：「你餓不餓？」令狐冲點頭道：「嗯，你有乾糧麼？」向問天道：「沒乾糧，喝馬血！」跳下馬來，右手五指在馬頸中一抓，登時穿了一洞，血如泉湧。向問天湊口過去，骨嘟骨嘟的喝了幾口馬血，道：「你喝！」

令狐冲見到這等情景，甚是駭異。向問天道：「不喝馬血，怎有力氣再戰？」令狐冲道：「還要再打？」向問天道：「你怕了嗎？」令狐冲豪氣登生，哈哈一笑，道：「你說我怕不怕？」就口馬頸，只覺馬血衝向喉頭，當即嚥了下去。

馬血初入口時血腥刺鼻，但喝得幾口，也已不覺如何難聞，令狐冲連喝了十幾大口，直至腹中飽脹，這才離嘴。向問天跟著湊口上去喝血，喝不多時，那馬支持不住，長聲悲嘶，軟倒在地。向問天飛起左腿，將馬踢入了山澗。令狐冲不禁駭然，這匹馬如此龐然大物，少說也有五百來斤，他隨意抬足，便踢了出去。向問天跟著又將第二匹馬踢下，轉過身來，呼的一掌，將第三匹馬的後腿硬生生切了下來，隨即又切了那馬的另一條後腿。那馬嘶叫得震天價響，中了向問天一腿後墮入山澗，兀自嘶聲不絕。

向問天道：「你拿一條腿！慢慢的吃，可作十日之糧。」令狐冲這才醒悟，原來他割切馬腿是作糧食之用，倒不是一味的殘忍好殺，當下依言取了一條馬腿。見向問天提了馬腿逕向山嶺上行去，便跟在後面。向問天放慢腳步，緩緩而行。令狐冲內力全失，行不到半里，已遠遠落在後面，趕得氣喘吁吁，臉色發青。向問天只得停步等待。又行里許，令狐冲再也走不動了，坐在道旁歇足。

向問天道：「小兄弟，你這人倒也奇怪，內力如此差勁，但身中樂厚這混蛋的兩次大陰陽手掌力，居然若無其事，可叫人弄不明白。」令狐冲苦笑道：「那裏是若無其事了？我五臟六腑早給震得顛三倒四，已不知受了幾十樣內傷。我自己也在奇怪，怎地這時候居然還不死？只怕隨時隨刻就會倒了下來，再也爬不起身。」向問天道：「既是如此，咱們便多歇一會。」令狐冲本想對他說明，自己命不長久，不必相候自己，致為敵人追上，但轉念一想，此人甚是豪邁，決不肯拋下自己獨自逃生，倘若說這等話，不免將他看得小了。

向問天坐在山石之上，問道：「小兄弟，你內力是怎生失去的？」

令狐冲微微一笑，道：「此事說來當真好笑。」當下將自己如何受傷、桃谷六仙如何為自己輸氣療傷、後來不戒和尚又如何再在自己體內輸入真氣等情簡略說了。

向問天哈哈大笑，聲震山谷，說道：「這等怪事，我老向今日還是第一次聽見。」大笑聲中，忽聽得遠處傳來呼喝：「向問天，你逃不掉的，還是乖乖的投降罷。」

向問天仍然哈哈大笑，說道：「好笑，好笑！這桃谷六仙跟不戒和尚，都是天下一等一的胡塗蛋。」又再笑了三聲，雙眉一豎，罵道：「他奶奶的，大批混蛋追來了。」雙手一抄，將令狐冲抱在懷中，那隻馬腿不便再提，任其棄在道旁，便即提氣疾奔。

這一下放足快跑，令狐冲便如騰雲駕霧一般，不多時忽見眼前白茫茫一片，果真是鑽入了濃霧，心道：「妙極！這一上山，那數百人便無法一擁而上，只須一個個上來單打獨鬥，我和這位向先生定能對付得了。」可是後面呼叫聲竟然越來越近，顯然追來之人也均是輕功高手，雖和向問天相較容有不及，但他手中抱了人，奔馳既久，總不免慢了下來。

向問天奔到一處轉角，將令狐冲放下，低聲道：「別作聲。」兩個人均貼著山壁而立，片刻之間，便聽得腳步聲響，有人追近。

追來的兩人奔跑迅速，濃霧中沒見到向問天和令狐冲，直至奔過兩人身側，這才察覺，待要停步轉身，向問天雙掌推出，既狠且準，那兩人哼也沒哼，便掉下了山澗，過了一會，才騰騰兩下悶響，身子墮地。令狐冲心想：「這兩人墮下之時，怎地並不呼叫？是了，他兩人中了掌力，尚未墮下，便早已死了。」

向問天嘿嘿一笑，道：「這兩個混蛋平日耀武揚威，說甚麼『點蒼雙劍，劍氣沖天』，他奶奶的跌入山澗之中，爛個臭氣沖天。」

令狐冲曾聽到過「點蒼雙劍」的名頭，聽說他兩人劍法著實了得，曾殺過不少黑道上的厲害人物，沒想到莫名其妙的死在這裏，連相貌如何也沒見到。

向問天又抱起令狐冲，說道：「此去仙愁峽，還有十來里路，一到了峽口，便不怕那些混蛋了。」他腳下越奔越快。卻聽得腳步聲響，又有好幾個人追了上來。這時所行的山道轉而向東，其側已無深澗，向問天不能重施故技，躲在山壁間偷襲，只有提氣直奔。

只聽得呼的一聲響，一枚暗器飛了過來，破空聲勁急，顯然暗器份量甚重。向問天放下令狐冲，回過身來，伸手抄住，罵道：「姓何的，你也來蹚這渾水幹甚麼？」

濃霧中傳來一人聲音叫道：「你為禍武林，人人得而誅之，再接我一錐。」只聽得呼呼呼響聲不絕，他口說「一錐」，飛射而來的少說也有七八枚飛錐。

令狐冲聽了這暗器破空的淒厲聲響，心下暗暗發愁：「風太師叔傳我的劍法雖可擊打任何暗器，但這飛錐上所帶勁力如此厲害，我長劍縱然將其擊中，但我內力全無，長劍勢必給他震斷。」

只見向問天雙腿擺了馬步，上身前俯，神情甚是緊張，反不如在涼亭中被羣敵圍困時那麼漫不在乎。一枚枚飛錐飛到他身前，便都沒了聲息，想必都給他收了去。

突然響聲大盛，不知有多少飛錐同時擲出，令狐冲知道這是「滿天花雨」的暗器手法，本來以此手法發射暗器，所用的定是金錢鏢、鐵蓮子等等細小暗器，這飛錐從破空之聲中聽來，每枚若無斤半，也有一斤，怎能數十枚同時發出？他聽到這淩厲的破空之聲，自然而然的身子往地下一伏，卻聽得向問天大叫一聲：「啊喲！」似是身受重傷。

令狐冲大驚，縱身過去，擋在他的前面，急問：「向先生，你受了傷嗎？」向問天道：「我……我不成了，你……你……快走……」令狐冲大聲道：「咱二人同生共死，令狐冲決不捨你獨生！」

只聽得追敵大聲呼叫：「向問天中了飛錐！」白霧中影影綽綽，十幾個人漸漸逼近。

便在此時，令狐冲猛覺一股勁風從身右掠過，向問天哈哈大笑，前面十餘人紛紛倒地。

原來他將數十枚飛錐都接在手中，卻假裝中錐受傷，令敵人不備，隨即也以「滿天花雨」手法射了出去。其時濃霧瀰天，視界不明；而令狐冲惶急之聲出於真誠，對方聽了，盡皆深信不疑；再加向問天居然也能以「滿天花雨」手法發射如此沉重暗器，大出追者意料之外，是以追在最前的十餘人或死或傷，竟無一人倖免。

向問天抱起令狐冲，轉身又奔，說道：「不錯，小兄弟，你很有義氣。」他想令狐冲挺身而出，胡亂打抱不平，還不過是少年人的古怪脾氣，可是自己適才假裝身受重傷，裝得極像，令狐冲竟不肯捨己逃生，決意同生共死，那實是江湖上最可寶貴的「義氣」。

過得少時，敵人又漸漸追近，只聽得颼颼之聲不絕，暗器連續飛至。向問天竄高伏低的閃避，追者更加迫近，他將令狐冲放下，一聲大喝，回身衝入追敵人叢之中，乒乒乓乓幾聲響，又再奔回，背上已負了一人。他將那人雙手用自己手腕上的鐵鏈繞住，負在背上。這才將令狐冲抱起，繼續奔跑，笑道：「咱們多了塊活盾牌。」

那人大叫：「別放暗器！別放暗器！」可是追敵置之不理，暗器發之不已。那人突然大叫一聲：「哎唷！」背心上被暗器打中。向問天背負活盾牌，手抱令狐冲，仍是奔躍迅捷。背上那人大聲叱罵：「王崇古，他媽的你不講義氣，明知我……哎喲，是袖箭，你奶奶的，張芙蓉你這騷狐狸，你……你借刀殺人。」只聽得噗噗噗之聲連響，那人叫罵之聲漸低，終於一聲不響。向問天笑道：「活盾牌變了死盾牌。」

他不須顧忌暗器，提氣疾奔，轉了兩個山坳，說道：「到了！」吁了一口長氣，哈哈大笑，心懷大暢，最後這十里山道實是凶險萬分，是否能擺脫追敵，當時實在殊無把握。

令狐冲放眼望去，心下微微一驚，眼前一條窄窄的石樑，通向一個萬仞深谷，所見到的石樑不過八九尺長，再過去便雲封霧鎖，不知盡頭。向問天低聲道：「白霧之中是條鐵索，可別隨便踏上去。」令狐冲道：「是！」忍不住心驚：「這石樑寬不逾尺，下臨深谷，本已危險萬狀，再換作了鐵索，以我眼前功力，絕難渡過。」

向問天放開了纏在「死盾牌」手上的鐵鏈，從他腰間抽出一柄長劍，遞給令狐冲，再將「盾牌」豎在身前，靜待追敵。

等不到一盞茶時分，第一批追敵已然趕到，正、魔雙方的人物均有。眾人見地形險惡，向問天作的是背水為陣之勢，倒也不敢逼近。過了一會，追敵越來越多，均聚在五六丈外，大聲喝罵，隨即暗器、飛蝗石、袖箭等紛紛打了過來。向問天和令狐冲縮在「盾牌」之後，諸般暗器都打他們不到。

驀地裏一聲大吼，聲震山谷，一名莽頭陀手舞禪杖衝來，一柄七八十斤的鐵禪杖往向問天腰間砸到。向問天一低頭，禪杖自頭頂掠過，鐵鏈著地揮出，抽他腳骨。那頭陀這一杖用力極猛，無法收轉擋架，當即上躍閃避。向問天鐵鏈急轉，已捲住他右踝，乘勢向前一送，使上借力打力之法，那頭陀立足不定，向前摔出，登時跌向深谷。向問天一抖一送，已將鐵鏈從他足踝放開。那頭陀驚吼聲慘厲之極，一路自深谷中傳上來。眾人聽了無不毛骨悚然，不自禁的都退開幾步，似怕向問天將自己也摔下谷去。

僵持半晌，忽有二人越眾而出。一人手挺雙戟，另一個是個和尚，持一柄月牙鏟。兩人並肩齊上，雙戟一上一下，戳往向問天面門與小腹，那月牙鏟卻往他左脅推倒。這三件兵刃都斤兩甚重，挾以渾厚內力，攻出時大具威勢。二人看準了地形，教向問天無法向旁踏出，非以鐵鏈硬接硬格不可。果然向問天鐵鏈揮出，噹噹噹三響，將雙戟和月牙鏟盡數砸開，四件兵刃上發出點點火花，那是硬碰硬的打法，更無取巧餘地。對面人叢中采聲大作。

那二人手中兵刃被鐵鏈盪開，隨即又攻了上去，噹噹噹三響，四件兵刃再度相交。那和尚和那漢子都晃了幾下，向問天卻穩穩站住。他不等敵人緩過氣來，大喝一聲，疾揮鐵鏈擊出。二人分舉兵刃擋住，又爆出噹噹噹三聲急響。那和尚大聲吼叫，拋去月牙鏟，口中鮮血狂噴。那漢子高舉雙戟，對準向問天刺去。向問天挺直胸膛，不擋不架，哈哈一笑，只見雙戟刺到離他胸口半尺之處，忽然軟軟的垂了下來。那漢子順著雙戟落下之勢，俯伏於地，就此一動不動，竟已被向問天的硬勁活生生震死。

聚在山峽前的羣豪相顧失色，無人再敢上前。

向問天道：「小兄弟，咱們跟他們耗上了，你坐下歇歇。」說著坐了下來，抱膝向天，對眾人正眼也不瞧上一眼。

忽聽得有人朗聲說道：「大膽妖邪，竟敢如此小視天下英雄。」四名道人挺劍而上，走到向問天面前，四劍一齊橫轉，說道：「站起來交手。」向問天嘿嘿一笑，冷冷的道：「姓向的惹了你們峨嵋派甚麼事了？」左首一名道士說道：「邪魔外道為害江湖，我輩修真之士伸張正義，除妖滅魔，責無旁貸。」向問天笑道：「好一個除妖滅魔，責無旁貸！你們身後這許多人中，有一半是魔教中人，怎地不去除妖滅魔？」那道人道：「先誅首惡！」

向問天仍是抱膝而坐，舉頭望著天上浮雲，淡淡的道：「原來如此，不錯，不錯！」

突然間一聲大喝，身子縱起，鐵鏈如深淵騰蛟，疾向四人橫掃而至。這一下奇襲來得突兀之至，總算四名道人都是峨嵋派好手，倉卒中三道長劍下豎，擋在腰間，站在最右的第四名道士長劍刺出，指向向問天咽喉。只聽得拍的一聲響，三柄長劍齊被鐵鏈打彎，向問天一側頭，避開了這一劍。那道人劍勢如風，連環三劍，逼得向問天無法緩手。其餘三名道人退了開去，換了劍又再來鬥。四道劍勢相互配合，宛似一個小小的劍陣。四柄長劍矢矯飛舞，忽分忽合。

令狐冲瞧得一會，見向問天揮舞鐵鏈時必須雙手齊動，遠不及單手運使的靈便，時刻一長，難免落敗，從向問天右側踏上，長劍刺出，疾取一道的脅下。這一劍出招的方位古怪之極，那道士萬難避開，噗的一聲，脅下已然中劍。令狐冲心念電閃：「聽說峨嵋派向來潔身自好，不理江湖上的閒事，聲名極佳，我助向先生解圍，卻不可傷這道士性命。」劍尖甫刺入對方肌膚，立刻迴劍，但臨時強縮，劍招便不精純。那道人手臂下壓，竟然不顧痛楚，強行將他的長劍挾住。

令狐冲長劍回拖，登時將那道人的手臂和脅下都劃出了一道長長的口子，便這麼一緩，另一名中年道人的長劍擊了過來，砸在令狐冲劍上。令狐冲手臂一麻，便欲放手撤劍，但想兵器一失，便成廢人，拚命抓住劍柄，只覺劍上勁力一陣陣傳來，疾攻自己心脈。

第一名道士脅下中劍，受傷不重，但他以手臂挾劍，給令狐冲長劍拖回時所劃的口子卻深及見骨，鮮血狂湧，無法再戰。其餘兩名道人這時已在令狐冲背後，正和向問天激鬥，二道劍法精奇，雙劍聯手，守得嚴謹異常。

向問天接鬥數招，便退後一步，一連退了十餘步，身入白霧之中。二道繼續前攻，長劍前半截已沒入霧中。石樑彼端突然有人大叫：「小心，再過去便是鐵索橋！」這「橋」字剛出口，只聽得二道齊聲慘呼，身子向前疾衝，鑽入了白霧，顯得身不由主，給向問天拖了過去。慘呼聲迅速下沉，從橋上傳入谷底，霎時之間便即無聲無息。

向問天哈哈大笑，從白霧中走將出來，驀見令狐冲身子搖搖欲墜，不禁吃了一驚。

令狐冲在涼亭中以「獨孤九劍」連續傷人，四個峨嵋派道士眼見之下，自知劍法決非其敵，但都已瞧出他內力平平。此刻那道士便將內力源源不絕的攻將過去。別說令狐冲此時內力全失，即在往昔，究竟修為日淺，也非這個已練了三十餘年峨嵋內家心法的道人之可比，幸好他體內真氣充沛，一時倒也不致受傷，但氣血狂翻亂湧，眼前金星飛舞。忽覺背心「大椎穴」上一股熱氣透入，手上的壓力立時一輕，令狐冲精神一振，知道已得向問天之助，但隨即察覺，向問天竟是將對方攻來的內力導引向下，自手臂傳至腰脅，又傳至腿腳，隨即在地下消失得無影無蹤。

那道人察覺到不妙，大喝一聲，撤劍後躍，叫道：「吸星妖法，吸星妖法！」

羣眾聽到「吸星妖法」四字，有不少人臉上便即變色。

向問天哈哈一笑，說道：「不錯，這是吸星大法，那一位有興致的便上來試試。」

魔教中那名黃帶長老嘶聲說道：「難道那任……任……又出來了？咱們回去稟告教主，再行定奪。」魔教人眾答應了一聲，一齊轉身，百餘人中登時散去了一半。其餘正教中人低聲商議了一會，便有人陸陸續續的散去，到得後來，只剩下寥寥十餘人。

只聽得一個清朗的聲音說道：「向問天，令狐冲，你們竟使用吸星妖法，墮入萬劫不復之境，此後武林朋友對付你們兩個，更不必計較手段是否正當。這是你們自作自受，事到臨頭，可別後悔。」向問天笑道：「姓向的做事，幾時後悔過了？你們數百人圍攻我等二人，難道便是正當手段了？嘿嘿，可笑啊可笑。」腳步聲響，那十餘人也都走了。

向問天側耳傾聽，察知來追之敵確已遠去，低聲說道：「這批狗傢伙必定去而復回。你伏在我背上。」令狐冲見他神情鄭重，當下也不多問，便伏在他背上。向問天彎下腰來，左足慢慢伸落，竟向深谷中走去。令狐冲微微一驚，只見向問天鐵鏈揮出，捲住了山壁旁伸出的一棵樹，試了試那樹甚是堅牢，吃得住兩人身子的份量，這才輕輕向下縱落。兩人身懸半空，向問天晃了幾下，找到了踏腳之所，當即手腕迴力，自相反方向甩去，鐵鏈自樹幹上滑落。向問天雙手在山壁上一按，略行凝定，鐵鏈已捲向腳底一塊凸出的大石，兩人身子便又下降丈餘。

如此不住下落，有時山壁光溜溜地既無樹木，又無凸出石塊，向問天便即行險，身貼山壁，逕自向下滑溜，一溜十餘丈，越滑越快，但只須稍有可資借力之處，便施展神功，或以掌拍，或以足踏，延緩下溜之勢。

令狐冲身歷如此大險，委實驚心動魄，這般滑下深谷，凶險處實不下於適才的激鬥，但想這等平生罕歷之奇，險固極險，若非遇上向問天這等奇人，只怕百世也是難逢，是以當向問天雙足踏上谷底時，他反覺微微失望，恨不得這山谷更深數百丈才好，抬頭上望，谷口盡是白雲，石樑已成了極細的一條黑影。

令狐冲道：「向先生……」向問天伸出手來，按住他嘴，左手食指向上一指。令狐冲隨即醒悟，知道追敵果然去而復來，極目望去，看不到石樑上有何人影。

向問天放開了手，將耳貼山壁傾聽，過了好一會，才微笑道：「他奶奶的，有的守在上面，有的在四處找尋。」轉頭瞪著令狐冲，說道：「你是名門正派的弟子，姓向的卻是旁門妖邪，雙方向來便是死敵。你為甚麼甘願得罪正教朋友，這般奮不顧身的來救我性命？」

令狐冲道：「晚輩適逢其會，和先生聯手，跟正教魔教雙方羣豪周旋一場，居然得能不死，實是僥天之倖。向先生說甚麼救命不救命，當真……咳咳……當真是……」向問天接口道：「當真是胡說八道之至，是也不是？」令狐冲道：「晚輩可不敢說向先生胡說八道，但若說晚輩有救命之功，卻是大大的不對了。」向問天道：「姓向的說過了的話，從不改口。我說你於我有救命之恩，便有救命之恩。」令狐冲笑了笑，便不再辯。

向問天道：「剛才那些狗娘養的大叫甚麼『吸星大法』，嚇得一鬨而散。你可知『吸星大法』是甚麼功夫？他們為甚麼這等害怕？」令狐冲道：「晚輩正要請教。」向問天皺眉道：「甚麼晚輩長輩、先生學生的，教人聽了好不耐煩。乾乾脆脆，你叫我向兄，我叫你兄弟便了。」令狐冲道：「這個晚輩卻是不敢。」向問天怒道：「好，你見我是魔教中人，瞧我不起。你救過我性命，老子這條命在與不在，那是稀鬆平常之至，你瞧我不起，咱們先來打上一架。」他話聲雖低，卻是怒容滿面，顯然甚是氣惱。

令狐冲笑道：「打架倒也不必，向兄既執意如此，小弟自當從命。」尋思：「我連田伯光這等採花大盜也結交為友，多交一個向問天又有何妨？這人豪邁瀟脫，真是一條好漢子，我本來就喜歡這等人物。」俯身下拜，說道：「向兄在上，受小弟一禮。」

向問天大喜，說道：「天下與向某義結金蘭的，就只兄弟你一人，你可要記好了。」令狐冲笑道：「小弟受寵若驚之至。」照江湖上慣例，二人結義為兄弟，至少也當撮土為香，立誓他日有福共享，有難同當，但他二人均是放蕩不羈之人，經此一戰，都覺意氣相投，肝膽相照，這些磕頭結拜的繁文縟節誰都不加理會，說是兄弟，便是兄弟了。

向問天身在魔教，但教中兄弟極少是他瞧得上眼的，今日認了一個義兄弟，心下甚是喜歡，說道：「可惜這裏沒好酒，否則咱們一口氣喝他媽的幾十杯，那才痛快。」令狐冲道：「正是，小弟喉頭早已饞得發癢，哥哥這一提，可更加不得了。」

向問天向上一指，道：「那些狗崽子還沒遠去，咱們只好在這谷底熬上幾日。兄弟，適才那峨嵋派的牛鼻子以內力攻你，我以內力相助，那牛鼻子的內力便怎樣了？」令狐冲道：「哥哥似是將那道人的內力都引入了地下。」向問天一拍大腿，喜道：「不錯，不錯。兄弟的悟心真好。我這門功夫，是自己無意中想出來的，武林中無人得知，我給取個名字，叫做『吸功入地小法』。」令狐冲道：「這名字倒也奇怪。」向問天道：「我這門功夫，和那武林中人人聞之色變的『吸星大法』相比，真如小巫見大巫，因此只好稱為『小法』。我這功夫只是移花接木、借力打力的小技，將對方的內力導入地下，使之不能為害，於自己可半點也沒好處。再者，這功夫只有當對方相攻之時方能使用，卻不能拿來攻敵傷人，對方當時但覺內力源源外洩，不免大驚失色，過不多時，便即復元。我料到他們必定去而復回，因那峨嵋派的牛鼻子功力一復，便知我這『吸功入地小法』只是個唬人的玩意兒，其實不足為懼。你哥哥素來不喜攬這些騙人的伎倆，因此從來沒有用過。」

令狐冲笑道：「向問天從不騙人，今日為了小弟，卻破了戒。」向問天嘿嘿一笑，說道：「從不騙人，卻也未必，只是像峨嵋派松紋道人這等小腳色，你哥哥可還真不屑騙他。要騙人，就得揀件大事，騙得驚天動地，天下皆知。」

兩人相對大笑，生怕給上面的敵人聽見了，雖然壓低了笑聲，卻笑得甚為歡暢。

十九　打賭

黑白子待長劍刺到，左手食中二指陡地伸出，往劍刃上挾去。旁觀五人見他行此險著，都不禁「咦」的一聲。

這時兩人都已甚為疲累，分別倚在山石旁閉目養神。

令狐冲不久便睡著了。睡夢之中，忽見盈盈手持三隻烤熟了的青蛙，遞在他手裏，問道：「你忘了我麼？」令狐冲大聲道：「沒有忘，沒有忘！你……你到那裏去了？」見盈盈的影子忽然隱去，忙叫：「你別去！我有很多話跟你說。」卻見刀槍劍戟，紛紛殺來，他大叫一聲，醒了過來。向問天笑嘻嘻的道：「夢見了情人麼？要說很多話？」

令狐冲臉上一紅，也不知說了甚麼夢話給他聽了去。向問天道：「兄弟，你要見情人，只有養好了傷，治好了病，才能去找她。」令狐冲黯然道：「我……我沒情人。再說，我的傷是治不好的。」向問天道：「我欠了你一命，雖是自己兄弟，總是心中不舒服，非還你一條命不可。我帶你去一個地方，定可治好你的傷。」

令狐冲雖說早將生死置之度外，畢竟是出於無奈，只好淡然處之，聽向問天說自己之傷可治，此言若從旁人口中說出，未必能信，但向問天實有過人之能，武功之高，除了太師叔風清揚外，生平從所未睹，他輕描淡寫的一句話，份量之重，無可言喻，心頭登時湧起一股喜悅之情，道：「我……我……」說了兩個「我」字，卻接不下話去。這時一彎冷月，從谷口照射下來，清光遍地，谷中雖仍是陰森森地，但在令狐冲眼中瞧出來，便如是滿眼陽光。

向問天道：「咱們去見一個人。這人脾氣十分古怪，事先不能讓他知情。兄弟，你如信得過我，一切便由我安排。」令狐冲道：「那有甚麼信不過的？哥哥是要設法治我之傷，這是死馬當活馬醫，本來是沒有指望之事。治得好是謝天謝地，治不好是理所當然。」

向問天伸舌頭舐了舐嘴唇，道：「那條馬腿不知丟到那裏去了？他媽的，殺了這許多兔崽子，山谷裏卻一個也不見。」

令狐冲見他這副神情，知他是想尋死屍來吃，心下駭然，不敢多說，又即閉眼入睡。

第二日早晨，向問天道：「兄弟，這裏除了青草苔蘚，甚麼也沒有，咱們在這裏挨下去，非去找死屍來吃不可，可是昨天跌在這山谷中的，個個又老又韌，我猜你吃起來胃口不會太好。」

令狐冲忙道：「簡直半點胃口也沒有。」

向問天笑道：「咱們只好覓路出去。我先給你的相貌改上一改。」到山谷底去抓了些爛泥，塗在他臉上，隨即伸手在自己下巴上揉了一會，神力到處，長鬚盡脫，雙手再在自己頭上一陣搓揉，滿頭花白頭髮脫得乾乾淨淨，變成了一個油光精滑的禿頭。令狐冲見他頃刻之間，相貌便全然不同，又是好笑，又是佩服。向問天又去抓些爛泥來，加大自己鼻子，敷腫雙頰，此時便是對面細看，也不易辨認。

向問天在前覓路而行，他雙手攏在袖中，遮住了繫在腕上的鐵鏈，只要不出手，誰也認不出這禿頭胖子便是那矍鑠瀟灑的向問天。

二人在山谷中穿來穿去，到得午間，在山坳裏見到一株毛桃，桃子尚青，入口酸澀，兩人卻也顧不得這許多，採來飽餐了一頓。休息了一個多時辰，又再前行。到黃昏時，向問天終於尋到了出谷的方位，但須翻越一個數百尺的峭壁。他將令狐冲負於背上，騰越而上。

登上峭壁，放眼一條小道蜿蜒於長草之間，雖然景物荒涼，總是出了那連鳥獸之跡也絲毫不見的絕地，兩人都長長吁了口氣。

次日清晨，兩人逕向東行，到得一處大市鎮，向問天從懷中取出一片金葉子，要令狐冲去一家銀鋪兌成了銀子，然後投店借宿。向問天叫了一桌酒席，命店小二送來一大罈酒，和令狐冲二人痛飲了半罈，飯也不吃了，一個伏案睡去，一個爛醉於床。直到次日紅日滿窗，這才先後醒轉。兩人相對一笑，回想前日涼亭中、石樑上的惡鬥，直如隔世。

向問天道：「兄弟，你在此稍候，我出去一會。」這一去竟是一個多時辰。令狐冲正自擔憂，生怕他遇上了敵人，卻見他雙手大包小包，挾了許多東西回來，手腕間的鐵鏈也已不知去向，想是叫鐵匠給鑿開了。向問天打開包裹，一包包都是華貴衣飾，說道：「咱二人都扮成大富商的模樣，越闊綽越好。」當下和令狐冲二人裏裏外外換得煥然一新。出得店時，店小二牽過兩匹鞍轡鮮明的高頭大馬過來，也是向問天買來的。

二人乘馬而行，緩緩向東。行得兩日，令狐冲感到累了，向問天便僱了大車給他乘坐，到得運河邊上，索性棄車乘船，折而南行。一路之上，向問天花錢如流水，身邊的金葉子似乎永遠用不完。過了長江，運河兩岸市肆繁華，向問天所買的衣飾也越來越華貴。

舟中長日，向問天談些江湖上的軼聞趣事。許多事情令狐冲都是聞所未聞，聽得津津有味。但涉及黑木崖上魔教之事，向問天卻絕口不提，令狐冲也就不問。

這一天將到杭州，向問天又在舟中替令狐冲及自己刻意化裝了一會，這才捨舟登陸，買了兩匹駿馬，乘馬進了杭州城。

杭州古稱臨安，南宋時建為都城，向來是個好去處。進得城來，一路上行人比肩，笙歌處處。令狐冲跟著向問天來到西湖之畔，但見碧波如鏡，垂柳拂水，景物之美，直如神仙境地。令狐冲道：「常聽人言道：上有天堂，下有蘇杭。蘇州沒去過，不知端的，今日親見西湖，這天堂之譽，確是不虛了。」

向問天一笑，縱馬來到一個所在，一邊倚著小山，和外邊湖水相隔著一條長堤，更是幽靜。兩人下了馬，將坐騎繫在湖邊的柳樹之上，向山邊的石級上行去。向問天似是到了舊遊之地，路徑甚是熟悉。轉了幾個彎，遍地都是梅樹，老幹橫斜，枝葉茂密，想像初春梅花盛開之日，香雪如海，定然觀賞不盡。

穿過一大片梅林，走上一條青石板大路，來到一座朱門白牆的大莊院外，行到近處，見大門外寫著「梅莊」兩個大字，旁邊署著「虞允文題」四字。令狐冲讀書不多，不知虞允文是南宋破金的大功臣，但覺這幾個字儒雅之中透著勃勃英氣。

向問天走上前去，抓住門上擦得精光雪亮的大銅環，回頭低聲道：「一切聽我安排。」令狐冲點了點頭，心想：「這座梅莊，顯是杭州城大富之家的寓所，莫非所住的是一位當世名醫麼？」只聽得向問天將銅環敲了四下，停一停，再敲兩下，停一停，敲了五下，又停一停，再敲三下，然後放下銅環，退在一旁。

過了半晌，大門緩緩打開，並肩走出兩個家人裝束的老者。令狐冲微微一驚，這二人目光炯炯，步履穩重，顯是武功不低，卻如何在這裏幹這僕從廝養的賤役？左首那人躬身說道：「兩位駕臨敝莊，有何貴幹？」向問天道：「嵩山門下、華山門下弟子，有事求見江南四友，四位前輩。」那人道：「我家主人向不見客。」說著便欲關門。

向問天從懷中取出一物，展了開來，令狐冲又是一驚，只見他手中之物寶光四耀，乃是一面五色錦旗，上面鑲滿了珍珠寶石。令狐冲知道是嵩山派左盟主的五嶽令旗，令旗所到之處，猶如左盟主親到，五嶽劍派門下，無不凜遵持旗者的號令。令狐冲隱隱覺得不妥，猜想向問天此旗定是來歷不正，說不定還是殺了嵩山派中重要人物而搶來的，又想正教中人追殺於他，或許便因此旗而起，他自稱是嵩山派弟子，又不知有何圖謀？自己答應過一切聽他安排，只好一言不發，靜觀其變。

那兩名家人見了此旗，神色微變，齊聲道：「嵩山派左盟主的令旗？」向問天道：「正是。」右首那家人道：「江南四友和五嶽劍派素不往來，便是嵩山左盟主親到，我家主人也未必……未必……嘿嘿。」下面的話沒說下去，意思卻甚明顯：「便是左盟主親到，我家主人也未必接見。」嵩山派左盟主畢竟位高望重，這人不願口出輕侮之言，但他顯然認為「江南四友」的身分地位，比之左盟主又高得多了。

令狐冲心道：「這『江南四友』是何等樣人物？倘若他們在武林之中真有這等大來頭，怎地從沒聽師父、師娘提過他四人名字？我在江湖上行走，多聽人講到當世武林中的前輩高人，卻也不曾聽到有人提及『江南四友』四字。」

向問天微微一笑，將令旗收入懷中，說道：「我左師姪這面令旗，不過是拿來唬人的。江南四位前輩是何等樣人，自不會將這令旗放在眼裏……」令狐冲心道：「你說『左師姪』？居然冒充左盟主的師叔，越來越不成話了。」只聽向問天續道：「只是在下一直無緣拜見江南四位前輩，拿這面令旗出來，不過作為信物而已。」

兩名家人「哦」了一聲，聽他話中將江南四友的身分抬得甚高，臉色便和緩了下來。一人道：「閣下是左盟主的師叔？」

向問天又是一笑，說道：「正是。在下是武林中的無名小卒，兩位自是不識了。想當年丁兄在祁連山下單掌劈四霸，一劍伏雙雄；施兄在湖北橫江救孤，一柄紫金八卦刀殺得青龍幫一十三名大頭子血濺漢水江頭，這等威風，在下卻常在心頭。」

那兩個家人打扮之人，一個叫丁堅，一個叫施令威，歸隱梅莊之前，是江湖上兩個行事十分辣手的半正半邪人物。他二人一般的脾氣，做了事後，絕少留名，是以武功雖高，名字卻少有人知。向問天所說那兩件事，正是他二人生平的得意傑作。一來對手甚強，而他二人以寡敵眾，勝得乾淨利落；二來這兩件事都是曲在對方，二人所作的乃是行俠仗義的好事，這等義舉他二人生平所為者甚是寥寥。大凡做了好事，雖不想故意宣揚，為人所知，但若給人無意中知道，畢竟心中竊喜。丁施二人聽了向問天這一番話，不由得都臉露喜色。丁堅微微一笑，說道：「小事一件，何足掛齒？閣下見聞倒廣博得很。」

向問天道：「武林中沽名釣譽之徒甚眾，而身懷真材實學、做了大事而不願宣揚的清高之士，卻十分難得。『一字電劍』丁大哥和『五路神』施九哥的名頭，在下仰慕已久。左師姪說起，有事須來杭州向江南四友請教。在下歸隱已久，心想江南四友未必見得著，但如能見到『一字電劍』和『五路神』二位，便算不虛此行，因此上便答允到杭州來走一趟。左師姪說道：倘若他自己親來，只怕四位前輩不肯接見，因他近年來在江湖上太過張揚，恐怕前輩們瞧他不起，倒是在下素來不在外走動，說不定還不怎麼惹厭。哈哈，哈哈。」

丁施二人聽他既捧江南四友，又大大的捧了自己二人，也是甚為高興，陪他哈哈哈的笑了幾聲，見這禿頭胖子雖然面目可憎，但言談舉止，頗具器度，確然不是尋常人物，他既是左冷禪的師叔，武功自必不低，心下也多了幾分敬意。

施令威心下已決定代他傳報，轉頭向令狐冲道：「這一位是華山派門下？」

向問天搶著道：「這一位風兄弟，是當今華山掌門岳不羣的師叔。」

令狐冲聽他信口胡言，早已猜到他要給自己捏造一個名字和身分，卻決計料不到他竟說自己是師父的師叔。令狐冲雖然諸事漫不在乎，但要他冒認是恩師的長輩，究竟心中不安，忍不住身子一震，幸好他臉上塗了厚厚的黃粉，震驚之情絲毫不露。

丁堅和施令威相互瞧了一眼，心下均有些起疑：「這人真實年紀雖瞧不出來，多半未過四十，怎能是岳不羣的師叔？」

向問天雖已將令狐冲的面貌扮得大為蒼老，但畢竟難以使他變成一個老者，倘若強加化裝，難免露出馬腳，當即接口道：「這位風兄弟年紀比岳不羣還小了幾歲，卻是風清揚風師兄獨門劍法的唯一傳人，劍術之精，華山派中少有人能及。」

令狐冲又是大吃一驚：「向大哥怎地知道我是風太師叔的傳人？」隨即省悟：「風太師叔劍法如此了得，當年必定威震江湖。向大哥見識不凡，見了我的劍法後自能推想得到。方生大師既看得出，向大哥自也看得出。」

丁堅「啊」的一聲，他是使劍的名家，聽得令狐冲精於劍法，忍不住技癢，可是見這人滿臉黃腫，形貌猥崽，實不像是個精擅劍法之人，問道：「不知二位大名如何稱呼。」

向問天道：「在下姓童，名叫童化金。這位風兄弟，大名是上二下中。」

丁施二人都拱了拱手，說道：「久仰，久仰。」

向問天暗暗好笑，自己叫「童化金」，便是「銅化金」之意，以銅化金，自然是假貨了，這「二中」二字卻是將「冲」字拆開來的。武林中並沒這樣兩個人，他二個居然說「久仰，久仰」，不知從何「仰」起？更不用說「久仰」了。

丁堅說道：「兩位請進廳上用茶，待在下去稟告敝上，見與不見，卻是難言。」向問天笑道：「兩位和江南四友名雖主僕，情若兄弟。四位前輩可不會不給丁施二兄的面子。」丁堅微微一笑，讓在一旁。向問天便即邁步入內，令狐冲跟了進去。

走過一個大天井，天井左右各植一棵老梅，枝幹如鐵，極是蒼勁。來到大廳，施令威請二人就座，自己站著相陪，丁堅進內稟報。

向問天見施令威站著，自己踞坐，未免對他不敬，但他在梅莊身為僕役，卻不能請他也坐，說道：「風兄弟，你瞧這一幅畫，雖只寥寥數筆，氣勢可著實不凡。」一面說，一面站起身來，走到懸在廳中的那幅大中堂之前。

令狐冲和他同行多日，知他雖十分聰明機智，於文墨書畫卻並不擅長，這時忽然讚起畫來，自是另有深意，當即應了一聲，走到畫前。見畫中所繪是一個仙人的背面，墨意淋漓，筆力雄健，令狐冲雖不懂畫，卻也知確是力作，又見畫上題款是：「丹青生大醉後潑墨」八字，筆法森嚴，一筆筆便如長劍的刺劃。令狐冲看了一會，說道：「童兄，我一見畫上這個『醉』字，便十分喜歡。這字中畫中，更似乎蘊藏著一套極高明的劍術。」他見到這八個字的筆法，以及畫中仙人的手勢衣摺，想到了思過崖後洞石壁上所刻的劍法。

向問天尚未答話，施令威在他二人身後說道：「這位風爺果然是劍術名家。我家四莊主丹青先生說道：那日他大醉後繪此一畫，無意中將劍法蘊蓄於內，那是他生平最得意之作，酒醒之後再也繪不出來了。風爺居然能從此畫中看出劍意，四莊主定當引為知己。我進去告知。」說著喜孜孜的走了進去。

向問天咳嗽一聲，說道：「風兄弟，原來你懂得書畫。」令狐冲道：「我甚麼也不懂，胡謅幾句，碰巧撞中。這位丹青先生倘若和我談書論畫，可要我大大出醜了。」

忽聽得門外一人大聲道：「他從我畫中看出了劍法？這人的眼光可了不起啊。」叫嚷聲中，走進一個人來，鬍長及腹，左手拿著一隻酒杯，臉上醺醺然大有醉意。

施令威跟在其後，說道：「這兩位是嵩山派童爺，華山派風爺。這位是梅莊四莊主丹青先生。四莊主，這位風爺一見莊主的潑墨筆法，便說其中含有一套高明劍術。」

那四莊主丹青生斜著一雙醉眼，向令狐冲端相一會，問道：「你懂得畫？會使劍？」這兩句話問得甚是無禮。

令狐冲見他手中拿的是一隻翠綠欲滴的翡翠杯，又聞到杯中所盛是梨花酒，猛地裏想起祖千秋在黃河舟中所說的話來，說道：「白樂天杭州春望詩云：『紅袖織綾誇柿蒂，青旗沽酒趁梨花。』飲梨花酒當用翡翠杯，四莊主果然是喝酒的大行家。」他沒讀過多少書，甚麼詩詞歌賦，全然不懂，但生性聰明，於別人說過的話，卻有過耳不忘之才，這時逕將祖千秋的話搬了過來。

丹青生一聽，雙眼睜得大大的，突然一把抱住令狐冲，大叫：「啊哈，好朋友到了。來來來，咱們喝他三百杯去。風兄弟，老夫好酒、好畫、好劍，人稱三絕。三絕之中，以酒為首，丹青次之，劍道居末。」

令狐冲大喜，心想：「丹青我是一竅不通，我是來求醫治傷，終不成跟人家比劍動手。這喝酒嗎，卻是求之不得。」當即跟著丹青生向內進走去，向問天和施令威跟隨在後。穿過一道迴廊，來到西首一間房中。門帷掀開，便是一陣撲鼻酒香。

令狐冲自幼嗜酒，只是師父、師娘沒給他多少錢零花，自來有酒便喝，也不容他辨選好惡，自從在洛陽聽綠竹翁細論酒道，又得他示以各種各樣美酒，一來天性相投，二來得了名師指點，此後便賞鑒甚精，一聞到這酒香，便道：「好啊，這兒有三鍋頭的陳年汾酒。唔，這百草酒只怕已有七十五年，那猴兒酒更是難得。」他聞到猴兒酒的酒香，登時想起六師弟陸大有來，忍不住心中一酸。

丹青生拊掌大笑，叫道：「妙極，妙極！風兄弟一進我酒室，便將我所藏三種最佳名釀報了出來，當真是大名家，了不起！了不起！」

令狐冲見室中琳瑯滿目，到處都是酒罈、酒瓶、酒葫蘆、酒杯，說道：「前輩所藏，豈止名釀三種而已。這紹興女兒紅固是極品，這西域吐魯番的葡萄酒，四蒸四釀，在當世也是首屈一指的了。」丹青生又驚又喜，問道：「我這吐魯番四蒸四釀葡萄酒密封於木桶之中，老弟怎地也嗅得出來？」令狐冲微笑道：「這等好酒，即使是藏於地下數丈的地窖之中，也掩不住它的酒香。」

丹青生叫道：「來來來，咱們便來喝這四蒸四釀葡萄酒。」將屋角落中一隻大木桶搬了出來。那木桶已然舊得發黑，上面彎彎曲曲的寫著許多西域文字，木塞上用火漆封住，火漆上蓋了印，顯得極為鄭重。丹青生握住木塞，輕輕拔開，登時滿室酒香。

施令威向來滴酒不沾唇，聞到這股濃烈的酒氣，不禁便有醺醺之意。

丹青生揮手笑道：「你出去，你出去，可別醉倒了你。」將三隻酒杯並排放了，抱起酒桶往杯中斟去。那酒殷紅如血，酒高於杯緣，卻不溢出半點。令狐冲心中喝一聲采：「此人武功了得，抱住這百來斤的大木桶向小小酒杯中倒酒，居然齊口而止，實是難能。」

丹青生將木桶挾在脅下，左手舉杯，道：「請，請！」雙目凝視令狐冲的臉色，瞧他嚐酒之後的神情。令狐冲舉杯喝了半杯，大聲辨味，只是他臉上塗了厚粉，瞧上去一片漠然，似乎不甚喜歡。丹青生神色惴惴，似乎生怕這位酒中行家覺得他這桶酒平平無奇。

令狐冲閉目半晌，睜開眼來，說道：「奇怪，奇怪！」丹青生問道：「甚麼奇怪？」令狐冲道：「此事難以索解，晚輩可當真不明白了。」丹青生眼中閃動著十分喜悅的光芒，道：「你問的是……」令狐冲道：「這酒晚輩生平只在洛陽城中喝過一次，雖然醇美之極，酒中卻有微微的酸味。據一位酒國前輩言道，那是由於運來之時沿途顛動之故。這四蒸四釀的吐魯番葡萄酒，多搬一次，便減色一次。從吐魯番來到杭州，不知有幾萬里路，可是前輩此酒，竟然絕無酸味，這個……」

丹青生哈哈大笑，得意之極，說道：「這是我的不傳之秘。我是用三招劍法向西域劍豪莫花爾徹換來的秘訣，你想不想知道？」

令狐冲搖頭道：「晚輩得嘗此酒，已是心滿意足，前輩這秘訣，卻不敢多問了。」

丹青生道：「喝酒，喝酒。」又倒了三杯，他見令狐冲不問這秘訣，不禁心癢難搔，說道：「其實這秘訣說出來不值一文，可說毫不希奇。」令狐冲知道自己越不想聽，他越是要說，忙搖手道：「前輩千萬別說，你這三招劍招，定然非同小可。以如此重大代價換來的秘訣，晚輩輕輕易易的便學了去，於心何安?常言道：無功不受祿……」丹青生道：「你陪我喝酒，說得出此酒的來歷，便是大大的功勞了。這秘訣你非聽不可。」

令狐冲道：「晚輩蒙前輩接見，又賜以極品美酒，已是感激之至，怎可……」丹青生道：「我願意說，你就聽好了。」向問天勸道：「四莊主一番美意，風兄弟不用推辭了。」

丹青生道：「對，對！」笑咪咪的道：「我再考你一考，你可知這酒已有多少年份?」

令狐冲將杯中酒喝乾，辨味多時，說道：「這酒另有一個怪處，似乎已有一百二十年，又似只有十二三年。新中有陳，陳中有新，比之尋常百年以上的美酒，另有一股風味。」

向問天眉頭微蹙，心道：「這一下可獻醜了。一百二十年和十二三年相差百年以上，怎可相提並論。」他生怕丹青生聽了不愉，卻見這老兒哈哈大笑，一部大鬍子吹得筆直，笑道：「好兄弟，果然厲害。我這秘訣便在於此。我跟你說，那西域劍豪莫花爾徹送了我十桶三蒸三釀的一百二十年吐魯番美酒，用五匹大宛良馬馱到杭州來，然後我依法再加一蒸一釀，十桶美酒，釀成一桶。屈指算來，正是十二年半以前之事。這美酒歷關山萬里而不酸，酒味陳中有新，新中有陳，便在於此。」

向問天和令狐冲一齊鼓掌，道：「原來如此。」令狐冲道：「能釀成這等好酒，便是以十招劍法去換，也是值得。前輩只用三招去換，那是佔了天大的便宜了。」

丹青生更是喜歡，說道：「老弟真是我的知己。當日大哥、三哥都埋怨我以劍招換酒，令我中原絕招傳入了西域。二哥雖然笑而不言，心中恐怕也是不以為然。只有老弟才明白我是佔了大便宜，咱們再喝一杯。」他見向問天顯然不懂酒道，對之便不加理睬。

令狐冲又喝了一杯，說道：「四莊主，此酒另有一個喝法，可惜眼下無法辦到。」丹青生忙問：「怎麼個喝法？為甚麼辦不到？」令狐冲道：「吐魯番是天下最熱之地，聽說當年玄奘大師到天竺取經，途經火燄山，便是吐魯番了。」丹青生道：「是啊，那地方當真熱得可以。一到夏天，整日浸在冷水桶中，還是難熬，到得冬天，卻又奇寒徹骨。正因如此，所產葡萄才與眾不同。」令狐冲道：「晚輩在洛陽城中喝此酒之時，天時尚寒，那位酒國前輩拿了一大塊冰來，將酒杯放於冰上。這美酒一經冰鎮，另有一番滋味。此刻正當初夏，這冰鎮美酒的奇味，便品嘗不到了。」

丹青生道：「我在西域之時，不巧也正是夏天，那莫花爾徹也說過冰鎮美酒的妙處。老弟，那容易，你就在我這裏住上大半年，到得冬天，咱們同來品嘗。」他頓了一頓，皺眉道：「只是要人等上這許多時候，實是心焦。」

向問天道：「可惜江南一帶，並無練『寒冰掌』、『陰風爪』一類純陰功夫的人物，否則……」他一言未畢，丹青生喜叫：「有了，有了！」說著放下酒桶，興沖沖的走了出去。

令狐冲朝向問天瞧去，滿腹疑竇。向問天含笑不語。

過不多時，丹青生拉了一個極高極瘦的黑衣老者進來，說道：「二哥，這一次無論如何要你幫幫忙。」令狐冲見這人眉清目秀，只是臉色泛白，似乎是一具殭屍模樣，令人一見之下，心中便感到一陣涼意。丹青生給二人引見了，原來這老者是梅莊二莊主黑白子，他頭髮極黑而皮膚極白，果然是黑白分明。黑白子冷冷的道：「幫甚麼忙？」丹青生道：「請你露一手化水成冰的功夫，給我這兩位好朋友瞧瞧。」

黑白子翻著一雙黑白分明的怪眼，冷冷的道：「雕蟲小技，何足掛齒？沒的讓大行家笑話。」丹青生道：「二哥，不瞞你說，這位風兄弟說道，吐魯番葡萄酒以冰鎮之，飲來別有奇趣。這大熱天卻到那裏找冰去？」黑白子道：「這酒香醇之極，何必更用冰鎮？」

令狐冲道：「吐魯番是酷熱之地……」丹青生道：「是啊，熱得緊！」令狐冲道：「當地所產的葡萄雖佳，卻不免有些暑氣。」丹青生道：「是啊，那是理所當然。」令狐冲道：「這暑氣帶入了酒中，過得百年，雖已大減，但微微一股辛辣之意，終究難免。」丹青生道：「是極，是極！老弟不說，我還道是我蒸酒之時火頭太旺，可錯怪了那個御廚了。」令狐冲問道：「甚麼御廚？」丹青生笑道：「我只怕蒸酒時火候不對，蹧蹋了這十桶美酒，特地到北京皇宮之中，將皇帝老兒的御廚抓了來生火蒸酒。」

黑白子搖頭道：「當真是小題大做。」

向問天道：「原來如此。若是尋常的英雄俠士，喝這酒時多一些辛辣之氣，原亦不妨。但二莊主、四莊主隱居於這風景秀麗的西湖邊上，何等清高，和武林中的粗人大不相同。這酒一經冰鎮，去其火氣，便和二位高人的身分相配了。好比下棋，力鬥搏殺，那是第九流的棋品，一二品的高棋卻是入神坐照……」

黑白子怪眼一翻，抓住他肩頭，急問：「你也會下棋？」向問天道：「在下生平最喜下棋，只可惜棋力不高，於是走遍大江南北、黃河上下，訪尋棋譜。三十年來，古往今來的名局，胸中倒記得不少。」黑白子忙問：「記得那些名局？」向問天道：「比如王質在爛柯山遇仙所見的棋局，劉仲甫在驪山遇仙對弈的棋局，王積薪遇狐仙婆媳的對局……」

他話未說完，黑白子已連連搖頭，道：「這些神話，焉能信得？更那裏真有棋譜了？」說著鬆手放開了他肩頭。

向問天道：「在下初時也道這是好事之徒編造的故事，但二十五年前見到了劉仲甫和驪山仙姥的對弈圖譜，著著精警，實非常人所能，這才死心塌地，相信確非虛言。前輩於此道也有所好嗎？」

丹青生哈哈大笑，一部大鬍子又直飄起來。向問天問道：「前輩如何發笑？」丹青生道：「你問我二哥喜不喜歡下棋？哈哈哈，我二哥道號黑白子，你說他喜不喜歡下棋？二哥之愛棋，便如我愛酒。」向問天道：「在下胡說八道，當真是班門弄斧了，二莊主莫怪。」

黑白子道：「你當真見過劉仲甫和驪山仙姥對弈的圖譜？我在前人筆記之中，見過這則記載，說劉仲甫是當時國手，卻在驪山之麓給一個鄉下老媼殺得大敗，登時嘔血數升，這局棋譜便稱為『嘔血譜』。難道世上真有這局嘔血譜？」他進室來時，神情冷漠，此刻卻是十分的熱切。

向問天道：「在下廿五年之前，曾在四川成都一處世家舊宅之中見過，只因這一局實在殺得太過驚心動魄，雖然事隔廿五年，全數一百一十二著，至今倒還著著記得。」

黑白子道：「一共一百一十二著？你倒擺來給我瞧瞧。來來，到我棋室中去擺局。」

丹青生伸手攔住，道：「且慢！二哥，你不給我製冰，說甚麼也不放你走。」說著捧過一隻白瓷盆，盆中盛滿了清水。

黑白子嘆道：「四兄弟各有所癡，那也叫無可如何。」伸出右手食指，插入瓷盆。片刻間水面便浮起一絲絲白氣，過不多時，瓷盆邊上起了一層白霜，跟著水面結成一片片薄冰，冰越結越厚，只一盞茶時分，一瓷盆清水都化成了寒冰。

向問天和令狐冲都大聲喝采。向問天道：「這『黑風指』的功夫，聽說武林失傳已久，卻原來二莊主……」丹青生搶道：「這不是『黑風指』，叫做『玄天指』，和『黑風指』的霸道功夫，大有上下床之別。」一面說，一面將四隻酒杯放在冰上，在杯中倒了葡萄酒，不久酒面上便冒出絲絲白氣。令狐冲道：「行了！」

丹青生拿起酒杯，一飲而盡，果覺既厚且醇，更無半分異味，再加一股清涼之意，沁人心脾，大聲讚道：「妙極！我這酒釀得好，風兄弟品得好，二哥的冰製得好。你呢？」向著向問天笑道：「你在旁一搭一檔，搭檔得好。」

黑白子將酒隨口飲了，也不理會酒味好壞，拉著向問天的手，道：「去，去！擺劉仲甫的『嘔血譜』給我看。」向問天一扯令狐冲的袖子，令狐冲會意，道：「在下也去瞧瞧。」丹青生道：「那有甚麼好看？我跟你不如在這裏喝酒。」令狐冲道：「咱們一面喝酒，一面看棋。」說著跟了黑白子和向問天而去。丹青生無奈，只得挾著那隻大酒桶跟入棋室。

只見好大一間房中，除了一張石几、兩隻軟椅之外，空盪盪地一無所有，石几上刻著縱橫十九道棋路，對放著一盒黑子、一盒白子。這棋室中除了几椅棋子之外不設一物，當是免得對局者分心。

向問天走到石几前，在棋盤的「平、上、去、入」四角擺了勢子，跟著在「平部」六三路放了一枚白子，然後在九三路放一枚黑子，在六五路放一枚白子，在九五路放一枚白子，如此不住置子，漸放漸慢。

黑白雙方一起始便纏鬥極烈，中間更無一子餘裕，黑白子只瞧得額頭汗水涔涔而下。

令狐冲暗暗納罕，眼見他適才以「玄天指」化水成冰，那是何等高強的內功修為，當時他渾不在意；弈棋只是小道，他卻瞧得滿頭大汗；可見關心則亂，此人愛棋成癡，向問天多半是揀正了他這弱點進襲。

黑白子見向問天置了第六十六著後，隔了良久不放下一步棋子，耐不住問道：「下一步怎樣？」向問天微笑道：「這是關鍵所在，以二莊主高見，該當如何？」黑白子苦思良久，沉吟道：「這一子嗎？斷又不妥，連也不對，衝是衝不出，做活卻又活不成。這……這……這……」他手中拈著一枚白子，在石几上輕輕敲擊，直過了一頓飯時分，這一子始終無法放入棋局。這時丹青生和令狐冲已各飲了十七八杯葡萄美酒。

丹青生見黑白子的臉色越來越青，說道：「童老兄，這是『嘔血譜』，難道你真要我二哥想得嘔血不成？下一步怎麼下，爽爽快快說出來罷。」

向問天道：「好！這第六十七子，下在這裏。」於是在「上部」七四路下了一子。

黑白子拍的一聲，在大腿上重重一拍，叫道：「好，這一子下在此處，確是妙著。」向問天微笑道：「劉仲甫此著，自然精采，但那也只是人間國手的妙棋，和驪山仙姥的仙著相比，卻又大大不如了。」黑白子忙問：「驪山仙姥的仙著，卻又如何？」向問天道：「二莊主不妨想想看。」

黑白子思索良久，總覺敗局已成，難以反手，搖頭道：「既是仙著，我輩凡夫俗子怎想得出來？童兄不必賣關子了。」向問天微笑道：「這一著神機妙算，當真只有神仙才想得出來。」黑白子是善弈之人，也就精於揣度對方心意，眼見向問天不將這一局棋爽爽快快的說出，好教人心癢難搔，料想他定是有所企求，便道：「童兄，你將這一局棋說與我聽，我也不會白聽了你的。」

令狐冲心想：「莫非向大哥知道這位二莊主的『玄天指』神功能治我之病，才兜了這樣一個大圈子來求他？」

向問天抬起頭來，哈哈一笑，說道：「在下和風兄弟，對四位莊主絕無所求。二莊主此言，可將我二人瞧得小了。」

黑白子深深一揖，說道：「在下失言，這裏謝過。」向問天和令狐冲還禮。

向問天道：「我二人來到梅莊，乃是要和四位莊主打一個賭。」黑白子和丹青生齊聲問道：「打一個賭？打甚麼賭？」向問天道：「我賭梅莊之中，無人能在劍法上勝得過這位風兄弟。」黑白子和丹青生一齊轉看令狐冲。黑白子神色漠然，不置可否。丹青生卻哈哈大笑起來，說道：「打甚麼賭？」

向問天道：「倘若我們輸了，這一幅圖送給四莊主。」說著解下負在背上的包袱，打了開來，裏面是兩個卷軸。他打開一個卷軸，乃是一幅極為陳舊的圖畫，右上角題著「北宋范中立谿山行旅圖」十字，一座高山衝天而起，墨韻凝厚，氣勢雄峻之極。令狐冲雖然不懂繪畫，也知這幅山水實是精絕之作，但見那山森然高聳，雖是紙上的圖畫，也令人不由自主的興高山仰止之感。

丹青生大叫一聲：「啊喲！」目光牢牢釘住了那幅圖畫，再也移不開來，隔了良久，才道：「這是北宋范寬的真跡，你……你……卻從何處得來？」

向問天微笑不答，伸手慢慢將卷軸捲起。丹青生道：「且慢！」在他手臂上一拉，要阻他捲畫，豈知手掌碰到他手臂之上，一股柔和而渾厚的內力湧將出來，將他手掌輕輕彈開。向問天卻如一無所知，將卷軸捲好了。丹青生好生詫異，他剛才扯向問天的手臂，生怕撕破圖畫，手上並未用力，但對方內勁這麼一彈，卻顯示了極上乘的內功，而且顯然尚自行有餘力。他暗暗佩服，說道：「老童，原來你武功如此了得，只怕不在我四莊主之下。」

向問天道：「四莊主取笑了。梅莊四位莊主除了劍法之外，那一門功夫都是當世無敵。我童化金無名小卒，如何敢和四莊主相比？」丹青生臉一沉，道：「你為甚麼說『除了劍法之外』？難道我的劍法還當真及不上他？」

向問天微微一笑，道：「二位莊主，請看這一幅書法如何？」將另一個卷軸打了開來，卻是一幅筆走龍蛇的狂草。

丹青生奇道：「咦，咦，咦！」連說三個「咦」字，突然張口大叫：「三哥，三哥！你的性命寶貝來了！」這一下呼叫聲音響極，牆壁門窗都為之震動，椽子上灰塵簌簌而落，加之這聲叫喚突如其來，令狐冲不禁吃了一驚。

只聽得遠處有人說道：「甚麼事大驚小怪？」丹青生叫道：「你再不來看，人家收了起來，可叫你後悔一世。」外面那人道：「你又覓到甚麼冒牌貨的書法了，是不是？」

門帷掀起，走進一個人來，矮矮胖胖，頭頂禿得油光滑亮，一根頭髮也無，右手提著一枝大筆，衣衫上都是墨跡。他走近一看，突然雙目直瞪，呼呼喘氣，顫聲道：「這……這是真跡！真是……真是唐朝……唐朝張旭的『率意帖』，假……假……假不了！」

帖上的草書大開大闔，便如一位武林高手展開輕功，竄高伏低，雖然行動迅捷，卻不失高雅的風致。令狐冲在十個字中還識不到一個，但見帖尾寫滿了題跋，蓋了不少圖章，料想此帖的是非同小可。

丹青生道：「這位是我三哥禿筆翁，他取此外號，是因他性愛書法，寫禿了千百枝筆，卻不是因他頭頂光禿禿地。這一節千萬不可弄錯。」令狐冲微笑應道：「是。」

那禿筆翁伸出右手食指，順著率意帖中的筆路一筆一劃的臨空鉤勒，神情如醉如癡，對向問天和令狐冲二人固是一眼不瞧，連丹青生的說話也顯然渾沒聽在耳中。

令狐冲突然之間，心頭一震：「向大哥此舉，只怕全是早有預謀。記得我和他在涼亭中初會，他背上便有這麼一個包袱。」但轉念又想：「當時包袱之中，未必藏的便是這兩個卷軸，說不定他為了來求梅莊的四位莊主治我之病，途中當我在客店中休息之時，出去買來，甚或是偷來搶來。嗯，多半是偷盜而得，這等無價之寶，又那裏買得到手？」耳聽得那禿筆翁臨空寫字，指上發出極輕微的嗤嗤之聲，內力之強，和黑白子各擅勝場，又想：「我的內傷乃因桃谷六仙及不戒大師而起，這梅莊三位莊主的內功，似乎不在桃谷六仙和不戒大師之下，那大莊主說不定更加厲害。再加上向大哥，五人合力，或許能治我之傷了。但願他們不致大耗功力才好。」

向問天不等禿筆翁寫完，便將率意帖收起，包入包裹。

禿筆翁向他愕然而視，過了好一會，說道：「換甚麼？」向問天搖頭道：「甚麼都不能換。」禿筆翁道：「二十八招石鼓打穴筆法！」黑白子和丹青生齊聲叫道：「不行！」禿筆翁道：「行，為甚麼不行？能換得這幅張旭狂草真跡到手，我那石鼓打穴筆法又何足惜？」

向問天搖頭道：「不行！」禿筆翁急道：「那你為甚麼拿來給我看？」向問天道：「就算是在下的不是，三莊主只當從來沒看過便是。」禿筆翁道：「看已經看過了，怎麼能只當從來沒看過？」向問天道：「三莊主真的要得這幅張旭真跡，那也不難，只須和我們打一個賭。」禿筆翁忙問：「賭甚麼？」

丹青生道：「三哥，此人有些瘋瘋顛顛。他說賭我們梅莊之中，無人能勝得這位華山派風朋友的劍法。」禿筆翁道：「倘若有人勝得了這位朋友，那便如何？」向問天道：「倘若梅莊之中，不論那一位勝得我風兄弟手中長劍，那麼在下便將這幅張旭真跡『率意帖』奉送三莊主，將那幅范寬真跡『谿山行旅圖』奉送四莊主，還將在下心中所記神仙鬼怪所下的圍棋名局二十局，一一錄出，送給二莊主。」禿筆翁道：「我們大哥呢？你送他甚麼？」

向問天道：「在下有一部『廣陵散』琴譜，說不定大莊主……」

他一言未畢，黑白子等三人齊聲道：「廣陵散？」

令狐冲也是一驚：「這『廣陵散』琴譜，是曲長老發掘古墓而得，他將之譜入了『笑傲江湖之曲』，向大哥又如何得來？」隨即恍然：「向大哥是魔教右使，曲長老是魔教長老，兩人多半交好。曲長老得到這部琴譜之後，喜悅不勝，自會跟向大哥說起。向大哥要借來鈔錄，曲長老自必欣然允諾。」想到譜在人亡，不禁喟然。

禿筆翁搖頭道：「自嵇康死後，廣陵散從此不傳，童兄這話，未免是欺人之談了。」

向問天微笑道：「我有一位知交好友，愛琴成癡。他說嵇康一死，天下從此便無『廣陵散』。這套琴譜在西晉之後固然從此湮沒，然而在西晉之前呢？」

禿筆翁等三人茫然相顧，一時不解這句話的意思。

向問天道：「我這位朋友心智過人，兼又大膽妄為，便去發掘晉前擅琴名人的墳墓。果然有志者事竟成，他掘了數十個古墓之後，終於在東漢蔡邕的墓中，尋到了此曲。」

禿筆翁和丹青生都驚噫一聲。黑白子緩緩點頭，說道：「智勇雙全，了不起！」

向問天打開包袱，取了一本冊子，封皮上寫著「廣陵散琴曲」五字，隨手一翻，冊內錄的果是琴譜。他將那冊子交給令狐冲，說道：「風兄弟，梅莊之中，倘若有那一位高人勝得你的劍法，兄弟便將此琴譜送給大莊主。」

令狐冲接過，收入懷中，心想：「說不定這便是曲長老的遺物。曲長老既死，向大哥要取他一本琴譜，有何難處？」

丹青生笑道：「這位風兄弟精通酒理，劍法也必高明，可是他年紀輕輕，難道我梅莊之中……嘿嘿，這可太笑話了。」

黑白子道：「倘若我梅莊之中，果然無人能勝得風少俠，我們要賠甚麼賭注？」

令狐冲和向問天有約在先，一切聽由他安排，但事情演變至斯，覺得向問天做得太也過份，既來求醫，怎可如此狂妄，輕視對方？何況自己內力全失，如何能是梅莊中這些高人的對手？便道：「童大哥愛說笑話，區區末學後輩，怎敢和梅莊諸位莊主講武論劍？」

向問天道：「這幾句客氣話當然是要說的，否則別人便會當你狂妄自大了。」

禿筆翁似乎沒將二人的言語聽在耳裏，喃喃吟道：「『張旭三杯草聖傳，脫帽露頂王公前，揮毫落紙如雲煙。』二哥，那張旭號稱『草聖』，乃草書之聖，這三句詩，便是杜甫在『飲中八仙歌』寫張旭的。此人也是『飲中八仙』之一。你看了這率意帖，可以想像他當年酒酣落筆的情景。唉，當真是天馬行空，不可羈勒，好字，好字！」丹青生道：「是啊，此人既愛喝酒，自是個大大的好人，寫的字當然也不會差的了。」禿筆翁道：「韓愈品評張旭道：『喜怒窘窮，憂悲愉佚，怨恨思慕，酣醉無聊。不平有動於心，必於草書焉發之。』此公正是我輩中人，不平有動於心，發之於草書，有如仗劍一揮，不亦快哉！」提起手指，又臨空書寫，寫了幾筆，對向問天道：「喂，你打開來再給我瞧瞧。」

向問天搖了搖頭，笑道：「三莊主取勝之後，這張帖便是你的了，此刻何必心急？」

黑白子善於弈棋，思路周詳，未算勝，先慮敗，又問：「倘若梅莊之中，無人勝得風少俠的劍法，我們該輸甚麼賭注？」向問天道：「我們來到梅莊，不求一事，不求一物。風兄弟只不過來到天下武學的巔峯之所，與當世高手印證劍法。倘若僥倖得勝，我們轉身便走，甚麼賭注都不要。」黑白子道：「哦，這位風少俠是求揚名來了。一劍連敗『江南四友』，自是名動江湖。」向問天搖頭道：「二莊主料錯了。今日梅莊印證劍法，不論誰勝誰敗，若有一字洩漏於外，我和風兄弟天誅地滅，乃是狗屎不如之輩。」

丹青生道：「好，好！說得爽快！這房間甚是寬敞，我便和風兄弟來比劃兩手。風兄弟，你的劍呢？」向問天笑道：「來到梅莊，怎敢攜帶兵刃？」

丹青生放大喉嚨叫道：「拿兩把劍來！」

外邊有人答應，接著丁堅和施令威各捧一劍，走到丹青生面前，躬身奉上。丹青生從丁堅手中接了劍，道：「這劍給他。」施令威道：「是！」雙手托劍，走到令狐冲面前。

令狐冲覺得此事甚為尷尬，轉頭去瞧向問天。向問天道：「梅莊四莊主劍法通神，風兄弟，你只消學得一招一式，那也是終身受用不盡。」令狐冲眼見當此情勢，這場劍已不得不比，只得微微躬身，伸雙手接過長劍。

黑白子忽道：「四弟且慢。這位童兄打的賭，是賭我們梅莊之中無人勝得風兄。丁堅也會使劍，他也是梅莊中人，倒也不必定要你親自出手。」他越聽向問天說得有恃無恐，越覺此事不妥，當下決定要丁堅先行出手試招，心想他劍法著實了得，而在梅莊只是家人身分，縱然輸了，也無損梅莊令名，一試之下，這風二中劍法的虛實便可得知。

向問天道：「是，是。只須梅莊之中有人勝得我風兄弟的劍法，便算是我們輸了，也不一定是四位莊主親自出手。這位丁兄，江湖上人稱『一字電劍』，劍招之快，世所罕見。風兄弟，你先領教這位丁兄的一字電劍，也是好的。」

丹青生將長劍向丁堅一拋，笑道：「你如輸了，罰你去吐魯番運酒。」丁堅躬身接住長劍，轉身向令狐冲道：「丁某領教風爺的劍法。」刷的一聲，將劍拔了出來。令狐冲當下也拔劍出鞘，將劍鞘放在石几之上。

向問天道：「三位莊主，丁兄，咱們是印證劍法，可不用較量內力。」黑白子道：「那自然是點到為止。」向問天道：「風兄弟，你可不得使出絲毫內力。咱們較量劍法，招數精熟者勝，粗疏者敗。你華山派的氣功，在武林中是有名的，你若以內力取勝，便算是咱們輸了。」令狐冲暗暗好笑：「向大哥知我沒半分內力，卻用這些言語擠兌人家。」便道：「小弟的內力使將出來，教三位莊主和丁施二兄笑掉了牙齒，自然是半分也不敢使。」

向問天道：「咱們來到梅莊，實出於一片至誠，風兄弟若再過謙，對四位前輩反而不敬了。你華山派『紫霞神功』遠勝於我嵩山派內功，武林中眾所周知。風兄弟，你站在我這兩隻腳印之中，雙腳不可移動，和丁兄試試劍招如何？」

他說了這幾句話，身子往旁邊一讓，只見地下兩塊青磚之上，分別出現了一個腳印，深及兩寸。原來他適才說話之時，潛運內力，竟在青磚上硬生生踏出了兩個腳印。

黑白子、禿筆翁、丹青生三人齊聲喝采：「好功夫！」眼見向問天口中說話，不動聲色的將內力運到了腳底，而踏出的足印之中並無青磚碎粉，兩個足印又一般深淺，平平整整，便如細心彫刻出來一般，內力驚人，實非自己所及。丹青生等只道他是試演內功，這等做作雖然不免有些膚淺，非高人所為，但畢竟神功驚人，令人欽佩，卻不知他另有深意。令狐冲自然明白，他宣揚自己內功較他為高，他內功已如此了得，自己自然更加厲害，則對方於過招之時便決不敢行使內力，以免自取其辱。再者，自己除劍法之外，其他武功一無可取，輕功縱躍，絕非所長，雙足踏在足印之中，只是施展劍法，便可藏拙。

丁堅聽向問天要令狐冲雙足踏在腳印之中再和自己比劍，顯然對自己有輕蔑之意，心下不禁惱怒，但見他踏磚留痕的功力如此深厚，他不禁駭異，尋思：「他們膽敢來向四位莊主挑戰，自非泛泛之輩。我只消能和這人鬥個平手，便已為孤山梅莊立了一功。」他昔年甚是狂傲，後來遭逢強敵，逼得他求生不得，求死不能，幸得「江南四友」出手相救解困，他才投身梅莊，甘為廝養，當年的悍勇凶燄，早已收斂殆盡了。

令狐冲舉步踏入了向問天的足印，微笑道：「丁兄請！」

丁堅道：「有僭了！」長劍橫揮，嗤的一聲輕響，眾人眼前便是一道長長的電光疾閃而過。他在梅莊歸隱十餘年，當年的功夫竟絲毫沒有擱下。這「一字電劍」每招之出，皆如閃電橫空，令人一見之下，驚心動魄，先自生了怯意。當年丁堅乃是敗在一個盲眼獨行大盜手下，只因對手眼盲，聽聲辨形，這一字電劍的懾人聲勢便無所施其技。此刻他將劍法施展出來，霎時之間，滿室都是電光，耀人眼目。

但這一字電劍只出得一招，令狐冲便瞧出了其中三個老大破綻。丁堅並不急於進攻，只是長劍連劃，似是對來客盡了禮敬之道，真正用意卻是要令狐冲神馳目眩之餘，難以抵擋他的後著。他使到第五招時，令狐冲已看出了他劍法中的十八個破綻。當下說道：「得罪！」長劍斜斜指出。

其時丁堅一劍正自左而右急掠而過，令狐冲的劍鋒距他手腕尚有二尺六七寸左右，但丁堅這一掠之勢，正好將自己手腕送到他劍鋒上去。這一掠勁道太急，其勢已無法收轉，旁觀五人不約而同的叫道：「小心！」

黑白子手中正扣著黑白兩枚棋子，待要擲出擊打令狐冲的長劍，以免丁堅手腕切斷，但想：「我若出手相助，那是以二敵一，梅莊擺明是輸了，以後也不用比啦。」只一遲疑，丁堅的手腕已向劍鋒上直削過去。施令威大叫一聲：「啊喲！」

便在這電光石火的一刻間，令狐冲手腕輕輕一轉，劍鋒側了過來，拍的一聲響，丁堅的手腕擊在劍鋒平面之上，竟然絲毫無損。丁堅一呆，才知對方手下留情，便在這頃刻之間，自己已撿回了一隻手掌，此腕一斷，終身武功便即廢了，他全身都是冷汗，躬身道：「多謝風大俠劍下留情。」令狐冲躬身還禮，說道：「不敢！承讓了。」

黑白子、禿筆翁、丹青生見令狐冲長劍這麼一轉，免得丁堅血濺當場，心下都是大生好感。丹青生斟滿了一杯酒，說道：「風兄弟，你劍法精奇，我敬你一杯。」

令狐冲道：「不敢當。」接過來喝了。丹青生陪了一杯，又在令狐冲杯中斟滿，說道：「風兄弟，你宅心仁厚，保全了丁堅的手掌，我再敬你一杯。」令狐冲道：「那是碰巧，何足為奇？」雙手捧杯喝了。丹青生又陪了一杯，再斟了一杯，說道：「這第三杯，咱倆誰都別先喝，我跟你玩玩，誰輸了，誰喝這杯酒。」令狐冲笑道：「那自然是我輸的，不如我先喝了。」丹青生搖手道：「別忙，別忙！」將酒杯放在石几上，從丁堅手中接過長劍，道：「風兄弟，你先出招。」

令狐冲喝酒之時，心下已在盤算：「他自稱第一好酒，第二好畫，第三好劍，劍法必定是極精的。我看大廳上他所畫的那幅仙人圖，筆法固然凌厲，然而似乎有點管不住自己，倘若他劍法也是這樣，那麼破綻必多。」當即躬身說道：「四莊主，請你多多容讓。」丹青生道：「不用客氣，出招。」令狐冲道：「遵命！」長劍一起，挺劍便向他肩頭刺出。

這一劍歪歪斜斜，顯然全無力氣，更加不成章法，天下劍法中決不能有這麼一招。丹青生愕然道：「那算甚麼？」他既知令狐冲是華山派的，心中一直在思忖華山派的諸路劍法，豈知這一劍之出，渾不是這麼一回事，非但不是華山派劍法，甚至不是劍法。

令狐冲跟風清揚學劍，除了學得古今獨步的「獨孤九劍」之外，更領悟到了「以無招勝有招」這劍學中的精義。這要旨和「獨孤九劍」相輔相成，「獨孤九劍」精微奧妙，達於極點，但畢竟一招一式，尚有跡可尋，待得再將「以無招勝有招」的劍理加入運用，那就更加的空靈飄忽，令人無從捉摸。是以令狐冲一劍刺出，丹青生心中一怔，立覺倘若出劍擋架，實不知該當如何擋，如何架，只得退了兩步相避。

令狐冲一招迫得丁堅棄劍認輸，黑白子和禿筆翁雖然暗讚他劍法了得，卻也並不如何驚奇，心想他既敢來梅莊挑戰，倘若連梅莊的一名僕役也鬥不過，那未免太過笑話了，待見丹青生被他一劍逼得退出兩步，無不駭然。

丹青生退出兩步後，立即踏上兩步。令狐冲長劍跟著刺出，這一次刺向他左脅，仍是隨手而刺，全然不符劍理。丹青生橫劍想擋，但雙劍尚未相交，立時察覺對方劍尖已斜指自己右脅之下，此處門戶大開，對方乘虛攻來，實是無可挽救，這一格萬萬不可，危急中迅即變招，雙足一彈，向後縱開了丈許。他喝一聲：「好劍法！」毫不停留的又撲了上來，連人帶劍，向令狐冲疾刺，勢道甚是威猛。

令狐冲看出他右臂彎處是個極大破綻，長劍遽出，削他右肘。丹青生中途若不變招，那麼右肘先已被對方削了下來。他武功也真了得，百忙中手腕急沉，長劍刺向地下，借著地下一股反激之力，一個觔斗翻出，穩穩的落在兩丈之外，其時背心和牆壁已相去不過數寸，如果這個觔斗翻出時用力稍巨，背心撞上了牆壁，可大失高人的身分了。饒是如此，這一下避得太過狼狽，臉上已泛起了紫紅之色。

他是豁達豪邁之人，反而哈哈一笑，左手大拇指一豎，叫道：「好劍法！」舞動長劍，一招「白虹貫日」，跟著變「春風楊柳」，又變「騰蛟起鳳」，三劍一氣呵成，似乎沒見他腳步移動，但這三招使出之時，劍尖已及令狐冲面門。

令狐冲斜劍輕拍，壓在他劍脊之上，這一拍時刻方位，拿捏得不錯分毫，其時丹青生長劍遞到此處，精神氣力，盡行貫注於劍尖，劍脊處卻無半分力道。只聽得一聲輕響，他手中長劍沉了下去。令狐冲長劍向外一吐，指向他胸口。丹青生「啊」的一聲，向左側縱開。

他左手揑個劍訣，右手長劍又攻將過來，這一次乃是硬劈硬砍，當頭一劍砍落，叫道：「小心了！」他並不想傷害令狐冲，但這一劍「玉龍倒懸」勢道凌厲，對方倘若不察，自己一個收手不住，只怕當真砍傷了他。

令狐冲應道：「是！」長劍倒挑，刷的一聲，劍鋒貼著他劍鋒斜削而上。丹青生這一劍如乘勢砍下，劍鋒未及令狐冲頭頂，自己握劍的五根手指已先被削落，眼見對方長劍順著自己劍鋒滑將上來，這一招無可破解，只得左掌猛力拍落，一股掌力擊在地下，蓬的一聲響，身子向後躍起，已在丈許之外。

他尚未站定，長劍已在身前連劃三個圓圈，幻作三個光圈。三個光圈便如是有形之物，凝在空中停得片刻，緩緩向令狐冲身前移去。這幾個劍氣化成的光圈驟視之似不及一字電劍的凌厲，但劍氣滿室，寒風襲體。令狐冲長劍伸出，從光圈左側斜削過去，那正是丹青生第一招力道已逝，第二招勁力未生之間的一個空隙。丹青生「咦」的一聲，退了開去，劍氣光圈跟著他退開，隨即見光圈陡然一縮，跟著脹大，立時便向令狐冲湧去。令狐冲手腕一抖，長劍刺出，丹青生又是「咦」的一聲，急躍退開。

如此倏進倏退，丹青生攻得快，退得也是越快，片刻之間，他攻了一十一招，退了一十一次，眼見他鬚髯俱張，劍光大盛，映得他臉上罩了一層青氣，一聲斷喝，數十個大大小小的光圈齊向令狐冲襲到。那是他劍法中登峯造極之作，將數十招劍法合而為一。這數十招劍法每一招均有殺著，每一招均有變化，聚而為一，端的是繁複無比。

令狐冲以簡御繁，身子微蹲，劍尖從數十個光圈之下挑上，直指丹青生小腹。

丹青生又是一聲大叫，用力躍出，砰的一聲，重重坐在石几之上，跟著嗆啷一聲響，几上酒杯震於地下，打得粉碎。他哈哈大笑，說道：「妙極！妙極！風兄弟，你劍法比我高明得太多。來，來，來！敬你三杯酒。」

黑白子和禿筆翁素知這個四弟劍法的造詣，眼見他攻擊一十六招，令狐冲雙足不離向問天所踏出的足印，卻將丹青生逼退了一十八次，劍法之高，實是可畏可佩。

丹青生斟了酒來，和令狐冲對飲三杯，說道：「江南四友之中，以我武功最低，我雖服輸，二哥、三哥卻不肯服。多半他們都要和你試試。」令狐冲道：「咱二人拆了十幾招，四莊主一招未輸，如何說是分了勝敗？」丹青生搖頭道：「第一招便已輸了，以後這一十七劍都是多餘的。大哥說我風度不夠，果真一點不錯。」令狐冲笑道：「四莊主風度高極，酒量也是一般的極高。」丹青生笑道：「是，是，咱們再喝酒。」

眼見他於劍術上十分自負，今日輸在一個名不見經傳的後生手中，居然毫不氣惱，這等瀟灑豁達，實是人中第一等的風度，向問天和令狐冲都不禁為之心折。

禿筆翁向施令威道：「施管家，煩你將我那桿禿筆拿來。」施令威應了，出去拿了一件兵刃進來，雙手遞上。令狐冲一看，見是一桿精鋼所鑄的判官筆，長一尺六寸，奇怪的是，判官筆筆頭上竟然縛有一束沾過墨的羊毛，恰如是一枝寫字用的大筆。尋常判官筆筆頭是作點穴之用，他這兵刃卻以柔軟的羊毛為筆頭，點在人身穴道之上，如何能克敵制勝？想來他武功固另有家數，而內力又必渾厚之極，內力到處，雖羊毛亦能傷人。

禿筆翁將判官筆取在手裏，微笑道：「風兄，你仍是雙足不離足印麼？」

令狐冲急忙退後兩步，躬身道：「不敢。晚輩向前輩請教，何敢托大？」

丹青生點頭道：「是啊，你跟我比劍，站著不動是可以的，跟我三哥比就不行了。」

禿筆翁舉起判官筆，微笑道：「我這幾路筆法，是從名家筆帖中變化出來的。風兄文武全才，自必看得出我筆法的路子。風兄是好朋友，我這禿筆之上，便不蘸墨了。」

令狐冲微微一怔，心想：「你倘若不當我是好朋友，筆上便要蘸墨。筆上蘸墨，卻又怎地？」他不知禿筆翁臨敵之時，這判官筆上所蘸之墨，乃以特異藥材煎熬而成，著人肌膚後墨痕深印，永洗不脫，刀刮不去。當年武林好手和「江南四友」對敵，最感頭痛的對手便是這禿筆翁，一不小心，便給他在臉上畫個圓圈，打個交叉，甚或是寫上一兩個字，那便終身見不得人，寧可給人砍上一刀，斷去一臂，也勝於給他在臉上塗抹。禿筆翁見令狐冲和丁堅及丹青生動手時出劍頗為忠厚，是以筆上也不蘸墨了。令狐冲雖不明其意，但想總是對自己客氣，便躬身道：「多感盛情。晚輩識字不多，三莊主的筆法，晚輩定然不識。」

禿筆翁微感失望，道：「你不懂書法？好罷，我先跟你解說。我這一套筆法，叫做『裴將軍詩』，是從顏真卿所書詩帖中變化出來的，一共二十三字，每字三招至十六招不等，你聽好了：『裴將軍！大君制六合，猛將清九垓。戰馬若龍虎，騰陵何壯哉！』」

令狐冲道：「多承指教。」心中卻想：「管你甚麼詩詞、書法，反正我一概不懂。」

禿筆翁大筆一起，向令狐冲左頰連點三點，正是那「裴」字的起首三筆，這三點乃是虛招，大筆高舉，正要自上而下的劃將下來，令狐冲長劍遞出，制其機先，疾刺他右肩。禿筆翁迫不得已，橫筆封擋，令狐冲長劍已然縮回。兩人兵刃並未相交，所使均是虛招，但禿筆翁這路「裴將軍詩筆法」第一式便只使了半招，無法使全。他大筆擋了個空，立時使出第二式。令狐冲不等他筆尖遞出，長劍便已攻其必救。禿筆翁迴筆封架，令狐冲長劍又已縮回，禿筆翁這第二式，仍只使了半招。

禿筆翁一上手便給對方連封二式，自己一套十分得意的筆法無法使出，甚感不耐，便如一個善書之人，提筆剛寫了幾筆，旁邊便有一名頑童來捉他筆桿，拉他手臂，教他始終無法好好寫一個字。禿筆翁心想：「我將這首『裴將軍詩』先唸給他聽，他知道我的筆路，制我機先，以後各招可不能順著次序來。」大筆虛點，自右上角至左下角彎曲而下，勁力充沛，筆尖所劃是個「如」字的草書。令狐冲長劍遞出，指向他右脅。禿筆翁吃了一驚，判官筆急忙反挑，砸他長劍，令狐冲這一刺其實並非真刺，只是擺個姿式，禿筆翁又只使了半招。他這筆草書之中，本來灌注了無數精神力氣，突然間中途轉向，不但筆路登時為之窒滯，同時內力改道，只覺丹田中一陣氣血翻湧，說不出的難受。

他呼了口氣，判官筆急舞，要使「騰」字那一式，但仍只半招，便給令狐冲攻得迴筆拆解。禿筆翁好生惱怒，喝道：「好小子，便只搗亂！」判官筆使得更加快了，可是不管他如何騰挪變化，每一個字的筆法最多寫得兩筆，便給令狐冲封死，無法再寫下去。

他大喝一聲，筆法登變，不再如適才那麼恣肆流動，而是勁貫中鋒，筆致凝重，但鋒芒角出，劍拔弩張，大有磊落波磔意態。令狐冲自不知他這路筆法是取意於蜀漢大將張飛所書的「八濛山銘」，但也看出此時筆路與先前已大不相同。他不理對方使的是甚麼招式，總之見他判官筆一動，便攻其虛隙。禿筆翁哇哇大叫，不論如何騰挪變化，總是只使得半招，無論如何使不全一招。

禿筆翁筆法又變，大書「懷素自敘帖」中的草書，縱橫飄忽，流轉無方，心想：「懷素的草書本已十分難以辨認，我草中加草，諒你這小子識不得我這自創的狂草。」他那知令狐冲別說草書，便是端端正正的真楷也識不了多少，他只道令狐冲能搶先制住自己，由於揣摸到了自己的筆路，其實在令狐冲眼中所見，純是兵刃的路子，乘瑕抵隙，只是攻擊對方招數中的破綻而已。

禿筆翁這路狂草每一招仍然只能使得半招，心中鬱怒越積越甚，突然大叫：「不打了，不打了！」向後縱開，提起丹青生那桶酒來，在石几上倒了一灘，大筆往酒中一蘸，便在白牆上寫了起來，寫的正是那首「裴將軍詩」。二十三個字筆筆精神飽滿，尤其那個「若」字直猶破壁飛去。他寫完之後，才鬆了口氣，哈哈大笑，側頭欣賞壁上殷紅如血的大字，說道：「好極！我生平書法，以這幅字最佳。」

他越看越得意，道：「二哥，你這間棋室給我住罷，我捨不得這幅字，只怕從今而後，再也寫不出這樣的好字了。」黑白子道：「可以。反正我這間屋中除了一張棋枰，甚麼也沒有，就是你不要，我也得搬地方，對著你這幾個龍飛鳳舞的大字，怎麼還能靜心下棋？」禿筆翁對著那幾行字搖頭晃腦，自稱自讚：「便是顏魯公復生，也未必寫得出。」轉頭向令狐冲道：「兄弟，全靠你逼得我滿肚筆意，無法施展，這才突然間從指端一湧而出，成此天地間從所未有的傑構。你的劍法好，我的書法好，這叫做各有所長，不分勝敗。」

向問天道：「正是，各有所長，不分勝敗。」丹青生道：「還有，全仗我的酒好！」

黑白子道：「我這個三弟天真爛漫，癡於揮毫書寫，倒不是比輸了不認。」向問天道：「在下理會得。反正咱們所賭，只是梅莊中無人能勝過風兄弟的劍法。只要雙方不分勝敗，這賭注我們也就沒輸。」黑白子點頭道：「正是。」伸手到石几之下，抽了一塊方形的鐵板出來。鐵板上刻著十九道棋路，原來是一塊鐵鑄的棋枰。他抓住鐵棋之角，說道：「風兄，我以這塊棋枰作兵刃，領教你的高招。」

向問天道：「聽說二莊主這塊棋枰是件寶物，能收諸種兵刃暗器。」黑白子向他深深凝視，說道：「童兄當真博聞強記。佩服，佩服。其實我這兵刃並非寶物，乃是磁鐵所製，用以吸住鐵製的棋子，當年舟中馬上和人對弈，顛簸之際，不致亂了棋路。」向問天道：「原來如此。」

令狐冲聽在耳裏，心道：「幸得向大哥指教，否則一上來長劍給他棋盤吸住，不用打便輸了。和此人對敵，可不能讓他棋盤和我長劍相碰。」當下劍尖下垂，抱拳說道：「請二莊主指點。」黑白子道：「不敢，風兄的劍法高明，在下生平未睹。請進招！」

令狐冲隨手虛削，長劍在空中彎彎曲曲的蜿蜒而前。黑白子一怔，心想：「這是甚麼招數？」眼見劍尖指向自己咽喉，當即舉枰一封。令狐冲撥轉劍頭，刺向他的右肩，黑白子又是舉枰一擋。令狐冲不等長劍接近棋枰，便已縮回，挺劍刺向他小腹。

黑白子又是一封，心想：「再不反擊，如何爭先？」下棋講究一個先手，比武過招也講究一個先手，黑白子精於棋理，自然深通爭先之道，當即舉起棋枰，向令狐冲右肩疾砸。這棋枰二尺見方，厚達一寸，乃是一件甚為沉重的兵刃，倘若砸在劍上，就算鐵枰上無吸鐵的磁性，長劍也非給砸斷不可。

令狐冲身子略側，斜劍往他右脅下刺去。黑白子見對方這一劍雖似不成招式，所攻之處卻務須照應，當即斜枰封他長劍，同時又即向前推出。這一招「大飛」本來守中有攻，只要令狐冲應得這招，後著便源源而至。那知道令狐冲竟不理會，長劍斜挑，和他搶攻。黑白子這一招守中帶攻之作只有半招起了效應，只有招架之功，而無反擊之力。

此後令狐冲一劍又是一劍，毫不停留的連攻四十餘劍。黑白子左擋右封，前拒後禦，守得似乎連水也潑不進去，委實嚴密無倫。但兩人拆了四十餘招，黑白子便守了四十餘招，竟然騰不出手來還擊一招。

禿筆翁、丹青生、丁堅、施令威四人只看得目瞪口呆，眼見令狐冲的劍法既非極快，更不威猛凌厲，變招之際，亦無甚麼特別巧妙，但每一劍刺出，總是教黑白子左支右絀，不得不防守自己的破綻。禿筆翁和丹青生自都理會得，任何招數中必有破綻，但教能夠搶先，早一步攻擊對方的要害，那麼自己的破綻便不成破綻，縱有千百處破綻，亦是無妨。令狐冲這四十餘招源源不絕的連攻，正是用上了這個道理。

黑白子也是心下越來越驚，只想變招還擊，但棋枰甫動，對方劍尖便指向自己露出的破綻，四十餘招之中，自己連半手也緩不出來反擊，便如是和一個比自己棋力遠為高明之人對局，對方連下四十餘著，自己每一著都是非應不可。

黑白子眼見如此鬥將下去，縱然再拆一百招、二百招，自己仍將處於挨打而不能還手的局面，心想：「今日若不行險，以圖一逞，我黑白子一世英名，化為流水。」橫過棋枰，疾揮出去，逕砸令狐冲的左腰。令狐冲仍是不閃不避，長劍先刺他小腹。這一次黑白子卻不收枰防護，仍是順勢砸將過去，似是決意拚命，要打個兩敗俱傷，待長劍刺到，左手食中二指陡地伸出，往劍刃上挾去。他練就「玄天指」神功，這兩根手指上內勁凌厲，實不下於另有一件厲害的兵刃。

旁觀五人見他行此險著，都不禁「咦」的一聲，這等打法已不是比武較藝，而是生死相搏，倘若他一挾不中，那便是劍刃穿腹之禍。一霎之間，五人手心中都揑了把冷汗。

眼見黑白子兩根手指將要碰到劍刃，不論是否挾中，必將有一人或傷或死。倘若挾中，令狐冲的長劍無法刺出，棋枰便擊在他腰間，其勢已無可閃避；但如一挾不中，甚或雖然挾中而二指之力阻不住劍勢，那麼長劍一通而前，黑白子縱欲後退，亦已不及。

便在黑白子的手指和劍刃將觸未觸之際，長劍劍尖突然一昂，指向了他咽喉。

這一下變招出於人人意料之外，古往今來武學之中，決不能有這麼一招。如此一來，先前刺向小腹的一劍竟是虛招，高手相搏而使這等虛招，直如兒戲。可是此招雖為劍理之所絕無，畢竟已在令狐冲手下使了出來。劍尖上挑，疾刺咽喉，黑白子的棋枰如繼續前砸，這一劍定然先刺穿了他喉頭。

黑白子大驚之下，右手奮力凝住棋枰不動。他心思敏捷，又善於弈理，在這千鈞一髮之際，料到了對方的心意，如果自己棋枰頓住不砸，對方長劍也不會刺來。

果然令狐冲見他棋枰不再進擊，長劍便也凝住不動，劍尖離他咽喉不過數寸，而棋枰離令狐冲腰間也已不過數寸。兩人相對僵持，全身沒半分顫動。

局勢雖似僵持，其實令狐冲已佔了全面上風。棋枰乃是重物，至少也須相隔數尺之遙運力擊下，方能傷敵，此時和令狐冲只隔數寸，縱然大力向前猛推，也傷他不得，但令狐冲的長劍只須輕輕一刺，便送了對方性命。雙方處境之優劣，誰也瞧得出來。

向問天笑道：「此亦不敢先，彼亦不敢先，這在棋理之中，乃是『雙活』。二莊主果是大智大勇，和風兄弟鬥了個不分勝敗。」

令狐冲長劍一撤，退開兩步，躬身道：「得罪！」

黑白子道：「童兄取笑了。甚麼不勝不敗？風兄劍術精絕，在下是一敗塗地。」

丹青生道：「二哥，你的棋子暗器是武林中一絕，三百六十一枚黑白子射將出去，無人能擋，何不試試這位風兄弟破暗器的功夫？」

黑白子心中一動，見向問天微微點頭，側頭向令狐冲瞧去，卻見他絲毫不動聲色，忖道：「此人劍法高明之極，當今之世，恐怕只有那人方能勝得過他。瞧他二人神色之間有恃無恐，我便再使暗器，看來也只是多出一次醜而已。」當即搖了搖頭，笑道：「我既已認輸，還比甚麼暗器？」

二十 入獄

令狐沖提起簫來，輕輕一揮，
風過簫孔，發出幾下柔和的樂音。
黃鍾公右手在琴絃上撥了幾下，
琴音響處，琴尾向令狐沖右肩推來。

禿筆翁只是掛念著那幅張旭的「率意帖」，求道：「童兄，請你再將那帖給我瞧瞧。」向問天微笑道：「只等大莊主勝了我風兄弟，此帖便屬三莊主所有，縱然連看三日三夜，也由得你了。」禿筆翁道：「我連看七日七夜！」向問天道：「好，便連看七日七夜。」禿筆翁心癢難搔，問道：「二哥，我去請大哥出手，好不好？」

黑白子道：「你二人在這裏陪客，我跟大哥說去。」轉身出外。

丹青生道：「風兄弟，咱們喝酒。唉，這罎酒給三哥蹧蹋了不少。」說著倒酒入杯。

禿筆翁怒道：「甚麼蹧蹋了不少？你這酒喝入肚中，化尿拉出，那及我粉壁留書，萬古不朽？酒以書傳，千載之下，有人看到我的書法，才知世上有過你這罎吐魯番紅酒。」

丹青生舉起酒杯，向著牆壁，說道：「牆壁啊牆壁，你生而有幸，能嚐到四太爺手釀的美酒，縱然沒有我三哥在你臉上寫字，你……你……你也萬古不朽了。」令狐冲笑道：「比之這堵無知無識的牆壁，晚輩能嚐到這等千古罕有的美酒，那更是幸運得多了。」說著舉杯乾了。向問天在旁陪得兩杯，就此停杯不飲。丹青生和令狐冲卻酒到杯乾，越喝興致越高。

兩人各自喝了十七八杯，黑白子這才出來，說道：「風兄，我大哥有請，請你移步。童兄便在這裏再喝幾杯如何？」

向問天一愕，說道：「這個……」眼見黑白子全無邀己同去之意，終不成硬要跟去？嘆道：「在下無緣拜見大莊主，實是終身之憾。」黑白子道：「童兄請勿見怪。我大哥隱居已久，向來不見外客，只是聽到風兄劍術精絕，心生仰慕，這才邀請一見，可決不敢對童兄有不敬之意。」向問天道：「豈敢，豈敢。」

令狐冲放下酒杯，心想不便攜劍去見主人，當下兩手空空，跟著黑白子走出棋室，穿過一道走廊，來到一個月洞門前。

月洞門門額上寫著「琴心」兩字，以藍色琉璃砌成，筆致蒼勁，當是出於禿筆翁的手筆了。過了月洞門，是一條清幽的花徑，兩旁修竹珊珊，花徑鵝卵石上生滿青苔，顯得平素少有人行。花徑通到三間石屋之前。屋前屋後七八株蒼松夭矯高挺，遮得四下裏陰沉沉地。黑白子輕輕推開屋門，低聲道：「請進。」

令狐冲一進屋門，便聞到一股檀香。黑白子道：「大哥，華山派的風少俠來了。」內室走出一個老者，拱手道：「風少俠駕臨敝莊，未克遠迎，恕罪，恕罪。」

令狐冲見這老者六十來歲年紀，骨瘦如柴，臉上肌肉都凹了進去，直如一具骷髏，雙目卻炯炯有神，躬身道：「晚輩來得冒昧，請前輩恕罪。」那人道：「好說，好說。」黑白子道：「我大哥道號黃鍾公，風少俠想必早已知聞。」令狐冲道：「久仰四位莊主的大名，今日拜見清顏，實是有幸。」尋思：「向大哥當真開玩笑，事先全沒跟我說及，只說要我一切聽他安排。現下他又不在我身邊，倘若這位大莊主出下甚麼難題，不知如何應付才是。」

黃鍾公道：「聽說風少俠是華山派前輩風老先生的傳人，劍法如神。老朽對風先生的為人和武功向來是十分仰慕的，只可惜緣慳一面。前些時江湖之間傳聞，說道風老先生已經仙去，老朽甚是悼惜。今日得見風老先生的嫡系傳人，也算是大慰平生之願了。不知風少俠是風老先生的子姪麼？」

令狐冲尋思：「風太師叔鄭重囑咐，不可洩漏他老人家的行蹤。向大哥見了我劍法，猜到是他老人家所傳，在這裏大肆張揚不算，還說我也姓風，未免大有招搖撞騙之嫌。但我如直陳真相，卻又不妥。」只得含混說道：「我是他老人家的後輩子弟。晚輩資質愚魯，受教日淺，他老人家的劍法，晚輩學不到十之一二。」

黃鍾公嘆道：「倘若你真只學到他老人家劍法的十之一二，而我三個兄弟卻都敗在你的劍下，風老先生的造詣，可真是深不可測了。」令狐冲道：「三位莊主和晚輩都只隨意過了幾招，並未分甚麼勝敗，便已住手。」黃鍾公點了點頭，皮包骨頭的臉上露出一絲笑意，說道：「年輕人不驕不躁，十分難得。請進琴堂用茶。」

令狐冲和黑白子隨著他走進琴堂坐好，一名童子捧上清茶。黃鍾公道：「聽說風少俠有『廣陵散』的古譜。這事可真麼？老朽頗喜音樂，想到嵇中散臨刑時撫琴一曲，說道：『廣陵散從此絕矣！』每自嘆息。倘若此曲真能重現人世，老朽垂暮之年得能按譜一奏，生平更無憾事。」說到這裏，蒼白的臉上竟然現出血色，顯得頗為熱切。

令狐冲心想：「向大哥謊話連篇，騙得他們慘了。我看孤山梅莊四位莊主均非常人，而且是來求他們治我傷病，可不能再賣甚麼關子。這本琴譜倘若正是曲洋前輩在東漢蔡甚麼人的墓中所得的『廣陵散』，該當便給他瞧瞧。」從懷中掏出琴譜，離座而起，雙手奉上，說道：「大莊主請觀。」

黃鍾公欠身接過，說道：「『廣陵散』絕響於人間已久，今日得睹古人名譜，實是不勝之喜，只是……只是不知……」言下似乎是說，卻又如何得知這確是「廣陵散」真譜，並非好事之徒偽造來作弄人的。他隨手翻閱，說道：「唔，曲子很長啊。」從頭自第一頁看起，只瞧得片刻，臉上便已變色。

他右手翻閱琴譜，左手五根手指在桌上作出挑撚按捺的撫琴姿式，讚道：「妙極！和平中正，卻又清絕幽絕。」翻到第二頁，看了一會，又讚：「高量雅致，深藏玄機，便這麼神遊琴韻，片刻之間已然心懷大暢。」

黑白子眼見黃鍾公只看到第二頁，便已有些神不守舍，只怕他這般看下去，幾個時辰也不會完，當下插口道：「這位風少俠和嵩山派的一位童兄到來，說道梅莊之中，若有人能勝得他的劍法……」黃鍾公道：「嗯，定須有人能勝得他的劍法，他才肯將這套『廣陵散』借我抄錄，是也不是？」黑白子道：「是啊，我們三個都敗下陣來，若非大哥出馬，我孤山梅莊，嘿嘿……」黃鍾公淡淡一笑，道：「你們既然不成，我也不成啊。」黑白子道：「我們三個怎能和大哥相比？」黃鍾公道：「老了，不中用啦。」

令狐冲站起身來，說道：「大莊主道號『黃鍾公』，自是琴中高手。此譜雖然難得，卻也不是甚麼不傳之秘，大莊主儘管留下抄錄，三日之後，晚輩再來取回便是。」

黃鍾公和黑白子都是一愕。黑白子在棋室之中，見向問天大賣關子，一再刁難，將自己引得心癢難搔，卻料不到這風二中卻十分慷慨。他是善弈之人，便想令狐冲此舉必是布下了陷阱，要引黃鍾公上當，但又瞧不出破綻。黃鍾公道：「無功不受祿。你我素無淵源，焉可受你這等厚禮？二位來到敝莊，到底有何見教，還盼坦誠相告。」

令狐冲心想：「到底向大哥同我到梅莊來是甚麼用意，他來此之前，一字未提。推想起來，自必是求四位莊主替我療傷，但他所作安排處處透著十分詭秘，這四位莊主又均是異行特立之士，說不定不能跟他們明言。反正我確不知向大哥來此有何所求，我直言相告，並非有意欺人。」便道：「晚輩是跟隨童大哥前來寶莊，實不相瞞，踏入寶莊之前，晚輩既未得聞四位莊主的大名，亦不知世上有『孤山梅莊』這座莊子。」頓了一頓，又道：「這自是晚輩孤陋寡聞，不識武林中諸位前輩高人，二位莊主莫怪。」

黃鍾公向黑白子瞧了一眼，臉露微笑，說道：「風少俠說得極是坦誠，老朽多謝了。老朽本來十分奇怪，我四兄弟隱居臨安，江湖上極少人知，五嶽劍派跟我兄弟更素無瓜葛，怎地會尋上門來？如此說來，風少俠確是不知我四人的來歷了？」

令狐冲道：「晚輩甚是慚愧，還望二位莊主指教。適才說甚麼『久仰四位莊主大名』，其實……其實……是……」

黃鍾公點了點頭，道：「黃鍾公、黑白子甚麼的，都是我們自己取的外號，我們原來的姓名早就不用了。少俠從來不曾聽見過我們四人的名頭，原是理所當然。」右手翻動琴譜，問道：「這部琴譜，你是誠心借給老朽抄錄？」令狐冲道：「正是。只因這琴譜是童大哥所有，晚輩才說相借，否則的話，前輩儘管取去便是，寶劍贈烈士，那也不用賜還了。」黃鍾公「哦」了一聲，枯瘦的臉上露出一絲喜色。黑白子道：「你將琴譜借給我大哥，那位童兄可答允麼？」令狐冲道：「童大哥與晚輩是過命的交情，他為人慷慨豪邁，既是在下答應了的，再大的事，他也不會介意。」黑白子點了點頭。

黃鍾公道：「風少俠一番好意，老朽深實感謝。只不過此事既未得到童兄親口允諾，老朽畢竟心中不安。那位童兄言道，要得琴譜，須得本莊有人勝過你的劍法，老朽可不能白佔這個便宜。咱們便來比劃幾招如何？」

令狐冲尋思：「剛才二莊主言道：『我們三個怎能和大哥相比』，那麼這位大莊主的武功，自當在他三人之上。三位莊主武功卓絕，我全仗風太師叔所傳劍法才佔了上風，若和大莊主交手，未必再能獲勝，沒來由的又何苦自取其辱？就算我勝得了他，又有甚麼好處？」便道：「童大哥一時好事，說這等話，當真令晚輩慚愧已極。四位莊主不責狂妄，晚輩已十分感激，如何再敢和大莊主交手？」

黃鍾公微笑道：「你這人甚好，咱們較量幾招，點到為止，又有甚麼干係？」回頭從壁上摘下一桿玉簫，交給令狐冲，說道：「你以簫作劍，我則用瑤琴當作兵刃。」從床頭几上捧起一張瑤琴，微微一笑，說道：「我這兩件樂器雖不敢說價值連城，卻也是難得之物，總不成拿來砸壞了？大家裝模作樣的擺擺架式罷了。」

令狐冲見那簫通身碧綠，竟是上好的翠玉，近吹口處有幾點朱斑，殷紅如血，更映得玉簫青翠欲滴。黃鍾公手中所持瑤琴顏色暗舊，當是數百年甚至是千年以上的古物，這兩件樂器只須輕輕一碰，勢必同時粉碎，自不能以之真的打鬥，眼見無可再推，雙手橫捧玉簫，恭恭敬敬的道：「請大莊主指點。」

黃鍾公道：「風老先生一代劍豪，我向來十分佩服，他老人家所傳劍法定是非同小可。風少俠請！」令狐冲提起簫來，輕輕一揮，風過簫孔，發出幾下柔和的樂音。黃鍾公右手在琴絃上撥了幾下，琴音響處，琴尾向令狐冲右肩推來。

令狐冲聽到琴音，心頭微微一震，玉簫緩緩點向黃鍾公肘後。瑤琴倘若繼續撞向自己肩頭，他肘後穴道勢必先被點上。黃鍾公倒轉瑤琴，向令狐冲腰間砸到，琴身遞出之時，又是撥絃發聲。令狐冲心想：「我若以玉簫相格，兩件名貴樂器一齊撞壞。他為了愛惜樂器，勢必收轉瑤琴。但如此打法，未免跡近無賴。」當下玉簫轉了個弧形，點向對方腋下。黃鍾公舉琴封擋，令狐冲玉簫便即縮回。黃鍾公在琴上連彈數聲，樂音轉急。

黑白子臉色微變，倒轉著身子退出琴堂，隨手帶上了板門。

他知道黃鍾公在琴上撥絃發聲，並非故示閒暇，卻是在琴音之中灌注上乘內力，用以擾亂敵人心神，對方內力和琴音一生共鳴，便不知不覺的為琴音所制。琴音舒緩，對方出招也跟著舒緩；琴音急驟，對方出招也跟著急驟。但黃鍾公琴上的招數卻和琴音恰正相反。他出招快速而琴音加倍悠閒，對方勢必無法擋架。黑白子深知黃鍾公這門功夫非同小可，生怕自己內力受損，便退到琴堂之外。

他雖隔著一道板門，仍隱隱聽到琴聲時緩時急，忽爾悄然無聲，忽爾錚然大響，過得一會，琴聲越彈越急。黑白子只聽得心神不定，呼吸不舒，又退到了大門外，再將大門關上。琴音經過兩道門的阻隔，已幾不可聞，但偶而琴音高亢，透了幾聲出來，仍令他心跳加劇。佇立良久，但聽得琴音始終不斷，心下詫異：「這姓風少年劍法固然極高，內力竟也如此了得。怎地在我大哥『七絃無形劍』久攻之下，仍能支持得住？」

正凝思間，禿筆翁和丹青生二人並肩而至。丹青生低聲問道：「怎樣？」黑白子道：「已鬥了很久，這少年還在強自支撐。我擔心大哥會傷了他性命。」丹青生道：「我去向大哥求個情，不能傷了這位好朋友。」黑白子搖頭道：「進去不得。」

便在此時，琴音錚錚大響，琴音響一聲，三個人便退出一步，琴音連響五下，三個人不由自主的退了五步。禿筆翁臉色雪白，定了定神，才道：「大哥這『六丁開山』無形劍法當真厲害。這六音連續狠打猛擊，那姓風的如何抵受得了？」

言猶未畢，只聽得又是一聲大響，跟著拍拍數響，似是斷了好幾根琴絃。

黑白子等吃了一驚，推開大門搶了進去，又再推開琴堂板門，只見黃鍾公呆立不語，手中瑤琴七絃皆斷，在琴邊垂了下來。令狐冲手持玉簫，站在一旁，躬身說道：「得罪！」顯而易見，這番比武又是黃鍾公輸了。

黑白子等三人盡皆駭然。三人深知這位大哥內力渾厚，實是武林中一位了不起的人物，不料仍折在這華山派少年手中，若非親見，當真難信。

黃鍾公苦笑道：「風少俠劍法之精，固是老朽生平所僅見，而內力造詣竟也如此了得，委實可敬可佩。老朽的『七絃無形劍』，本來自以為算得是武林中的一門絕學，那知在風少俠手底竟如兒戲一般。我們四兄弟隱居梅莊，十餘年來沒涉足江湖，嘿嘿，竟然變成了井底之蛙。」言下頗有淒涼之意。令狐冲道：「晚輩勉力支撐，多蒙前輩手下留情。」黃鍾公長嘆一聲，搖了搖頭，頹然坐倒，神情蕭索。

令狐冲見他如此，意有不忍，尋思：「向大哥顯是不欲讓他們知曉我內力已失，以免他們知悉我受傷求治，便生障礙。但大丈夫光明磊落，我不能佔他這個便宜。」便道：「大莊主，有一事須當明言。我所以不怕你琴上所發出的無形劍氣，並非由於我內力高強，而是因為晚輩身上實是一無內力之故。」

黃鍾公一怔，站起身來，說道：「甚麼？」令狐冲道：「晚輩多次受傷，內力盡失，是以對你琴音全無感應。」黃鍾公又驚又喜，顫聲問道：「當真？」令狐冲道：「前輩如果不信，一搭晚輩脈摶便知。」說著伸出了右手。

黃鍾公和黑白子都大為奇怪，心想他來到梅莊，雖非明顯為敵，終究不懷好意，何以竟敢坦然伸手，將自己命脈交於人手？倘若黃鍾公借著搭脈的因頭，扣住他手腕上穴道，那他便有天大的本事，也已無從施展，只好任由宰割了。黃鍾公適才運出「六丁開山」神技，非但絲毫奈何不了令狐冲，而且最後七絃同響，內力催到頂峯，竟致七絃齊斷，如此大敗，終究心有不甘，尋思：「你若引我手掌過來，想反扣我穴道，我就再跟你一拚內力便了。」當即伸出右手，緩緩向令狐冲右手腕脈上搭去。他這一伸手之中，暗藏「虎爪擒拿手」、「龍爪功」、「小十八拿」的三門上乘擒拿手法，不論對方如何變招，他至多抓不住對方手腕，卻決不致為對方所乘，不料五根手指搭將上去，令狐冲竟然一動不動，毫無反擊之象。

黃鍾公剛感詫異，便覺令狐冲脈摶微弱，弦數弛緩，確是內力盡失。他一呆之下，不禁哈哈大笑，說道：「原來如此，原來如此！我可上了你當啦，上了你老弟的當啦！」他口中雖說自己上當，神情卻是歡愉之極。

他那「七絃無形劍」只是琴音，聲音本身自不能傷敵，效用全在激發敵人內力，擾亂敵招，對手內力越強，對琴音所起感應也越加厲害，萬不料令狐冲竟然半點內力也無，這「七絃無形劍」對他也就毫無效驗。黃鍾公大敗之餘，心灰意冷，待得知悉所以落敗，並非由於自己苦練數十年的絕技不行，忍不住大喜若狂。他抓住了令狐冲的手連連搖晃，笑道：「好兄弟，好兄弟！你為甚麼要將這秘密告知老夫？」

令狐冲笑道：「晚輩內力全失，適才比劍之時隱瞞不說，已不免存心不良，怎可相欺到底？前輩對牛彈琴，恰好碰上了晚輩牛不入耳。」

黃鍾公捋鬚大笑，說道：「如此說來，老朽的『七絃無形劍』倒還不算是廢物，我只怕『七絃無形劍』變成了『斷絃無用劍』呢，哈哈，哈哈！」

黑白子道：「風少俠，你坦誠相告，我兄弟俱都感激。但你豈不知自洩弱點，我兄弟若要取你性命，已是易如反掌？你劍法雖高，內力全無，終不能和我等相抗。」

令狐冲道：「二莊主此言不錯。晚輩知道四位莊主是英雄豪傑，這才明言。」

黃鍾公點頭道：「甚是，甚是。風兄弟，你來到敝莊有何用意，也不妨直言。我四兄弟跟你一見如故，只須力之所及，無不從命。」

禿筆翁道：「你內力盡失，想必是受了重傷。我有一至交好友，醫術如神，只是為人古怪，輕易不肯為人治病，但衝著我的面子，必肯為你施治。那『殺人名醫』平一指跟我向來交情……」令狐冲失聲道：「是平一指平大夫？」禿筆翁道：「正是，你也聽過他的名字，是不是？」

令狐冲黯然道：「這位平大夫，數月之前，已在山東的五霸岡上逝世了。」禿筆翁「啊喲」一聲，驚道：「他……他死了？」丹青生道：「他甚麼病都能治，怎麼反而醫不好自己的病？啊，他是給仇人害死的嗎？」令狐冲搖了搖頭，於平一指之死，心下一直甚是歉仄，說道：「平大夫臨死之時，還替晚輩把了脈，說道晚輩之傷甚是古怪，他確是不能醫治。」禿筆翁聽到平一指的死訊，甚是傷感，呆呆不語，流下淚來。

黃鍾公沉思半晌，說道：「風兄弟，我指點你一條路子，對方肯不肯答允，卻是難言。我修一通書信，你持去見少林寺掌門方證大師，如他能以少林派內功絕技『易筋經』相授，你內力便有恢復之望。這『易筋經』本是他少林派不傳之秘，但方證大師昔年曾欠了我一些情，說不定能賣我的老面子。」

令狐冲聽他二人一個介紹平一指，一個指點去求方證大師，都是十分對症，而且均是全力推介，可見這兩位莊主不但見識超人，而對自己也確是一片熱誠，不由得心下感激，說道：「這『易筋經』神技，方證大師只傳本門弟子，而晚輩卻不便拜入少林門下，此中甚有難處。」站起來深深一揖，說道：「四位莊主的好意，晚輩深為感激。死生有命，晚輩身上的傷也不怎麼打緊，倒教四位掛懷了。晚輩這就告辭。」

黃鍾公道：「且慢。」轉身走進內室，過了片刻，拿了一個瓷瓶出來，說道：「這是昔年先師所賜的兩枚藥丸，補身療傷，頗有良效。送了給小兄弟，也算是你我相識一場的一點小意思。」令狐冲見瓷瓶的木塞極是陳舊，心想這是他師父的遺物，保存至今，自必珍貴無比，忙道：「這是前輩的尊師所賜，非同尋常，晚輩不敢拜領。」黃鍾公搖了搖頭，說道：「我四人絕足江湖，早就不與外人爭鬥，療傷聖藥，也用它不著。我兄弟既無門人，亦無子女，你推辭不要，這兩枚藥丸我只好帶進棺材裏去了。」

令狐冲聽他說得淒涼，只得鄭重道謝，接了過來，告辭出門。黑白子、禿筆翁、丹青生三人陪他回到棋室。

向問天見四人臉色均甚鄭重，知道令狐冲和大莊主比劍又已勝了。倘是大莊主得勝，黑白子固是仍然不動聲色，禿筆翁和丹青生卻必定意氣風發，一見面就會伸手來取張旭的書法和范寬的山水，假意問道：「風兄弟，大莊主指點了你劍法嗎？」

令狐冲道：「大莊主功力之高，人所難測，但適逢小弟內力全失，對大莊主瑤琴上所發內力不起感應。天下僥倖之事，莫過於此。」

丹青生瞪眼對向問天道：「這位風兄弟為人誠實，甚麼都不隱瞞。你卻說他內力遠勝於你，教我大哥上了這個大當。」向問天笑道：「風兄弟內力未失之時，確是遠勝於我啊。我說的是從前，可沒說現今。」禿筆翁哼的一聲，道：「你不是好人！」

向問天拱了拱手，說道：「既然梅莊之中，無人勝得了我風兄弟的劍法，三位莊主，我們就此告辭。」轉頭向令狐冲道：「咱們走罷。」

令狐冲抱拳躬身，說道：「今日有幸拜見四位莊主，大慰平生，日後若有機緣，當再造訪寶莊。」丹青生道：「風兄弟，你不論那一天想來喝酒，只管隨時駕臨，我把所藏的諸般名酒，一一與你品嘗。這位童兄嘛，嘿嘿，嘿嘿！」向問天微笑道：「在下酒量甚窄，自不敢再來自討沒趣了。」說著又拱了拱手，拉著令狐冲的手走了出去。黑白子等送了出來。向問天道：「三位莊主請留步，不勞遠送。」禿筆翁道：「哈，你道我們是送你嗎？我們送的是風兄弟。倘是你童兄一人來此，我們一步也不送呢。」向問天笑道：「原來如此。」

黑白子等直送到大門之外，這才和令狐冲珍重道別。禿筆翁和丹青生對著向問天只直瞪眼，恨不得將他背上那個包袱搶了下來。

向問天攜著令狐冲的手，步入柳蔭深處，離梅莊已遠，笑道：「那位大莊主琴上所發的『無形劍氣』十分厲害，兄弟，你如何取勝？」令狐冲道：「原來大哥一切早知就裏。幸好我內力盡失，否則只怕此刻性命已經不在了。大哥，你跟這四位莊主有仇麼？」向問天道：「沒有仇啊。我跟他們從未會過面，怎說得上有仇？」

忽聽得有人叫道：「童兄，風兄，請你們轉來。」令狐冲轉過身來，只見丹青生快步奔到，手持酒碗，碗中盛著大半碗酒，說道：「風兄弟，我有半瓶百年以上的竹葉青，你若不嘗一嘗，甚是可惜。」說著將酒碗遞了過去。

令狐冲接過酒碗，見那酒碧如翡翠，盛在碗中，宛如深不見底，酒香極是醇厚，讚道：「果是好酒。」喝一口，讚一聲：「好！」一連四口，將半碗酒喝乾了，道：「這酒輕靈厚重，兼而有之，當是揚州、鎮江一帶的名釀。」丹青生喜道：「正是，那是鎮江金山寺的鎮寺之寶，共有六瓶。寺中大和尚守戒不飲酒，送了一瓶給我。我喝了半瓶，便不捨得喝了。風兄弟，我那裏著實還有幾種好酒，請你去品評品評如何？」

令狐冲對「江南四友」頗有親近之意，加之有好酒可喝，如何不喜，當下轉頭向著向問天，瞧他意向。向問天道：「兄弟，四莊主邀你去喝酒，你就去罷。至於我呢，三莊主和四莊主見了我就生氣，我就那個……嘿嘿，嘿嘿。」丹青生笑道：「我幾時見你生氣了？一起去，一起去！你是風兄弟的朋友，我也請你喝酒。」

向問天還待推辭，丹青生左臂挽住了他手臂，右臂挽住了令狐冲，笑道：「去，去！再去喝幾杯。」令狐冲心想：「我們告辭之時，這位四莊主對向大哥神色甚是不善，怎地忽又親熱起來？莫非他念念不忘向大哥背上包袱中的書畫，另行設法謀取麼？」

三人回到梅莊，禿筆翁等在門口，喜道：「風兄弟又回來了，妙極，妙極！」四人重回棋室。丹青生斟上諸般美酒和令狐冲暢飲，黑白子卻始終沒露面。

眼見天色將晚，禿筆翁和丹青生似是在等甚麼人，不住斜眼向門口張望。向問天告辭了幾次，他二人總是全力挽留。令狐冲並不理會，只是喝酒。向問天看了看天色，笑道：「二位莊主若不留我們吃飯，可要餓壞我這飯桶了。」禿筆翁道：「是，是！」大聲叫道：「丁管家，快安排筵席。」丁堅在門外答應。

便在此時，室門推開，黑白子走了進來，向令狐冲道：「風兄弟，敝莊另有一位朋友，想請教你的劍法。」禿筆翁和丹青生一聽此言，同時跳起身來，喜道：「大哥答允了？」

令狐冲心想：「那人和我比劍，須先得到大莊主的允可。他們留著我在這裏，似是二莊主向大莊主商量，求了這麼久，大莊主方始答允。那麼此人不是大莊主的子姪後輩，便是他的門人下屬，難道他的劍法竟比大莊主還要高明麼？」轉念一想，暗叫：「啊喲，不好！他們知我內力全無，自己顧全身分，不便出手，但若派一名後輩或是下屬來跟我動手，專門和我比拚內力，豈不是立時取了我性命？」但隨之又想：「這四位莊主都是光明磊落的英雄，豈能幹這等卑鄙的行徑？但三莊主、四莊主愛那兩幅書畫若狂，二莊主貌若冷靜，對那些棋局卻也是不得到手便難以甘心，為了這些書畫棋局而行此下策，也非事理之所無。要是有人真欲以內力傷我，我先以劍法刺傷他的關節要害便了。」

黑白子道：「風少俠，勞你駕再走一趟。」令狐冲道：「若以真實功夫而論，晚輩連三莊主、四莊主都非敵手，更不用說大莊主、二莊主了。孤山梅莊四位前輩武功卓絕，只因和晚輩杯酒相投，這才處處眷顧容讓。晚輩一些粗淺劍術，實在不必再獻醜了。」

丹青生道：「風兄弟，那人的武功當然比你高，不過你不用害怕，他……」黑白子截住他的話頭，說道：「敝莊之中，尚有一個精研劍術的前輩名家，他聽說風少俠的劍法如此了得，說甚麼也要較量幾手，還望風少俠再比一場。」

令狐冲心想再比一場，說不定被迫傷人，便和「江南四友」翻臉成仇，說道：「四位莊主待晚輩極好，倘若再比一場，也不知這位前輩脾氣如何，要是鬧得不歡而散，或者晚輩傷在這位前輩劍底，豈不是壞了和氣？」丹青生笑道：「沒關係，不……不會……」黑白子又搶著道：「不論怎樣，我四人決不會怪你風少俠。」向問天道：「好罷，再比試一場，又有何妨？我可有些事情，不能多耽擱了，須得先走一步。風兄弟，咱們到嘉興府見。」

禿筆翁和丹青生齊聲道：「你要先走，那怎麼成？」禿筆翁道：「除非你將張旭的書法留下了。」丹青生道：「風少俠輸了之後，又到那裏去找你取書畫棋譜？不成，不成，你再躭一會兒。丁管家，快擺筵席哪！」

黑白子道：「風少俠，我陪你去。童兄，你先請用飯，咱們過不多久，便回來陪你。」向問天連連搖頭，說道：「這場比賽，你們志在必勝。我風兄弟劍法雖高，臨敵經驗卻淺。

你們又已知道他內力已失，我如不在旁掠陣，這場比試縱然輸了，也是輸得心不甘服。」黑白子道：「童兄此言是何用意？難道我們還會使詐不成？」向問天道：「孤山梅莊四位莊主乃豪傑之士，在下久仰威望，自然十分信得過的。但風兄弟要去和另一人比劍，在下實不知梅莊中除了四位莊主之外，竟然另有一位高人。請問二莊主，此人是誰？在下若知這人和四位莊主一般，也是光明磊落的英雄俠士，那就放心了。」

丹青生道：「這位前輩的武功名望，和我四兄弟相比，那是只高不低，簡直不可同日而語。」向問天道：「武林之中，名望能和四位莊主相捋的，屈指寥寥可數，諒來在下必知其名。」禿筆翁道：「這人的名字，卻不便跟你說。」向問天道：「那麼在下定須在旁觀戰，否則這場比試便作罷論。」丹青生道：「你何必如此固執？我看童兄臨場，於你有損無益，此人隱居已久，不喜旁人見到他的面貌。」向問天道：「那麼風兄弟又怎麼和他比劍？」黑白子道：「雙方都戴上頭罩，只露出一對眼睛，便誰也看不到誰了。」向問天道：「四位莊主是否也戴上頭罩？」黑白子道：「是啊。這人脾氣古怪得緊，否則他便不肯動手。」向問天道：「那麼在下也戴上頭罩便是。」

黑白子躊躇半晌，說道：「童兄既執意要臨場觀鬥，那也只好如此，但須請童兄答允一件事，自始至終，不可出聲。」向問天笑道：「裝聾作啞，那還不容易？」

當下黑白子在前引路，向問天和令狐冲跟隨其後，禿筆翁和丹青生走在最後。令狐冲見他走的是通向大莊主居室的舊路，來到大莊主琴堂外，黑白子在門上輕扣三響，推門進去。只見室中一人頭上已套了黑布罩子，瞧衣衫便是黃鍾公。黑白子走到他身前，俯頭在他耳邊低語數句。黃鍾公搖了搖頭，低聲說了幾句話，顯是不願向問天參與。黑白子點了點頭，轉頭道：「我大哥以為，比劍事小，但如惹惱了那位朋友，多有不便。這事就此作罷。」

五人躬身向黃鍾公行禮，告辭出來。

丹青生氣忿忿的道：「童兄，你這人當真古怪，難道還怕我們一擁而上，欺侮風兄弟不成？你非要在旁觀鬥不可，鬧得好好一場比試，就此化作雲煙，豈不令人掃興？」禿筆翁道：「二哥花了老大力氣，才求得我大哥答允，偏偏你又來搗蛋。」

向問天笑道：「好啦，好啦！我便讓一步，不瞧這場比試啦。你們可要公公平平，不許欺騙我風兄弟。」禿筆翁和丹青生大喜，齊聲道：「你當我們是甚麼人了？那有欺騙風少俠之理？」向問天笑道：「我在棋室中等候。風兄弟，他們鬼鬼祟祟的不知玩甚麼把戲，你可要打醒十二分精神，千萬小心了。」令狐冲笑道：「梅莊之中，盡是高士，豈有行詭使詐之人？」丹青生笑道：「是啊，風少俠那像你這般，以小人之心，度君子之腹。」

向問天走出幾步，回頭招手道：「風兄弟，你過來，我得囑咐你幾句，可別上了人家的當。」丹青生笑了笑，也不理會。令狐冲心道：「向大哥忒也小心了，我又不是三歲小孩，真要騙我，也不這麼容易。」走近身去。

向問天拉住他手，令狐冲便覺他在自己手掌之中，塞了一個紙團。

令狐冲一捏之下，覺得紙團中有一枚硬物。向問天笑嘻嘻的拉他近前，在他耳邊低聲說道：「你見了那人之後，便跟他拉手親近，將這紙團連同其中的物事，偷偷塞在他手中。這事牽連重大，不可輕忽。哈哈，哈哈。」他說這幾句話之時，語氣甚是鄭重，但臉上始終帶著笑容，最後幾下哈哈大笑，和他的說話更是毫不相干。

黑白子等三人都道他說的是奚落自己三人的言語。丹青生道：「有甚麼好笑？風少俠固然劍法高明，你童兄劍法如何，咱們可還沒請教。」向問天笑道：「在下的劍法稀鬆平常，可不用請教。」說著搖搖擺擺的出外。

丹青生笑道：「好，咱們再見大哥去。」四人重行走進黃鍾公的琴堂。

黃鍾公沒料到他們去而復回，已將頭上的罩子除去。黑白子道：「大哥，那位童兄終於給我們說服，答允不去觀戰了。」黃鍾公道：「好。」拿起黑布罩子，又套在頭上。丹青生拉開木櫃，取了三隻黑布罩子出來，將其中一隻交給令狐冲，道：「這是我的，你戴著罷。大哥，我借你的枕頭套用用。」走進內室，過得片刻，出來時頭上已罩了一隻青布的枕頭套子，套上剪了兩個圓孔，露出一雙光溜溜的眼睛。

黃鍾公點了點頭，向令狐冲道：「待會比試，你們兩位都使木劍，以免拚上內力，讓風兄弟吃虧。」令狐冲喜道：「那再好不過。」黃鍾公向黑白子道：「二弟，帶兩柄木劍。」黑白子打開木櫃，取出兩柄木劍。

黃鍾公向令狐冲道：「風兄弟，這場比試不論誰勝誰敗，請你對外人一句也別提起。」令狐冲道：「這個自然，晚輩先已說過，來到梅莊，決非求名，豈有到外面胡說張揚之理？何況晚輩敗多勝少，也沒甚麼好說的。」

黃鍾公道：「那倒未必盡然。但相信風兄弟言而有信，不致外傳。此後一切所見，請你也是一句不提，連那位童兄也不可告知，這件事做得到麼？」令狐冲躊躇道：「連童大哥也不能告知？比劍之後，他自然要問起經過，我如絕口不言，未免於友道有虧。」黃鍾公道：「那位童兄是老江湖了，既知風兄弟已答應了老夫，大丈夫千金一諾，不能食言而肥，自也不致於強人所難。」令狐冲點頭道：「那也說得是，晚輩答允了便是。」黃鍾公拱了拱手，道：「多謝風兄弟厚意。請！」

令狐冲轉過身來，便往外走。那知丹青生向內室指了指，道：「在這裏面。」

令狐冲一怔，大是愕然：「怎地在內室之中？」隨即省悟：「啊，是了！和我比劍之人是個女子，說不定是大莊主的夫人或是姬妾，因此他們堅決不讓向大哥在旁觀看，既不許她見到我相貌，又不許我見到她真面目，自是男女有別之故。大莊主一再叮囑，要我不可向旁人提及，連對向大哥也不能說，若非閨閣之事，何必如此鄭重？」

想通了此節，種種疑竇豁然而解，但一揑到掌心中的紙團和其中那枚小小硬物，尋思：「看來向大哥種種布置安排，深謀遠慮，只不過要設法和這女子見上一面。他自己既不能見她之面，便要我傳遞書信和信物。這中間定有私情曖昧。向大哥和我雖義結金蘭，但四位莊主待我甚厚，我如傳遞此物，太也對不住四位莊主，這便如何是好？」又想：「向大哥和四位莊主都是五六十歲年紀之人，那女子定然也非年輕，縱有情緣牽纏，也是許多年前的舊事了，就算遞了這封信，想來也不會壞了那女子的名節。」沉吟之際，五人已進了內室。

室內一床一几，陳設簡單，床上掛了紗帳，甚是陳舊，已呈黃色。几上放著一張短琴，通體黝黑，似是鐵製。

令狐冲心想：「事情一切推演，全入於向大哥的算中。唉，他情深若斯，我豈可不助他償了這個心願？」他生性灑脫，於名教禮儀之防，向來便不放在心上，這時內心之中，隱隱似乎那女子便是小師妹岳靈珊，她嫁了師弟林平之，自己則是向問天，隔了數十年後，千方百計的又想去和小師妹見上一面，會面竟不可得，則傳遞一樣昔年的信物，聊表情愫，也足慰數十年的相思之苦。心下又想：「向大哥擺脫魔教，不惜和教主及教中眾兄弟翻臉，說不定也是為了這舊情人之故。」

他心涉遐想之際，黃鍾公已掀開床上被褥，揭起床板，下面卻是塊鐵板，上有銅環。黃鍾公握住銅環，向上一提，一塊四尺來闊、五尺來長的鐵板應手而起，露出一個長大方洞。這鐵板厚達半尺，顯是甚是沉重，他平放在地上，說道：「這人的居所有些奇怪，風兄弟請跟我來。」說著便向洞中躍入。黑白子道：「風少俠先請。」

令狐冲心感詫異，跟著躍下，只見下面牆壁上點著一盞油燈，發出淡黃色光芒，置身之所似是個地道。他跟著黃鍾公向前行去，黑白子等三人依次躍下。

行了約莫二丈，前面已無去路。黃鍾公從懷中取出一串鑰匙，插入了一個匙孔，轉了幾轉，向內推動。只聽得軋軋聲響，一扇石門緩緩開了。令狐冲心下越感驚異，而對向問天卻又多了幾分同情之意，尋思：「他們將這女子關在地底，自然是強加囚禁，違其本願。這四位莊主似是仁義豪傑之士，卻如何幹這等卑鄙勾當？」

他隨著黃鍾公走進石門，地道一路向下傾斜，走出數十丈後，又來到一扇門前。黃鍾公又取出鑰匙，將門開了，這一次卻是一扇鐵門。地勢不斷的向下傾斜，只怕已深入地底百丈有餘。地道轉了幾個彎，前面又出現一道門。令狐冲忿忿不平：「我還道四位莊主精擅琴棋書畫，乃是高人雅士，豈知竟然私設地牢，將一個女子關在這等暗無天日的所在。」

他初下地道時，對四人並無提防之意，此刻卻不免大起戒心，暗自慄慄：「他們跟我比劍不勝，莫非引我來到此處，也要將我囚禁於此？這地道中機關門戶，重重疊疊，當真是插翅難飛。」可是雖有戒備之意，但前有黃鍾公，後有黑白子、禿筆翁、丹青生，自己手中一件兵器也沒有，卻也無可奈何。

第三道門戶卻是由四道門夾成，一道鐵門後，一道釘滿了棉絮的木門，其後又是一道鐵門，又是一道釘棉的板門。令狐冲尋思：「為甚麼兩道鐵門之間要夾兩道釘滿棉絮的板門？是了，想來被囚之人內功十分厲害，這棉絮是吸去她的掌力，以防她擊破鐵門。」

此後接連行走十餘丈，不見再有門戶，地道隔老遠才有一盞油燈，有些地方油燈已熄，更是一片漆黑，要摸索而行數丈，才又見到燈光。令狐冲只覺呼吸不暢，壁上和足底潮濕之極，突然之間想起：「啊喲，那梅莊是在西湖之旁，走了這麼遠，只怕已深入西湖之底。這人給囚於湖底，自然無法自行脫困。別人便要設法搭救，也是不能，倘若鑿穿牢壁，湖水便即灌入。」

再前行數丈，地道突然收窄，必須弓身而行，越向前行，彎腰越低。又走了數丈，黃鍾公停步晃亮火摺，點著了壁上的油燈，微光之下，只見前面又是一扇鐵門，鐵門上有個尺許見方的洞孔。

黃鍾公對著那方孔朗聲道：「任先生，黃鍾公四兄弟拜訪你來啦。」

令狐冲一呆：「怎地是任先生？難道裏面所囚的不是女子？」但裏面無人答應。

黃鍾公又道：「任先生，我們久疏拜候，甚是歉仄，今日特來告知一件大事。」

室內一個濃重的聲音罵道：「去你媽的大事小事！有狗屁就放，如沒屁放，快給我滾得遠遠地！」

令狐冲驚訝莫名，先前的種種設想，霎時間盡皆煙消雲散，這口音不但是個老年男子，而且出語粗俗，直是個市井俚人。

黃鍾公道：「先前我們只道當今之世，劍法之高，自以任先生為第一，豈知大謬不然。今日有一人來到梅莊，我們四兄弟固然不是他的敵手，任先生的劍法和他一比，那也是有如小巫見大巫了。」

令狐冲心道：「原來他是以言語相激，要那人和我比劍。」

那人哈哈大笑，說道：「你們四個狗雜種鬥不過人家，便激他來和我比劍，想我替你們四個混蛋料理這個強敵，是不是？哈哈，打的倒是如意算盤，只可惜我十多年不動劍，劍法早已忘得乾乾淨淨了。操你奶奶的王八羔子，夾著尾巴快給我滾罷。」

令狐冲心下駭然：「此人機智無比，料事如神，一聽黃鍾公之言，便已算到。」

禿筆翁道：「大哥，任先生決不是此人的敵手。那人說梅莊之中無人勝得過他，這句話原是不錯的。咱們不用跟任先生多說了。」那姓任的喝道：「你激我有甚麼用？姓任的難道還能為你們這四個小雜種辦事？」禿筆翁道：「此人劍法得自華山派風清揚風老先生的真傳。大哥，聽說任先生當年縱橫江湖，天不怕，地不怕，就只怕風老先生一個人。任先生有個外號，叫甚麼『望風而逃』。這個『風』字，便是指風清揚風老先生而言，這話可真？」

那姓任的哇哇大叫，罵道：「放屁，放屁，臭不可當。」

丹青生道：「三哥錯了。」禿筆翁道：「怎地錯了？」丹青生道：「你說錯了一個字。任先生的外號不是叫『望風而逃』，而是叫『聞風而逃』。你想，任先生如果望見了風老先生，二人相距已不甚遠，風老先生還容得他逃走嗎？只有一聽到風老先生的名字，立即拔足便奔，急急如喪家之犬……」禿筆翁接口道：「忙忙似漏網之魚！」丹青生道：「這才得保首領，直至今日啊。」

那姓任的不怒反笑，說道：「四個臭混蛋給人家逼得走投無路，無可奈何，這才想到來求老夫出手。操你奶奶，老夫要是中了你們的鬼計，那也不姓任了。」

黃鍾公嘆了口氣，道：「風兄弟，這位任先生一聽到你這個『風』字，已是魂飛魄散，心膽俱裂。這劍不用比了，我們承認你是當世劍法第一便是。」

令狐冲雖見那人並非女子，先前種種猜測全都錯了，但見他深陷牢籠，顯然歲月已久，同情之心不禁油然而生，從各人的語氣之中，推想這人既是前輩，武功又必極高，聽黃鍾公如此說，便道：「大莊主這話可不對了，風老前輩和晚輩談論劍法之時，對這位……這位任老先生極是推崇，說道當世劍法，他便只佩服任老先生一人，他日晚輩若有機緣拜見任老先生，務須誠心誠意、恭恭敬敬的向他老人家磕頭，請他老人家指教。」

此言一出，黃鍾公等四人盡皆愕然。那姓任的卻十分得意，呵呵大笑，道：「小朋友，你這話說得很對，風清揚並非泛泛之輩，也只有他，才識得我劍法的精妙所在。」

黃鍾公道：「風……風老先生知道他……他是在這裏？」語音微顫，似有驚恐之意。

令狐冲信口胡吹：「風老先生只道任老先生歸隱於名山勝地。他老人家教導晚輩練劍之時，常常提及任老先生，說道練這等劍招，只是用來和任老先生的傳人對敵，世上若無任老先生，這等繁難的劍法根本就不必學。」他此時對梅莊四個莊主頗為不滿，這幾句話頗具奚落之意，心想這姓任的是前輩英雄，卻給囚禁於這陰暗卑濕的牢籠之中，定是中了暗算。他四人所使手段之卑鄙，不問可知。

那姓任的道：「是啊，小朋友，風清揚果然挺有見識。你將梅莊這幾個傢伙都打敗了，是不是？」

令狐冲道：「晚輩的劍法既是風老先生親手所傳，除非是你任老先生自己，又或是你的傳人，尋常之人自然不是敵手。」他這幾句話，那是公然和黃鍾公等四人過不去了。他越感到這地底黑牢潮濕鬱悶，越是對四個莊主氣惱，只覺在此處躭得片刻，已如此難受，他們將這位武林高人關在這非人所堪居住的所在，不知已關了多少年，當真殘忍無比，激動義憤，出言再也無所顧忌，心想最多你們便將我當場殺了，卻又如何？

黃鍾公等聽在耳裏，自是老大沒趣，但他們確是比劍而敗，那也無話可說。丹青生道：「風兄弟，你這話……」黑白子扯扯他的衣袖，丹青生便即住口。

那人道：「很好，很好，小朋友，你替我出了胸中一口惡氣。你怎樣打敗了他們？」令狐冲道：「梅莊中第一個和我比劍的，是個姓丁的朋友，叫甚麼『一字電劍』丁堅。」那人道：「此人劍法華而不實，但以劍光唬人，並無真實本領。你根本不用出招傷他，只須將劍鋒擺在那裏，他自己會將手指、手腕、手臂送到你劍鋒上來，自己切斷。」

五人一聽，盡皆駭然，不約而同的都「啊」了一聲。

那人問道：「怎樣，我說得不對嗎？」令狐冲道：「說得對極了，前輩便似親眼見到一般。」那人笑道：「好極！他割斷了五根手指，還是一隻手掌？」令狐冲道：「晚輩將劍鋒側了一側。」那人道：「不對，不對！對付敵人有甚麼客氣？你心地仁善，將來必吃大虧。第二個是誰跟你對敵？」

令狐冲道：「四莊主。」那人道：「嗯，老四的劍法當然比那個甚麼『一字屁劍』高明些，但也高不了多少。他見你勝了丁堅，定然上來便使他的得意絕技，哼哼，那叫甚麼劍法啊？是了，叫作『潑墨披麻劍法』，甚麼『白虹貫日』、『騰蛟起鳳』，又是甚麼『春風楊柳』。」丹青生聽他將自己的得意劍招說得絲毫不錯，更加駭異。

令狐冲道：「四莊主的劍法其實也算高明，只不過攻人之際，破綻太多。」

那人呵呵一笑，說道：「老風的傳人果然有兩下子，你一語破的，將他這路『潑墨披麻劍法』的致命弱點說了出來。他這路劍法之中，有一招自以為最厲害的殺手，叫做『玉龍倒懸』，仗劍當頭硬砍，他不使這招便罷，倘若使將出來，撞到老風的傳人，只須將長劍順著他劍鋒滑了上去，他的五根手指便都給披斷了，手上的鮮血，便如潑墨一般的潑下來了。這叫做『潑血披指劍法』，哈哈，哈哈。」

令狐冲道：「前輩料事如神，晚輩果是在這一招上勝了他。不過晚輩跟他無冤無仇，四莊主又曾以美酒款待，相待甚厚，這五根手指嗎，倒不必拔下來了，哈哈，哈哈。」

丹青生的臉色早氣得又紅又青，當真是名副其實的「丹青生」，只是頭上罩了枕套，誰也瞧不見而已。

那人道：「禿頭老三善使判官筆，他這一手字寫得好像三歲小孩子一般，偏生要附庸風雅，武功之中居然自稱包含了書法名家的筆意。嘿嘿，小朋友，要知臨敵過招，那是生死繫於一線的大事，全力相搏，尚恐不勝，那裏還有閒情逸致，講究甚麼鍾王碑帖？除非對方武功跟你差得太遠，你才能將他玩弄戲耍。但如雙方武功相若，你再用判官筆來寫字，那是將自己的性命雙手獻給敵人了。」

令狐冲道：「前輩之言是極，這位三莊主和人動手，確是太過托大了些。」

禿筆翁初時聽那人如此說，極是惱怒，但越想越覺他的說話十分有理，自己將書法融化在判官筆的招數之中，雖是好玩，筆上的威力畢竟大減，令狐冲若不是手下留情，十個禿筆翁也給他斃了，想到此處，不由得出了一身冷汗。

那人笑道：「要勝禿頭老三，那是很容易的。他的判官筆法本來相當可觀，就是太過狂妄，偏要在武功中加上甚麼書法。嘿嘿，高手過招，所爭的只是尺寸之間，他將自己性命來鬧著玩，居然活到今日，也算得是武林中的一樁奇事。禿頭老三，近十多年來你龜縮不出，沒到江湖上行走，是不是？」

禿筆翁哼了一聲，並不答話，心中又是一寒，自忖：「他的話一點不錯，這十多年中我若在江湖上闖蕩，焉能活到今日？」

那人道：「老二玄鐵棋盤上的功夫，那可是真材實料了，一動手攻人，一招快似一招，勢如疾風驟雨，等閒之輩確是不易招架。小朋友，你卻怎樣破他，說來聽聽。」令狐冲道：「這個『破』字，晚輩是不敢當的，只不過我一上來就跟二莊主對攻，第一招便讓他取了守勢。」那人道：「很好。第二招呢？」令狐冲道：「第二招晚輩仍是搶攻，二莊主又取了守勢。」那人道：「很好。第三招怎樣？」令狐冲道：「第三招仍然是我攻他守。」那人道：「了不起。黑白子當年在江湖上著實威風，那時他使一塊大鐵牌，只須有人能擋得他連環三擊，黑白子便饒了他不殺。後來他改使玄鐵棋枰，兵刃上大佔便宜，那就更加了得。小朋友居然逼得他連守三招，很好！第四招他怎生反擊？」令狐冲道：「第四招還是晚輩攻擊，二莊主守禦。」那人道：「老風的劍法當真如此高明？雖然要勝黑白子並不為難，但居然逼得他在第四招上仍取守勢，嘿嘿，很好，很好！第五招一定是他攻了？」

令狐冲道：「第五招攻守之勢並未改變。」

那姓任的「哦」的一聲，半晌不語，隔了好一會，才道：「你一共攻了幾劍，黑白子這才回擊？」令狐冲道：「這個……這個……招數倒記不起了。」

黑白子道：「風少俠劍法如神，自始至終，晚輩未能還得一招。他攻到四十餘招時，晚輩自知不是敵手，這便推枰認輸。」他直到此刻，才對那姓任的說話，語氣竟十分恭敬。

那人「啊」的一聲大叫，說道：「豈有此理？風清揚雖是華山派劍宗出類拔萃的人才，但華山劍宗的劍法有其極限。我決不信華山派之中，有那一人能連攻黑白子四十餘招，逼得他無法還上一招。」

黑白子道：「任老先生對晚輩過獎了！這位風兄弟青出於藍，劍法之高，早已遠遠超越華山劍宗的範圍。環顧當世，也只有任老先生這等武林中數百年難得一見的大高手，方能指點他幾招。」令狐冲心道：「黃鍾公、禿筆翁、丹青生三人言語侮慢，黑白子卻恭謹之極。但或激或捧，用意相同，都是要這位任老先生跟我比劍。」

那人道：「哼，你大拍馬屁，一般的臭不可當。黃鍾公的武術招數，與黑白子也只半斤八兩，但他內力不錯，小朋友，你的內力也勝過他嗎？」令狐冲道：「晚輩受傷在先，內力全失，以致大莊主的『七絃無形劍』對晚輩全然不生效用。」那人呵呵大笑，說道：「倒也有趣。很好，小朋友，我很想見識見識你的劍法。」

令狐冲道：「前輩不可上當。江南四友只想激得你和我比劍，其實別有所圖。」那人道：「有甚麼圖謀？」令狐冲道：「他們和我的一個朋友打了個賭，倘若梅莊之中有人勝得了晚輩的劍法，我那朋友便要輸幾件物事給他們。」那人道：「輸幾件物事？嗯，想必是罕見的琴譜棋譜，又或是前代的甚麼書畫真跡。」令狐冲道：「前輩料事如神。」

那人道：「我只想瞧瞧你的劍法，並非真的過招，再說，我也未必能勝得了你。」令狐冲道：「前輩要勝過晚輩，那是十拿九穩之事，但須請四位莊主先答允一件事。」那人道：「甚麼事？」令狐冲道：「前輩勝了晚輩手中長劍，給他們贏得那幾件希世珍物，四位莊主便須大開牢門，恭請前輩離開此處。」

禿筆翁和丹青生齊聲道：「這個萬萬不能。」黃鍾公哼了一聲。

那人笑道：「小朋友有些異想天開。是風清揚教你的嗎？」

令狐冲道：「風老先生絕不知前輩囚於此間，晚輩更是萬萬料想不到。」

黑白子忽道：「風少俠，這位任老先生叫甚麼名字？武林中的朋友叫他甚麼外號？他原是那一派的掌門？為何囚於此間？你都曾聽風老先生說過麼？」

黑白子突如其來的連問四事，令狐冲卻一件也答不上來。先前令狐冲連攻四十餘招，黑白子還能守了四十餘招，此刻對方連發四問，有如急攻四招，令狐冲卻一招也守不住，囁嚅半晌，說道：「這個倒沒聽風老先生說起過，我……我確是不知。」

丹青生道：「是啊，諒你也不知曉，你如得知其中原由，也不會要我們放他出去了。此人倘若得離此處，武林中天翻地覆，不知將有多少人命喪其手，江湖上從此更無寧日。」

那人哈哈大笑，說道：「正是！江南四友便有天大的膽子，也不敢讓老夫身脫牢籠。再說，他們只是奉命在此看守，不過四名小小的獄卒而已，他們那裏有權放脫老夫？小朋友，你說這句話，可將他們的身分抬得太高了。」

令狐冲不語，心想：「此中種種干係，我半點也不知道，當真一說便錯，露了馬腳。」

黃鍾公道：「風兄弟，你見這地牢陰暗潮濕，對這位任先生大起同情之意，因而對我們四兄弟甚是不忿，這是你的俠義心腸，老夫也不來怪你。你可知道，這位任先生要是重入江湖，單是你華山一派，少說也得死去一大半人。任先生，我這話不錯罷？」

那人笑道：「不錯，不錯。華山派的掌門人還是岳不羣罷？此人一臉孔假正經，只可惜我先是忙著，後來又失手遭了暗算，否則早就將他的假面具撕了下來。」

令狐冲心頭一震，師父雖將他逐出華山派，並又傳書天下，將他當作正派武林人士的公敵，但師父師母自幼將他撫養長大的恩德，一直對他有如親兒的情義，卻令他感懷不忘，此時聽得這姓任的如此肆言侮辱自己師父，不禁怒喝：「住嘴！我師……」下面這個「父」字將到口邊，立即忍住，記起向問天帶自己來到梅莊，是讓自己冒認是師父的師叔，對方善惡未明，可不能向他們吐露真相。

那姓任的自不知他這聲怒喝的真意，繼續笑道：「華山門中，我瞧得起的人當然也有。風老是一個，小朋友你是一個。還有一個你的後輩，叫甚麼『華山玉女』寧……寧甚麼的。啊，是了，叫作寧中則。這個小姑娘倒也慷慨豪邁，是個人物，只可惜嫁了岳不羣，一朵鮮花插在牛糞上了。」令狐冲聽他將自己的師娘叫作「小姑娘」，不禁啼笑皆非，只好不加置答，總算他對師娘頗有好評，說她是個人物。

那人問道：「小朋友，你叫甚麼名字？」令狐冲道：「晚輩姓風，名叫二中。」

那人道：「華山派姓風的人，都不會差。你進來罷！我領教領教風老的劍法。」他本來稱風清揚為「老風」，後來改了口，稱為「風老」，想是令狐冲所說的言語令他頗為歡喜，言語中對風清揚也客氣了起來。

令狐冲好奇之心早已大動，亟想瞧瞧這人是怎生模樣，武功又如何高明，便道：「晚輩一些粗淺劍法，在外面唬唬人還勉強可以，到了前輩跟前，實是不足一笑。但任老先生是人中龍鳳，既到此處，焉可不見？」

丹青生挨近前來，在他耳畔低聲說道：「風兄弟，此人武功十分怪異，手段又是陰毒無比。你千萬要小心了。稍有不對，便立即出來。」他語聲極低，但關切之情顯是出於至誠。令狐冲心頭一動：「四莊主對我很夠義氣啊！適才我說話譏刺於他，他非但毫不記恨，反而真的關懷我的安危。」不由暗自慚愧。

那人大聲道：「進來，進來。他們在外面鬼鬼祟祟的說些甚麼？小朋友，江南四『醜』不是好人，除了叫你上當，別的決沒甚麼好話，半句也信不得。」

令狐冲好生難以委決，不知到底那一邊是好人，該當助誰才是。

黃鍾公從懷中取出另一枚鑰匙，在鐵門的鎖孔中轉了幾轉。令狐冲只道他開了鎖後，便會推開鐵門，那知他退在一旁，黑白子走上前去，從懷中取出一條鑰匙，在另一個鎖孔中轉了幾轉。然後禿筆翁和丹青生分別各出鑰匙，插入鎖孔轉動。令狐冲恍然省悟：「原來這位前輩的身分如此重要，四個莊主各懷鑰匙，要用四條鑰匙分別開鎖，鐵門才能打開。他江南四友有如兄弟，四個人便如是一人，難道互相還信不過嗎？」又想：「適才那位前輩言道，江南四友只不過奉命監守，有如獄卒，根本無權放他。說不定四人分掌四條鑰匙之舉，是委派他們那人所規定的。聽鑰匙轉動之聲極是窒滯，鎖孔中顯是生滿鐵鏽。這道鐵門，也不知有多少日子沒打開了。」

丹青生轉過了鑰匙後，拉住鐵門搖了幾搖，運勁向內一推，只聽得嘰嘰格格一陣響，鐵門向內開了數寸。鐵門一開，丹青生隨即向後躍開。黃鍾公等三人同時躍退丈許。令狐冲不由自主的也退了幾步。

那人呵呵大笑，說道：「小朋友，他們怕我，你卻又何必害怕？」

令狐冲道：「是。」走上前去，伸手向鐵門上推去。只覺門樞中鐵鏽生得甚厚，花了好大力氣才將鐵門推開兩尺，一陣霉氣撲鼻而至。丹青生走上前來，將兩柄木劍遞了給他。令狐冲拿在左手之中。禿筆翁道：「兄弟，你拿盞油燈進去。」從牆壁上取下一盞油燈。令狐冲伸右手接了，走入室中。

只見那囚室不過丈許見方，靠牆一榻，榻上坐著一人，長鬚垂至胸前，鬍子滿臉，再也瞧不清他的面容，頭髮鬚眉都是深黑之色，全無斑白。令狐冲躬身說道：「晚輩今日有幸拜見任老前輩，還望多加指教。」那人笑道：「不用客氣，你來解我寂寞，可多謝你啦。」令狐冲道：「不敢。這盞燈放在榻上罷？」那人道：「好！」卻不伸手來接。

令狐冲心想：「囚室如此窄小，如何比劍？」當下走到榻前，放下油燈，隨手將向問天交給他的紙團和硬物輕輕塞在那人手中。

那人微微一怔，接過紙團，朗聲說道：「喂，你們四個傢伙，進不進來觀戰？」黃鍾公道：「地勢狹隘，容身不下。」那人道：「好！小朋友，帶上了門。」令狐冲道：「是！」轉身將鐵門推上了。那人站起身來，身上發出一陣輕微的嗆啷之聲，似是一根根細小的鐵鏈自行碰撞作聲。他伸出右手，從令狐冲手中接過一柄木劍，嘆道：「老夫十餘年不動兵刃，不知當年所學的劍法還記不記得。」

令狐冲見他手腕上套著個鐵圈，圈上連著鐵鏈通到身後牆壁之上，再看他另一隻手和雙足，也都有鐵鏈和身後牆壁相連，一瞥眼間，見四壁青油油地發出閃光，原來四周牆壁均是鋼鐵所鑄，心想他手足上的鏈子和銬鐐想必也都是純鋼之物，否則這鏈子不粗，難以繫住他這等武學高人。

那人將木劍在空中虛劈一劍，這一劍自上而下，只不過移動了兩尺光景，但斗室中竟然嗡嗡之聲大作。令狐冲讚道：「老前輩，好深厚的功力！」

那人轉過身去，令狐冲隱約見到他已打開紙團，見到所裹的硬物，在閱讀紙上的字跡。令狐冲退了一步，將腦袋擋住鐵門上的方孔，使得外邊四人瞧不見那人的情狀。那人將鐵鏈弄得噹噹發聲，身子微微發顫，似是讀到紙上的字後極是激動，但片刻之間，便轉過身來，眼中陡然精光大盛，說道：「小朋友，我雙手雖然行動不便，未必便勝不了你！」

令狐冲道：「晚輩末學後進，自不是前輩的對手。」

那人道：「你連攻黑白子四十餘招，逼得他無法反擊一招，現下便向我試試。」

令狐冲道：「晚輩放肆。」挺劍向那人刺去，正是先前攻擊黑白子時所使的第一招。

那人讚道：「很好！」木劍斜刺令狐冲左胸，守中帶攻，攻中有守，乃是一招攻守兼備的淩厲劍法。黑白子在方孔中向內觀看，一見之下，忍不住大聲叫道：「好劍法！」那人笑道：「今日算你們四個傢伙運氣，叫你們大開眼界。」便在此時，令狐冲第二劍早已刺到。

那人木劍揮轉，指向令狐冲右肩，仍是守中帶攻、攻中有守的妙著。令狐冲一凜，只覺來劍中竟無半分破綻，難以仗劍直入，制其要害，只得橫劍一封，劍尖斜指，含有刺向對方小腹之意，也是守中有攻。那人笑道：「此招極妙。」當即迴劍旁掠。

二人你一劍來，我一劍去，霎時間拆了二十餘招，兩柄木劍始終未曾碰過一碰。令狐冲眼見對方劍法變化繁複無比，自己自從學得「獨孤九劍」以來，從未遇到過如此強敵，對方劍法中也並非沒有破綻，只是招數變幻無方，無法攻其瑕隙。他謹依風清揚所授「以無招勝有招」的要旨，任意變幻。那「獨孤九劍」中的「破劍式」雖只一式，但其中於天下各門各派劍法要義兼收並蓄，雖說「無招」，卻是以普天下劍法之招數為根基。那人見令狐冲劍招層出不窮，每一變化均是從所未見，仗著經歷豐富，武功深湛，一一化解，但拆到四十餘招之後，出劍已略感窒滯。他將內力慢慢運到木劍之上，一劍之出，竟隱隱有風雷之聲。

但不論敵手的內力如何深厚，到了「獨孤九劍」精微的劍法之下，盡數落空。只是那人內力之強，劍術之精，兩者混而為一，實已無可分割。那人接連數次已將令狐冲迫得處於絕境，除了棄劍認輸之外更無他法，但令狐冲總是突出怪招，非但解脫顯已無可救藥的困境，而且乘機反擊，招數之奇妙，實是匪夷所思。

黃鍾公等四人擠在鐵門之外，從方孔中向內觀看。那方孔實在太小，只容兩人同看，而且那二人也須得一用左眼，一用右眼。兩人看了一會，便讓開給另外兩人觀看。

初時四人見那人和令狐冲相鬥，劍法精奇，不勝讚嘆，看到後來，兩人劍法的妙處已然無法領略。有時黃鍾公看到一招之後，苦苦思索其中精要的所在，想了良久，方始領會，但其時二人早已另拆了十餘招，這十餘招到底如何拆，他是全然的視而不見了，駭異之餘，尋思：「原來這風兄弟劍法之精，一至於斯。適才他和我比劍，只怕不過使了三四成功夫。別說他身無內力，我瑤琴上的『七絃無形劍』奈何他不得，就算他內力充沛，我這無形劍又怎奈何他得了？他一上來只須連環三招，我當下便得丟琴認輸。倘若真的性命相搏，他第一招便能用玉簫點瞎了我的雙目。」

黃鍾公自不知對令狐冲的劍法卻也是高估了。「獨孤九劍」是敵強愈強，敵人如果武功不高，「獨孤九劍」的精要處也就用不上。此時令狐冲所遇的，乃是當今武林中一位驚天動地的人物，武功之強，已到了常人所不可思議的境界，一經他的激發，「獨孤九劍」中種種奧妙精微之處，這才發揮得淋漓盡致。獨孤求敗如若復生，又或風清揚親臨，能遇到這樣的對手，也當歡喜不盡。使這「獨孤九劍」，除了精熟劍訣劍術之外，有極大一部份依賴使劍者的靈悟，一到自由揮灑、更無規範的境界，使劍者聰明智慧越高，劍法也就越高，每一場比劍，便如是大詩人靈感到來，作出了一首好詩一般。

再拆四十餘招，令狐冲出招越來越是得心應手，許多妙詣竟是風清揚也未曾指點過的，遇上了這敵手的精奇劍法，「獨孤九劍」中自然而然的生出相應招數，與之抗禦。他心中懼意盡去，也可說全心傾注於劍法之中，更無恐懼或是歡喜的餘暇。那人接連變換八門上乘劍法，有的攻勢凌厲，有的招數連綿，有的小巧迅捷，有的威猛沉穩。但不論他如何變招，令狐冲總是對每一路劍法應付裕如，竟如這八門劍法每一門他都是從小便拆解純熟一般。

那人橫劍一封，喝道：「小朋友，你這劍法到底是誰傳的？諒來風老並無如此本領。」

令狐冲微微一怔，說道：「這劍法若非風老先生所傳，更有那一位高人能傳？」

那人道：「這也說得是。再接我這路劍法。」一聲長嘯，木劍倏地劈出。令狐冲斜劍刺出，逼得他收劍迴擋。那人連連呼喝，竟似發了瘋一般。呼喝越急，出劍也是越快。

令狐冲覺得他這路劍法也無甚奇處，但每一聲斷喝卻都令他雙耳嗡嗡作響，心煩意亂，只得強自鎮定，拆解來招。

突然之間，那人石破天驚般一聲狂嘯。令狐冲耳中嗡的一響，耳鼓都似被他震破了，腦中一陣暈眩，登時人事不知，昏倒在地。

金庸作品集 29

笑傲江湖 2 傳琴療傷

The Smiling, Proud Wanderer, Vol. 2

作者／金庸

副總編輯／鄭祥琳
特約編輯／李麗玲、沈維君
封面與內頁設計／林秦華
內頁插畫／王司馬
排版／連紫吟、曹任華
行銷企劃／廖宏霖

發行人／王榮文
出版發行／遠流出版事業股份有限公司
地址／臺北市中山北路一段 11 號 13 樓
電話／（02）2571-0297 傳真／（02）2571-0197 郵撥／0189456-1
著作權顧問／蕭雄淋律師

1987 年 2 月 1 日 初版一刷
2023 年 11 月 1 日 五版一刷
2024 年 1 月 1 日 五版二刷
平裝版 每冊 380 元（本作品全四冊，共 1520 元）

ISBN 978-626-361-312-6（套：平裝）
ISBN 978-626-361-309-6（第 2 冊：平裝）
Printed in Taiwan

YL 遠流博識網 http://www.ylib.com E-mail: ylib@ylib.com
金庸茶館粉絲團 https://www.facebook.com/jinyongteahouse

笑傲江湖 . 2, 傳琴療傷 = The Smiling, Proud Wanderer. vol.2／金庸著 . – 五版 . -- 臺北市：遠流 , 2023.11
面； 公分 --（金庸作品集；29）
ISBN 978-626-361-309-6（平裝）

857.9 112016218